国家社科基金
GUOJIA SHEKE JIJIN HOUQI ZIZHU XIANGMU
后期资助项目

形神之辨与六朝
诗学精神的建构

The Distinction between Form and Spirit and
the Construction of the Spirit Poetics in the
Six Dynasties

陈建农 著

上海古籍出版社

2015年度国家社科基金后期资助项目（15FZW034）

目　　录

绪论　关于六朝诗学形神之辨的思考

一、六朝诗学形神之辨的提出

形神之辨是中国古代哲学和文艺理论的一个重要问题,先秦两汉的典籍如《庄子》、《淮南子》就把"形"和"神"作为一对范畴,并做了比较深入的探讨。魏晋以来,随着玄学和佛教的兴起,形神问题在文艺创作方面得到进一步的重视。特别是唐宋以后,随着诗歌创作的繁荣和艺术上的成熟,理论方面关于形神问题的讨论也日益多了起来,苏轼提出"论画以形似,见与儿童邻。赋诗必此诗,定非知诗人。诗画本一律,天工与清新"(《书鄢陵王主簿所画折枝二首》),还引起了后人旷日持久的争论。

相比之下,对于六朝诗学中的形神之辨,研究的深度和重视的程度却很不够。比较普遍的看法是,整个六朝诗歌,仍然处于追求"形似"的创作阶段,从西晋张协的"巧构形似之言",到谢灵运、鲍照的"尚巧似"(钟嵘《诗品》)等,代表了当时诗坛创作的基本倾向。因此,六朝的诗论,还不可能产生重神似的观念。此外,刘勰在《文心雕龙·物色》中也有"自近代以来,文贵形似"的说法。由于这种观点有理有据,因而颇为流行,后人也常以此来批评当时的文风。罗根泽在《魏晋六朝文学批评史》中,就把"形似"与"创造"对立起来,说:"(刘勰)为矫正当时的'文贵形似'的风气,提倡创造的文学。特作《通变》一篇,说明通变革创的价值……"[1]在罗先生看来,"形似"就是"因袭"的同义语,明显带有一种贬低的意味。张少康在《中国文学理论批评发展史》中也认为:"钟嵘提倡'建安风力',而对'巧构形似'表示不满,正是重神似而不重形似的表现。"[2]他把"巧构形似"与"建安风力"对立起来,肯定后者而否定前者,这就等于说,那些"巧构形似"的作品大都是没有"风力"的,只有像建安文学那样,不追求形似,才能达到神似。这显然是

---

① 罗根泽:《中国文学批评史》,上海书店出版社,2003年,第220页。
② 张少康:《中国文学理论批评发展史》(上),北京大学出版社,1995年,第270页。

一种简单化的认识,在某种程度上也是对"巧构形似"的曲解。

刘勰在《文心雕龙·明诗》篇中谈到建安诗歌的特点时说:"造怀指事,不求纤密之巧;驱辞逐貌,唯取昭晰之能。"如果说追求"纤密之巧"属于"形似"的话,那么"唯取昭晰之能"又何尝不是!如果不承认这一点,那么,"驱辞逐貌"又该做何解释呢?可见,建安诗人并非不重形似,只是不在辞藻上过分追求罢了。事实上,如果在"形似"还没有得到充分发展的情况下,就首先予以否定,那么唐代诗歌又怎么可能真正达到"神似"呢?何况,"巧构形似"的"巧"字,本身就意味着它不是机械的摹写,而是一种创造,是应该予以肯定的。至于钟嵘本人,他大力提倡"建安风力",但同时也肯定"巧构形似"。唐宋以后,人们往往对"形似"多加贬低,但那实际上是针对在"文贵形似"的发展过程中出现的某些偏颇如过分追求辞采、声律等,忽视了真情实感的表达而言的,并不能因此否定追求"形似"本身的意义。否则,无异于一种认识上的倒退。

客观地讲,如果与唐代以后相比,六朝人在诗歌创作和理论水平上的确还处在起步和探索的阶段,还不可能越过"形似"提出比较系统明确的"神似"的说法,因而唐诗在艺术上所取得的成就是六朝诗无法相比的。但是,批评六朝诗歌追求"形似"的人却忽略了一个问题:那就是他们并没有对六朝时期的形神观念做深入的辨析,甚至也没有注意到佛教对传统的形神观念的改造,而是简单地用后人形神二元对立的观念来加以评判。严格说来,这是不准确的。一个事实明摆着:既然钟嵘在《诗品》中指出了张协、谢灵运诗歌中存在着"形似"的问题,那为什么他们还被列入上品?如果以后人的观点来看,显然是无法自圆其说的。刘勰在《文心雕龙》的《风骨》、《通变》和《情采》等篇中对近代以来的不良文风提出了许多批评,如"为文造情"、"采滥忽真"(《情采》),"习华随侈,流遁忘返"(《风骨》),"竞今疏古,风昧气衰"(《通变》)等,并提出要通过"熔铸经典之范,翔集子史之术"(《风骨》),"矫讹翻浅,还宗经诰"(《通变》),来纠正这种不良文风。但我们不能单凭这一点就推而广之,认为刘勰对"文贵形似"的风气也持批判态度。事实上,刘勰本人并不是一个保守的复古主义者,而是采取"擘肌分理,唯务折中"的立场。他在《通变》篇末的赞中说到:"文律运周,日新其业。变则其久,通则不乏。"《神思》篇也说:"至精而后阐其妙,至变而后通其数。"可见,刘勰在文学发展观上主张兼收并蓄,对当时追求新变的文风并不是全盘否定,也有肯定的一面。

例如刘勰在《文心雕龙》的《明诗》和《物色》两篇中,不仅对晋宋以来山水文学的成就给予了肯定,"宋初文咏,体有因革,庄老告退,而山水方滋。

俪采百字之偶,争价一句之奇,情必极貌以写物,辞必穷力而追新"(《明诗》),而且还对后人的继承革新之功做了积极的评价,"古来辞人,异代接武,莫不参伍以相变,因革以为功"(《物色》)。由此看来,刘勰和钟嵘实际上是肯定了"文贵形似"的创作风尚。而所谓的"形似",其实已经包含了在后人看来属于"神似"的某些内容,这一点不仅在理论上可以找到依据,如《文心雕龙》中的《神思》("神用象通")、《比兴》("拟容取心")、《物色》("写气图貌,既随物以宛转;属采附声,亦与心而徘徊")等篇,而且在创作上也可以看出唐诗对六朝诗歌的继承关系。如清人方东树说:"杜、韩山水造句,皆自谢出,而笔势紧峭多姿。"又云:"明远句法工妙,唐、宋大家,常抚拟之。"(《昭昧詹言》卷六)杜甫则是"熟知二谢将能事,颇学阴何苦用心"(《解闷》其七),对他们锤炼诗句的精神表示钦佩。因此,我们只有全面深入地了解六朝诗歌在理论上对形神问题的看法,在创作上从重形到重神的转变,才能更好的理解唐诗何以能在艺术上取得辉煌的成就。

二、研究现状概述

目前从整体上对六朝诗学中的形神之辨加以深入系统研究的文章和论著还不多见,大都只是针对个别问题的阐发,也没有从创作实践方面对作家作品的个案研究。涉及较多的主要是在以下四个方面:

(一) 对六朝诗学理论中重神观念的看法

陈良运在《中国诗学体系论》一书中专门列"入神篇",作为他诗学体系的五个部分(言志、缘情、立象、创境、入神)之一。其中涉及六朝时期的,主要是集中在"神思"的问题上。作者认为,神思是"文学家对主体之神的自我意识与把握"①。张晶在《"神不灭"论与魏晋南北朝文艺美学中的重"神"思想》一文中指出,魏晋南北朝时期形神关系的论争大大提高了思辨水平,"神不灭"论者鼓吹形神分离的观点虽然荒谬,但他们对精神现象的高度重视和深刻阐述,却是六朝美学中的"重神"思想的哲学渊源与土壤②。袁济喜在《从"神感说"探讨古代文论的"神思说"》一文中认为,中国古代文论的"神思说"明显受到"神感说"与佛教重神说的影响,刘勰的"神思说"更重视精神的能动作用,从而张扬了精神在文学创作中的作用③。此外,寇效信也认为"刘勰把自己的神思论建立在形神分离的理论基

---

① 陈良运:《中国诗学体系论》,中国社会科学出版社,1992 年,第 358 页。
② 张晶:《"神不灭"论与魏晋南北朝文艺美学中的重"神"思想》,《社会科学辑刊》2004 年第 3 期。
③ 袁济喜:《从"神感说"探讨古代文论的"神思说"》,《厦门大学学报》2005 年第 1 期。

础之上"①。

但王元化则从分析刘勰的《文心雕龙·养气》篇入手,提出了不同的看法。他认为,刘勰的养气说受汉代王充自然元气论的影响,所谓"率志委和,则理融而情畅;钻砺过分,则神疲而气衰","思有利钝,时有通塞,沐则心覆,且或反常",都是说明身体状态必然会影响到精神状态,从而论证了神依附形的道理。尽管这种看法带着机械论的意味,并不完全正确,但在当时却有一定积极意义,因为它正与主张神形分殊的玄学观点针锋相对②。

(二) 对六朝诗学中形似问题的看法

朱光潜在其《诗论》中分析了中国古诗从情趣到意象的转变时指出:"转变的关键是赋。赋偏重铺陈景物,把诗人的注意从内心变化引到自然界变化方面去。从赋的兴起,中国才有大规模的描写诗;也从赋的兴起,中国诗才渐由情趣富于意象的《国风》转到六朝人意象富于情趣的艳丽之作。"③受朱先生上述观点的启发,武怀军认为汉赋最为显著的是"体物"的特征,六朝文论中的形似即来源于对汉赋的接受④。陈洪则进一步探讨了六朝诗歌创作中出现尚"形似"的原因。作者认为,这一诗风的出现与汉赋在描写上铺陈夸饰的影响分不开,更与阴阳五行思想中的"天人感应"说和玄学中的"言意之辨"理论密切相关⑤。

张宏在《从山水诗的勃兴看"文贵形似"论的历史意义》一文中对"文贵形似"的历史意义做了比较全面的肯定。作者认为,"文贵形似"的艺术新变,在客观上反映了诗人审美意识的历史进步和创作实践的最新成就,表现了晋宋以后古典诗歌题材的扩大、手法的创新和境界的开拓。它促进了刘勰、钟嵘对诗歌性质和功能的新认识,并对赋比兴的表现手法,作出了富有时代特色的新的阐释,即是从艺术表现的形象思维特征着眼,突出强调了三者在塑造艺术形象以表情达意方面的功能,并开始立足于把握诗歌中刻画物象与兴寄托喻的关系。同时,"文贵形似"论揭示了艺术审美特征的新内涵,是文学批评鉴赏理论中的"滋味说"产生的重要前提和基础之一⑥。施洪波也站在肯定形似的立场上,认为"形似"既丰富了中国艺术的表现手法,

---

① 寇效信:《"神思"与形神之辨》,《陕西师范大学学报》1986 年第 4 期。
② 王元化:《刘勰的文学起源论与文学创作论》,《文心雕龙讲疏》,上海古籍出版社,1992 年,第 68 页。
③ 朱光潜:《诗论》,上海古籍出版社,2001 年,第 61 页。
④ 武怀军:《汉赋与六朝文论中的形似论》,《中国韵文学刊》2000 年第 1 期。
⑤ 陈洪、屈方方:《论六朝诗歌中的"形似"问题》,《徐州师范大学学报》2004 年第 1 期。
⑥ 张宏:《从山水诗的勃兴看"文贵形似"论的历史意义》,《广西社会科学》1996 年第 1 期。

又开拓了中国艺术的表现对象,它既是传神的作品所藉以依托的基础与不可缺少的手段,又是整个中国艺术发展中不可或缺的一环,实有其独特的价值与重要地位①。

对于六朝诗学中"形似"与"神似"关系的看法,曾祖荫指出:"魏晋六朝时期,诗文虽然重视'形似之言',但也不是完全否定传神的观念。如刘勰提倡'风骨',要求诗文做到'风清骨峻',这实际上和当时人物品评中重视风神的观念有密切联系,它本身也包含着传神的要求。袁嘏自称:'我诗有生气,须人捉着。不尔,便飞去。'也可以看作是传神的表现。不过,这些提法数量不多。从当时人们所称道的'形似之言'来看,也不能把它和自然主义等同起来,或与'传神'的要求完全对立起来。例如,钟嵘评价五言诗作家,讲究'形似'和'巧似'。……这里,'形似'和'巧似'实质上是一个意思,要求诗歌善于写景状物,却又并非是照抄生活现象,一味简单摹仿。今天看来,魏晋六朝诗文中形神兼到的力作是不少的。不过,这个时期,人们对诗文中形神理论的自觉认识,相对绘画来说,尚有差距。"②

那么,"形似"的含义究竟是什么?李海元在《"形似"与六朝山水诗之关系》一文中认为,它原指"诗歌创作中描写自然景物形貌之表现手法"。又说:"'形似'观念所指涉的范畴亦是诗歌在语言文字创造方面所显示出之特殊艺术效果。所以'形似'观念不仅指多样性的事实手法,也不仅指想象性或象征性的手法,它融合客观事貌与主观感情,而以'随物宛转'、'与心徘徊'去'写气图貌'、'属采附声'……'形似'手法不只是完全偏重语言文字方面的创意表现,更牵涉到自然物象与诗人心志的融会统一。"③胡经之、李健在《中国古典文艺学》一书中也认为:"形似的意蕴一方面指'巧言切状'的物象描绘,描绘细致的程度'如印之印泥'、'曲写毫芥';另一方面又指情志的表达,所谓'窥情风景之上','吟咏所发,志惟深远','瞻言而见貌,即字而知时',即是强调情感意向之真,这便是本质之真。可见,形似所包含的真实是融合了本质真实的艺术真实。我们不能对魏晋南北朝的形似理论仅做字面上的理解。"④

由此看来,六朝诗学中所谓的"形似"并不仅仅是对自然景物的客观描写,这与后人对形似的看法是不同的。

---

① 施洪波:《说"形似"》,《绍兴文理学院学报》1998年第4期。

② 曾祖荫:《中国古代美学范畴》,华中工学院出版社,1986年,第88页。

③ 李海元:《"形似"与六朝山水诗之关系》,《魏晋南北朝文学论文集》,南京大学出版社,1997年。

④ 胡经之、李健:《中国古典文艺学》,光明日报出版社,2006年,第138页。

（三）对诗文理论在形神问题上是否落后于书画理论的看法

学界普遍认为,诗文和书画在形神观念上是不一样的,诗文理论还停留在追求形似的阶段,明显落后于书画理论。如龚鹏程认为:"在文学上正热烈表现为'巧构形似'之风时,绘画却已蕲向着遗形取神,强调气韵生动。"[1]敏泽指出:"在当时的画论中,由于绘画艺术的更加直接、具体、感性的特点,虽然明确地提出了传神对于艺术创作的重要性,而诗文论的情况却不同,落后于画论,很少明确地提出传神的要求。除《诗品》卷下记载南齐袁嘏曾自称'我诗有生气'这类话多少可以看作是传神的一种直接要求外,我们却几乎看不到用神似的概念要求文学作品的。相反,当时的诗文理论对形似都是普遍地称赞的。"[2]另外,他在《中国美学思想史》(第一卷,齐鲁书社 1987年版)中也持同样的观点。

那么,两者之间存在差异的原因是什么? 牟世金认为:"从诗歌艺术的具体特点来看,它虽然要求通过形象抒情言志,但毕竟不如造型艺术的绘画对形象描写那样直接。所以,在'诗言志'的传统观点影响之下,汉魏以前对诗歌艺术的形象性,还没有明确的认识。到陆机在《文赋》中提出'期穷形而尽相'的时期,才开始注意和重视诗歌的形象性。六朝时期,才进入注重'形似'的时期。"[3]杨铸在《中国古代艺术形神观念研究》一文中也持大致相同的观点:"作为造型艺术的绘画,是直接由'形似'上升到'神似',所以在形神观念的确立方面先行了一步;作为抒情艺术的诗歌,则是先由'言志'、'缘情'走向'形似',再达到'神似',故而在形神观念的成熟方面略晚了一些。"[4]

张克锋在《魏晋南北朝文学与书画的会通》一书中对这种现象做了很好的总结:"首先,'神'这一人物品评的术语被引入到艺术批评领域,首先是人物画,其次是山水画,然后再扩展到书法和诗文;其次,魏晋南北朝时期,在绘画批评理论中,确实对'形'和'神'的关系进行了深入的讨论,一些基本观点对后世的绘画理论以及书法和文学理论都产生了很重要的影响。而在文学批评中,的确多用'形似'而很少用'神',从而给人以重'形'而轻'神'的印象。"[5]

---

[1]　龚鹏程:《书艺》,山东画报出版社,2007 年,第 60 页。

[2]　敏泽:《论魏晋至唐关于艺术形象的认识》,《文学评论》1980 年第 1 期。

[3]　牟世金:《中国古代文学艺术的形神问题》,《雕龙集》,中国社会科学出版社,1983 年,第12 页。

[4]　杨铸:《中国古代艺术形神观念研究》,《北京社会科学》1998 年第 3 期。

[5]　张克锋:《魏晋南北朝文学与书画的会通》,中国社会科学出版社,2010 年,第 234 页。

但是,王钟陵则提出了不同的意见。首先,他以谢灵运的"白云抱幽石,绿筱媚清涟"等诗句为例说到:"一个'抱'字和一个'媚'字,予无生命的云石涟筱以一种拟人的情韵。他的'空翠难强名','山水含清晖','溟涨无端倪,虚舟有超越'这一类诗句,更是写出了一种抽象的意态。"按着,他又通过分析谢赫对顾骏之、蘧道愍、章继伯、刘绍祖等人的评论以及姚最对谢赫的评论,说明当时的绘画中普遍存在着追求"形似"的现象,并进一步认为:"正如诗文中对自然界抽象意态的表现,是'文贵形似'的一个组成部分一样,绘画中的'传神'要求其时也是包括在'形似'之中的。……古代文论界中有关于其时画论走到文论之前,文论还停留在形似阶段画论已提出了神似问题的十分普遍的说法。这一说法的错误,就在于以后世形神对立的观点来看待其时形似和神似还未曾分化尚处在混沌统一之中的历史状况,并且割裂了整个文学艺术领域统一的进程。一个研究者,只有从文论、画论之类的专门领域中跳出来,站到当时我们民族整个思想文化发展的高度上来把握问题,才能避免望文生义和强作解事。"①

王钟陵从文学艺术发展的总体面貌上来把握六朝思想文化的特点,即体现为一种追求外物之"真"的求实倾向,表现在对个体的描绘上从汉代的稚拙疏略日益走向细致精深,以区别于汉赋虽境界阔大、气势磅礴却趋向夸诞虚妄的风气。这一见解无疑是很深刻的,但他片面强调了六朝绘画追求形似的倾向,没有注意到绘画与文学之间的差异,以及佛教在精神的彰显方面所起的作用,评价显得过低,这一点是值得商榷的。

相比之下,张海明的看法比较客观一些,他在《玄学价值论与诗学》一文中说:"由于文学自身的特殊性,在魏晋六朝的诗文论中,有关形似与神似的探讨并不像画论那样重要,就文学自身的特殊性而言,虚实之分较形神之分更能说明问题……所谓文学自身的特殊性,一是在一般意义上说,文学并不像绘画那样直接呈现客体,因此形神之别也不像绘画那样显明;二是从魏晋六朝时期的文学来看,以塑造人物形象为中心的小说尚未成熟,而山水文学方兴未艾,所以形似与神似孰主孰次及二者间的关系难以成为文论的热点。"②

张克锋对这一问题也提出不同看法:"第一,文学批评和理论中虽然少提到'神',但并非没有;第二,这一时期的文学批评和理论是非常重'风骨'、'风力'的,而'风骨'、'风力'实际上就指的是作品的精神风貌,所以不

---

① 王钟陵:《中国中古诗歌史》,人民出版社,2005 年,第 66—68 页。
② 张海明:《玄学价值论与诗学》,《北京师范大学学报》1997 年第 2 期。

能因少提到'神'就认为不重视'神';第三,'形似'已包含有'神似'的成分;第四,书法批评中用'神'的频率远低于绘画批评,与文学批评差不多,而音乐领域只有'弹筝奋逸响,新声妙入神'(《古诗十九首·今日良宴会》)等个别诗句,还谈不上重不重'神'的问题,所以不能笼统地说书法、音乐理论重'神'而文论不重'神'。"①

(四) 与形神相关的概念范畴的研究

涂光社在《原创在气》一书的第二章里列举了大量材料阐发了"神"、"气"、"形"三者的关系。指出在"神"、"形"二者中,"气"与"神"更接近,庄子就是"神气"与"形骸"对举。从虚实对应的角度看,"神"与"气"皆属虚而"形"归于实。同时又引《管子》中的有关论述指出了"神"与"气"的差异,所谓"一气能变曰精"(《心术下》),"精则独立,独则明,明则神"(《心术上》),说明"一气"、"精"、"神"还有层次上的差别。而精气构成了宇宙万物,精气的抟聚是"如神"的物质基础。精气侧重于质,而"神"侧重于用。"由于'神'与'气'的通同和密切联系,凸显生命精神,推崇表达传神(或言求神似)的理论主张常是由'气'的概念系列参与组合进行表述的,比如标举气韵生动、神来气来、生气弥满之类。"②

张节末在《从气到风骨——魏晋六朝艺术理论中审美范畴的演进》一文中探讨了魏晋六朝文艺理论中的若干核心概念,如心(意、志)、气(力)、风、神、骨等,作者认为这些概念均指艺术家的内在精神或表现于艺术品的精神。另一方面,魏晋六朝人对艺术的见解固然高妙,但在创作实践上并没有真正达到目标。"这种矛盾现象在很大程度上要归因于六朝人鉴赏力高于创造力。鉴赏力之高当是由于思想解放……创造力欠发达主要还不是艺术家主观上的问题,而是艺术技巧尚未达到与鉴赏力并驾齐驱的水平,正处于积累和提高之中。"③这种看法着眼于六朝文艺理论与创作实践上的差异性,是比较公允的。此外,徐复观在他的《中国艺术精神》一书中就"神"与"风"、"气"、"韵"等范畴的关系作了深入细致地比较,非常值得重视(详见本书第一章第四节)。

除此以外,其实形神问题还涉及很多方面,值得深入研究。例如,"文贵形似"的创作风尚与南朝诗学对形似的看法④,以及永明体的革新与形神观

---

① 张克锋:《魏晋南北朝文学与书画的会通》,中国社会科学出版社,2010 年,第 234 页。
② 涂光社:《原创在气》,百花洲文艺出版社,2001 年,第 62—65 页。
③ 张节末:《从气到风骨——魏晋六朝艺术理论中审美范畴的演进》,《学术月刊》1991 年第 1 期。
④ 陈建农:《"文贵形似"与东晋南朝诗学中的形神问题》,《常州工学院学报》2006 年第 3 期。

念的转变。永明体的出现标志着诗歌从古体向近体过渡的趋势,这种转变体现在重视吟咏情性、追求自然清新的初发芙蓉之美,重视声韵的和谐、语言的流畅和结构的紧凑等方面。齐梁之际是文学发展的一个转折时期,《文选》、《玉台新咏》等文学总集的编纂、文笔之辨和文学观念的进一步成熟以及文学批评的杰作《文心雕龙》和《诗品》都是在这个时期出现和完成的。永明体的代表人物如沈约、谢朓等都是开一代风气的人物,尤其是谢朓,他的诗被后人评价为"已有全篇似唐人者"(严羽《沧浪诗话》),对唐代诗人的影响是非常明显的。这就不仅仅是诗体的革新,也标志着一种新的文学观念的出现,这就是从单纯的追求辞采声律转向重视感物兴情,追求情景交融的艺术境界。如萧纲在《答张缵谢示集书》中强调"寓目写心,因事而作",萧子显在《南齐书·文学传论》中则说:"文章者,盖性情之风标,神明之律吕也。"刘勰在《文心雕龙》中反复强调"志气"、"情志"、"心"在文学创作中的核心地位,如"心生而言立,言立而文明,自然之道也"(《原道》),"志足而言文,情信而辞巧"(《征圣》),"气以实志,志以定言,吐纳英华,莫非情性"(《体性》),"情者文之经,辞者理之纬;经正而后纬成,理定而后辞畅"(《情采》),"以情志为神明,事义为骨髓,辞采为肌肤,宫商为声气"(《附会》),"写气图貌,既随物以宛转;属采附声,亦与心而徘徊"(《物色》)等。上述这些实际上都预示了形神观念的转变。

三、研究的基本思路及难点

范畴是中国古代文艺理论的基本形态,本书首先从范畴入手,在综述文献资料的基础上,追根溯源,并结合中国传统文化的特点,分析形神问题从先秦到六朝时期的发展演变情况,并指出它们是如何从哲学范畴变成艺术(美学)范畴的。其次,通过对与"神"相关的一些重要范畴的比较,并在六朝文学与玄学、佛教以及书画艺术相互交融的文化背景下,进而探求六朝诗学的精神价值及对后世的影响,这是贯穿全文的总体思路。在此基础上,通过对六朝人物品评、书画理论与诗学理论中关于形神问题的比较,具体说明六朝诗学对这一问题的看法。

具体而言,拟从意象、感兴、风骨、滋味、性灵等几个方面来探讨它们与形神问题的关系。意象是诗歌艺术的本体,是问题的出发点;而感兴论、风骨论和滋味说,在我们看来,是最能体现六朝诗学理论成就与特色的三个主要方面,并且它们都对后世的文学和艺术理论产生了很大的影响。这三个方面分别涉及作家、作品和读者:感兴论主要体现在创作构思上,风骨论是在诗文作品中体现出来的,滋味说则是从读者的接受和鉴赏的角度来讲的。

因此,从上述三个方面来研究它们所体现的形神关系,将使我们对六朝诗学中的形神问题有一个比较全面的认识和把握。

此外,尽管六朝诗学在形神问题上还没有提出比较系统完善的理论,但由于感兴、风骨、滋味等范畴与文学创作和鉴赏的具体实践关系密切,后人对六朝的诗歌在创作上所取得的成就也评价很高。因此,从审美形式的追求和艺术境界的创造等方面入手,结合玄言诗、山水诗等具体的创作实践来进一步探究这一问题将是本书努力追求的方向。

六朝诗学中的形神之辨是一个复杂的问题,它涉及哲学(包括魏晋玄学)、佛教、美学、人物品评、书画艺术以及诗学理论和诗歌创作等方方面面,头绪繁多,要想理清它们之间的关系,其难度之大可想而知。就其外部关系来说,主要包括三个方面:一是从哲学范畴向美学范畴的转化问题;二是书画理论与诗学理论的相互关系;三是六朝诗学的形神观念与唐代诗学的关系。

就六朝诗学自身而言,形神问题还没有像书画理论那样引起太多的关注,而"形似"和"神似"的概念由于受人物品评和书画理论的影响,也与后人的理解有所不同。其原因首先在于诗学理论有其自身的传统,即言志与讽谕的观念;其次是诗学理论与书画理论正处在相对独立的发展阶段,还没有形成交融渗透、相互影响的局面;第三,六朝诗学受玄学和佛教的影响较大,因而言意问题、心物关系等更受关注;第四,六朝时期文学还处在自觉的过程中,人们的注意力还集中在文学自身的形式上,如文体分类、文笔之辨、辞采、声律、对偶、用典等,这也从一个侧面说明形神问题不受重视的原因。只有在文学观念发展到十分成熟的阶段,文学与书画艺术相互借鉴和影响开始显著起来的时候,形神问题才会成为关注的焦点。而六朝时期显然还不具备这个条件。因此,我们讨论六朝诗学的形神问题在很大程度上离不开后人的评价,并且主要是根据后人(特别是宋代以后)的理解来总结概括六朝诗学中的形神观念以及它与唐代诗学的关系,这就需要我们从大量零散的材料中进行一番系统的梳理。

尽管如此,随着晋宋以来山水诗的兴起,"形似"问题已经开始引起普遍的重视,"文贵形似"成为创作风气,为以后转向"神似"做了准备,这就成为我们研究问题的出发点。另外,六朝诗学中的一些重要的范畴和命题如意象、感兴、风骨、滋味等与形神问题是有密切关系的,通过分析比较,可以理清六朝诗学与唐代诗学之间的发展脉络,进而明确其对后世的影响。这也是本书研究这个问题的意义和价值所在。

第一章　形神之辨的由来

本章从范畴入手,在中国传统文化的背景下,分析形神之辨这个问题的由来,并指出它们是如何从哲学范畴转化成艺术范畴的。在此基础上,通过"神"与"气"、"韵"、"心"、"境"等密切相关的一些重要范畴的比较,结合中国传统书画艺术的特点,进而探求六朝诗学的精神价值及其对后世的影响。这是贯穿全文的总体思路。

第一节　中国传统文化背景下的重神观念

形神之辨是中国古代哲学的核心问题之一,作为对立的哲学范畴,最早可以追溯到《庄子》一书。其《在宥》篇云:"无视无听,抱神以静,形将自正。"这里的"神"指人的精神,与"形"相对。而人的形体和精神又是由天地之精气转化而来,《知北游》说:"夫昭昭生于冥冥,有伦生于无形,精神生于道,形本生于精,而万物以形相生。"《管子·内业》篇也说:"凡人之生,天出其精,地出其形,合此以为人。"作为儒家的《荀子》一书晚出,亦杂糅了道家的这种观念,其《天论》篇云:"天职既立,天功既成,形具而神生。"

在人类文明的早期,先民普遍都对大自然的神秘有敬畏之情,为了祈求上天的保佑,所以祭祀之风盛行,"靡神不宗"(《诗经·大雅·云汉》),大自然中的一切事物都可以成为祭祀的对象,生产和生活中的许多重要活动都需要求神问卜。这种带有原始宗教色彩的思维方式,也是一切民族早期所共有的观念。但是就华夏民族而言,又具有不同于其他民族的独特之处。

华夏民族主要生活在黄河、长江流域一带,气候适宜,四季分明,生产方式以农耕为主,大自然是人们衣食住行等基本生活资料的主要来源。由于生产力的低下,农业生产对自然界有很强的依赖性,对风调雨顺的期盼,对安居乐业的向往,使得先民们对四时更替、季节变换格外敏感。在古人看来,寒来暑往,春种秋收,一年四季周而复始,宇宙万物在运动变化中始终保持着一种和谐有序的状态。这一点在《周易·系辞传》中有明显的反映："日往则月来,月往则日来,日月相推而明生焉。寒往则暑来,暑往则寒来,寒暑相推而岁成焉。"这就在很大程度上淡化了中国人的宗教神灵观念。荀子也有类似的看法,他说:"列星随旋,日月递炤,四时代御,阴阳大化,风雨博施,万物各得其和以生,各得其养以成,不见其事而见其功,夫是之谓神。"(《荀子·天论》)荀子在这里所说的"神",并不是超自然的人格神,而是对大自然和谐有序的运行状态的描述。由此看来,天地自然在先民的心目中并不只是崇拜敬畏的对象,也是一种相亲相和的对象,因而在华夏民族的精神中又有乐天知命的一面。"天人不分、物我一体的思维,造成中国古代人的精神价值观具有浓重的泛神论的特点。"①无疑,这一思维特点的形成是农耕文明的产物。

当然,由于科学水平和认识能力所限,超自然的天命鬼神的观念依然存在着。中国古代所崇奉的神灵是非常庞杂的,大致有两种类型:一种是自然神,如天地山川、日月星辰、风雨雷电、动物植物等;另一种是祖先神,如女娲、伏羲、神农、炎帝、黄帝、大禹、后稷等。在殷商时代人们的观念中,地位最高的神灵是"帝"或"上帝"。"上帝"一词最早见于卜辞,作为天地的主宰,上帝兼有降灾祸赐福佑的功能。而日月星辰、风雨雷电、山川土地等这些自然神,则被殷人视为上帝的使臣而加以崇拜和祭祀。殷人还把自己的祖先也当作神来祭祀,因为他们生前担任最高祭司职务,德高望重,死后可以"宾于帝所"(宾配上帝),成为沟通上帝与人世的桥梁。因为先祖可以宾配上帝,所以殷人但凡求雨、求禾等均向先祖祈求,先祖再将这些请求转告上帝。"殷王祈求时,必举行祭祀的仪式;但真正享祭的是先祖,不是上帝。从卜辞上帝不享祭这一事实,一方面可以使人想到上帝与人之间有很大距离,另一方面也可以使人想到殷人的帝很可能是先祖的统称,或是先祖观念的一个抽象。"②所以在殷人的观念中,神的世界和祖先的世界之间的差别是很小的。而祖先崇拜则是殷商时代宗教生活的核心。

西周以来,对"天"的崇拜逐渐取代了"上帝"。"天"作为周人的至上神,不仅仅是周人敬畏的对象,而且具有了某种理性的意义。因为周人取代了殷商,所以他们认识到,天命是可变的,《诗经·大雅·文王》中有"侯服于周,天命靡常"的说法,这就意味着上帝只把天命授予周文王那样的有德者。从《诗经》《尚书》和《左传》中可以看到,天命鬼神的观念,已经逐渐失

---

① 袁济喜:《论中国古代文论的精神特质》,《求是学刊》2004年第6期。
② 韦政通:《中国思想史》,吉林出版集团有限公司,2009年,第21页。

去了至高无上的权威,人们可以对天表示怀疑、抱怨,甚至批判。如《诗经·小雅·节南山》中有"天方荐瘥,丧乱弘多。民言无嘉,憯莫惩嗟"、"昊天不傭,降此鞠讻。昊天不惠,降此大戾"以及"昊天不平,我王不宁"等愤激之语。《左传·僖公二十六年》记载:"夔子不祀祝融与鬻熊,楚人让之。对曰:'我先王熊挚有疾,鬼神弗赦,而自窜于夔,吾是以失楚,又何祀焉?'"夔子的先王熊挚有疾,曾祈祷于鬼神,而其疾不愈,只好避居夔地,从此失去了楚国的救助。在夔子看来,祝融和鬻熊虽然是自己的祖先,但既然祈祷不灵,所以不再祭祀。可见,自西周以来,古人的宗教信仰中已经包含着某种道德意识和价值判断。

儒家重视礼乐教化,但也不否认鬼神的存在,《论语·八佾》有云:"祭如在,祭神如神在。子曰:吾不与祭,如不祭。"孔子认为,既然要祭祀,就必须亲自参与,否则就是在敷衍塞责。在《论语·泰伯》中,孔子从三个方面赞扬了大禹的美德,其中第一条就是"菲饮食而致孝乎鬼神"。《礼记·中庸》记载孔子的话说:"鬼神之为德,其盛矣乎!视之而弗见,听之而弗闻,体物而不可遗。使天下之人齐明盛服,以承祭祀,洋洋乎如在其上,如在其左右。"由此看来,孔子对鬼神祭祀的态度是颇为虔诚的。但同样是孔子,在他病重的时候,却拒绝了子路为他祈祷的做法①,这就暴露了孔子内心对鬼神信仰的真实态度。樊迟曾问孔子怎样才算智慧,孔子回答说:"务民之义,敬鬼神而远之,可谓知矣。"(《论语·雍也》)这恐怕才是孔子真实的想法。总之,儒家在鬼神祭祀的态度上,宗教的意味不强,与其说是发自内心的信仰,不如说只是一种形式上的崇拜。孔子声称"祭神如神在",看起来似乎很虔诚,但如果不祭呢?难道神就不存在了吗?宗教的态度是不允许对信仰对象作假设的。孔子对鬼神实际上采取的是敬而远之的态度,注重的是祭祀仪式当中祭祀者的态度(特别是丧祭之礼),以此作为教化的手段②,至于鬼神是否真的存在,似乎并不重要。可见,与西方人相比,中国人的宗教态度是比较马虎的,甚至很淡漠,往往带有很强的实用理性色彩,缺乏西方人的那种献身精神。孔子曾说:"朝闻道,夕死可矣。"(《论语·里仁》)又云:"志士仁人,无求生以害仁,有杀身以成仁。"(《论语·卫灵公》)孟子也说:"天下无道,以身殉道。"(《孟子·尽心上》)这其中无疑也包含了一种献身精

---

① 《论语·述而》云:"子疾病,子路请祷。子曰:'有诸?'子路对曰:'有之,诔曰:祷尔于上下神祇。'子曰:丘之祷久矣。"

② 儒家重视孝道,特别是对于丧祭之礼,孔子强调"三年之丧,天下之通丧也"(《论语·阳货》),并以此作为教化的手段,用曾子的话说,就是"慎终追远,民德归厚矣"(《论语·学而》)。

神。但是,儒家毕竟更加重视修身,并以此作为根本,"成仁"是人格修养的最高境界,虽然实现的途径只是在人伦日用之中,但是它需要很高的觉悟作为基础,是一种内在的超越,实际上只有极少数的圣人君子才能真正做到,因此缺乏普遍意义。所以孟子说:"无恒产而有恒心者,唯士为能。"(《孟子·梁惠王上》)一旦受到名利的诱惑,仁义道德往往就失去了约束力。按照孟子的思路,人都有先天的善端,即仁义礼智,只要向内探求,就能恢复和保持自己的本心,无需宗教那样的外在制约。但这只是他的一厢情愿,因为"善的内容愈扩大,其困难的程度也越大。……儒家一向只知责人以善,而不深求人所以不能为善之故。这使它对人生的罪恶,缺乏深度的认识。凡是对罪恶缺乏深度认识的人生哲学,无不流于过分天真的构想"①。事实上,人是有自由意志的,可能为善,也可能为恶,一切善恶都由此而来。在康德看来,自以为天性本善,这本身就是一种恶,即伪善,没有人能宣称自己天生注定为善。因此,不从自由意志出发,单凭自身的觉悟走内在超越之路,而不依靠宗教强有力的制约,不可能使大多数中国人具备像西方人那样对宗教的虔诚和献身精神,当然也就无法理解西方人对宗教的态度。儒学的世俗性决定了它不可能取代宗教,尤其是在社会动荡、政治黑暗的魏晋南北朝时期无法解决人们所面临的精神危机。中国人对宗教往往采取一种实用的态度,需要的时候才去临时"抱佛脚"。对佛教而言,中国人往往是把它当作一种人生哲学来看的,其精致严密的辩证思维使人们深受启发,从而被转化成一种通达圆融的人生智慧和生活态度,成为世俗化的宗教。如苏轼曾自称"学佛老者,本期于静而达"(《答毕仲举书》),其真正用意并非是皈依佛门,献身宗教,而是通过学佛形成"静而达"的人生观。

由此可见,中国古人的重神观念主要表现在万物有灵这一原始宗教观念上,即认为一切事物都有神灵,所以从天地山川、日月星辰、风雨雷电乃至宗庙祖先,都成为祭祀的对象,而至高无上的天(帝)则是最大的神。由于这种泛神论仍然掺杂着天命鬼神之类的成分,因而不同于近代西方出现的泛神论②。

①　韦政通:《中国文化概论》,吉林出版集团有限公司,2008 年,第 117—118 页。

②　按:西方泛神论出现的时间比有神论晚得多,是近代自然科学的产物。斯宾诺莎是泛神论的集大成者,他把自然与神等同起来,认为在自然中只有一个无限的实体,而这个实体本身是不能被分割的,能分割的只是实体的样式。每一个实体在其自类中必然是圆满的,并体现神的本质。而神作为统一的实体就存在于自然之中。也就是说,自然万物统一于神,在神之外绝无任何其他东西,神是一个固有因,它不是一种超自然的力量,也不在世界之外,而在世界之内。这是斯宾诺莎的泛神论与一切有神论的根本分歧,实际上是一种无神论。(参见斯宾诺莎:《神、人及其幸福简论》,商务印书馆,1987 年,第 138—149 页)

　　从总体上看,自西周以来"天人合一"思想的影响下①,这种泛神论开始逐渐由神灵向人事转化。我们知道,"神"的最初含义是指一种神秘的、主宰万事万物的力量,也就是原始宗教所崇拜的对象。《说文解字·示部》对"神"的解释是:"神,天神,引出万物者也。"随着西周以来人本思想的逐步确立,人们在对天命鬼神保留敬畏的同时,又提出了"皇天无亲,唯德是辅"(《尚书·蔡仲之命》)的说法,在《左传·僖公五年》中,宫之奇也提到了这句话,他说:"鬼神非人实亲,惟德是依。故《周书》曰:'皇天无亲,惟德是辅。'又曰:'黍稷非馨,明德惟馨。'……如是,则非德,民不和,神不享矣。神所凭依,将在德矣。"按:"黍稷非馨,明德惟馨"两句出自《尚书·君陈》,意思是说,"黍稷饮食之气非馨香也,明德之所远及乃惟为馨香尔"(《尚书正义》),原文前面还有两句也值得注意:"至治馨香,感于神明。"名为崇尚天神,实际上更重人事②。徐复观从天人关系的角度进一步指出:"孔子一方面肯定了天,同时又在人的定位上摆脱了天。顺着这一方向发展,出自子思的《中庸》,说了'天命之谓性,率性之谓道'的两句话,正是既肯定而又同时摆脱的表现。""人性是由天所命,这是对天的肯定;性乃在人的生命之中,道由率性而来,道直接出于性,这实际上是对天的摆脱。"③

　　总之,神灵观念的淡化,"神"的涵义也就转向人的精神层面。《周易·系辞上》说:"神而明之存乎人。"孔颖达疏云:"若其人圣,则能神而明之;若其人愚,则不能神而明之。"(《周易正义》)《系辞下》又说:"知几其神乎!……几者,动之微,吉凶之先见者也,君子见几而作,不俟终日。"当然,"神"的主体都是圣人或君子,一般人是没有这个能力的,"百姓日用而不知",惟有圣人和君子才可以"穷神知化","见几而作"。这里的"神"主要是指人的主观创造能力和精神品格,是人的本质力量的体现。孟子说:"可欲之谓善,有诸己之谓信,充实之谓美,充实而有光辉之谓大,大而化之之谓圣,圣而不可知之之谓神。"(《孟子·尽心下》)可见,孟子是把"神"作为儒家道德修养和理想人格的最高境界。徐复观认为,这意味着孟子完成了"神"从宗教向人文的转化,"经此一转化,凡是任何原始宗教的神话、迷信,

---

　　① 按:"天人合一"的命题是由北宋的张载首先提出的。但作为一种思想观念,在《周易》和先秦诸子的论述中已经出现。汉代董仲舒又提出"以类合之,天人一也"(《春秋繁露·阴阳义》)和"天人之际,合而为一"(《春秋繁露·深察名号》)等说法,使这一思想发展成为占主导地位的社会文化思潮。

　　② 按:尽管今本《尚书》中的《蔡仲之命》和《君陈》这两篇历来被后人认定是伪作,但实际上真伪混杂,至少《左传》中所引的话还是可信的。

　　③ 徐复观:《两汉思想史》第二卷,华东师范大学出版社,2001年,第49页。

皆不能在中国人的理智光辉之下成立"①。

荀子则进一步明确了天人之分,认为天的运行有其自身的规律,并不存在神的意志,《荀子·天论》说:"雩而雨,何也? 曰:无何也,犹不雩而雨也。日月食而救之,天旱而雩,卜筮然后决大事,非以为得求也,以文之也。故君子以为文,而百姓以为神。以为文则吉,以为神则凶也。"在荀子看来,祈神求雨一类的祭祀活动仅仅是一种形式,无论灵验与否,都是不可信的。人虽然无法改变,但可以认识和利用它,"大天而思之,孰与物畜而制之? 从天而颂之,孰与制天命而用之"。君子与小人的区别在于对待天和人的态度不同:"君子敬其在己者,而不慕其在天者;小人错其在己者,而慕其在天者。"(《荀子·天论》)正因为如此,所以君子"日进",而小人"日退"。可见,荀子完全是把人作为一切事物的终极价值和内在依据。他也谈到对"神"的理解:"君子养心莫善于诚,致诚则无它事矣,唯仁之为守,唯义之为行,诚心守仁则形,形则神,神则能化矣。"(《荀子·不苟》)可见,荀子以"诚心守仁"作为君子之"神"的根本原则,体现了形神一体的原则。

与儒家相比,道家侧重于从人的精神方面来讲"神",如《庄子·在宥》云:"无视无听,抱神以静,形将自正。"《达生》亦云:"用志不分,乃凝于神。"所谓"神",就是指用心专一,并达到与大道合一的境界。庖丁解牛时"以神遇而不以目视,官知止而神欲行",庖丁之所以能达到出神入化的境界,原因就在于他"所好者道也,进乎技矣"。所以《养生主》开头说:"缘督以为经,可以保身,可以全生,可以养亲,可以尽年。"所谓"缘督",就是循虚而行,顺任自然之道。同样,梓庆削木为鐻,使"见者惊犹鬼神",也是因为梓庆在静心斋戒七日后,达到了"以天合天"的境界,"器之所以疑神者,其由是与"(《庄子·达生》)。此外,《庄子·德充符》云:"所爱其母者,非爱其形也,爱使其形者也。"这里的"使其形者"即指主宰形体的精神。

由此看来,儒道两家都把"神"看作是人的精神活动和心灵体验的最高境界。汉代的司马谈在《论六家要旨》中说:"凡人所生者神也,所托者形也。神大用则竭,形大劳则敝,形神离则死,死者不可复生,离者不可复反,故圣人重之。由是观之,神者生之本也,形者生之具也。"司马谈在这里所说的神与形,是指个人的精神和形体,二者是一个有机的整体。后来的桓谭、王充、嵇康、葛洪、范缜等人,也都是从这个意义上来阐述形神问题的。如嵇康在《养生论》中说:"精神之于形骸,犹国之有君也。神躁于中,而形丧于外,犹君昏于上,国乱于下也。……是以君子知形恃神以立,神须形以存。

① 徐复观:《中国人性论史》,上海三联书店,2001 年,第 158 页。

悟生理之易失,知一过之害生。故修性以保神,安心以全身。爱憎不栖于情,忧喜不留于意。泊然无感,而体气和平。又呼吸吐纳,服食养身,使形神相亲,表里俱济也。"在嵇康看来,养生的关键在于养神,因为形和神二者是不可分离的。葛洪《抱朴子内篇·至理》亦云:"夫有因无而生焉,形须神而立焉。有者,无之宫也。形者,神之宅也。"

　　此外,《黄帝内经·素问·上古天真论》中,也用形神一体的原则来概括人的生命结构:"上古之人,其知道者,法于阴阳,和于术数,食欲有节,起居有常,不妄作劳,故能形与神俱,而尽终其天年,度百岁乃去。"①形神一体论成为中医养生的基本理论。南朝时期的范缜主张"神灭论",其根本理由也是如此。六朝以来,人们开始用形神来品评人物和书画,并确立了重神轻形的基本观念,对中国古代文论产生了很大的影响。

　　中国佛教中"神"的含义既有与传统的含义相近的一面,又赋予了新的内涵:一是佛性,二是法身。所谓"佛性",就是指成佛的依据或本性。梁武帝萧衍把晋宋以来的涅槃佛性学说与中国传统的有神论结合起来,认为人人都有成佛的本性,这个本性就是"神明"。他在《立神成佛义记》一文中说:"神明以不断为精,精神必归妙果。"②萧衍所谓的"神明"是指一种永恒不变的本性,兼有灵魂和佛性两种含义。至于"法身",是指获得全部佛法的神格化身,宗炳明确地提出了法身就是神的体现。他在《答何衡阳难释白黑论》中说:"无形而神存,法身常住之谓也。"在《明佛论》中也说到:"无生则无身,无身而有神,法身之谓也。"③

　　由此可见,佛教在形神关系上把"神"看作是独立于"形"之外的客体,神虽托形以存身,但形尽而神不灭,这也是佛教与中国传统文化的不同之处。宗炳在《明佛论》中说:"神非形作,合而不灭,人亦然矣。神也者,妙万物而为言矣。若资形以造,随形以灭,则以形为本,何妙以言乎?夫精神四达,并流无极,上际于天,下盘于地,圣之穷机,贤之研微。"对于佛教信徒来说,由于神是独立的非物质的客体,作为一种精神本体,具有超越于万物之上的独立性和永恒性,只有灭除烦恼,了断生死,才能最终达到这种境界,所以宗炳又提出"味佛法以养神"(《明佛论》)的观点。对于那些追求精神超越的名士来说,佛教在形神关系上所蕴含的抽象的思辨和深邃的哲理使他们在精神上得到极大的满足,同样也具有很强的吸引力。由于佛教的广泛

---

①　姚春鹏译注:《黄帝内经》,中华书局,2010年,第18页。
②　石峻等编:《中国佛教思想资料选编》(第一卷),中华书局,1981年,第299页。
③　石峻等编:《中国佛教思想资料选编》(第一卷),中华书局,1981年,第249、232页。

影响,自东晋南朝以来,重神观念更加深入人心。

总之,"神"的含义由原始宗教的崇拜对象转向人的精神层面,是人的主观创造能力和精神品格的体现,也是人的精神活动和心灵体验的最高境界。钱锺书在《谈艺录》中还从两个方面分析了"神"的精神层面含义:"养神之'神',乃《庄子·在宥》篇:'无摇汝精,神将守形'之'神',绝圣弃智,天君不动。至《庄子·天下》篇:'天地并,神明往'之'神',并非无思无虑,不见不闻,乃超越思虑见闻,别证妙境而契胜谛。《易》所谓'精义入神',《孟子》所谓'大而圣,圣而神',《孔丛子》所谓'心之精神谓之圣',皆指此言。……谈艺者所谓'神韵','诗成有神'、'神来之笔',皆上学之'神',即神之第二义。"①钱先生所谓神之第一义者,是就神的本体意义而言(与"道"接近);第二义之神则是就神的能动作用而言,是人的思维活动和审美感知的最高境界。当人们把关注的重点从客体(超自然的神灵)转向主体(精神活动)的时候,这就为形神之辨从哲学转向艺术打下了基础。

第二节 形神问题从哲学向艺术的转化

形神问题从哲学向艺术的转化,反映了人与自然和谐统一的思想。古人常用与人的生命特征有关的部分来比拟包括文学艺术在内的各种现象,从而逐渐形成了神、形、骨、气等一系列范畴。而最早将这一问题的哲学思辨与对艺术现象的具体探讨相沟通的,是《淮南子》一书。在该书中,作者明确地把形神对举,把先秦道家有关形神问题的见解做了全面的发挥,贯穿了重神轻形的基本观点:"神贵于形也,故神制则形从,形胜则神穷。"(《诠言训》)"故以神为主者,形从而利,以形为制者,神从而害"(《原道训》)。在《说山训》中,作者明确地把哲学思辨领域中的形神问题与绘画艺术直接联系起来:"画西施之面,美而不可说,规孟贲之目,大而不可畏,君形者亡焉。"在《说林训》中,还讲到音乐问题:"使但吹竽,使氏厌窍,虽中节而不可听,无其君形者也。"所谓"君形者",即指内在的精神,也就是使艺术作品具有感染力的因素。《览冥训》又云:"昔雍门子以哭见于孟尝君,已而陈辞通意,抚心发声,孟尝君为之增欷鸣咽,流涕狼戾不可止,精神形于内而外谕哀于心,此不传之道。使俗人不得其君形者而效其容,必为人笑。"这里的"君形者",就是指真实的情感。如果把它与前面两个关于绘画和音乐的例

---

① 钱锺书:《谈艺录》,中华书局,1984年,第43—44页。

子结合起来,可以看出作者非常重视情感在艺术创造中的作用,正如《诠言训》中所说的:"不得已而歌者,不事为悲,不得已而舞者,不矜为丽;歌舞而不事为悲丽者,皆无有根心者。"真正的艺术都是发自内心的真情实感的自然流露。

中国古代文艺理论中的许多范畴都是从哲学范畴转化而来的,形神之辨也不例外。哲学范畴之所以能转变成艺术范畴,这与中国传统文化对包括文学和艺术在内的精神活动的看法有关。文艺活动是社会现实的提升,是生活的审美化和艺术化,在文艺活动中包含着人们的生活观念和思维方式。而中国人的日常生活也常常体现为一种艺术化的人生,对形而上的哲学问题往往采用一种体验的而非思辨的方式。因而中国的哲学不同于西方以严密的逻辑、抽象的思辨和概念范畴的演绎来构建体系,而是在人伦日用中通过"下学而上达"来达到对现实的超越和精神意蕴的把握。中国哲学范畴从源头上说,都是来自现实人生,与人的生命活动息息相关,包含着丰富的感性体验。正如宗白华所指出的:"中国哲学是就'生命本身'体悟'道'的节奏。'道'具象于生活、礼乐制度。道尤表象于'艺'。灿烂的'艺'赋予'道'以形象和生命,'道'给予'艺'以深度和灵魂。"①因此,与"道"类似的"神"、"气"一类的哲学范畴就具有了转化成美学和艺术范畴的可能。

人生的艺术化在孔子那里已经有所体现,在《论语·先进》篇中记载了曾点之志:"暮春者,春服既成,冠者五六人,童子六七人,浴乎沂,风乎舞雩,咏而归。"这引起了孔子意味深长的赏叹。不过,孔子毕竟是主张积极用世的,所以他并没有否定子路和公西华的志向(孔子只是对子路等人过于自负、不够谦让的态度颇有微辞,不符合他"为国以礼"的一贯主张,这也正是子路致命的弱点),而他欣赏曾点的地方并不仅仅是他洒脱飘逸的情致,而是曾点描绘了一幅孔子心目中的理想社会的图景。所以杨树达在《论语疏证》中指出:"孔子所以与曾点者,以点之所言为太平社会之缩影也。"②这是很有道理的。

魏晋以来,随着儒学的衰落,政教观念的淡化,时局的混乱和社会的动荡促使魏晋士人对社会人生进行了广泛深入的思考,进一步促进了人性的觉醒,人的个性问题受到前所未有的重视。再加上玄学和佛教的影响,个性精神得到进一步张扬,从而使魏晋士人在追求人格独立和精神自由方面更

---

① 宗白华:《中国艺术意境之诞生》,《美学散步》,上海人民出版社,1981年,第80页。
② 杨树达:《论语疏证》,上海古籍出版社,1986年,第273页。

加自觉。正是由于这个原因,真正意义上的审美活动才能产生,人生的审美化和艺术化才能成为现实。而审美和艺术活动正是建立在人性的充分自由与自觉的基础之上。席勒曾把美和艺术中这种自由自觉的活动比作"游戏",他说:"人同美只应是游戏,人只应同美游戏。只有当人是完全意义上的人,他才游戏;只有当人游戏时,他才完全是人。"①游戏的本质就是一种自由精神,它不仅是对传统观念和现实秩序的背离,而且也是人的自然天性和艺术精神得以实现的手段。"只有思想自由、人格独立、精神超越的人,才具备艺术精神和审美情趣,才能创造美和欣赏美。"②因此,形神问题就在人物品藻、山水游赏、清谈雅集等审美活动中日益受到重视,并影响到书画艺术和诗文创作。《世说新语·巧艺》中就记载了许多有关形神之辨的绘画故事,例如:

> 戴安道中年画行像甚精妙。庾道季看之,语戴云:"神明太俗,由卿世情未尽。"戴云:"唯务光当免卿此语耳。"
>
> 顾长康画裴叔则,颊上益三毛。人问其故,顾曰:"裴楷俊朗有识具,正此是其识具。看画者寻之,定觉益三毛如有神明,殊胜未安时。"
>
> 顾长康画人,或数年不点目精。人问其故,顾曰:"四体妍蚩,本无关妙处,传神写照,正在阿堵中。"
>
> 顾长康道:"画'手挥五弦'易,'目送归鸿'难。"

正是在这些艺术活动中逐渐形成了一系列重要的美学范畴和命题,如"风神"、"气韵"、"神韵"、"神思"、"以形写神"、"传神写照"等,而这些范畴和命题往往与人物品藻密切相关,又进一步引申到艺术创作和艺术构思。所以宗白华认为:"中国美学竟是出发于'人物品藻'之美学。美的概念、范畴、形容词,发源于人格美的评赏。"③袁济喜也指出:"(六朝美学)结束了先秦两汉时期美学依附于政教道德的狭隘境界,将审美和艺术创作与动荡岁月中士人的生命意识与个性追求融为一体,形成了一系列衣被后世的美学范畴。……中国完整意义上的美学,应该说是在六朝时代开始的。"④这正是哲学范畴转化成美学和艺术范畴并在这一时期大量出现的原因。

---

① 席勒:《审美教育书简》第十五封信,冯至、范大灿译,北京大学出版社,1985 年,第 80 页。
② 汪文学:《中国人的精神传统》,武汉大学出版社,2012 年,第 97 页。
③ 宗白华:《论〈世说新语〉和晋人的美》,《美学散步》,上海人民出版社,1981 年,第 210 页。
④ 袁济喜:《六朝美学》,北京大学出版社,1999 年,第 1 页。

第三节 "神"的含义小结

综上所述,"神"的含义大体上可以包括以下几个方面:

一、指原始宗教崇拜的神灵。《礼记·祭法》云:"山林川谷丘陵能出云,为风雨,见怪物,皆曰神。"《说文》释"神"曰:"天神,引出万物者也,从示、申。"按:古文字中的"申"与"电"通。杨树达先生指出:"盖天象之可异者,莫神于电,故在古文,申也,电也,神也,实一字也。其加雨于申而为電,加示于申而为神,皆后起分别之事矣。《说文》十四篇下申部云:'申,神也。'正谓申为神之初义矣。"①天地、日月、山川、风雨、雷电等自然物在原始宗教中之所以成为崇拜的神灵,正是因为它们具有超人的能力,如《楚辞·九歌》中的东君、河伯、湘君、山鬼等。

二、指构成宇宙万物的始基——元气的一种形式。它是一种清气或精气②,飞扬于天,故又名为精神("精"即精气)。人的精神意识则是这种清气的禀赋与转化。因此,所谓的精神是一个大的概念,包括了人与自然在内,并不专指人的思维与意识。这个意义上的"神"已经逐渐摆脱了原始宗教的神灵观念,主要用来表现天地万物极其微妙的变化。所谓"阴阳不测之谓神";"唯神也,故不疾而速,不行而至"(《周易·系辞上》)。故《系辞上》又云:"神无方而易无体。"这个意义上的"神"又称为"神理"。如刘勰在《文心雕龙·原道》中追溯"人文"的发展历史时就赋予了一种神秘的色彩,他说:"人文之元,肇自太极,幽赞神明,易象惟先。"而河图、洛书的传说在他看来则是"神理"的产物:"若乃河图孕乎八卦,洛书韫乎九畴,玉版金镂之实,丹文绿牒之华,谁其尸之,亦神理而已。""神理"这个词是齐梁时期佛教常用的术语,是指一种精神本体,刘勰借此来指自然之道。

三、指一切精神活动(包括人与自然在内)的最高境界。道家认为,"神"是人的生命主宰,如《庄子·达生》云:"用志不分,乃凝于神。"《淮南子·精神训》:"神则以视无不见也,以听无不闻也,以为无不成也。"而能达此精神境界者,乃谓之神人。《周易·系辞下》云:"知几其神乎!"又说:"几者,动之微,吉凶之先见者也。"《文心雕龙·征圣》亦云:"夫鉴周日月,妙极机神。"这个意义上的"神"不仅体现为一种微妙不测的变化,而且还能够对这种极其微妙的变

---

① 杨树达:《积微居小学金石论丛》(增订本),中华书局,1983年,第16页。

② 按:"清气"与"精气"意义相通。董仲舒《春秋繁露·通国身》云:"气之清者为精。"又,《后汉书·李固传》云:"臣闻气之清者为神,人之清者为贤。"

化做出预测,"知变化之道者,其知神之所为乎"(《周易·系辞上》),这就显示出"神"的超越性,故《说卦》云:"神也者,妙万物而为言者也。"神之妙万物,意味着万物因为有了"神"而妙不可言,万物之美的根源就在于神——这个意义上的"神"已经具有了审美的意味。唐代的张怀瓘将书法艺术分为神、妙、能三品,依据正在于此。那么,如何发挥神的这个作用呢?《系辞上》云:"寂然不动,感而遂通天下之故。"即通过一种神秘的感应来实现神的妙用。

　　四、除了上述含义之外,在魏晋时期的人物品评中,"神"指人物某种内在的精神品格和生命境界,如"清"、"淡"、"简"、"远"、"雅"、"韵"、"逸"、"朗"等,都与"神"密切相关。对无生命的事物而言,"神"是指对象内在的精神意蕴,即苏轼所说的"常理"①。但这个理并不是抽象的、客观的,而是包含着主体的思想情感,是人情与物理的统一。在艺术创作中,"神"指作品所达到的一种最高境界,是形似与神似的高度统一。况周颐《蕙风词话》续编卷一云:"词有淡远取神,只描取景物,而神致自在言外,此为高手。""神致"的意思就是他所说的"景中寓情"。王国维在《人间词话》中说:"'红杏枝头春意闹',着一'闹'字而境界全出。"因为这个"闹"字不仅写出了红杏花开时的热烈景象,而且由红杏花开使人产生了生气盎然、精神焕发的种种联想。因此,这种境界能否最终获得,还有赖于欣赏者审美知觉的参与。也就是说,"神"的境界是由作者和读者共同完成的。从这个意义上说,"神"是与意象、感兴、风骨、滋味、妙悟等范畴密切相关的一个核心范畴,它可以跟"风"、"气"、"韵"、"味"、"境"等组合成词,具有很大的张力,既可以形容创作构思中精神高度活跃的状态(如"神思"),也可以用来表现艺术作品难以言传而又意蕴无穷的特征(如"神韵")。

　　本书是以六朝诗学为背景来讨论形神之辨的,并由此进一步探讨六朝诗学的精神问题,所谓的"神"主要是指第四种,同时也兼有其他含义。

第四节　六朝诗学中与"神"相关的诸范畴之比较

　　中国传统的美学范畴往往具有多义性和模糊性,概念范畴之间经常可

---

① 苏轼在《净因院画记》中说:"余尝论画,以为人禽、宫室、器用皆有常形,至于山石、竹木、水波、烟云,虽无常形而有常理。常形之失,人皆知之;常理之不当,虽晓画者有不知。"但苏轼所说的这个"理"是"合于天造,厌于人意"的。他说:"与可之于竹石枯木,真可谓得其理者矣。如是而生,如是而死,如是而挛拳瘠蹙,如是而条达遂茂。根茎节叶,牙角脉缕,千变万化,未始相袭,而各当其处,合于天造,厌于人意,盖达士之所寓也。"(同上)

以互相贯通和渗透。在六朝的诗文论中,往往并不直接使用"形"和"神"的概念。与"形"相关的概念如"器"、"质"、"物"、"象"等因其感性具体的特点,彼此可以经常通用,它们都有与"神"或"心"一类概念相对立的性质,如刘勰在《文心雕龙·夸饰》中将"神道"与"形器"相对立,所谓"神道难摹,精言不能追其极;形器易写,壮辞可得喻其真",王僧虔《笔意赞》中则有"书之妙道,神采为上,形质次之"的说法。而"物"往往与"心"或"情"相对而言,如"写气图貌,既随物以宛转;属采附声,亦与心而徘徊"(《文心雕龙·物色》),"原夫登高之旨,盖睹物兴情。情以物兴,故义必明雅;物以情观,故词必巧丽"(《文心雕龙·诠赋》),"物色尽而情有余"(《文心雕龙·物色》)。

至于"神"的概念,因其具有与"道"相通的本体性质,过于抽象,难以把握,在有关文学批评的论述中很少见到,往往是更多地使用与之密切相关的"风"、"气"、"韵"、"境"等概念,或者组合成词,如"风神"、"气韵"、"神韵"等。这里主要从传统诗学的角度谈一谈"神"与这些概念的关系。

一、气与神

在刘勰之前,曹丕提出了著名的"文以气为主"的观点,虽然还没有直接涉及"神"的问题,但为后来的转向重神做了铺垫。其实,从重气到重神,只是一步之遥。因为中国传统的形神观是以元气论为基础的,将神或精神看作是元气的一种表现形式。大体上说,神是一种清气,它可以飞扬于天,故名为精神,而人的精神意识乃是这种清气的禀赋与转化。这里的"清气"有时又称为"阳气"、"精气"。如《论衡·订鬼》云:"阳气生为精神。"《管子·内业》云:"精也者,气之精者也。""精"与"神"的含义基本可以相通。

"气"与"神"的关系早在《礼记》中就已提到。《礼记·祭义》云:"气也者,神之盛也。"《乐记》云:"气盛而化神。"《列子·仲尼》亦云:"心合于气,气合于神。"清人方东树在《昭昧詹言》中概述道"气之精者曰神","精神者,气之华也",这些说法都是强调"气"的本原意义。这种观念一直被后人沿用,刘勰在《文心雕龙》中就常常将"神"和"气"并称,如"神居胸臆,而志气统其关键"(《神思》),"气衰者虑密以伤神"(《养气》)。"气"和"神"的关系正如王夫之所说:"盖气之未分而能变合者即神,自其合一不测而谓之神尔,非气之外有神也。"(《张子正蒙注》卷二)①

对于人本身而言,"气"与"神"都是指内在的生命精神,两者的含义差

---

① 王夫之:《船山遗书》第十二册,中国书店,2016年,第43页。

别不大。相比之下,前者较为显露而实在,后者则更为幽隐而虚灵。《淮南子·原道训》说:"形者,生之舍也;气者,生之充也;神者,生之制也。"显然是把"气"看成是介于"形"、"神"二者之间的概念。郭绍虞也是以虚实来区别"神"和"气"的关系,他说:"庄子之所谓'神',是道家的修养之最后境界;孟子之所谓'气',是儒家的修养之最后境界。所以论'神'必得内志不纷,外欲尽蠲;论'气'必得配义与道。其虚实之别,即'神'、'气'之分,因此后人把神与气的观念应用到文学批评上,也觉得论'神'则较为虚玄,论'气'则较为切实。"①这个看法是符合实际的。

文学批评中的"气"是指"基于创作主体生命活力之上的气质个性及其在作品中的体现"②。贺贻孙《诗筏》云:"诗文有神,方可行远。神者,吾身之生气也。"刘大櫆在《论文偶记》中也说:"行文之道,神为主,气辅之。曹子桓、苏子由论文,以气为主,是矣。然气随神转,神浑则气灏,神远则气逸,神伟则气高,神变则气静,故神为气之主。"又说:"文章最要气盛,然无神以主之,则气无所附,荡乎不知其所归也。神者气之主,气者神之用。神只是气之精处。"在刘大櫆看来,"神"决定"气",而不是"气"决定"神"。他所说的"气"就是指作家的精神气质和生命力表现在作品中而形成的一种文章气势。徐复观在《中国艺术精神》中也谈到:"一个人的个性,及由个性所形成的艺术性,都是由气所决定的,前面所说的传神的神,实际亦须由气而见。神落实于气之上,乃不是观想性的神。气升华而融入于神,乃为艺术性的气。指明作者内在的生命向外表出的经路,是气的作用,这是中国文学艺术理论中最大的特色。不过此时的气,实际与神成为统一体,所以当时便流行有'神气'一辞。"③

大体而言,从这两个概念在六朝时期使用的范围来看,在文论中往往多用"气",而画论中则多用"神"。

二、风与神

"风"和"神"的关系也很密切。徐复观指出:魏晋的人物品鉴重视神的一面,"但这种'神'往往只可感受到,却是看不见、摸不着的;中国人便常将这一类的事物、情景,拟之为'风',所以又称为'风神'。……再进一步,便干脆以'风'代'神',于是'风颖'、'风器'、'风气'、'风期'、'风情'、'风味'、

---

① 郭绍虞:《中国文学批评史》,百花文艺出版社,1999 年,第 25 页。
② 汪涌豪:《中国文学批评范畴及体系》,复旦大学出版社,2007 年,第 534 页。
③ 徐复观:《中国艺术精神》,春风文艺出版社,1987 年,第 140 页。

'风韵'、'风姿'等名词,大为流行起来。不仅上面的'风'字,实际都是'神'字的意味;并且,举凡当时由人伦鉴识所下的'题目',如'清'、'虚'、'朗'、'达'、'简'、'远'之类,尽管没有指明是'神',其实都是对于神的描述,亦即是神的具体内容。"①在人物品鉴中,"风"不仅指人的外在形貌和仪态,更是一种内在的生命精神的体现。所谓"风神"就是指一个人的风度神采,又可以借指文艺作品的风采神韵,明代的散文家茅坤就以司马迁的《史记》和欧阳修的散文作为"风神"的典范。而与"风"字有关的词语往往都有一种审美的意味。

"风"原指气的流动,在《诗经》中"风"又是乐曲的名称,具有感染、教化的作用,所以"风"通常与情感的表达相联系。如《文心雕龙·宗经》中把"风清而不杂"作为宗经的六条标准之一,《文心雕龙·风骨》亦云:"意气骏爽,则文风清焉。"所谓"风清"就是情感的表达鲜明爽朗。

刘勰在《文心雕龙·风骨》中说:"《诗》总六义,风冠其首,斯乃化感之本源,志气之符契也。"指出"风"的感染力实际上源于主体内在的"志气"。值得注意的是,"志气"一词在《神思》篇中也提到了:"故思理为妙,神与物游。神居胸臆,而志气统其关键……关键将塞,则神有遁心。"把两者联系起来看,"风"是"志气之符契",而"志气"又是"神与物游"的关键,由此可以推断,"风"和"志气"一样,都是"神"的一种体现。而"风"和"神"联系在一起,体现了一种平易自然而又含蓄蕴藉的情韵之美。

顺便提一句,就"风"和"气"而言,二者都是不可见而可感的,因此可以相通。皎然《诗式》云:"可闻而不可见,风也。"又说:"风情耿介曰气。"而"神"本身则是无法凭感官得知的。所以,相比之下,前者较为具体,偏于阴柔含蓄之美。在事物的层次结构中,它们是由形而神、由实而虚、由感性而理性的中间环节。

三、韵与神

还有一个"韵"的概念,与"气"和"神"的关系也很微妙。"韵"最初是一个音乐术语,《说文》:"韵,和也。"指音声的节奏和谐,所谓"同声相应谓之韵"(《文心雕龙·声律》)。东汉蔡邕的《琴赋》云:"繁弦既抑,雅韵乃扬。"这大约是今天最早见到的关于这一意义的用法。此后,曹植的"聆雅琴之清韵"(《白鹤赋》)、嵇康的"改韵易调,奇弄乃发"(《琴赋》)等,其中的"韵"字都与音乐有关。

---

① 徐复观:《中国艺术精神》,春风文艺出版社,1987年,第133页。

"韵"与人物品评、书画诗文发生关系是魏晋以后的事,宋人范温说:"自三代秦汉,非声不言韵;舍声言韵,自晋人始。"(《潜溪诗眼》)《世说新语》(包括刘孝标的注)中常用这个字来品评人物,主要是指一个人在平和从容的外表下自然流露出来的一种超群脱俗的气度。徐复观指出:"韵是当时人伦识鉴上所用的重要观念。它指的是一个人的情调、个性,有清远、通达、放旷之美,而这种美是流注于人的形相之间,从形相中可以看得出来的。把这种神形相融的韵,在绘画上表现出来,这即是气韵的韵。……气与韵,都是神的分解性的说法,都是神的一面;所以气常称为'神气',而韵亦常称为'神韵'。"①

成复旺对气、韵、神这三者之间的关系作了更加细致入微的辨析:

> "气"似强盛的体魄,"韵"如清雅的神情。"气"偏于壮,而"韵"偏于婉。的确,古之言"气"者,多与"壮"或"力"相联,前引诸例即有。金人元好问诗曰:"邺下曹刘气尽豪,江东诸谢韵尤高。"(《自题中州集后》)亦足为证。因而,"韵"亦较为幽微。"有余意谓之韵。……尝闻之撞钟,大声已去,余音复来,悠扬宛转,声外之音,其是之谓也"(范温《潜溪诗眼》)。……但谓之"余音复来,悠扬宛转",谓之"令如气蒸,冉冉欲堕",究竟还是一种似有若无的存在,不像"神"那样虚。再参之以"韵者,生动之趣"(李日华《六砚斋笔记》),"韵者,态度风致也"(方东树《昭昧詹言》)之类的说法,这点区别就更明显了。正因为与"气"和"神"有这样的区别,"韵"更具有了美的意义。……"气"和"神"都同时,甚至首先是哲学概念,而"韵"则是个纯粹的美学概念。②

"韵"和"气"相比,不但清雅脱俗,而且往往具有深藏不露的作风,正如范温所说的,"备众善而自韬晦,行于简易闲澹之中,而有深远无穷之味"(《潜溪诗眼》)。五代时期的荆浩论画,则以"隐迹立形,备仪不俗"释"韵"(见《笔法记》)。

不过,"气"和"韵"虽有审美风格上的差异,但从本质上说,"韵"也是"气"的一种表现形式。因而"气"和"韵"这两个概念常常连在一起,成为一个整体的范畴,呈现出一种生动和谐的韵律之美,它超越了对象具体的形质,着眼于整体上的把握,能给予观赏者生机流荡、含蓄隽永的感受,具有形

① 徐复观:《中国艺术精神》,春风文艺出版社,1987年,第152页。
② 成复旺:《美在自然生命——论中国传统文化对美的理解》,《浙江学刊》1998年第6期。

而上的意味。只有把两者完美地结合起来，才能达到艺术的最高境界。清人孙联奎在《诗品臆说》中指出："形容处断不可使类土木形骸。《卫风》之咏硕人也，曰：'手如柔荑'云云，犹是以物比物，未见其神。至曰：'巧笑倩兮，美目盼兮'，则传神写照，正在阿睹，直把个绝世美人，活活的请出来在书本上滉漾。千载而下，犹如亲其笑貌。此可谓离形得似者矣。似，神似，非形似也。"[1]因此，元代的杨维桢认为："传神者，气韵生动是也。"（《图绘宝鉴序》）

如果我们将"神"与"气韵"做个比较的话，那么，前者仍显得比较抽象，"气韵"则揭示了"神"在艺术中的表现。所以，徐复观认为："气韵生动，乃是顾恺之的所谓'传神'的更明确地叙述。凡当时人伦鉴识中的所谓精神、风神、神气、神情、风情，都是传神这一观念的源泉、根据；也是形成气韵生动一语的源泉、根据。""由此气韵观念的提出，而对于传神的神，更易于把握，更易于追求，因而这是表现出画论上的一大进步。"[2]

四、心与神

古人把"心"作为精神活动的主宰，具有思维和认识的功能，如《孟子·告子上》云："心之官则思，思则得之，不思则不得也。"荀子也强调"心"的主导作用，他说："人何以知道？曰心。……心者形之君也，而神明之主也。"（《荀子·解蔽》）又曰："心也者，道之工宰也。"（《荀子·正名》）

"心"与"神"的含义很接近。《庄子·让王》云："身在江海之上，心居乎魏阙之下。"在《淮南子·俶真训》中也有类似的话："身处江海之上，而神游魏阙之下。"前者的"心居"被换成了"神游"，但是意义没变。因为身与心分离了，这种现象就是"神游"。刘勰在《文心雕龙·神思》篇中也借用了古人的这句话来说明"神思"的特点，即形在此而心（神）在彼。

此外，《庄子·庚桑楚》云："欲静则平气，欲神则顺心。"《淮南子·精神训》说："心者，形之主也；神者，心之宝也。"扬雄《法言·问神》云："或问神，曰心。"宋代陈郁认为，绘画表现人的内心是最难的。他说："盖写其形，必传其神，传其神，必写其心。否则君子小人，貌同心异，贵贱忠恶，奚自而别？形虽似何益？故曰写心惟难。"（《藏一话腴·论写心》）因为"神"是属于人的，只有与人有关系的事物才可能有神，山石树木之神实际上都是人赋予它

---

[1]　孙联奎《诗品臆说》对"形容"品中"离形得似"一句的解说。见清孙联奎、杨廷芝著，孙昌熙等校点：《司空图〈诗品〉解说二种》，齐鲁书社，1980年，第40页。

[2]　徐复观：《中国艺术精神》，春风文艺出版社，1987年，第136、155页。

们的,清代布颜图《画学心法问答》说:"盖山川之存于外者形也,熟于心者神也。"可见,两者的关系非常密切,有很多时候它们可以互换。

但是严格说来,两者毕竟还不能简单等同。在《淮南子》一书中,"心"被视为人体最重要的器官(相当于我们今天所说的心脏和大脑),《原道训》说:"夫心者,五藏之主也,所以制使四支,流行血气,驰骋于是非之境,而出入于百事之门户者也。是故不得于心而有经天下之气,是犹无耳而欲调钟鼓,无目而欲喜文章,亦必不胜其任矣。"而"神"则存在于人的心中,是通过"心"的作用体现出来的。《俶真训》云:"虽有炎火洪水弥靡于天,神无亏缺于胸臆之中矣。"又云:"心有所至,而神喟然在之。"可见,在《淮南子》一书的作者看来,"心"虽然是"形之主",但仍属于形体的一部分,还不能像"神"那样完全不受形体的限制。皎然《诗式》云:"虽系乎我形,而妙用无体,心也。"这里所谓的"心"其实包含两个方面:就其"系乎我形"而言,是"心";就其"妙用无体"而言,实际上又是一种"神"的体现。可见,"神"就是"心"的妙用。唐太宗在论述书法创作时说:"神,心之用也,心必静而已矣。"(《佩文斋书画谱》卷五)朱熹则认为:"心者人之神明,所以具众理而应万事者也。"(《孟子集注》卷十三)

"心"与"神"的关系在文论中也有体现。刘勰在《文心雕龙·神思》中说:"神居胸臆,而志气统其关键。……关键将塞,则神有遁心。"从这里的"志气统其关键"一语来看,刘勰实际上把"神"看成是通过"虚静"、"养气"和日常的积累而获得的一种思维高度活跃的状态。"志气"这个概念从属于"心"的范畴。《毛诗序》云:"诗者,志之所之也,在心为志,发言为诗。"朱熹也说:"心之所之谓之志"(《论语集注》卷一)。又,《孟子·公孙丑上》云:"夫志,气之帅也。"《文心雕龙·体性》亦云:"气以实志。"

但是,"心"有喜怒、哀乐、好恶等种种分别,如何通过"心"的作用来体现"神"呢?《庄子·达生》篇云:"用志不分,乃凝于神,其佝偻丈人之谓乎?"佝偻丈人承蜩时,以虚静之心凝注于对象之上,完全忘掉了蜩翼以外的一切,"虽天地之大,万物之多,而唯蜩翼之知"。徐复观指出:"'乃凝于神'之神,是心与蜩的合一,手(技巧)与心的合一。三者合为一体,此之谓凝于神。"①而当"心"处于虚静状态时,就可以像一面镜子,照见万物。《庄子·应帝王》中说"至人之用心若镜",《天道》篇则云"圣人之心静乎,天地之鉴也,万物之镜也",就是强调虚静乃是心的本性,而虚静则能入神。《庄子·庚桑楚》亦云:"正则静,静则明,明则虚,虚则无为而无不为也。"其实,所谓

---

① 徐复观:《中国艺术精神》,春风文艺出版社,1987年,第107页。

"神"不正是这种"无为而无不为"的境界吗！宋人曾巩也说："虚其心者,极乎精微,所以入神也。"(《清心亭记》,《元丰类稿》卷十八)

可见,"神"只有通过主体之"心"的作用才能体验到。所以王夫之说："神以心栖。"(《诗广传》卷五)徐复观则进一步指出："(心的作用)必通过一种工夫,'执玄德于心,而化驰若神',此时心的作用,才是神的作用。《淮南子》中的道家,有时要把神与心,保持一点距离,乃是以神表现未为好憎嗜欲所杂的心的作用。亦即是'心斋'的心的作用。"①

这就是我们在前面所说的虚静能够入神的原因。而"心"一旦进入虚静状态,就能毫无遮蔽的呈现万物。《庄子·天道》云："水静犹明,而况精神！圣人之心静乎！天地之鉴也,万物之镜也。"明代谢榛也说："夫万景七情,合于登眺;若面前列群镜,无应不真,忧喜无两色,偏正惟一心;偏则得其半,正则得其全。镜犹心,光犹神也。思入杳冥,则无我无物。"(《四溟诗话》卷三)以虚静之心观照万物,"心"与"物"就能实现高度融合,浑然一体,以至于无迹可求,这就达到了"入神"和"畅神"的境界。所以刘勰强调"神与物游","神用象通"(《文心雕龙·神思》)。可见,"神"是不能离开"物"和"象"的。就文艺理论和创作而言,"神"是对心物关系的一种描述,它存在于情景交融、物我一体的感应会通中。从这个意义上说,"神"又是对"心"和"物"的超越。王僧虔在《笔意赞》中说："书之妙道,神采为主,形质次之。"但要做到这一点,就必须"使心忘于笔,手忘于书,心手遗情,书笔相忘",即进入物我合一的境界。明代书画家莫是龙亦云："传神者必以形,形与心手相凑而相忘,神之所托也。"(《画说》)

五、境与神

"境",古字与"竟"通,《说文》的解释是："乐曲尽为竟。"段注云："曲之所止也。引申之凡事之所止、土地之所止皆曰竟。"②后来又进一步引申到精神方面,如"定乎内外之分,辨乎荣辱之境"(《庄子·逍遥游》)。佛学中的"境",指人的意识、感受能力所及的领域。佛教中的瑜伽行派认为世界万物和一切人的认识皆虚幻不实,它们不过是"唯识"所变,因此有所谓"八识"说。其中事物能为人的感官所及者有六:即色、声、香、味、触、法,称为"六境",人能感受到这六种东西的是眼、耳、鼻、舌、身、意,称为"六根",以"六根"感受"六境",在意识领域内所发生的效果就是眼识、耳识、鼻识、舌

---

① 徐复观:《两汉思想史》第二卷,华东师范大学出版社,2001年,第146—147页。

② 见许慎撰、段玉裁注:《说文解字注》,上海古籍出版社,1988年,第102页。

识、身识、意识,称为"六识"。六境、六根、六识通称为"十八界",故又称"境"为"境界"。佛教强调"离心则无六尘境界","若离心念,则无一切境界之相"(《大乘起信论》)。所以,《佛学大辞典》对"境界"的解释是:"自家势力所及之境土。"又释"境"为"心之所游履攀援者谓之境",都是指人的感受所及的领域。近人梁启超也指出:"境者,心造也。一切物境皆虚幻,惟心所造之境为真实。"(《自由书·惟心》)①

意境理论的形成,显然受到了佛教特别是禅宗的影响,而禅宗已经是中国化的佛教,与魏晋玄学的思想方法密切相关,这就使"境"这个概念与印度佛教本来的意义有所不同。叶朗认为:"在禅宗那里,'境'这个概念不再意味着此岸世界与彼岸世界的分裂,不再意味着现象界与本体界的分裂。正相反,禅宗的'境',意味着在普通的日常生活和生命现象中可以直接呈现宇宙的本体,在形而下的东西中可以直接呈现形而上的东西。"由此,叶朗进一步指出,禅宗的思想方法"进一步推进了中国艺术家的形而上的追求,表现在美学理论上,就结晶出'意境'这个范畴,形成了意境的理论"②。

那么,什么是意境? 我以为宗白华的解释最值得重视。他在《中国艺术意境之诞生》一文中说:"以宇宙人生的具体为对象,赏玩它的色相、秩序、节奏、和谐,借以窥见自我的最深心灵的反映,化实景而为虚境;创形象以为象征,使人类最高的心灵具体化、肉身化,这就是'艺术境界'。"③因为这个解释强调了意境(艺术境界)的形而上的意味,它包含了对整个人生的某种体验和感受,叶朗也指出,所谓"意境",就是超越具体的、有限的物象、事件、场景,进入无限的时间和空间,从而对整个人生、历史、宇宙获得一种哲理性的感受和领悟。……康德曾经说过,有一种美的东西,人们接触到它的时候,往往感到一种惆怅。意境就是如此。意境的美感,实际上包含了一种人生感、历史感,包含了对于整个人生的某种体验和感受。"④正因为如此,所以宗白华认为:"艺术意境不是一个单层的平面的自然的再现,而是一个境界层次的创构,从直观感相的模写,活跃生命的传达,到最高灵境的启示,可以有三层次。"(同上)

中国哲学从总体上看,可以说是一种生命哲学,而形和神正是构成包括天地万物在内具有生命精神的一切事物最基本的要素,意境理论则是中国哲学这一基本特征在艺术领域最好的体现。正因为如此,随着唐宋以来意

---

① 梁启超:《饮冰室合集·专集》卷二《自由书·惟心》,中华书局,1989 年影印本。
② 叶朗:《再说意境》,《文艺研究》1999 年第 3 期。
③ 宗白华:《美学散步》,上海人民出版社,1981 年,第 70 页。
④ 叶朗:《说意境》,《文艺研究》1998 年第 1 期。

境理论的逐渐成熟，人们对"神"的认识往往归结为艺术境界的最高理想，宋代严羽在《沧浪诗话》中把"入神"作为"诗之极致"，正是这个意思。这样，意境的有无高下就成为衡量作品的艺术价值的标准，如明代朱承爵《存余堂诗话》云："作诗之妙，全在意境融彻。"

此外，由意境所开拓的审美想象空间也为"神"的活动提供了充分的可能。正如王夫之所说："盖耳目止于闻见，唯心之神彻于六合，周于百世。所存在此，则犹旷宵之墟，空洞之籁，无所碍而风行声达矣。"（《张子正蒙注》卷一）①由此可见，形神之辨这样的问题能够在唐宋以后得到广泛的重视，是与意境理论的成熟分不开的。

第五节　余　论

由此可见，对形神问题的探讨不能只局限于形和神这两个概念本身，而应当进一步从六朝诗学所体现的内在意蕴和精神价值上去深入挖掘，这也正是本书的选题意义所在。关于这一点，袁济喜在《文化关注与古代文论研究》一文中指出："中国古代文论的真正价值，不仅仅在于表层的观念学说上，而是在于超越其上的深挚的人文精神之中，这种精神价值是最值得我们今天加以承传与重构的，也是使中国古代文论活起来的根本所在。"②中国文化自西周以来就逐渐形成了"天人合一"的传统观念，这无疑是对人的精神境界的一种提升，同时也对文学艺术产生了深远的影响。如果与西方艺术相比较，就可以看得更清楚。

古罗马时期的哲学家普罗提诺认为美和艺术的根源不在事物本身，而在于神，艺术是彼岸世界的神创造的，艺术家本身不能创造艺术，只能在神的支配下"参与"创造，是代神创造③。普罗提诺的观点明显地带有宗教出世的色彩，这与中国传统的"天人合一"背景下的形神观念不可同日而语。当然，在西方绘画中，不仅注重"形"的刻画，也注重"神"的表现。例如十九世纪法国画家米勒就说过："艺术的目的不在模写，而在传神。……只有那表达某种神情的，才能称作艺术品。"④钱锺书在《管锥编》中也谈到："苏格拉底论画人物像，早言传神理、示品性全在双瞳，正同《世说》所记

---

① 王夫之：《船山遗书》第十二册，《张子正蒙注》卷一，中国书店，2016 年，第 18 页。
② 袁济喜：《古代文论的人文追寻》，中华书局，2002 年，第 1 页。
③ 参见马新国主编：《西方文论史》，高等教育出版社，2002 年第 2 版，第 58—59 页。
④ 杨身源、张弘昕：《西方画论辑要》，江苏美术出版社，1990 年，第 374 页。

顾恺之语。"①

但是,西方绘画强调的毕竟是三维空间透视,重视立体的描摹、色彩的渲染和光影的明暗,这与中国画的传统完全不同。南朝画家谢赫在他提出的绘画"六法"中将"应物象形"即模仿再现置于"气韵生动"和"骨法用笔"之后,其实是放在很次要的位置上。宋人沈括《梦溪笔谈》卷十七云:"李成画山上亭馆及楼塔之类,皆仰画飞檐。其说以为自下望上,如人平地望塔檐间,见其榱桷。此论非也。大都山水之法,盖以大观小,如人观假山耳。若同真山之法,以下望上,只合见一重山,岂可重重悉见? 兼不应见其溪谷间事。又如屋舍,亦不应见中庭及后巷中事。若人在东立,则山西便合是远境,人在西立,则山东却合是远境;似此如何成画? 李君盖不知以大观小之法,其间折高折远,自有妙理,岂在掀屋角也?"沈括将三维空间透视的绘画讥为"掀屋角",而提倡"以大观小之法"。但是黑格尔却以西方人的眼光讥讽中国绘画"不能够表现出美之为美,因为他们的图画没有远近光影的分别"②。黑格尔不了解中国绘画的传统,其实西方画的这种透视法恰恰是中国画所反对的。中国的山水画往往不局限在一个固定的视角,而是力求让观赏者从不同的角度自由无碍地观照对象,它不是几何学意义上的透视空间,而是一种诗意的创造性的艺术空间,这是中国画所特有的空间意识。宗白华对中西绘画的这两种透视法做了比较,他说:

> 西画的景物与空间是画家立在地上平视的对象,由一固定的主观立场所看见的客观境界,貌似客观实颇主观。……中国画的透视法是提神太虚,从世外鸟瞰的立场观照全整的律动的大自然,他的空间立场是在时间中徘徊移动,游目周览,集合数层与多方的视点谱成一幅超象虚灵的诗情画境(产生了中国特有的手卷画)。所以它的境界偏向远景。"高远、深远、平远",是构成中国透视法的"三远"。在这远景里看不见刻画显露的凹凸及光线阴影。浓丽的色彩也隐没于轻烟淡霭。一片明暗的节奏表象着全幅宇宙的氤氲的气韵,正符合中国心灵蓬勃潇洒的意境。故中国画的境界似乎主观而实为一片客观的全整宇宙,和中国哲学及其他精神方面一样。③

① 钱锺书:《管锥编》第二册,中华书局,1979 年,第 714 页。
② 黑格尔:《历史哲学》,王造时译,上海书店出版社,2006 年,第 127 页。
③ 宗白华:《论中西画法的渊源与基础》,《美学散步》,上海人民出版社,1981 年,第 133 页。

从这个意义上说,西方艺术所谓的"神",在很大程度上还属于个体的主观感受,正如黑格尔所说:"神就是心灵。"①而中国艺术所讲的"传神"、"神韵",却已经突破了个体的主观因素,而指向了天道自然或宇宙本体。如唐代书法家虞世南说:"字虽有质,迹本无为,禀阴阳而动静,体万物以成形,达性通变,其常不主。故知书道玄妙,必资神遇,不可以力求也。"(《笔髓论》,《全唐文》卷一三八)所以,清人沈宗骞在《芥舟学画编》中说:"凡物得天地之气以成者,莫不各有其神,欲以笔墨肖之,当不惟其形,惟其神耳。"这里所说的"神",就是从作为宇宙万物之本体的意义上讲的。

中国古典诗歌也有类似中国画的特点。我们知道,中国诗歌的句法比较灵活,因而在表意上也具有很大的灵活性,能够使人产生丰富的想象空间,特别是六朝的山水诗,由于受魏晋玄学的影响,山水被看作是自然之道的最好体现,所以诗人往往采用一种凝神静观的态度观照山水,把创造明净空灵的境界作为最高的审美理想,从而力求更好地表现人与自然的关系。美国学者叶维廉指出:"中国诗的传意活动,着重视觉意象和事件的演出,让它们从自然并置并发的涌现作说明,让它们之间的空间对位与张力反映种种情景与状态,尽量去避免通过'我',通过说明性的策略去分解、串联、剖析原是物物关系未定、浑然不分的自然现象,也就是道家的'任物自然'。"②英国翻译家格雷厄姆在《中国诗的翻译》一文中也谈到:"中国诗人很少用'我'字,除非他自己在诗中起一定作用,因此他的情感呈现出一种英文中很难达到的非个人性质。"③

格雷厄姆所说的这种"非个人性质"其实反映了中国诗歌所特有的一种人与自然的关系,那就是追求一种忘我和物化的境界。所以清人徐增颇有感慨地说:"无事在身,并无事在心,水边林下,悠然忘我,诗从此境中流出,哪得不佳?"(《而庵诗话》)朱庭珍则进一步指出:

> 作山水诗者,以人所心得,与山水所得于天者互证,而潜会默悟,凝神于无朕之宇,研虑于非想之天,以心体天地之心,以变穷造化之变。……必使山情水性,因绘声绘色而曲得其真,务期天巧地灵,借人工人籁而毕传其妙,则以人之性情通山水之性情,以人之精神合山水之精神,并与天地之性情、精神相通相合矣。(《筱园诗话》卷一)

---

① 黑格尔:《美学》第一卷,朱光潜译,商务印书馆,1979年,第38页。
② 叶维廉:《中国诗学》(增订版),人民文学出版社,2006年,第116页。
③ 格雷厄姆:《中国诗的翻译》,《比较文学译文集》,张隆溪选编,北京大学出版社,1982年,第227页。

在中国人看来,自然物和人一样也有独立的审美价值和意义,彼此间可以对话交流,所以应该在尊重外物的前提下,做到顺应自然。可见,中国人往往是在天人合一的背景下去认识文学艺术等精神活动的。从根本上说,艺术所表现的对象是宇宙天道,是"以一管之笔,拟太虚之体"(王微《叙画》)。宗白华进一步指出:"绘画不是面对实景,画出一角视野(目有所极故所见不周),而是以一管之笔,拟太虚之体。那无穷的空间和充塞这空间的生命(道),是绘画的真正对象和境界。"[①]这种观念也成为中国传统艺术的基本精神。这样一来,"神"或"精神"就成为一个大的概念,它包括人与自然在内,并不专指人的思维与意识。由此我们也就不难理解,意境理论的确立和成熟,并发展成为中国传统文艺理论中最完备的、带有总结性质的审美形态,并非偶然。

以儒学为核心的中国传统文化具有浓厚的政治和伦理色彩,这就决定了中国向来缺乏真正意义上的宗教精神。但是以"天人合一"为核心的传统观念使历代的中国文人在意识到个体之短暂渺小的同时,又力求通过对诗歌、绘画、书法等艺术形式的欣赏和创造而自觉地融入到无限广阔的宇宙天道中去,从而在精神上得到慰藉和超脱,并获得了某种永恒的意义,这就在一定程度上取代了宗教的作用。就诗歌而言,早在汉代的《毛诗序》中就提出:"正得失,动天地,感鬼神,莫近于诗。"钟嵘在《诗品序》中发挥了这一观点,说诗歌不仅是"摇荡性情,形诸舞咏"的产物,而且它还能够"照烛三才,晖丽万有。灵祇待之以致飨,幽微藉之以昭告"。又指出它具有"感荡心灵"的巨大作用,人们在社会生活中的一切遭遇都可以通过诗歌来表达:

> 嘉会寄诗以亲,离群托诗以怨。至于楚臣去境,汉妾辞宫;或骨横朔野,或魂逐飞蓬,或负戈外戍,或杀气雄边;塞客衣单,霜闺泪尽。又士有解佩出朝,一去忘返。女有扬蛾入宠,再盼倾国。凡斯种种,非陈诗何以展其义,非长歌何以骋其情? 故曰:"诗可以群,可以怨。"使穷贱易安,幽居靡闷,莫尚于诗矣。

钱锺书曾把司马迁的"发愤著书"说与钟嵘《诗品序》中的这个观点作了比较后认为:"同一件东西,司马迁当作死人的防腐溶液,钟嵘却认为是活人的止痛药和安神剂。"[②]林语堂在他的《中国人》一书中甚至把诗歌称作中国人的

---

①　宗白华:《中西画法所表现的空间意识》,《美学散步》,上海人民出版社,1981 年,第143 页。
②　钱锺书:《诗可以怨》,《文学评论》1981 年第 1 期。

宗教,他说:"诗歌教会了中国人一种生活观念,通过谚语和诗卷深切地渗入社会,给予他们一种悲天悯人的意识,使他们对大自然寄予无限的深情,并用一种艺术的眼光来看待人生。……在这个意义上,应该把诗歌称作中国人的宗教。"①这显然已经远远超出了钱锺书所概括的"止痛"、"安神"的作用,而成为一种心灵的慰藉,一种精神上的寄托。从这个意义上说,不仅仅是诗歌,一切用来作为精神寄托的审美艺术形式都能起到类似宗教的作用②。

　　总之,从形神之辨入手,通过对与形神相关的一些重要范畴和命题广泛的比较,并在六朝文学与玄学、佛学、艺术相互交融的文化背景下,进而探求六朝诗学的精神价值以及对后世的影响,这正是本书的一个整体构想。

① 林语堂:《中国人》(全译本),郝志东、沈益洪译,学林出版社,1994年,第241页。
② 按:宗教大多植根于人们的痛苦心灵对人生解脱的一种渴望,以及人们对个人命运的关切和焦虑。宗教之为宗教并不是建立在理性上,而是以情感和信仰为基础,它能给信徒以精神上和情感上的安慰。所以,托尔斯泰说,宗教是心灵苦痛的人的情感避难所。

第二章　形神之辨与六朝诗学的发展

形神之辨来源于人物品评,随着魏晋玄学的出现,它又成为一个哲学命题。不仅如此,玄学的基本命题如有无之辨、言意之辨等也都是首先从人物品评中引发的,而玄学所确立的重神贵无的理想人格不仅是它的核心问题,而且也是联系玄学和艺术的中介。因此,玄学对文学艺术的影响主要体现在探本求源的思维方式上,这又促使人们对艺术上的形神之辨有了更进一步的认识,从而形成了中国艺术表现的民族传统。有鉴于此,本章首先从人物品评和山水品赏对精神风貌的重视谈起,揭示书画理论从重形到重神的变革。然后从诗文与书画艺术在思想根源和发展阶段上所存在的客观差异,说明当时人们对诗歌与书画艺术在评价标准上的异同。而魏晋玄学和佛教的影响,特别是佛教对传统形神观念的改造,揭示了精神价值和意蕴的复杂性和深刻性,引起了人们对精神现象的高度重视,从而形成了一种特有的重神观念。这对文学理论的影响是非常明显的,不仅表现在审美虚静说的提出,而且也表现在精神境界的提升上,这也使得刘勰所说的"文贵形似"的含义与后人的理解有很大的不同。

第一节　从人物品评到书画理论

汉末魏晋以来,随着儒学的衰落,整个社会的思想观念也发生了深刻的变革。汤用彤指出:"其时之思想中心不在社会而在个人,不在环境而在内心,不在形质而在精神。于是魏晋人生观之新型,其期望在超世之理想,其向往为精神之境界,其追求者为玄远之绝对,而遗资生之相对。"①在这样的背景下,人物品评由外在功用转向内在精神,因而对形神问题更为重视。刘劭在《人物志·九征》中说:"盖人物之本,出乎情性,情性之理,甚微而玄,

---

① 汤用彤:《魏晋玄学与文学理论》,《魏晋玄学论稿》,上海古籍出版社,2001年,第196页。

非圣人之察,其孰能究之哉!"又说:"物生有形,形有神精。能知精神,则穷理尽性。"刘劭认为,鉴别人物,应重在精神:"夫色见于貌,所谓征神。征神见貌,则情发于目。"①于是,"重神理而遗形骸"成为士族阶层普遍的审美趣味。

《三国志·魏志·曹爽传》注引《魏氏春秋》云:"晏尝谓:……'惟神也,不疾而速,不行而至,吾闻其语,未见其人。'盖欲以神况诸己也。"可见,何晏是以神明睿智作为最高的人格理想。又,《世说新语·品藻》篇第四十二条刘孝标引《江左名士传》曰:"刘真长曰:'吾请评之。弘治肤清,叔宝神清。'论者谓为知言。"这里提到的"叔宝"指的是东晋名士卫玠,卫玠容貌俊美,风采极佳,为众人所仰慕。卫玠的舅舅骠骑将军王济,俊爽有风姿,可是每次见到他便感叹:"珠玉在前,觉我形秽。"又说:"与玠同游,冏若明珠之在侧,朗然照人耳。"(《晋书·卫玠传》)在时人看来,杜弘治虽然"肤清",但与卫玠的"神清"却没有可比性,"其间可容数人"(《世说新语·品藻》注引)。在《世说新语·容止》中还记载了这样一件事:

> 石头事故,朝廷倾覆,温忠武与庾文康投陶公求救。陶公云:"肃祖顾命不见及,且苏峻作乱,衅由诸庾,诛其兄弟,不足以谢天下。"于时庾在温船后,闻之,忧怖无计。别日,温劝庾见陶,庾犹豫未能往。温曰:"溪狗我所悉,卿但见之,必无忧也。"庾风姿神貌,陶一见便改观,谈宴竟日,爱重顿至。

苏峻作乱,朝廷一片混乱,陶侃认为是庾亮纵容的结果,欲杀之,但是当陶侃见到庾亮的"风姿神貌"之后,立刻便改变了态度,"谈宴竟日,爱重顿至",由此可见精神风貌在人们心目中的地位。所以汤用彤指出:"汉代相人以筋骨,魏晋识鉴在神明。"②魏晋以来的人物品评已经摆脱了汉代为朝廷选拔人才提供依据的实用目的,人物品评的内容也不限于道德品行,人物的容貌举止、才情风度成为品评的主要内容,道德评判和政治色彩的淡化,使人物品评的审美意味日趋显著。如《世说新语》载:

> 王戎云:"太尉神姿高彻,如瑶林琼树,自然是风尘外物。"(《赏誉》)
> 庾公目中郎:"神气融散,差如得上。"(《赏誉》)

① 刘劭著,伏俊琏译注:《人物志译注》,上海古籍出版社,2008年,第12、22、21页。
② 汤用彤:《言意之辨》,《魏晋玄学论稿》,上海古籍出版社,2001年,第36页。

王右军……叹林公"器朗神隽"。(《赏誉》)

(戴)渊既神姿峰颖,虽处鄙事,神气犹异。(《自新》)

(王)濛神气清韶,年十馀岁,放迈不群。弱冠检尚,风流雅正,外绝荣竞,内寡私欲。(《世说新语·言语》注引《王长史别传》)

刘真长曰:"吾请评之,弘治肤清,叔宝神清。"论者谓为知言。(《品藻》篇注引《江左名士传》)

(谢)安弘雅有器,风神调畅也。(《品藻》篇注引《续晋阳秋》)

抚军问孙兴公:"刘真长何如?"曰:"清蔚简令。"(《品藻》)

时人道阮思旷:"骨气不及右军,简秀不如真长,韶润不如仲祖,思致不如渊源,而兼有诸人之美。"(《品藻》)

时人目王右军飘如游云,矫若惊龙。(《容止》)

从上面的例子可以看出,人物品评常以自然物象(如"瑶林琼树"、"游云"、"惊龙"等)来加以比拟形容,并用简约凝炼的语言来概括品评对象的基本特征(如"神姿高彻"、"风神调畅"等)。在《世说新语》中,像"神气"、"神姿"、"风姿"、"风神"、"骨气"等,都是品评人物常用的概念。而人的精神品格是丰富多样的,魏晋人物品评中有"清"、"淡"、"简"、"远"、"朗"等概念,都是对人的某种精神特征的概括,特别是对"神"的关注,尤为明显。《世说新语·排调》中曾记载了这样一件事:"桓豹奴是王丹阳外甥,形似其舅,桓甚讳之。宣武云:'不恒相似,时似耳,恒似是形,时似是神。'桓逾不说(悦)。"桓之所以更加不悦,是因为别人说他"形似"是经常的,"神似"是偶然的——无疑,"形似"是带有贬义的。

魏晋士人对自然山水的态度也是品评人物的一个重要方面,《世说新语·品藻》载:"明帝问谢鲲,君自谓何如庾亮? 答曰:'端委庙堂,使百僚准则,臣不如亮;一丘一壑,自谓过之。'"其实庾亮也并非是一个不懂得欣赏山水的人,王羲之曾称他是"唯丘壑独存"(《世说新语·容止》)。孙绰在《太尉庾亮碑》中也说:"公雅好所托,常在尘垢之外,虽柔心应世,蠖屈其迹,而方寸湛然,固以玄对山水。"所谓"以玄对山水",表明他们把自然山水看作是实现人格理想、获得精神自由的重要手段。徐复观指出:"以玄对山水,即是以超越于世俗之上的虚静之心对山水,乃能以其纯净之姿,进入于虚静之心的里面,而与人的生命融为一体,因而人与自然,由相化而相忘;这便在第一自然中呈现出第二自然,而成为美的对象。"①"以玄对山水"不同于传统

---

① 徐复观:《中国艺术精神》,春风文艺出版社,1987年,第201页。

儒家把自然山水看作是某种道德象征的"比德"观念,如孔子以山水形容仁者智者,"智者乐水,仁者乐山"(《论语·雍也》)。很显然,传统的"比德"观念虽然把自然同人的精神品格联系起来,但仍然带有道德教化的实用性。相比之下,"以玄对山水"则是一种新的山水审美观,是以畅神悦意为目的,使精神得到超脱,人格得到提升。这在《世说新语·言语》的记载中看得比较清楚:

> 简文入华林园,顾谓左右曰:"会心处不必在远,翳然林水,便自有濠濮间想也,觉鸟兽群鱼,自来亲人。"
> 王司州至吴兴印渚中看,叹曰:"非唯使人情开涤,亦觉日月清朗。"
> 王子敬云:"从山阴道上行,山川自相映发,使人应接不暇。若秋冬之际,尤难为怀。"
> 顾长康从会稽还,人问山川之美。顾云:"千岩竞秀,万壑争流,草木蒙笼其上,若云兴霞蔚。"

人物品评和山水品赏两者相得益彰,成为士族名流对自身和他人才学人格评判的一个重要标准。如《世说新语·赏誉》载:"孙兴公为庾公参军,共游白石山,卫君长在坐。孙曰:'此子神情都不关山水,而能作文!'"可见,当时的名士们把对山水的品赏和领悟视为主体人格的一种确证,是一个人审美修养高低的重要表现。而"神情都不关山水"显然是有损于名士风流的。因此,登临游览之风盛行,成为陶冶人格与培养性情的一种手段。当时的文人学士无不爱好自然山水,如阮籍"或登临山水,经日忘归"(《晋书·阮籍传》),羊祜"乐山水,每风景必造岘山置酒,言咏终日不倦"(《晋书·羊祜传》)。《晋书·王羲之传》又载:"会稽有佳山水,名士多居之,谢安未仕时亦居焉。孙绰、李充、许询、支遁等皆以文义冠世,并筑室东土,与羲之同好。"

这种登山临水的风气孕育了山水诗文创作的兴盛(如兰亭集会),山水品赏和人物品评因而成为文艺品评的直接来源。《世说新语·文学》载:"郭景纯诗云:'林无静树,川无停波。'阮孚云:'萧瑟不可言。每读此文,辄觉神超形越。'"文艺批评所用的语言与人物品评相近也就成为很自然的事,如《晋书》本传中用了"飘如游云,矫若惊龙"来形容王羲之书法的笔势,而同样是这八个字在《世说新语·容止》中则是用来表现他俊逸洒脱的风度形貌(见上文所引)。此外,像"风骨"、"气韵"以及"形似"、"神似"这类概念进入文艺批评领域,人物品评作为中介起了重要的推广作用。

在人物品评的影响下,绘画艺术从汉代到六朝,也经历了一场从重形到重神的变革。在魏晋以前,画论中占统治地位的仍是追求形似的看法,这与当时的艺术尚未脱离实用有关。因此,绘画是"随色象类,曲得其情"(王延寿《鲁灵光殿赋》),"宣物莫大于言,存形莫善于画"(《历代名画记》引陆机语)。直到东晋,顾恺之提出了"传神写照"的绘画理论,才一改传统的崇尚形似的风气。南朝的谢赫提出"绘画六法",并把"气韵生动"放在第一位,是对顾恺之绘画美学思想的继承与深化。他在品评卫协时说:"古画之略,至协始精。六法之中,迨为兼善。虽不该备形妙,颇得壮气。凌跨群雄,旷代绝笔。"虽然"形妙"不备,但由于"颇得壮气",所以仍不失为一品。而在评五品的刘瑱时则说:"纤细过度,反更失真。"(《古画品录》)这是对过于追求外在形似的批评。因此,"从两汉绘画注重形似到魏晋绘画追求神似,体现了中国古代绘画美学观的重大发展"①。

不过,顾恺之的"传神写照"的理论主要是针对人物画而言的,他在《魏晋胜流画赞》中说:"凡画,人最难,次山水,次狗马;台榭一定器耳,难成而易好,不待迁想妙得也。"他只承认有生命的人才有"神",必须"迁想妙得",而山水、狗马、台榭则是无生气的自然存在物,所以不必传其神。这种观点显然是有局限的。直到宗炳出现后,才改变了这种偏见。他在《画山水序》一文中,站在佛教形神观的立场上,将自然万物视为佛之神明的体现,这就使他突破了传统的山水绘画观念,更重视其畅神的作用,从而推动了山水画的发展。

另外,人物品藻对山水画的影响也是不可忽略的。汤用彤曾谈到:"绘画重'传神写照',则已接近精神境界、生命本体、自然之美、造化之工也。但自来人物品藻多用山水字眼……故传人物之神向以山水语言代表,以此探生命之本源,写自然之造化。而后渐觉悟到既然写造化自然用人物画,而人物品藻则常拟之山水,然则何不画山水更能写造化自然? 因此山水画法出焉。谢幼舆自比庾亮谓'丘壑过之',故顾长康画谢在岩石里,因谢'胸中有丘壑'也。晋人从人物画到山水画可谓为宇宙意识寻觅充足的媒介或语言之途径。盖时人觉悟到发揭生命之本源、宇宙之奥秘,山水画比人物画为更好之媒介,所以即在此时'老庄告退,而山水方滋'。"②

当然,从人物画到山水画,这其中也离不开佛教的影响,如宗炳既是画家,又是佛教信徒,他在《画山水序》中提出的"畅神说"代表了佛教的山水

---

① 盛源、袁济喜:《六朝清音》,河南人民出版社,2000年,第272页。

② 汤用彤:《魏晋玄学与文学理论》,《魏晋玄学论稿》,上海古籍出版社,2001年,第202页。

审美意识,即强调心物之间的精神交流和感应,"夫以应目会心为理者,类之成巧,则目亦同应,心亦俱会。应会感神,神超理得,虽复虚求幽岩,何以加焉! 又神本无端,栖形感类,理入影迹,诚能妙写,亦诚尽矣",实际上是把自然万物看成是有机的生命体,通过山水的感性之美来领悟佛法的广大微妙。这种新的山水审美意识与玄学名士的"以玄对山水"有相通之处,但比后者具有更加灵活圆融的超脱精神。另外,中国传统的山水画重在传神写意,常以"留白"的形式表现宇宙自然的空灵与神韵。山水画中的自然景物往往隐含着某种精神意蕴,并不是纯粹的客观描写。而人物品藻所特有的表现方式(借助自然景物表现人物的精神气度)也成为山水画的出现和理论形成的重要来源之一。

在书法论中也提出了类似的传神的问题,如王僧虔在《笔意赞》中提出:"书之妙道,神采为上,形质次之,兼之者方可绍于古人。"袁昂的《古今书评》对各家书法的评价亦有重神之意,如"王右军书如谢家子弟,纵复不端正者,爽爽有一种风气","蔡邕书骨气洞达,爽爽有神"等。相对于绘画、音乐、文学而言,书法艺术是六朝时期各类艺术中异常引人注目的一种。相对于绘画、音乐、文学而言,这一时期的书法艺术似乎更为后人所瞩目,尤其是王羲之的书法,一变汉魏以来的质朴书风,在师法前人的基础上,融会贯通,自出新意,其行草(以《兰亭序》为代表)以妍美流便、神采飘逸的风格,达到了炉火纯青的地步。

书法艺术是介于抒情艺术(音乐、诗歌)和造型艺术(绘画、雕塑)之间的,它无需像绘画那样描摹实物,所以对形似的要求不高,但又不完全抽象,这就给书法家利用笔画和线条自由的抒情写意提供了更大的空间。特别是行草,最适宜表现人的自由精神。另外,书法又具有一种类似音乐或舞蹈的特点,亦即具有节奏和形体之美,可以充分地表现出书写者的情感与人格。宗白华曾引用唐人张怀瓘《书议》中对王献之书法的评价:"子敬之法,非草非行,流便于行草,又处其中间,无藉因循,宁拘制则,挺然秀出,务于简易。情驰神纵,超逸优游,临事制宜,从意适便。有若风行雨散,润色开花,笔法体势之中,最为风流者也!"在这段引文之后,宗白华接着说:"他这一段话不但传出行草艺术的真精神,且将晋人这自由潇洒的艺术人格形容尽致。……魏晋的玄学使晋人得到空前绝后的精神解放,晋人的书法是这自由的精神人格最具体最适当的艺术表现。"①这一时期的书法之所以能够超

---

① 宗白华:《论〈世说新语〉和晋人的美》,《美学散步》,上海人民出版社,1981 年,第 212—213 页。

过文学及其他艺术而达到最高的成就,这是其中的一个重要原因。

在音乐方面,汉魏以来人们非常重视音乐的感染力量,强调以悲为美。王褒《洞箫赋》云:"故知音者悲而乐之,不知音者怪而伟之。故闻其悲声则莫不怆然累欷,擎涕抆泪。"钱锺书在《管锥编》中指出:"奏乐以生悲为善音,听乐以能悲为知音,汉魏六朝,风尚如斯,观王赋此数语可见也。"①这种以悲为美的风尚使挽歌受到青睐,《世说新语·任诞》中就记载了东晋时期袁山松和张湛嗜好挽歌的逸事:

> 张湛好于斋前种松柏;时袁山松出游,每好令左右作挽歌。时人谓"张屋下陈尸,袁道上行殡"。

挽歌就是为死者送葬时唱的歌曲,演唱挽歌本来只是丧葬仪式中的一个必要环节,自东汉以来也在社会上得到广泛流行。《后汉书·五行志》刘昭注引应劭《风俗通》曰:"时京师殡婚嘉会,皆作傀儡,酒酣之后,续以挽歌。"刘昭注曰:"魁儡,丧家之乐;挽歌,执绋相偶和之者。"此外,《后汉书·周举传》记载,大将军梁商"大会宾客,宴于洛水……及酒阑倡罢,继以《薤露》之歌,坐中闻者,皆为掩涕"。《晋书·五行志》亦云:"海西公时,庾晞四五年中喜为挽歌,自摇大铃为唱,使左右齐和。又宴会辄令倡妓作新安人歌舞离别之辞,其声悲切。"可见,这种奇特的风俗在当时已成为一种审美风尚。

东汉以来道家思想的影响日渐显著,更重视音乐在精神上的提升作用,如马融《长笛赋》说笛声"可以通灵感物,写神喻意"。成公绥在《啸赋》中对啸声作了淋漓尽致的描绘,说啸声不必借助器物,可以"近取诸身,役心御气,动唇有曲,发口成音,触类感物,因歌随吟",认为啸声"良自然之至音,非丝竹之所拟。……玄妙足以通神悟灵,精微足以穷幽测深"。而稽康更是推重"导养神气,宣和情志"的音乐观,他在《琴赋序》中说到:"余少好音声,长而玩之,以为物有盛衰,而此无变,滋味有厌,而此不倦。可以导养神气,宣和情志。处穷独而不闷者,莫近于音声也。"颜之推也认为,琴瑟之乐"恬恬雅致,有深味哉。今世曲解,虽变于古,犹足以畅神情也"(《颜氏家训·杂艺》)。

陶渊明对音乐也有独到的理解,曾提出"但识琴中趣,何劳弦上声"的说法。《晋书·陶潜传》说他"性不解音,而畜素琴一张,弦徽不具,每朋酒之会,则抚而和之,曰:但识琴中趣,何劳弦上声"。此外,《宋书》本传也说他

---

① 钱锺书:《管锥编》第三册,中华书局,1979 年,第 946 页。

"不解音声,而畜素琴一张,无弦,每有酒适,辄抚弄以寄其意"。正史上的这些记载都认为陶渊明并不通晓音乐,但我们从他的作品中可以看到很多涉及音乐的句子,如"寄心清商,悠然自娱"(《扇上画赞》),"弱龄寄事外,委怀在琴书"(《始作镇军参军经曲阿作》),"悦亲戚之情话,乐琴书以消忧"(《归去来辞》),"衡门之下,有琴有书。载弹载咏,爰得我娱。岂无他好,乐是幽居"(《答庞参军》),在《与子俨等疏》中他又自称"少学琴书,偶爱闲静"等,这说明陶渊明具有很高的音乐修养。"但识琴中趣,何劳弦上声"也就是他所说的"此中有真意,欲辨已忘言"之意,与孔子的"乐云乐云,钟鼓云乎哉"之论颇有相通之处。

当然,从理论上加以系统阐发的还是嵇康的《声无哀乐论》。他提出了"和声无象,哀心有主"的思想,强调心灵的主观能动性,而否认音乐本身有情感内容:"声音自当以善恶为主,则无关于哀乐;哀乐自当以情感而后发,则无系于声音。"又说:"声音以平和为体,而感物无常,心志以所俟为主,应感而发。"显然,嵇康否定了传统的"乐象说",因而与儒家的乐教思想是对立的。但他同时也看到,音乐虽然不需要借助任何媒介,却能与人的心灵相沟通,所谓"哀心藏于主,遇和声而后发"(《声无哀乐论》)。这样一来,他就"将音乐的审美精神回归自我的判定之上,从而拓展了心灵的空间"①。黑格尔也认为,音乐所用的声音"是在艺术中最不便于造成空间形象的,在感性存在中是随生随灭的,所以音乐凭声音的运动直接渗透到一切心灵运动的内在的发源地"②,这与嵇康的观点不谋而合。

第二节　魏晋玄学与形神之辨的关系

魏晋玄学的出现在中国思想史上具有划时代的意义,它使整个社会的思想观念发生了深刻的变革。汤用彤指出:"汉代寓天道于物理。魏晋黜天道而究本体,以寡御众,而归于玄极;忘象得意,而游于物外。于是脱离汉代宇宙之论而留连于存存本本之真。……(汉人谈玄)其所探究不过谈宇宙之构造,推万物之孕成。及至魏晋乃常能弃物理之寻求,进而为本体之体会。舍物象,超时空,而研究天地万物之真际。以万有为末,以虚无为本。……汉代偏重天地运行之物理,魏晋贵谈有无之玄致。二者虽均尝托始于老子,

---

①　袁济喜:《中国古代文论精神》,山西教育出版社,2005年,第352页。
②　黑格尔:《美学》第三卷上册,商务印书馆,1979年,第349页。

然前者常不免依物象数理之消息盈虚,言天道,合人事;后者建言大道之玄远无朕,而不执著于实物,凡阴阳五行以及象数之谈,遂均废置不用。因乃进于纯玄学之讨论。"①

汤用彤的这段话把汉代思想与魏晋玄学的差别做了精辟的概括。可见,玄学关注的是现象背后的本体,事物存在的依据,试图超越有限而把握无限,"它以一种新的观念将人们从传统的伦理、道德价值中解放出来"②,因此玄学对魏晋以来的文学艺术的影响主要体现在这种探本求源的思维方式上。张海明认为:"玄学对本体的探询一旦进入到个体人格层面,便必然会关注人的情感、人的精神世界,关注个体心性的自由,以及个体如何超越有限达到无限等等。"③因此,理想人格是玄学与艺术的联结点。

玄学的基本命题是自然与名教之辨、有无之辨和言意之辨。其中自然与名教的问题是玄学的落脚点,即玄学的宗旨是为了解决汉末以来的经学衰落和政治危机,调和名教与自然的关系,克服名教在现实生活中的异化现象,通过援道入儒,整合儒道,为当时的门阀士族提供一种新的理论来论证纲常名教的合理性④。而有无之辨是从本末、体用关系上来确立名教与自然的关系问题;言意之辨则是王弼、郭象等人通过注释经典论证上述问题时所采用的具体方法。魏晋玄学虽然没有直接涉及形神之辨,但它确立了一种重神贵无的人格理想,张海明认为:"玄学的产生过程,就是人格问题的讨论由显而微,由具体而抽象的过程。"⑤有无之辨和言意之辨这两个命题本质上都是围绕着这种人格理想展开的。李泽厚甚至把构建理想的人格本体看作是魏晋玄学的中心问题。他说:"人的自觉成为魏晋思想的独特精神,而对人格作本体建构,正是魏晋玄学的主要成就。"⑥

有无之辨确立了名教与自然的本末、体用关系,何晏、王弼等人强调"以无为本",名教本于自然,希望有一个理想的君主能像圣人那样在决策思想上做到顺应自然,"圣人达自然之性,畅万物之情,故因而不为,顺而不施"

---

① 汤用彤:《魏晋玄学流别略论》,《魏晋玄学论稿》,上海古籍出版社,2001 年,第 44 页。
② 张海明:《经与纬的交结——中国古代文艺学范畴论要》,云南人民出版社,1994 年,第 7 页。
③ 张海明:《玄妙之境》,东北师范大学出版社,1997 年,第 366 页。
④ 魏晋玄学一般分为三个时期,即正始、竹林、元康。其中代表竹林玄学的嵇康主张"越名教而任自然",阮籍则极力嘲讽和鞭挞礼法之士,似乎把名教与自然的关系对立起来,其实这是一种误解。他们否定的是现实中虚伪的名教,即违背自然之道的名教,他们的理论旨趣在于以理想批判现实,使名教复归于理想之境。参见高晨阳《论魏晋玄学派系之别与阶段之分》。(《山东大学学报》1999 年第 4 期)
⑤ 张海明:《玄学本体论与魏晋六朝诗学》,《文学评论》1997 年第 2 期。
⑥ 李泽厚:《庄玄禅宗漫述》,《中国古代思想史论》,人民出版社,1986 年,第 193 页。

（王弼《老子》二十九章注），最终实现"天地以自然运，圣人以自然用"（《列子·仲尼篇》张湛注引何晏《无名论》）的内圣外王之道。郭象虽然淡化了"有"与"无"的对立，以"独化论"将两者统一起来，因而更加强调"自然"的意义，但他同样着眼于名教与自然的结合。在"神器独化于玄冥之境"（郭象《庄子序》）这个命题中，"神器"一词源于《老子》二十九章："天下神器不可为也"，指的是国家政权。这就要求君主做到"无心而任乎自化"（《庄子·应帝王》注）①，不能"有心而使天下从己"，而应"无心而付之天下"（《论语体略》）②，这种君主"虽在庙堂之上，然其心无异于山林之中"，"虽终日挥形而神气无变，俯仰万机而淡然自若"（《庄子·大宗师》注），虽然掌握了最高权力，仍不失名士本色。因此，有无之辨同时也确立了一种人格理想，并进而成为玄学名士普遍的精神追求："圣人之形，不异凡人，故耳目之用衰，至于精神，则始终常全耳"（《庄子·徐无鬼》注），这是郭象心目中的圣人形象。嵇康在《释私论》中则以"心无措乎是非，而行不违乎道者"作为君子的理想人格，强调精神的自由无待："夫气静神虚者，心不存乎矜尚；体亮心达者，情不系乎所欲。"（同上）至于阮籍笔下所描绘的"大人先生"，更是充满了对虚伪名教的揭露和讽刺，这与嵇康以"越名教而任自然"来抨击"礼法之士"一样，都是对现实社会的批判。

此外，王弼还以玄学中的"无"来解释"神"。他在注《周易·观卦》"圣人以神道设教"时说："神则无形者也，不见天之使四时，而四时不忒，不见圣人使百姓，而百姓自服也。"在《老子》第二十九章注中说："神无形无方也。"③在形神关系上，把"神"规定为超越于有限的"形"的一种无限自由的境界，这就将有无之辨与形神问题结合起来，使它和美学的关系更加密切④。总之，玄学确立了一种重神贵无、崇尚自然的价值观，并通过士人的思想意识进一步影响到六朝的文学和艺术。如阮籍《清思赋》云：

> 余以为形之可见，非色之美；音之可闻，非声之善。……是以微妙无形，寂寞无听，然后乃可以睹窈窕而淑清。……夫清虚寥廓，则神物来集；飘遥恍惚，则洞幽贯冥；冰心玉质，则激洁思存；恬淡无欲，则泰志适情。

① 郭象注，成玄英疏：《庄子注疏》，中华书局，2011 年，第 158 页。按：以下所引郭象注均出自该书。
② 据汤一介《郭象与魏晋玄学》附录所收郭象《论语体略》佚文，北京大学出版社，2000 年，第 319 页。
③ 以上分别见楼宇烈校释：《王弼集校释》，中华书局，1980 年，第 315、77 页。按：以下所引王弼的注文均出自该书。
④ 参见李泽厚、刘纲纪：《中国美学史》（魏晋南北朝编），安徽文艺出版社，1999 年，第 132 页。

作者以优美的语言展示了一个清幽、玄远的艺术境界。在阮籍看来,只有超越了具体形态的美才是最高境界的美。也就是说,"窈窕而淑清"的美是建立在"微妙无形,寂寞无听"的基础之上的。而主体只有在"清虚寥廓"、"恬淡无欲"的状态和心境下,才能体验到"神物来集"、"洞幽贯冥"这种美的极致。

言意之辨与形神问题也有密切的关系。汤用彤在《言意之辨》一文中说道:"圣人识鉴要在瞻外形而得其神理,视之而会于无形,听之而闻于无音,然后评量人物,百无一失,此自'存乎其人,不可力为';可以意会,不能言宣(此谓言不尽意)。故言意之辨盖起于识鉴。"①张少康进一步指出:"人的形貌可以用语言来具体描述,而神态风貌则难以言尽。所以言意之辨的兴起是由品评人物重神轻形而来的。"②那么,在言意之辨中又是如何体现形神关系的? 王弼在《周易略例·明象》中说:

> 夫象者,出意者也。言者,明象者也。尽意莫若象,尽象莫若言。言生于象,故可寻言以观象。象生于意,故可寻象以观意。意以象尽,象以言著。故言者,所以明象,得象而忘言;象者,所以存意,得意而忘象。犹蹄者所以在兔,得兔而忘蹄;筌者所以在鱼,得鱼而忘筌也。③

这段话集中概括了王弼对言意关系的看法,实际上是针对《周易·系辞传》中关于圣人设卦观象的目的而言的。《系辞上》说:"圣人有以见天下之赜,而拟诸其形容,象其物宜,是故谓之象。圣人有以见天下之动,而观其会通,以行其典礼,系辞焉以断其吉凶,是故谓之爻。"就此而言,圣人设卦观象的目的是为了发挥"《易》与天地准,故能弥纶天地之道"的巨大作用,而这个作用能否得到发挥,关键还在于人。《系辞上》又说:"极天下之赜者存乎卦,鼓天下之动者存乎辞,化而裁之存乎变,推而行之存乎通,神而明之存乎人。"因此,人们只有"寻言以观象","寻象以观意",而又不执着于言象本身,并通过卦辞"穷神知化"、"见几而作",才能实现"弥纶天地之道"的作用。但一般人的智慧是很难做到这一切的,只有圣人才有可能。

由此可见,得意忘言的思想方法正是王弼理想中的圣人君子的体现。在言意之辨这个命题中,"意"是一个高度抽象的本体论意义上的概念,是对

① 汤用彤:《魏晋玄学论稿》,上海古籍出版社,2001 年,第 24 页。
② 张少康:《神似溯源》,《古典文艺美学论稿》,中国社会科学出版社 1988 年版,第 51 页。
③ 楼宇烈:《王弼集校释》,中华书局,1980 年,第 609 页。

"道"的直觉领悟和把握,最终的结果必然是对"言"和"象"的超越,"得意"的过程是一种神秘的精神体验,因此,也只有圣人的智慧才能做到。从这个意义上说,言意问题也是魏晋玄学本末有无思想的具体化。汤用彤在《言意之辨》一文中指出:"玄者玄远。宅心玄远,则重神理而遗形骸。神形分殊本玄学之立足点。学贵自然,行尚放达,一切学行,无不由此演出。……由重神之心,而持寄形之理,言意之辨,遂合于立身之道。"①因此,玄学的思想方法通过言意之辨深入人心,这又促使人们对艺术上的形神之辨有了更进一步的认识。《世说新语·巧艺》载:"顾长康画人数年不点目精,人问其故,顾曰:'四体妍媸本无关于妙处,传神写照正在阿堵之中。'"可见,单纯通过描绘眼睛来表现人的精神面貌是很难的,必须通过创造性的想象才有可能达到目的,所以他提出"晤对通神"和"迁想妙得"的主张。汤用彤在《魏晋玄学与文学理论》一文中对此评论到:"顾氏之画,盖亦根植于'得意忘言'之学说也。"又说:"魏晋南北朝文学理论之重要问题实以'得意忘言'为基础。"②

总之,无论是王弼、嵇康还是郭象,他们都有意将玄学中的自然与名教、本末有无、言意之辨与人格理想结合在一起,并且通过玄学名士的言行影响开来,成为一种风气,这就是魏晋风度。由此又渗透到文学和艺术创作,成为文艺作品直接或间接地表现对象(如嵇康和阮籍的诗文、顾恺之的绘画、王羲之的书法等),从而确立了一种新的审美风尚。玄学与艺术通过理想人格这个中介使两者得到沟通,前者是哲学的诗化,后者则是诗化的哲学。同时,玄学的思想方法也为六朝人提供了一种新的审美观念,"这就是将美从狭隘的道德境界上升到宇宙本体上,注重表现和描绘精神之美"③。由此出发,进而引申到绘画中追求传神写照,文学上追求言外之意④,使艺术上的形神之辨逐渐引起人们的重视,从而形成了中国艺术表现的民族传统。

第三节　诗歌传统与书画理论在形神问题上的差异

与书画理论相比,在六朝的诗论中,还没有出现有意识地将形神对举,

---

① 汤用彤:《言意之辨》,《魏晋玄学论稿》,上海古籍出版社,2001年,第35页。
② 汤用彤:《魏晋玄学与文学理论》,《魏晋玄学论稿》,上海古籍出版社,2001年,第202、209页。
③ 袁济喜:《六朝美学》,北京大学出版社,1999年,第20页。
④ 如范晔在《狱中与诸甥侄书》中提出文是"情志所托,故当以意为主";刘勰在《文心雕龙·隐秀》篇中提出"隐以复意为工,秀以卓绝为巧","深文隐蔚,余味曲包"等。

或者直接强调神似的观点。在书画论中作为核心的形神关系问题在诗论中还未引起足够的重视（直到唐宋以后，特别是随着宋代诗画艺术的融合才引起广泛的重视）。这是因为绘画是造型艺术，描摹事物的外形是绘画的基本功能，陆机就说过："存形莫善于画。"（张彦远《历代名画记》引）中国绘画在早期就是以追求"形似"为目的，以后又受人物品评和魏晋玄学风气的影响，从顾恺之提出"传神写照"开始，绘画艺术突破了"存形"的局限，走向了追求"传神"的发展道路。但是顾恺之所说的"神"主要是指人物的精神面貌（当时的绘画以人物画为主），因此，"传神"是建立在"形似"的基础之上。

相比之下，文学则是以语言为媒介，它不可能像绘画那样直接诉诸感官（尽管它也需要通过形象抒情言志）。而且中国的诗歌有着长期的抒情言志的传统，特别是在汉代《毛诗序》中进一步把这种言志的内涵规定为"经夫妇，成孝敬，厚人伦，美教化，移风俗"。诗歌语言的这种观念化的倾向对后世产生了深刻的影响，形象的描写只是言志的手段，在诗中所占的比重很小，而且大都不够完整。汉末以来，随着思想的解放和文学的自觉，诗歌创作逐渐摆脱了政教观念的束缚，成为自由抒发个人情感的主要形式。到了晋宋时期，随着山水诗的兴起，诗歌的艺术功能才发生了重大的转变，其描写的功能得到了长足的发展，"情必极貌以写物，辞必穷力而追新"（《文心雕龙·明诗》），"性情渐隐，声色大开"（沈德潜《说诗晬语》），追求形似成为一种创作风尚，正如刘勰所云："自近代以来，文贵形似。窥情风景之上，钻貌草木之中。吟咏所发，志惟深远，体物为妙，功在密附。"（《文心雕龙·物色》）

此外，钟嵘在《诗品》中也以肯定的态度指出了张协、谢灵运、鲍照等人"巧构形似之言"、"尚巧似"的创作倾向。追求形似的风气推动了山水诗的发展，并促进了咏物诗和宫体诗的大量出现。同时，也使人们对包括诗歌在内的文学自身的审美性质有了更加自觉全面的认识。但后人也常常批评南朝以来的文学中所存在的浮靡之风，过分追求辞采、声律、对偶等形式技巧的完美而忽略了思想内容的充实。客观地讲，这种批评不是没有道理的。但我们不能否认南朝诗歌在艺术形式的创新和技巧的完善上对后来的唐诗所做出的贡献。

与书画艺术相比，文学由于受到政教观念和诗言志传统的束缚，所以在传神写意的追求上还显得不够充分。例如，两汉的散体大赋虽然铺张扬厉，气势宏大，但除了辞采富丽之外，并无神韵可言。因为汉大赋是为适应歌功颂德、润色鸿业的需要而产生的，其内容并未超过美刺讽谕的范围。班固说汉赋的作用是"或以抒下情而通讽谕，或以宣上德而尽忠孝，雍容揄扬，著于后嗣，抑亦雅颂之亚也"（《两都赋序》），只是重视其讽谏和教化的功能。所以，尽管汉赋是作家的个人创作，却很难体现作家的真性情。再加上汉代赋家为了投合帝王好大喜功的心理，而竞相追求侈丽宏衍之词，在创作上形成了重模仿的风气和类型化的倾向，也在很大程度上束缚了作家的创造精神。汉大赋的这种体制决定了它根本不是"自由的艺术"，只能成为康德所说的那种"雇佣的艺术"①。黑格尔则反对把道德说教之类作为艺术的目的，而主张艺术有它自己的使命和目的，即"用感性的艺术形象的形式去显现真实"②。

此外，由于文学语言在其发展过程中所形成的观念化倾向（如"诗言志"）总是为一些文论家（如裴子野）作道德文章的引申提供了可能，因而在理论认识上也不会像书法绘画那样直截了当。书画艺术所运用的媒介是笔墨和线条，是一些不易被观念化的东西，加上六朝由于注重人物品鉴而形成的重神重意的风气，使书画在表达微妙难言的情思意趣方面具有其独特的优势，所以比文学更容易超越形似的局限，而率先提出传神的要求。正如钱锺书在评论谢赫《古画品录》时所说：

> 谈艺之拈"神韵"，实自赫始；品画言"神韵"，盖远在说诗之先。③

诗歌与书画在发展阶段上的差异性是客观存在的，但我们不能简单地以今人的眼光来评判优劣高下，因为当时的人们评价诗歌与书法绘画的审美标准是不一样的。徐复观在对诗歌与绘画作了比较之后认为，由庄学发展起来的中国艺术精神只有在以山水为主的自然画中才能得到完全的落实，原因在于："我国文学源于五经。这是与政治、社会、人生，密切结合的带有点实用性很强地大传统。因此，庄学思想，在文学上虽曾落实于山水田园之上，但依然只能成为文学的一支流；而文学中的山水田园，依然会带有浓厚的人文气息。这对庄学而言，还超越得不纯不净。庄学的纯净之姿，只能在以山水为主的自然画中呈现。"④这与我们前面所提到的宗白华对晋人书法艺术的看法有异曲同工之妙。由于文学与绘画在思想根源上存在着这种

---

① 康德：《判断力批判》第 43 节，邓晓芒译，人民出版社，2002 年，第 147 页。
② 参见黑格尔：《美学》第一卷，朱光潜译，商务印书馆，1979 年，第 68—69 页。按：黑格尔所说的"真实"，是指一种心灵的真实，不是客观真实。
③ 钱锺书：《管锥编》第四册，中华书局，1979 年，第 1353 页。
④ 徐复观：《中国艺术精神》，春风文艺出版社，1987 年，第 196 页。按：徐复观在这里所说的"庄学"，实际上已经是经过佛学改造后的庄学，而不是庄学的本来面目了。

差异,因而就会形成各自不同的评价标准。

当然,我们也不能否认,六朝的书画艺术所追求的"神"仍然是与形象的表现紧密联系在一起的。徐复观指出:"魏晋及其以后的人物画,则主要是在由通过形以表现被画的人物之神,来决定其意味、价值。"这与后人对"神"的理解有所不同。因此,在文学刚刚进入自觉的六朝时期,诗歌创作追求"形似"与书画艺术注重"传神",这两类艺术之间虽有一定差距,但仍然存在着共同的基础,即它们对形象的重视始终是一贯的。从顾恺之的创作实践来看,他对"传神"的理解主要还是体现在人物形象的塑造上,即"将此对象所蕴之神,通过其形相而把它表现(传)出来"①。

但后人所理解的"传神"并不限于人物对象本身,因为仅仅通过描绘人物形象本身来传神,有时也很难达到目的,因此,这种观点是有局限的。实际上顾恺之本人大概也意识到了这个问题,他在《魏晋胜流画赞》中说:

> 人有长短,今既定远近以瞩其对,则不可改易阔促,错置高下也。凡生人亡有手揖眼视而前亡所对者,以形写神而空其实对,荃生之用乖,传神之趋失矣。空其实对则大失,对而不正则小失,不可不察也。一像之明昧,不若悟对之通神也。

顾恺之曾说:"四体妍蚩,本无关妙处。传神写照,正在阿堵中。"(《世说新语·巧艺》)强调眼睛在传神写照中的意义。但他又认为,画眼睛时视线要有注视的对象,否则就违反了生活真实,无法准确传达人的神情。所以他反对"空其实对",强调"晤对通神"。可见,"以形写神"不能只强调对象本身,还要考虑它与周围环境的关系。在创作实践上,为了更好地表现裴楷"俊朗有识具"的特点和谢鲲"胸有丘壑"的境界,顾恺之又别出心裁地将裴楷的脸颊上加了三根胡须,将谢鲲置于岩石中,以此来突出人物的精神面貌,这都是对他理论主张的突破。南齐的画家谢赫指出顾恺之所长仅在"格体精微"而未能传神达意,在《古画品录》中将他列入第三品,评语是:"格体精微,笔无妄下,但迹不逮意,声过其实。"这虽然曾引起后人的非议,但谢赫把"气韵生动"放在"六法"的首位,显然是作为绘画创作的总体要求和原则,"气韵"是对于整个画面而言的,"生动"也并不只是针对人物形象本身("骨法用笔"、"应物象形"等其余各法才是针对具体人物而言的),从这个意义上说,谢赫的观点不是没有道理的。

---

① 徐复观:《中国艺术精神》,春风文艺出版社,1987年,第135页。

重视形象的传达在当时的艺术创作中是一个很普遍的现象,鲍照在《飞白书势铭》中就用客观物象来比拟和形容书法的笔势:"鸟企龙跃,珠解泉分。轻如游雾,重似崩云。绝锋剑摧,惊势箭飞。差池燕起,振迅鸿归。临危制节,中险腾机。"这里提到的物象都带有虚拟的性质,是人们从书法的笔势中联想而来的,并非实际所见,但却给欣赏者留下了丰富的审美想象空间。

这种虚拟的物象甚至在音乐中也有所体现,《礼记·乐记》中说:"声者,乐之象也。"唐代学者孔颖达认为:"乐本无体,由声而见,是声为乐之形象也"(《礼记正义》)。这就是"乐象说":

> 是故清明象天,广大象地,终始象四时,周还象风雨,五色成文而不乱,八风从律而不奸,百度得数而有常,小大相成,终始相生,倡和清浊,迭相为经。故乐行而伦清,耳目聪明,血气和平,移风易俗,天下皆宁。

郑玄注云:"清明,谓人声也。广大,谓钟鼓也。周还,谓舞者。"孔颖达进一步指出:"'是故清明象天'者,由乐体如此,故人之歌曲清洁显明,以象于天也。'广大象地者',谓钟鼓铿锵,宽广壮大,以象于地也。'终始象四时'者,终于羽,始于宫,象四时之变化,终而复始也。'周旋象风雨'者,言舞者周匝回还,象风雨之回复也。"(《礼记正义》卷三十八)其实,音乐以声音和节奏的抽象形式与人的情感活动直接对应,本来是不需要借助形象的,但"乐象说"的提出,则反映了古人对"象"的重视。其原因在于,古人力图用"乐象"来解决音乐的伦理教化内容有所依附的问题;另一方面,也反映了中国传统思维重视"象"的特点。

由此看来,"象"与"形"的含义是有所不同的。相比之下,"形"客观而具体,"象"则主观而抽象。《周易·系辞上》云:"见乃谓之象,形乃谓之器。"可见,"形"是具体实在的"器"之形;而"象"是存在于"器"之中的无形而可感的事物,如《淮南子·精神训》云:"古未有天地之时,惟象无形。"但两者仍有相通之处,如《周易·系辞上》云:"在天成象,在地成形,变化见矣。"这里的"象"与"形"即互文对举。王弼关于言意关系的看法虽然包含辩证法的因素,但他实际上还是主张"崇本息末",因而更强调"意",而把"言"和"象"看作是得"意"的筌蹄,认为只有忘掉言象,才能真正得意,如同"舍筏"才能"达岸"一样。而刘勰在《文心雕龙·物色》中提出的"文贵形似"的说法则是对王弼玄学言意之辨的扬弃,其中的"形"是包含与"意"相对的"言"和"象"在内的。

总之,"象"的意义不仅仅是"道"和"器"中间的一个过渡环节,它本身就具有独立的价值,对作家和艺术家而言,就显得更加重要。可见,自两汉以来,人们是非常注重通过具体的形象来传神的,对形与神的看法还没有形成后世的二元对立的观念。

第四节 "文贵形似"提出的意义

中国传统诗学中并没有重形似的观念,而是以抒情言志为主,强调"应会感神"或"兴会标举"之类的情感体验。从根本上说,文艺表现的对象不是客观的对象,而是人的主观情志,所以中国的传统诗学追求的不是外在的真实,而是心灵的真诚,在这一点上儒家和道家的立场是一致的。所不同的是,儒家重"诚",主张"修辞立其诚"(《周易·乾卦·文言》),"诚者,天之道也;思诚者,人之道也。至诚而不动者,未之有也"(《孟子·离娄上》),"唯天下至诚,为能尽其性;能尽其性,则能尽物之性;能尽物之性,则可以赞天地之化育;可以赞天地之化育,则可以与天地参矣……诚者,物之终始,不诚无物,是故君子诚之为贵"(《礼记·中庸》)。朱熹对"诚"的解释是:"诚者,真实无妄之谓,天理之本然也。"(《四书章句集注·中庸章句》)

而道家贵"真",崇尚自然天成之美,"真者,精诚之至也,不精不诚,不能动人……真在内者,神动于外,是所以贵真也"(《庄子·渔父》),"一语天然万古新,豪华落尽见真淳"(元好问《论诗绝句》)。荆浩在《笔法记》中托名石鼓岩叟对"似"与"真"做了区别:"似者,得其形遗其气;真者,气质俱盛。"宋人董卣《书徐熙牡丹图》云:"世之评画者曰:'妙于生意,能不失真,如此矣,是能尽其技。'尝问如何是当处生意?曰:'殆谓自然。'其问自然?则曰:'不能异真者,斯得之矣。'"(《广川画跋》)可见,所谓"真"就是自然天成,就是"气质俱盛",它比一般的"形似"层次更高。

由此看来,儒家的"诚"和道家的"真"一样,都是具有本体论意义的范畴,是人对天道自然的一种自觉的体认,这种观念也影响到古人对诗歌的认识。元好问指出:"唐诗所以绝出于三百篇之后者,知本焉尔矣。何谓本?诚是也。……故由心而诚,由诚而言,由言而诗也。……故曰不诚无物。夫惟不诚,故言无所主,心口别为二物,物我邈其千里,漠然而往,悠然而来;人之听之,若春风之过马耳。其欲动天地感鬼神难矣。其是之谓本。"(《杨叔能小亨集引》)而像西方人那种建立在认知理性基础上的所谓客观真实的观念在中国的传统诗学中是不存在的。因为客观对象本身如果不被赋予一定的意义,那么它在艺术中是没有地位的。这就好比担水砍柴,虽然是同样的事情,但悟道之前没有什么特别的意义,悟道之后才变得有意义了。以中国画所描写的对象为例,朱良志在《中国艺术的生命精神》一书中说:

> 生命是跳荡于中国画之中不灭的精魂。如山水画创作,千百年来,依然是深山飞瀑、苍木古松、幽涧寒潭……似乎总是老面孔。然而人人笔下皆山水,山山水水各不同。它的艺术魅力,就在于似同而实异的表相中所掩盖的真实生命。抽去这种生命,中国山水画也许会成为拙劣的形态呈现,早已消逝在历史的长河中。①

可见,自然景物只有被赋予道德内涵或生命精神才有存在的意义,才能成为艺术表现的对象,所以山水形象很早就被道德化、哲理化,成为某种品格或精神的象征,所谓“智者乐水,仁者乐山”(《论语·雍也》)。除山水外,只有那些具有丰富文化意蕴的事物才能入画(如梅、兰、竹、菊之类),而且这些入画之物往往以写意为主,对象自身的外部特征反而显得无足轻重。

魏晋玄学兴起之后,随着言意之辨的思想方法以及佛教中“像教”理论的广泛影响,才真正使言和象在一定程度上具有了独立存在的价值,重形似的观念才逐渐形成②。特别是郭象扬弃了王弼的贵无论思想,提出了对事物之“性”的肯定,第一次从理论上确立了个体事物存在的独立价值。“性”是郭象哲学的一个核心概念,是指一事物之所以成为该物的本质规定性,得性则有此物,失性则无此物。郭象认为:“物各有性,性各有极”(《庄子·逍遥游》注),“各以得性为是,失性为非”(《庄子·天道》注)。具体事物之“性”虽各不相同,但万物皆以“性”为依归,对“性”的肯定,其意义就是对万物当下性的肯定:

> 各以得性为至,自尽为极也。(《庄子·逍遥游》注)
> 物各顺性则足,足则无求。(《庄子·列御寇》注)

这样,万物平等的依据就不在外部因素,而在于事物本身。因此,在郭象看来,斥鷃与鲲鹏实际上没有什么差别,“苟足于其性,则虽大鹏无以自贵于小鸟,小鸟无羡于天池,而荣愿有余矣。故小大虽殊,逍遥一也”(《庄子·逍

---

①　朱良志:《中国艺术的生命精神》,安徽教育出版社,1998 年,第 175 页。
②　参见本章第五节。

遥游》注）。这就意味着一切事物都有其自身存在的价值,它不需要借助任何外部因素,而具有独立自足的性质。

郭象的这一思想对于自然审美观念的更新以及山水诗的产生具有积极的作用,因为自然万物在人们的眼中不再作为道德的象征或"道"的载体,在逍遥适性、娱情悦意方面具有同等重要的作用,这就如同摘掉了有色眼镜,看到了一个更加丰富多彩的审美世界。孙绰在《三月三日兰亭诗序》中说:

> 屡借山水,以化其郁结,永一日之足,当百年之溢。以暮春之始,禊于南涧之滨。高岭千寻,长湖万顷,隆屈澄汪之势,可为壮矣。乃席芳草,镜清流,览卉木,观鱼鸟。具物同荣,资生咸畅。于是和以醇醪,齐以达观,决然兀矣,焉复觉鹏鷃之二物哉!耀灵纵辔,急景西迈,乐与时去,悲亦系之。往复推移,新故相换,今日之迹,明复陈矣。

孙绰看到大自然的一切都"同荣"、"咸畅",因而一草一木都成为触发情感的媒介,山水审美与生命体验融为一体。这段文字可以说是对郭象哲学形象化的诠释,实际上就是对当下性的情感体验的强调。

郭象的这一思想满足了士族中人得过且过、逍遥放达的心态,因而在当时很有影响。但是,这种思想的缺陷也是不可避免的,因为它缺少核心的价值观念,也没有是非荣辱的价值标准,实际上是对形而上的精神意蕴的解构,东晋时期的张湛在《列子序》中说:"其书大略明群有以至虚为宗,万品以终灭为验;神慧以凝寂常全,想念以著物自丧;生觉与化梦等情,巨细不限一域,穷达无假智力,理身贵于肆任;顺性则所之皆适,水火可蹈;忘怀则无幽不照。此其旨也。"[1]张湛认为,精神本体是人的理性无法把握的,最好的办法就是放纵自我,以体验来代替理性分析。他在《列子·杨朱》注中说:"夫生者,一气之暂聚,一物之暂灵。暂聚者终散,暂灵者归虚。而好逸恶劳,物之常性。故当生之所乐者,厚味、美服、好色、音声而已耳。而复不能肆性情之所安,耳目之所娱,以仁义为关键,用礼教为衿带,自枯槁于当年,求余名于后世者,是不达乎生生之趣也。"[2]因而以《列子·杨朱》篇为代表的纵欲论大行其道不是偶然的。袁济喜指出:"在他(郭象)那个年代,士人无法把握自己的命运,对人生产生了浓重的幻灭感,对于是是非非早已不存什么标准,而是希望在有限的年头抓住瞬息即逝的

---

① 杨伯峻:《列子集释》,中华书局,1979年,第279页。
② 杨伯峻:《列子集释》,中华书局,1979年,第216页。

时光来享受,满足自己的人生欲望。这不仅是郭象等人的想法,也是许多士人的想法。"①

因此,"文贵形似"的提出不是偶然的,虽然它作为一种创作风尚是在山水诗兴起之后才出现的,但这种"贵形似"的思想则是建立在魏晋以来各种社会思潮的基础之上的。而佛教对文艺精神价值的提升,改造了郭象学说中纵欲享乐的世俗化的品格,使得表面上的"形似"问题具有了形而上的意义②。作为佛教信徒的宗炳在《画山水序》中认为,山水"质有而趣灵",能够"以形媚道",所以通过"以形写形,以色貌色"的表现手法,就可以达到"畅神"的目的。这就说明,宗炳心目中的"形似"与后人的理解是不同的。

当然,内在的精神毕竟要比外在的形器更难于表现。刘勰在《文心雕龙·夸饰》中说:"神道难摹,精言不能追其极;形器易写,壮辞可得喻其真。"所以,为了更好地表现主体的精神,六朝诗人在语言文辞的运用方面达到了高度的自觉,特别是在晋宋山水诗兴起之后,为了模山范水,追求辞采声色之美,成为当时的创作风尚,"俪采百字之偶,争价一句之奇。情必极貌以写物,词必穷力而追新"(《文心雕龙·明诗》)。

事实上,自晋宋以来,在自然山水成为审美对象的同时,大凡田园、市井、宫廷、行旅、宴集、歌舞乃至日常器物、花草树木甚至女性的体态容貌等也都成为诗人关注的对象,人们以欣赏的态度和审美的眼光观察生活中的一切,尽管我们不能排除其中有不少诗歌专以描摹物色、追求形似为目的,但是,从总体上看,我们不能将六朝诗人对形似的强调与抒情言志完全对立起来。而且,刘勰在肯定"文贵形似"的同时,也对如何处理心与物、情与景的关系提出了自己的看法,他在《文心雕龙·物色》中说:

> 是以诗人感物,联类不穷。流连万象之际,沉吟视听之区。写气图貌,既随物以宛转;属采附声,亦与心而徘徊。……自近代以来,文贵形似,窥情风景之上,钻貌草木之中。吟咏所发,志惟深远;体物为妙,功在密附。故巧言切状,如印之印泥,不加雕削,而曲写毫芥。故能瞻言

① 袁济喜:《中国古代文论精神》,山西教育出版社,2005年,第207页。
② 袁济喜在《论六朝佛学对中国文论精神的升华》一文中指出:"佛教中人一直认为孔老作为世俗之教,对于世界的未来与业缘问题存而勿论,根本无法深入到人的精神世界的灵奥,佛教则以关照人的精神世界为宗旨,是真正的形而上之关怀。佛教虽不言具体的功用,但是惟其超越具体,故能飞升无限,达到孔老无法企极的高度。而在文学界与审美世界观中,人们所追求的心灵自由正可以与之合企。在魏晋六朝时期,文艺精神的超越,显然较诸先秦两汉时期有了发展。这种对于精神思致的弘扬,是佛教思想的一个重要特征,与唐宋时期禅宗思想的世俗化有着很大的差别。"(《学术月刊》2006年第9期)

而见貌,即字而知时也。然物有恒姿,而思无定检。或率尔造极,或精思愈疏。且诗骚所标,并据要害,故后进锐笔,怯于争锋。莫不因方以借巧,即势以会奇,善于适要,则虽旧弥新矣。是以四序纷回,而入兴贵闲;物色虽繁,而析辞尚简;使味飘飘而轻举,情晔晔而更新。古来辞人,异代接武,莫不参伍以相变,因革以为功,物色尽而情有余者,晓会通也。若乃山林皋壤,实文思之奥府,略语则阙,详说则繁。然屈平所以能洞监风骚之情者,抑亦江山之助乎!

这是刘勰对晋宋以来山水文学创作经验的总结,他对这种"文贵形似"的风气给予了肯定。不过他在这里所说的"形似",已经不是单纯的"巧言切状"、"曲写毫芥",而是要求做到"以少总多"、"善于适要"。更重要的是,对物色的描写是为了感物兴情,使"山林皋壤"成为"文思之奥府",从而实现"吟咏所发,志惟深远"的目的,这样才能达到"物色尽而情有馀"的审美效果。

从这个意义上说,所谓"形似",已经不是单纯的体物了,而是在"流连万象之际,沉吟视听之区"的同时,做到"写气图貌,既随物以宛转;属采附声,亦与心而徘徊"。"物"在经过了"与心徘徊"之后,已经脱离了它自在的本然的状态,变成了心灵化的意中之象,即从"眼中之竹"变成"胸中之竹",这样就为从"形似"上升到"神似"打下基础。在《文心雕龙·隐秀》中刘勰进一步谈道:

> 夫心术之动远矣,文情之变深矣,源奥而派生,根盛而颖峻,是以文之英蕤,有秀有隐。隐也者,文外之重旨者也;秀也者,篇中之独拔者也。隐以复义为工,秀以卓绝为巧。
>
> 情在辞外曰隐,状溢目前曰秀。(张戒《岁寒堂诗话》引该篇逸文)

在他看来,无论是"隐"还是"秀",都是由于"心术"和"文情"的深远之变,才形成了"文之英蕤"。"隐"和"秀"虽然表现的方式不同,但二者并不矛盾,而是一个有机的整体。也就是说,当描写达到生动形象如"状溢目前"的时候,就能充分调动读者的情感与想象,从而实现"情在辞外"的审美效果。因此,所谓的"秀"其实并不止于"形似"或"状溢目前",而是侧重于"隐"的价值,即内在的意蕴。"隐"和"秀"的问题也为后人探讨情与景、意与象的关系提供了借鉴。此外,钟嵘在《诗品》中一方面肯定了谢灵运诗歌的"尚巧似",甚至"颇以繁芜为累"的特点,另一方面也指出了他"内无乏思,外无遗物",这就意味着谢灵运的"巧似"是建立在对外物深切的情感体验之上的。同样,他肯定张协的诗"巧构形似之言",也不仅是由于其诗"辞彩葱蒨,音韵铿锵",而且还能够"使人味之,亹亹不倦"。

可见,他们所谓的"形似",虽然不同于"神似",但也不是一个与"神似"完全对立的概念,"形似"包含着"神似"的某些因素,而"神似"则以"形似"为基础。今天我们对"文贵形似"的理解,常常不自觉地用后人或西方人的眼光来看待,认为"形似"就是形象逼真,就是客观自然的描写,追求细节的真实,与主体的情感毫无关系,其实这完全是一种误解。事实上,刘勰对单纯追求"曲写毫芥",甚至"俪采百字之偶,争价一句之奇"的做法是不赞成的。他在《附会》篇中说:"锐精细巧,必疏体统",因为这样做必然会破坏作品整体的和谐统一,不能体现他一贯强调的"原道"和"宗经"的主张。所谓"心生而言立,言立而文明"(《原道》),所谓"志足而言文,情信而辞巧"(《征圣》),所谓"气以实志,志以定言,吐纳英华,莫非情性"(《体性》),以及"综述性灵,敷写器象","情者文之经,辞者理之纬"(《情采》)等,都强调的是"情志"或"心"在文学创作中的核心地位。如果文章真正是从内心流出,自然会清丽简约,要言不烦。所以刘勰多次提到"自近代辞人,率好诡巧"(《定势》),"辞人爱奇,言贵浮诡"(《序志》)等,实际上是对宋初以来这种新奇讹滥的文风表示不满,这与他所说的"形似"不能简单地等同起来。

六朝人的这种"形似"的观念,一直影响到唐代(直到晚唐的司空图始有反对"贵形似"的论调)。《文镜秘府论》地卷所列有十体,其中就有"形似体"(但无"神似体"):

> 形似体者,谓貌其形而得其似,可以妙求,难以粗测者是。诗曰:风花无定影,露竹有馀清。又云:映浦树疑浮,入云峰似灭。

遍照金刚的《文镜秘府论》约成书于日本嵯峨天皇之弘仁八年前后(公元817年),其中保存了许多魏晋至隋唐间的诗话资料。这则关于"形似体"的定义,最早出自崔融《新定诗体》,又被李峤的《评诗格》所引。李峤、崔融和杜审言、苏味道在唐初并称"文章四友",当时的文学思想上承齐梁,因此他的关于"形似体"的定义也是继承六朝而来的。其中,"可以妙求,难以粗测"两句,"表明他要求诗人不止于写物的外形,且应致力于描绘其精妙难言之处。所举例子即略具此特点,如'风花'句体物入微,'露竹'句更以'馀清'反映出观赏者微妙的审美感受,传达出一种境界。可以说这里所谓

'形似'实际上包含表现对象精神的意思在内。"①

六朝人关于"形似"的观念也为后人在形神关系问题的认识上确立了一个基本前提,那就是在"形似"的基础上求"神似"。刘勰虽然受当时风气的影响,在他的《灭惑论》和《文心雕龙·神思》中表现出比较明显的"重神"观念,强调"神"是不依赖于"形"的。但在《养气》篇中,刘勰又以汉代王充的自然元气论为依据,认为形体对精神会产生很大影响。因此,在"重神"的前提下,刘勰又主张二者兼顾。如《比兴》篇中提出"拟容取心"的命题,就体现了这一点。王元化指出:

> 《比兴》篇提出"比类虽繁,以切至为贵,若刻鹄类鹜,则无所取焉",充分证明刘勰认识到形似的重要。他所说的"拟容取心"就包括了心和容(即神和形)两个方面。拟容是指模拟现实的表象,取心是指揭示现实的意义。他认为要创造成功的艺术形象,拟容和取心都是不可缺少的条件,既需要摹拟现实的表象,以做到形似,也需要揭示现实的意义,以做到神似。《神思》篇"物以貌求,心以理应",《物色》篇"志唯深远,体物密附",《章句》篇"外文绮交,内义脉注",都是申明此旨。②

在《比兴》篇中,刘勰对"比"和"兴"的看法虽然没有否认汉人把它们跟美刺讽谕联系起来的传统观念,但是他又从心物关系上作了新的阐发,强调"比"是"写物以附意",而"兴"则是"起情",具有"依微以拟议"和"称名也小,取类也大"的作用,因而更加重要。也只有从心物关系上来理解比兴,才能通过"拟容取心"达到"物虽胡越,合则肝胆"亦即"触物圆览"的效果。

清代王夫之在《姜斋诗话》中也提出了"体物而得神"的说法,又说要"取神似于离合之间"③,即要求在形似的基础上,通过对事物外在形态的取舍、提炼和加工,进而超越形似达到神似。相反,如果事无巨细,过分执着于"形"的描绘,反而会丢掉"神",所谓"形者愈充,神者久丧"④,只有"超以象

① 王运熙、杨明:《隋唐五代文学批评史》,上海古籍出版社,1994 年,第 88 页。
② 王元化:《刘勰的文学起源论与文学创作论》,《文心雕龙讲疏》,上海古籍出版社,1992 年,第 69 页。
③ 王夫之:《古诗评选》卷四,阮籍《咏怀》评语,河北大学出版社,2008 年,第 189 页。
④ 王夫之:《唐诗评选》卷三,杜审言《春日江津游望》评语,河北大学出版社,2008 年,第 167 页。

外",才能"得其环中"(《诗品·雄浑》)。

唐宋以后的形神理论,正是沿着由物到心、由形到神这一脉络发展而来。晚唐的司空图提出"离形得似",追求"象外之象"(《与极浦书》)、"韵外之致"(《与李生论诗书》),实际上就是于象外求神,而不拘泥于事物自身的形似。到了宋代,严羽提出:"诗之极致有一,曰入神。诗而入神,至矣,尽矣,蔑以加矣!"(《沧浪诗话·诗辨》)把"入神"视为诗歌创作的最高境界。严羽所说的这个"神",已经不是对象之神了,而是心与物的高度融合,浑然一体,如镜花水月般的透彻玲珑、空灵蕴藉的境界。

从总体上看,在唐宋以前,人们所讲的"神"主要还是指艺术作品所表现的对象自身内在的精神品格或意蕴,并孕育了由客体转向主体的萌芽。从这方面来看,刘勰在《神思》("神与物游"、"神用象通")、《比兴》("拟容取心")、《物色》("随物宛转"、"与心徘徊")等篇中已经有所体现,是后世传神理论的重要来源。可见,"形似"不只是比兴、夸饰等具体的描写手法,更涉及描写对象与主观情志(即心与物、情与景)的统一。于是,在山水诗兴起的初期,从"形似"入手,经过心与物、情与景的融合,就成为由"形似"达到"神似"的必由之路。没有这个过程,唐代山水诗就不可能在艺术上达到高度的成熟。

自唐人张九龄提出"意得神传,笔精形似"(《宋使君写真图赞并序》)之后,经过司空图、苏轼等人,到了元代,"神"的含义就发生了重大变革,从客体的精神品格转向主体的情感意蕴。如画家倪瓒说:"仆之所谓画者,不过逸笔草草,不求形似,聊以自娱耳。"(《与张仲藻书》)"余之竹聊以写胸中逸气耳,岂复较其似与非,叶之繁与疏,枝之直与斜哉!"(《跋画竹》)将抒情写意视为"传神"。

但是传神的基础仍然离不开一定程度的形似,否则,空言"传神"就可能会产生一些流弊。正如清人贺贻孙在《诗筏》中所云:"写生家每从闲冷处传神,所谓颊上加三毛也。然须从面目颧颊上先着精彩,然后三毛可加。近见诗家正意寥寥,专事闲语,譬如人无面目颜颊,但具三毛,不知果为何物!"因此,钱锺书指出:"'神'寓体中,非同形体之显实,'韵'裊声外,非同声响之亮澈;然而神必托体方见,韵必随声得聆,非一亦非异,不即而不离。"①既重主观情志,又不偏废对象客体,这样的认识就更加全面了。

---

① 钱锺书:《管锥编》第四册,中华书局,1979 年,第 1365 页。

第五节　佛教中的形神之辨及其对传统形神观念的改造

　　在东晋佛教兴起以前,形神之辨在文论中很少被人关注,不但没有出现将形和神对举的情况,甚至也很少单独使用"神"这个概念,而是多用与之密切相关的概念如"气"、"韵"、"风"、"骨"、"兴会"等,或者与"神"组成"神道"、"神理"、"神明"、"神思"、"风神"、"神韵"等词语。这不仅仅反映了文学和绘画这两种艺术形式的差别,也与文学理论自身的传统密切相关,也就是人们常说的重道的观念(如"文以载道"),《文心雕龙》的第一篇就是《原道》篇。而"道"与"神"的关系又是密不可分的,"道"之玄妙莫测即为"神"。唐代孔颖达《周易正义》云:"神之为道,阴阳不测,妙而无方,生成变化,不知所以然而然者也。"刘勰在《文心雕龙·原道》中说:"玄圣创典,素王述训,莫不原道心以敷章,研神理而设教。"篇末的赞云:"道心惟微,神理设教。"可见,"道心"即是"神理"。这种传统在魏晋南北朝时期,又与佛教相结合,形成了一种特有的重神观念,并对中国传统的形神观进行了改造。

　　中国传统的形神观是以元气论为基础的,它把人的精神看成是元气的一种形式,以气之聚散解释人的生死,"人之生,气之聚也;聚则为生,散则为死"(《庄子·知北游》);又以天地阴阳之气或气之精粗清浊来解释人的精神和形体的形成,如汉代王充认为:"夫人之所以生者,阴阳气也。阴气主为骨肉,阳气主为精神。"(《论衡·订鬼》)又说:"人之所以聪明智慧者,以含五常之气也。"(《论衡·论死》)而随着形体机能的丧失,精神的作用也就随之消亡,"人之所以生者,精气也。能为精气者,血脉也。人死血脉竭,竭而精气灭,灭而形体朽。"(同上)因此,形尽则神灭。到了南朝齐梁时期,范缜以玄学的体用观为基础,坚持形神一体,强调"形质神用",使"神灭论"在理论上更加完善。

　　但是,这种观点过于看重精神和生命活动存在的物质基础,而把精神现象的复杂性简单化,缺乏对精神价值和意蕴的深刻认识,因而不能理解精神作用的另一面,即它还具有超越时空一以贯之的传承性。在魏晋南北朝时期关于形神问题的论争中,很多"神不灭"论者就常以薪火之喻来说明这一点。如郑鲜之认为,火的存在固然离不开薪,但火的性质("火理")并不依赖薪而存在,他说:"若待薪然后有火,则燧人之前其无火理乎? 火本至阳,阳为火极,故薪是火所寄,非其本也。神形相资,亦犹此矣。"(《神不灭论》)慧远也说:"火之传于薪,犹神之传于形;火之传异薪,犹神之传异形。前薪非后薪,则知指穷之术妙;前形非后形,则悟情数之感深。惑者见形朽于一

生,便以为神情俱丧,犹睹火穷于一木,谓终期都尽耳。"(《沙门不敬王者论·形尽神不灭》)①

佛教就其基本的教义而言,否认有创造宇宙万物的主宰("神"),认为这个世界上的一切事物都是因缘和合而成,都处在无始无终的因果关系中,诸法皆空,当然神也是空的。因而在西方学术界有人甚至认为它是唯一的"无神论"的宗教。但它毕竟是宗教,宗教的性质决定了它不可能把这一点贯彻到底(因为它必须使佛教徒有一个坚定的精神信仰,才能吸引众多的信徒,否则轮回报应的说教就将会因为缺少精神主体这个立足点而落空,这个主体在一般人看来只能是人死后不灭的灵魂),因而又强调彼岸世界的真实性,承认在现象背后有一种真实的存在(真谛),承认有一种最高的智慧,是产生一切万物的根本识(阿赖耶识)。因此,以慧远、宗炳等人为代表的佛教信徒站在"神不灭"论者的一方,更强调精神存在的独立性和本体意义。慧远在《沙门不敬王者论·形尽神不灭》中说:

> 夫神者何耶? 精极而为灵者也。……神也者,圆应无主,妙尽无名,感物而动,假数而行。感物而非物,故物化而不变;假数而非数,故数尽而不穷。……论者不寻无方生死之说,而惑聚散于一化,不思神道有妙物之灵,而谓精粗同尽,不亦悲乎? (《弘明集》卷五)②

慧远认为,"神"是独立的非物质的实体,与形气根本不同,人们不明白神和形的这种区别,把两者都归结为气的聚散,这是很可悲的,其实"神"是无所谓生死的(这里的"无方",代指"神",神无方无主,故神无生死)。在《沙门不敬王者论·求宗不顺化》中,慧远又云:"是故反本求宗者,不以生累其神;超落尘封者,不以情累其生。不以情累其生,则生可灭;不以生累其神,则神可冥。冥神绝境,故谓之泥洹。"③大意是说,若能去除无明,超脱生死,就能冥神于绝境,从而达到涅槃的境界。慧远从宣扬佛教的立场出发,把"神"的地位提升到了前所未有的高度。显然,慧远所鼓吹的形神观大大神化了人的精神活动,是对中国传统的形神学说的改造④。

---

① 石峻等编:《中国佛教思想资料选编》(第一卷),中华书局,1981年,第86页。
② 按:《弘明集》卷五原文作"圆应无生",这个"生"字有误。王弼《老子指略》云:"四象形而物无所主焉,则大象畅矣。"即体现于具体的事物,而又不执着于某一具体的事物,这就是"大象"。
③ 石峻等编:《中国佛教思想资料选编》(第一卷),中华书局,1981年,第83页。
④ 参见袁济喜:《六朝美学》,北京大学出版社,1999年,第226页。

宗炳发挥了慧远"神妙形粗"的观点,指出神不是由形所生,而是与形暂时相合,它既不随着形的产生而产生,也不随着形的灭亡而灭亡,即所谓"神非形作,合而不灭"(《明佛论》)。神与形的来源不同,它们成为一体,只是因缘和合。他在《明佛论》中说:"神也者,妙万物而为言矣。若资形以造,随形以灭,则以形为本,何妙之言乎? 夫精神四达,并流无极,上际于天,下盘于地,圣之穷机,贤之研微。"

在佛教对形神观念的改造中还有一个起关键作用的人物,这就是支遁。支遁是东晋时期著名的僧人,同时又具有名士的风度,喜游山水,好鹤养马,酷爱庄学,还是当时般若学六家七宗之一即色宗的代表人物。他认为:

> 夫色之性也,不自有色。色不自有,虽色而空,故曰色即为空,色复异空。(《世说新语·文学》注引《妙观章》)
> 支道林法师《即色论》云:吾以为即色是空,非色灭空,此斯言至矣。何者? 夫色之性,色不自色,虽色而空。(慧达《肇论疏》)

在支遁看来,形形色色的物质现象不是自己形成的,并非实有,因此"色即为空";但它作为现象仍然是存在的,不是绝对的"空",所以"色复异空"。在此基础上,支遁进一步提出了"即色游玄"的悟道方法,也就是不脱离感性形象来把握事物的本质和真谛。支遁的俗家弟子郗超在《答傅郎诗》中说:"森森群象,妙归玄同。"正是这一思想的典型表述。可见,支遁重视感性形象,主张"即色游玄"的思路,与他的名士作风应该是有内在联系的。即色宗在形神问题上的这一思路与僧肇的中观思想非常接近,后来的慧远、谢灵运等人又在此基础上提出了"像教说"①,把形与神的关系统一起来,最终在宗炳那里完成了通过"以形写形,以色貌色"的方法达到"畅神"的目的。

支遁不同于那些宣扬及时行乐、得过且过的士族中人,他反对当时流行的以适性为逍遥的观点,若按照这一逻辑,"桀跖以残害为性,若适性为得者,彼亦逍遥矣"(《高僧传》卷四)。因为这种适性逍遥的观点并不看重大鹏与鹦鸟的区别,所以很容易演变成安于现状、随波逐流甚至是放纵情欲、任性妄为的状态。他在《逍遥论》中说:

---

① 如慧远《襄阳丈六金像序》:"夫形理虽殊,阶涂有渐;精粗诚异,悟亦有因。是故拟状灵范,启殊津之心;仪形神模,辟百虑之会。"《万佛影铭序》:"神道无方,触像而寄。"谢灵运《佛影铭》:"岂唯像形也笃,故亦传心者极矣。"

夫逍遥者,明至人之心也。庄生建言大道,而寄指鹏鷃,鹏以营生之路旷,故失适于体外;鷃以在近而笑远,有矜伐于心内。至人乘天正而高兴,游无穷于放浪。物物而不物于物,则遥然不我得,玄感不为,不疾而速,则逍然靡不适。此所以为逍遥也。若夫有欲当其所足,足于所足,快然有似天真,犹饥者一饱,渴者一盈,岂忘烝尝于糗粮,绝觞爵于醪醴哉?苟非至足,岂所以逍遥乎?(《世说新语·文学》注引)

支遁认为,逍遥是唯有"至人"才能达到的境界,其内心始终处于一种绝对自由而又极其自然的状态,既不像鷃鸟那样"有矜伐于心内",也不会像大鹏那样"失适于体外",而是"览通群妙,凝神玄冥,灵虚响应,感通无方"。①也就是说,至人的心灵是与大道相通,至人的身心无所不适,不会因为眼前的欲望得到满足而沾沾自喜,从而实现了"物物而不物于物"(《庄子·山木》)的境界,所以才能达到逍遥。支遁把流行的观点赋予了形而上的精神意蕴,超出了向秀和郭象所阐发的义理,"群儒旧学莫不叹服"(《高僧传》卷四),因而这一观点在当时产生了很大的影响,"皆是诸名贤寻味之所不得,后遂用支理"(《世说新语·文学》)。这对于理想人格的确立和精神境界的提升无疑具有重要的意义。

总之,形神问题的论争不仅大大促进了人们思辨水平的提高,而且引起了人们对精神现象的高度重视,较之何承天、范缜等"神灭论"者,更能揭示出精神现象的复杂性和特殊性。这对文学理论的影响是非常明显的,主要表现在审美虚静说的提出。

为了进一步说明这个问题,我们先来看看《庐山诸道人游石门诗序》一文。序文作于东晋隆安四年(公元400年)春天,作者不详(很可能是慧远)。叙述的是佛教徒们的一次庐山石门之游。这篇诗序不仅是一篇优美的山水写景之作,而且也具体地表现了佛教僧徒们对自然山水之美的感受:

于是拥胜倚岩,详观其下,始知七岭之美,蕴奇于此。双阙对峙其前,重岩映带其后;峦阜周回以为障,崇岩四营而开宇。……清泉分流而合注,渌渊镜净于天池。文石发彩,焕若披面;怪松芳草,蔚然光目。其为神丽,亦已备矣。

斯日也,众情奔悦,瞩览无厌。游观未久,而天气屡变。霄雾尘集,

---

① 支遁在《大小品对比要抄序》中说:"夫至人者,览通群妙,凝神玄冥,灵虚响应,感通无方。"这段话可与他的《逍遥论》中的"至人"相互印证。

则万象隐形;流光回照,则众山倒影。开阖之际,状有灵焉,而不可测
也。乃其将登,则翔禽拂翮,鸣猿厉响。归云回驾,想羽人之来仪;哀声
相和,若玄音之有寄。虽仿佛犹闻,而神以之畅;虽乐不期欢,而欣以永
日。当其冲豫自得,信有味焉,而未易言也。

退而寻之,夫崖谷之间,会物无主,应不以情而开兴,引人致深若
此。岂不以虚明朗其照,闲邃笃其情耶!并三复斯谈,犹昧然未尽。俄
而太阳告夕,所存已往。乃悟幽人之玄览,达恒物之大情,其为神趣,岂
山水而已哉!(《全晋文》卷一百六十七)

文中盛赞山水的"神丽"之美,不能简单地理解为山水神奇壮丽。从
后文的"开阖之际,状有灵焉,而不可测也。""归云回驾,想羽人之来仪;
哀声相和,若玄音之有寄"等语句来看,显然,作者是把壮丽的自然山水看
成是佛之神明的体现。从山水中所获得的精神上的愉悦和欢畅其实并不
在山水本身,"其为神趣,岂山水而已哉"。这里的"神趣"是作者在观照
山水的审美体验中,对佛教真谛的一种直觉顿悟。而且只有"虚明朗其
照",才能领悟蕴涵在山水中的"神趣"之美。可见,作者强调的是审美主
体应以一种虚静的心态来观照对象,感应万物。这也就是慧远在《念佛三
昧诗集序》中所提出的通过"念佛三昧"之法达到"气虚神朗"、"内照交映而
万像生焉"的境界。①

慧远等人之所以如此强调主体的虚静状态,是因为在他看来,体现在自
然山水中的佛之神明只能凭主观感悟,舍此别无他法,"盖神者,可以感涉而
不可迹求,必感之有物,则幽路咫尺;苟求之无主,则渺茫何津"(慧皎《高僧
传·慧远传》)。这一看法直接影响了宗炳的"澄怀味象"说和刘勰对审美
虚静理论的阐发。虚静说最早出自道家,庄子以水为喻,说明虚静是一种清
明的境界:

圣人之静也,非曰静也善,故静也;万物无足以铙心者,故静也。水
静则明烛须眉,平中准,大匠取法焉。水静犹明,而况精神!圣人之心
静乎!天地之鉴也,万物之镜也。夫虚静恬淡寂漠无为者,天地之本,
而道德之至,故帝王圣人休焉。休则虚,虚则实,实则备矣。虚则静,静
则动,动则得矣。(《庄子·天道》)

---

① 石峻等编:《中国佛教思想资料选编》(第一卷),中华书局,1981 年,第 98 页。

可见,虚与实、静与动不是对立的,虚可以转化为实,静可以转化为动。老子说:"致虚极,守静笃,万物并作,吾以观复。"(《老子》十六章)只有在虚静的状态下才能感受万物的充实与完备、活泼与自得,这种感受实际上是对道的一种体悟。《庄子·庚桑楚》亦云:"正则静,静则明,明则虚,虚则无为而无不为也。"在道家看来,虚静是体道的途径。在《大宗师》中,庄子借一位道人之口,说明学道先要"外天下"、"外物"、"外生",然后才能"朝彻"、"见独"。所谓"外天下",就是忘却世事的干扰;"外物",就是去除物欲,不计较得失;"外生",就是摆脱生死。这样才能使心境清明洞彻,如朝阳初生("朝彻"),进而见到独立无待的道("见独")。"朝彻"、"见独"的意思就是《人间世》里提到的"虚室生白",也就是说,空明的心境可以生出光明来。"室"指人心;"白"在这里不仅指光明,也代指一种纯真朴素的自然本性和清澈明朗的境界。《荀子·解蔽》亦云:"虚壹而静,谓之大清明。"而"大清明"则意味着主体已经达到了一种"神"的境界,所谓"清明在躬,气志如神"(《礼记·孔子闲居》)。但是把虚静说与重神观念明确联系起来,则是从佛教首先开始的。

因此,六朝时期审美虚静说的提出反映了人们的重神观念已经达到了理论自觉的程度。但另一方面,佛教为了扩大影响,吸引更多的信徒,又十分重视形象化的手段,力求以造像和图绘的方式来感化人的心灵,使人们产生皈依的想法。东晋高僧慧远在《晋襄阳丈六金像颂并序》中说:"夫形理虽殊,阶途有渐;精粗诚异,悟亦有因。是故拟状灵范,启殊津之心;仪形神模,避百虑之会。"南朝沈约《竟陵王造释迦像记》也说:"夫理贵空寂,虽熔范不能传;业动因应,非形相无以感。"都是强调通过感性的形象引发观者的感悟,从而达到宣传佛理的目的。

刘勰本是佛教信徒,同样重视形神之辨。他在《灭惑论》中说:"佛法练神,道教练形。形器必终,碍于一垣之理,神识无穷,再抚六合之外。"当时的学者文人,无不喜欢讨论形神问题,在《弘明集》和《广弘明集》里就有宗炳的《明佛论》、颜延之的《庭诰》、沈约的《形神论》和《神不灭论》等文。在这样一种风气之下,刘勰的文学理论自然也会受到影响。《文心雕龙·原道》云:"言之文也,天地之心哉!……谁其尸之,亦神理而已。"所谓"神理",也就是他在《灭惑论》中所说的"幽数潜会,莫见其极,冥功日用,靡识其然"。此外,在《文心雕龙·神思》篇中也体现得较为明显:

　　文之思也,其神远矣。故寂然凝虑,思接千载;悄焉动容,视通万里;吟咏之间,吐纳珠玉之声;眉睫之前,卷舒风云之色;其思理之致乎?

故思理为妙,神与物游。神居胸臆,而志气统其关键;物沿耳目,而辞令管其枢机。枢机方通,则物无隐貌;关键将塞,则神有遁心。

刘勰强调"神"是作文的基本动力,有"神"才能尽文章之妙,这和他主张佛法练神之义正可互相发明①。现在的很多研究者都把"神思"单纯理解为艺术构思和想象,如叶朗就说:"神思就是艺术想象活动。"②其他如王运熙、牟世金、周振甫、王元化等也都是这样看的。如果仅仅停留在这样一种认识上,那么刘勰提出的"神思"论与陆机在《文赋》中对艺术构思和想象所作的描述就没有什么区别了。其实,在《神思》一开篇,刘勰就指出:"古人云:'形在江海之上,心存魏阙之下',神思之谓也。"在刘勰看来,"神思"是可以离开"形"而活动的,刘勰以"神"状"思",不仅仅是为了突出艺术想象的神奇微妙,而且是用形神分离的观点来解释这种想象的特点。在《神思》篇中,刘勰经常把"神"与"思"对举,或者单独论"神",如:

文之思也,其神远矣。

思理为妙,神与物游。

神居胸臆,而志气统其关键;……关键将塞,则神有遁心。

神用象通,情变所孕。

可见,"神思"并非是一般的艺术构思或想象,而是具有类似灵感的某些神秘和不可捉摸的特点。因而当"神思方运"时,思接千载,视通万里,意象纷呈,物无隐貌;当"关键将塞"时,"则神有遁心",亦如黄侃所说:"当其窒塞,则耳目之近,神有不周。"③对于这种现象,刘勰也无法从根本上做出解释,所以他最后只好说:"至于思表纤旨,文外曲致,言所不追,笔固知止。至精而后阐其妙,至变而后通其数,伊挚不能言鼎,轮扁不能语斤,其微矣乎!"客观地说,这的确是一个非常复杂的问题,因为它主要不在于理论认识上,而在于创作实践上,正如陆机所说的:"非知之难,能之难也。"袁济喜在《六朝美学》中指出:

刘勰的"神思说"对陆机"文心说"的最大改造,就在于它突出了构

---

① 饶宗颐:《〈文心雕龙〉与佛教》,张少康编《文心雕龙研究》,湖北教育出版社,2002年,第157页。

② 叶朗:《中国美学史大纲》,上海人民出版社,1985年,第236页。

③ 黄侃:《文心雕龙札记》,上海古籍出版社,2000年,第92页。

思过程中的"神"——也就是主体的能动性、创造性。……"神"是"思"的功能、灵魂，文思凭借"神"方能兴会感应，情致腾越，意象风涌，言辞妙出。很显然，刘勰把"神思"引入审美理论领域，这同魏晋以来重"神"之说颇有关联。①

受佛教重神观念的影响，刘勰对"神"的认识已经突破了传统的形具神生、形神相依的观点，把"神"视为人的存在之本体，神虽托形以存身，但形尽而神不灭。在形神关系中，"神"占有主导地位。刘勰把《神思》篇放在创作论之首，提出"陶钧文思，贵在虚静，疏瀹五藏，澡雪精神"，并强调这是"驭文之首术，谋篇之大端"，表明他对这一问题的高度重视。虚静是主体为神思的到来所做的必要准备，没有这种重神的观念，虚静说就无从谈起。因为主体只有进入虚静的状态，才能使"神"无遁心，"关键"畅通，使思维进入高度活跃的状态，从而避免主观成见，全面细致的进行观照。正如刘永济在《文心雕龙校释》中所说的："如太空之涵万象"，"若明镜之显众形"，"养心若此，湛然空灵。及其为文也，行乎其所当行，止乎其所当止，不待规矩绳墨，而有妙造自然之乐，尚何难达之辞，不尽之意哉?"②

可见，刘勰的"神思说"是建立在"虚静说"的基础之上。而虚静状态的获得，不是通过"苦虑"，而是依靠"养气"，"是以秉心养术，无务苦虑，含章司契，不必劳情"（《神思》），他在《养气》篇中说："心虑言辞，神之用也"，"钻砺过分，则神疲而气衰"，"气衰者虑密以伤神"，"神之方昏，再三愈黩"，只有"清和其心，调畅其气"，才能保持文思畅通。因此，从《养气》篇所体现的形神观来看，刘勰受道家思想的影响也是很明显的。

总之，从佛教的重神观念发展到刘勰的神思说，审美虚静理论的提出起了关键的作用，是联系两者的中介，反映了人们的重神观念在文学理论上开始走向自觉。随着重神观念的自觉，文学的描写对象和表现手法也发生了变化，自然山水日益受到关注，并突出了其神奇壮丽的一面；不再像汉赋那样做全景式的描绘，而是重在表现主体的感受和体验，强调"应会感神，神超理得"（宗炳《画山水序》），提倡以"兴"为美，把个人的体验上升到宇宙人生的高度，使描写对象具有了一种形而上的意义，从而在精神境界上得到提升。

---

① 袁济喜：《六朝美学》，北京大学出版社，1999 年，第 284—285 页。
② 刘永济：《文心雕龙校释》，中华书局，1962 年，第 101 页。

第三章　六朝诗学范畴中的形神之辨

第一节　诗学范畴溯源

六朝诗学批评中形成了许多重要的范畴,如感兴、风骨、滋味、性灵、神思等。诗学范畴是诗学理论的基本形态,它既来源于创作实践,同时也与社会环境、人生体验、审美风尚等密切相关。

以"感兴"为例,汉末以来形成的"以悲为美"的时代风尚推动了文学创作中对审美感兴的重视,它使人们在艰难的环境中能够获得心灵的慰藉,并能超越平庸狭隘的日常生活,振奋人的精神。而"兴"则是中国传统诗学中将生命体验与文艺创作结合起来的一个概念,也最能体现中国美学乃至中国文化的特点。在《诗经》中,赋、比、兴本来都是诗的表现手法,孔子主张通过诗书礼乐来培养高尚的人格精神,为此他提出了"兴于诗,立于礼,成于乐"(《论语·泰伯》)的说法,又说"诗可以兴,可以观,可以群,可以怨"(《论语·阳货》)。所谓"诗可以兴",是指诗通过"感发志意"、"引譬连类"的方式,可以使读者受到感染,产生联想,从而得到启示和教育。可见,"兴"中包含着一种生命感发的意味,能够做到由此及彼,言近旨远,充分发挥诗的情感、审美与教化的功能,所以历来受到重视。以刘勰的说法最有代表性:"观夫兴之托喻,婉而成章,称名也小,取类也大。"(《文心雕龙·比兴》)也就是说,"兴"有托物喻义、委婉含蓄的特点,它可以从细微具体的事物中反映出广泛深刻的意义,所以刘勰肯定了"讽兼比兴"的《离骚》,批评了"用比忘兴"的辞赋。而比兴的关键是"拟容取心",即无论是"比"还是"兴",都不是一种单纯地描写方法,其内在的意蕴才是最重要的。此外,钟嵘在《诗品序》中以"文以尽而意有余"来释"兴",进一步突出了"兴"的情感和审美意义,这些说法都体现了那个时代特有的诗兴精神。比兴手法所反映的这种心物关系,实际上也是中国传统文化背景下天人合一观念的体现。

　　魏晋以来对人与自然美的发现也是诗学范畴的重要来源。以"风骨"为例,当时的人物品鉴和登山临水的风气盛行,品评的内容以人物的容貌举止、才情风度为主,不限于道德方面,"风骨"这个范畴就是从人物品鉴中产生的,"风"指人的风姿神采,"骨"指骨相形态。"风骨"一词源于先秦以来的骨相法,在《荀子·非相》中就有记载,汉代王充的《论衡》中亦有《骨相》篇。魏晋以后的人物品鉴重在人的性情才学,"骨"与内在的"气"联系起来,刘劭《人物志》中有"骨直气清则休名生焉"的说法。以"风骨"品人多见于史书,如《世说新语·赏誉》注引《晋安帝纪》称王羲之"风骨清举"。总之,作为人物品鉴的"风骨"一词,重在精神气度的清明爽朗和俊逸超拔的特点。刘勰在《文心雕龙》中专列"风骨"一篇,将"风清骨峻"作为对各类作品一个总的要求,体现了刘勰的审美理想。作为诗学范畴的"风骨"对后世的影响很大,唐代诗人陈子昂就把"汉魏风骨"作为挽救文风的理论武器,表明了他对风雅比兴传统的继承与倡导,赋予"风骨"一词以更丰富的内涵。由此可以看出,中国古代文化重视直观与形象,善于从综合角度去分析问题的思维特点。

　　此外,对自然山水的态度也是品评人物的一个重要方面,士人通过人物品鉴和登山临水来陶冶情操,培养人格,从中获得精神上的自由与解脱。如东晋名士许询"幼冲灵,好泉石,清风朗月,举酒咏怀"(《建康实录》),又长于清言,被士人仰慕,这使刘惔产生了"清风朗月,辄思玄度"(《世说新语·言语》)的联想。这种态度也影响到他们的人格理想和审美趣味,形成了以"清"、"远"为美的观念。

　　以"清"为例。《老子》三十九章云:"天得一以清。"《庄子·刻意》亦云:"水之性,不杂则清,莫动则平……天德之象也。"可见,"清"具有"道"的本体特征,集中体现了老庄精神和玄学义理,即清静无为的人生态度,虚心应物的认知方式,具有一种超脱玄远之美。庄子还将"纯而不杂"的状态与"神"的理想联系起来,"纯粹而不杂,静一而不变,惔而无为,动而天行,此养神之道也","纯素之道,惟神是守;守而勿失,与神为一……故素也者,谓其无所与杂也;纯也者,谓其不亏其神也"(《庄子·刻意》)。从这个意义上说,"清"最能体现"神"的性质,宋人张载亦云:"凡气,清则通,昏则壅,清极则神。"(《正蒙·太和篇》)①故汉魏六朝以来普遍崇尚清峻通脱之美。阮籍《清思赋》云:"余以为形之可见,非色之美;音之可闻,非声之善。……是以微妙无形,寂寞无听,然后乃可以睹窈窕而淑清。"表现出他渴望摆脱现实

① 张载:《张载集》,章锡琛点校,中华书局,1978 年,第 9 页。

环境,追求精神自由的愿望。嵇康则提出,养生的关键在于"清虚清泰,少私寡欲"(《养生论》)。

"清"作为一个重要的审美范畴在人物品藻中被频繁使用①,由此又影响到创作和批评领域。近人刘师培指出:"两汉之世,户习七经,虽及子家,必缘经术;魏武治国,颇杂刑名,文体因之,渐趋清峻。"②如曹丕在《典论·论文》中主张"文以气为主",强调"气之清浊有体,不可力强而致",而气之清浊是有高下之分的。大致说来,"清气"是指一种俊逸爽朗的阳刚之气,"浊气"是指一种凝重沉滞的阴柔之气。曹丕是比较推崇清气的,这种看法也代表了建安文学的审美理想。刘勰在《文心雕龙·风骨》中说:"意气骏爽,则文风清焉。"又称曹丕的文才是"洋洋清绮"(《文心雕龙·才略》)。陈琳在《答东阿王笺》中称赞曹植的作品是"音义既远,清辞妙句"。谢灵运亦称曹植的诗是"清辞洒兰藻"(《拟魏太子邺中诗·平原侯植》)。《晋书·阮籍传》称阮籍所作的劝进文"辞甚清壮,为时所重"。陆机之弟陆云最看重的就是文章的"清省",他在《与兄平原书》中说:"云今意视文,乃好清省,欲无以尚,意之至此,乃出自然。"所谓"清省"就是一种简洁明快、纯净自然之美。此外,左思《招隐诗》中有"非必丝与竹,山水有清音"两句,其中的"清音"代表了一种超越世俗、崇尚自然的审美理想。而南朝文学更是普遍崇尚清丽之美,如《南齐书·谢朓传》即称谢朓"文章清丽",《梁书·吴均传》称吴均"文体清拔有古气",钟嵘在《诗品》中称范云的诗"清便宛转,如流风回雪"等。

当然,有些诗学范畴并不是六朝时期独有的,如"味"这个范畴,本来体现的是一种生理感官上的愉悦,但它同时又表明了古人直接以感官把握世界的特定方式,"美"字的最初含义就是指味觉而来的快感。因为审美体验是难以言传的,所以就用饮食上的滋味来打比方。如孔子在听了《韶》乐之后,以"三月不知肉味"来形容音乐艺术的感染力,可见感官享受同艺术欣赏中的愉悦是有相通之处的。此外,《老子》六十三章中还提出了"味无味"的说法,这就使"味"从感官愉悦变成了对事物内在意蕴的一种精神体验。总之,以"味"为美成为先秦以来的一个传统观念。"滋味"说的产生和发展反映了汉民族重直觉感悟和长于类比思维的特点。到了魏晋时期,"味"这个范畴正式进入文学批评领域,特别是钟嵘在他的《诗品序》中把"滋味"作为品评诗歌的重要标准。从此以后,"味"这个范畴日益受到人们的重视,并发

---

① 如《世说新语》记载:"李元礼尝叹荀淑、钟皓曰:'荀君清识难尚,钟君至德可师。'"(《德行》)"吏部郎缺,文帝问其人于钟会,会曰:'裴楷清通,王戎简要,皆其选也。'"(《赏誉》)

② 刘师培:《中国中古文学史讲义》,上海古籍出版社,2006年,第6页。

展出以"味"为核心的一系列概念,成为意境理论的重要组成部分。

　　总之,这些概念范畴来源多种多样,如特定的时代环境、人生体验、审美风尚等,当然也与中国传统的文化背景、审美心理、思维方式以及六朝以来玄学和佛教的影响有关,如玄学中的才性之辨对"性灵"说的影响,言意之辨对"滋味"和"隐秀"说的影响,佛教的重神观念对"神思"说的启示等。它们在创作实践中得到升华,代表了一种审美理想,对后世产生了深远的影响,这也是六朝诗学精神的重要体现。

第二节　从形神到意象

　　在六朝人的重神观念中,对"神"的理解首先是把它看作一种形而上的精神实体,与"道"的意义接近,而佛教在其中所起的作用是不可低估的。孙绰在他的《喻道论》一文中说:"夫佛也者,体道者也;道也者,导物者也。应感顺通,无为而无不为者也。无为故虚寂自然,无不为故神化万物。"(《弘明集》卷三)宗炳在《明佛论》中进一步谈到了两者的关系:"自道而降,便入精神。"又云:"唯佛则以神法道。"(《弘明集》卷二)

　　魏晋以来的人物品鉴,使"神"这一概念又成为对某种内在的精神品格的规定,具有了审美的性质。画论中所讲的"神"也是从人物品藻发展而来的。顾恺之提出"传神写照",但他所说的"神"只是对人而言;至于无生命的事物,是无"神"可言的。所以,他才会认为:"凡画,人最难,次山水,次狗马;台榭一定器耳,难成而易好,不待迁想妙得也。"(《魏晋胜流画赞》)对"神"的理解还是局限在人物对象上,这与后人的看法是有所不同的。清代布颜图说:"盖山川之存于外者形也,熟于心者神也。"(《画学心法问答》)在他看来,不仅人有神,山川也有神。无生命的山川之所以有神,其实是人把自己的心灵和情感赋予对象的结果,是自然的人化。因此,后人所说的"神"主要是从主客体相互感通的方面来说的,而且多偏重于人的心灵。如宋代陈郁说:"盖写其形,必传其神,传其神,必写其心。"(《藏一话腴·论写心》)

　　但另一方面,"神"虽然源于主体的精神和心灵,但如果没有生动可感的对象,我们同样也无法感知"神"的存在。因为"神"毕竟是抽象的,无法直接感知,它只能存在于主体通过感受和想象而呈现出来的形象中。显然,这种形象已经不是纯粹的客体,而是心灵化的意中之象。所以上文提到的顾恺之在强调"传神"的同时,又提出"迁想妙得"的说法。显然,"迁想妙得"是针对画家在创作中如何才能做到"传神",也就是如何"以形写神"。"迁想"是为了"妙得",而"妙得",就是求得象外之神的微妙。因此,"迁想"就是一种伴随着想象的,对于象外之神的感悟领会①。这样一来,意象就成为传神的关键。

不仅绘画是这样,诗歌也是如此。意象是构成诗歌艺术的基本要素之一。明代胡应麟说:"古诗之妙,专求意象。"(《诗薮》内编卷一)前人推崇唐诗的原因,是由于唐诗具有一种兴象风神之美。正如严羽在《沧浪诗话》中所说:"盛唐诸人,惟在兴趣,羚羊挂角,无迹可求。故其妙处透彻玲珑,不可凑泊,如空中之音,相中之色,水中之月,镜中之象,言有尽而意无穷。"许学夷《诗源辨体》亦云:"唐人律诗以兴象为主,风神为宗。"所以,我们只有从构成意象的心与物、情与景的关系上考查形神问题,才能使之落到实处。

在情景关系上,王夫之曾提出过一个"神理"的概念,在他看来,诗歌意象中的"神理"就存在于这个情景关系之中。他以"青青河畔草,绵绵思远道"(《饮马长城窟行》)两句为例,明确指出:"以神理相取,在远近之间。"(《姜斋诗话》卷二)意思是说,"青青河畔草"与"绵绵思远道"这两句看似无关,却使人能够产生丰富的联想和想象。主人公看到河畔的青草随着河流伸向远方,不由得使人想到远在他乡的亲人。"绵绵"既指道路的遥远,也指情思的悠长。这两句中情与景的关系是若即若离的,既不是过于直露,也不是毫无关系,正在远近之间。可见,所谓"神理",就是一种介于情景之间的直觉感悟。

事实上,不仅是诗歌,作为审美意识产物的一切文学艺术,始终是不能脱离意象的。朱光潜曾说:"美感的世界纯粹是意象世界。"②因此,文学艺术中言象意的关系与玄学中的言意之辨有着本质的不同,因为后者把言和象只作为认知的对象,而不是审美的对象。在王弼看来,言和象的意义仅仅在于,它是得意的工具,而言、象本身并不重要。正如他所说的:"爻苟合顺,何必坤乃谓牛?义当应健,何必乾乃为马?"(《周易略例·明象》)这对诗歌来说显然是行不通的,钱锺书指出:"诗也者,有象之言,依象以成言;舍象忘言,是无诗矣,变象易言,是别为一诗甚且非诗矣。故《易》之拟象不即,指示意义之符(sign)也;《诗》之比喻不离,体示意义之迹(icon)也。……是故《易》之象,义理寄宿之蘧庐也,乐饵以止过客之旅亭也;《诗》之喻,文情归宿之菟裘也,哭斯歌斯,聚骨肉之家室也。"③的确,诗歌意象中的心与物、情

①　参见李泽厚、刘纲纪:《中国美学史》(魏晋南北朝编),安徽文艺出版社,1999 年,第 464—465 页。

②　朱光潜:《谈美》,安徽教育出版社,1997 年,第 10 页。

③　钱锺书:《管锥编》第一册,中华书局,1979 年,第 12 页。

与景是不能分离的,充分注意到了诗歌艺术的本质特征,极有见地。后人常以"兴象风神"之美来评价盛唐诗歌,所谓"兴象风神",正是从心物交融的审美意象中体现出来的,它具有一种蕴藉含蓄、自然天成的美。

如何通过意象来传神?王夫之的意见很有启发性。他提出了意象结构的三种方式:以词相合,以意相次,即目即事。并指出:"景语之合,以词相合者下,以意相次者较胜,即目即事,本自为类,正不必蝉连,而吟咏之下,自知一时一事有于此者,斯天然之妙也。"①又说:"只于心目相取处得景得句,乃为朝气,乃为神笔。"②在《姜斋诗话》中他还说道:"情景名为二,而实不可离,神于诗者,妙合无垠。"

总之,当构成意象的因素——心与物、情与景融为一体,不知何者为我,何者为物,以至于无迹可求时,这就超越了心物二元对立的物感说,从而进入了一种更高的艺术境界,这也就是严羽所说的"诗之极致"的"入神"之境。明代王廷相说:"夫诗贵意象透莹,不喜事实粘著。古谓水中之月,镜中之影,难以实求也。……言征实则寡余味,情直致则难动物,故示以意象,使人思而咀之,感而契之,邈哉深矣,此诗之大致也。"(《与郭价夫学士论诗书》)所谓"意象透莹",就是指意与象达到高度的融合,即物即心,亦虚亦实,如镜花水月般的透彻玲珑,空灵蕴藉,这就达到了"神"的境界。这就是所谓"神余象外"(陈廷焯《白雨斋词话》卷一)。因此,艺术上的"神"境,就是在虚实有无之间,超越了一切人为的痕迹,浑然天成的境界。而"中国艺术精神的高妙之处即在于'心物之际',它要求艺术家斟酌于心物之际,徘徊于有无之间……艺术构思的核心内容是心物二者的互观共照,艺术构思的终结是创造出心物浑融的审美意象。"③正因为如此,意象不仅是中国古代文艺理论的核心范畴之一,而且关于意象的学说也成为中国古典美学精神的代表。④

第三节　味象与观道

"象"与"道"的关系非常密切,它既与形而上的"道"相通,又与形而下

---

① 王夫之:《古诗评选》卷四,刘桢《赠五官中郎将》评语,河北大学出版社,2008年,第184页。
② 王夫之:《唐诗评选》卷三,张子容《泛永嘉江日暮回舟》评语,河北大学出版社,2008年,第117页。
③ 朱良志:《中国艺术的生命精神》,安徽教育出版社,2006年,第132页。
④ 叶朗在《中国美学史大纲》一书中认为:"代表中国古典美学基本精神的是意象说而不是言志说。"(上海人民出版社,1985年,第13页)

的"器"相连,是介于"道"和"器"之间的概念。在将二者进行沟通联系方面,"象"和"形"的作用是相同的,《周易·系辞上》有"形而上者谓之道,形而下者谓之器"的说法。但"象"与"形"又有所区别,因为"象"虽然是可以感知的,但与"形"或"器"相比,它又不是可以直接触摸的实体。故《系辞上》又有"在天成象,在地成形"和"见乃谓之象,形乃谓之器"的说法,所以"象"属于天,"形"属于地。"象"比"形"更富于象征意义(《礼记·乐记》中有"乐象"之说),而且"象"因其具有超越形器的一面,又有"大象"和"象外"之说①,故"象"比"形"更具有审美意义,更接近本体意义上的"道"。叶朗认为:"'象'是'道'的显现,所以'味象'同时又是'观道'。"②

把意象与"道"真正结合起来的,最早可以追溯到《庄子·天地》篇:

> 黄帝游乎赤水之北,登乎昆仑之丘而南望,还归,遗其玄珠。使知索之而不得,使离朱索之而不得,使喫诟索之而不得也。乃使象罔,象罔得之。黄帝曰:"异哉! 象罔乃可以得之乎?"

这里的"玄珠"象征"道","知"代表理智,"离朱"代表视觉,"喫诟"代表言辩。至于"象罔",是指非有非无、亦虚亦实的意象。"象则非无,罔则非有,不皦不昧,玄珠之所以得也"(吕惠卿),"象罔者若有形,若无形,故曰眸而得之。即形求之不得,去形求之亦不得也"(郭嵩焘)③。宗白华进一步发挥道:"非无非有,不皦不昧,这正是艺术形相的象征作用,象是境相,罔是虚幻,艺术家创造虚幻的境相以象征宇宙人生的真际。"④在庄子看来,"道"是不可能通过理智、感官和逻辑推理获得的,而是要通过非有非无、亦虚亦实的意象("象罔")获得。

此外,《庄子·田子方》中还提出了"目击道存"的说法,这其实就是一种直觉把握、得意忘言的境界。"道"虽然不可言说,但在《老子》一书中对其特性仍然有很多描述,例如:

> 道之为物,惟恍惟惚。惚兮恍兮,其中有象;恍兮忽兮,其中有物。(二十一章)
> 有物混成,先天地生。寂兮寥兮,独立不改,周行而不殆,可以为天

---

① 如《老子》四十一章:"大音希声,大象无形。"司空图《诗品·雄浑》:"超以象外,得其环中。"
② 叶朗:《中国美学史大纲》,上海人民出版社,1985 年,第 210 页。
③ 郭庆藩:《庄子集释》(新编诸子集成)注引,中华书局,1961 年,第 415 页。
④ 宗白华:《中国艺术意境之诞生》,《美学散步》,上海人民出版社,1981 年,第 81 页。

下母。吾不知其名,强字之曰道,强为之名曰大。(二十五章)

上善若水。水善利万物而不争,处众人之所恶,故几于道。(八章)

"道"作为一个本体论的范畴,虽然抽象玄妙,变化无常,正所谓"变动不居,周流六虚,上下无常,刚柔相易"(《周易·系辞下》),人既不能单凭感官把握,如《庄子·知北游》中所云"无思无虑始知道";又不能靠逻辑推理,正所谓"道可道,非常道";但另一方面,"道"的运动变化又不能完全脱离经验,它需要以各种方式(通过人的直觉体悟)表现出来。《管子·心术上》说:"虚而无形谓之道,化育万物谓之德。"可见,"道"虽然"虚而无形",但却通过"化育万物"表现出它的性质("德")。因此,在《周易·系辞下》中,"道"就被具体化为天、地、人三才之道。《说卦传》则进一步明确化:"是以立天之道曰阴与阳,立地之道曰柔与刚,立人之道曰仁与义,兼三才而两之,故《易》六画而成卦。"

"道"既然可以具体化,它就可以被体验和感悟。如《庄子·大宗师》云:"夫道,有情有信,无为无形;可传而不可受,可得而不可见;自本自根,未有天地,自古以固存;神鬼神帝,生天生地;在太极之先而不为高,在六极之下而不为深,先天地生而不为久,长于上古而不为老。"在庄子看来,"道"是产生天地万物、超越时空的本体,虽然它不是具体的事物,但"可传而不可受,可得而不可见",只能用心灵去感悟它。

庄子讲得"道",还经常以实践性的技艺来作譬喻。如《养生主》中庖丁解牛的技艺,达到了"以神遇而不以目视,官知止而神欲行"的境界,已经超越了技的层面,故庖丁云:"臣之所好者道也,进乎技矣。"此外,《天道》篇中的轮扁斫轮、《达生》篇中的佝偻承蜩、梓庆削木为鐻等都是如此。因此,对"道"的把握并非是抽象的认识活动,而是一种实践活动,需要在实践中去体验和感悟,它要求主体全身心的投入到对象之中,排除一切私欲和杂念,达到一种忘我和超功利的精神境界(即《人间世》和《大宗师》里所说的"心斋"和"坐忘"),使心灵呈现出清明洞彻的状态(即《大宗师》里所说的"朝彻"、"见独"),才能打破一切是非对立的界限(如《逍遥游》中的"小大之辩"、《山木》中的"材与不材"等),故庄子有"道通为一"(《齐物论》)、"以道观之,物无贵贱"(《秋水》)的说法。

"道"的这种可以被体验的性质自然就可以用"象"来描绘,王弼在《老子指略》中一方面强调"以无为本","故象而形者,非大象也;音而声者,非大音也";另一方面,又认识到本体和现象事实上是统一而不可分割的,"然则四象不形,则大象无以畅;五音不声,则大音无以至"。"道"这种融具象与抽象、有限与无限、经验与超验的特性正是道家思想中最富于诗性之处。这就是前面庄子所讲的"象罔"可以得"道","象罔"便是从有向无、从实向虚、从形向神的提升过程,"象"就是通向"道"的最佳途径。徐复观认为,道家思想中的艺术精神正是体现在"道"所包含的人生体验以及我们对于这种体验的了悟上①。所以,宗炳讲"澄怀味象",就是"澄怀观道"。

宗炳为什么能把"味象"和"观道"二者统一起来?这除了与"道"本身的特点有关以外,也与他受慧远的影响分不开(宗炳是慧远的弟子),而慧远的思想(主要是晚年)又是受了来自大乘佛学中的般若实相学的影响。而在魏晋玄学中,由于王弼玄学体系内在的思想矛盾,决定了他的"得意忘言"的思想方法存在着把言、象和意对立起来的倾向(此后,裴頠提出的"崇有论"和郭象的"独化论"正是对王弼的纠正)②,直到东晋后期,由鸠摩罗什、僧肇等人批判玄学和"六家七宗"的学说,运用印度大乘空宗的中观方法论,发展出般若实相学,才很好地解决了本末、有无、言意、形神的关系问题。

僧肇认为,世间万物皆非有非无,又亦有亦无,它们本质上都是"不真",即"空",所谓"欲言其有,有非真生;欲言其无,事象即形。象形不即无,非真非实有"(《不真空论》),"涉有未始迷虚,故常处有而不染。不厌有而观空,故观空而不证"(《宗本论》)。又说:"道远乎哉?触事而真;圣远乎哉?体之即神。"(《不真空论》)这是一种"即色悟空"的思维方式,也正是这一思想,使慧远晚年的佛学观有了重大变化。前面我们谈到慧远时,曾提到他在《沙门不敬王者论》中主张"形尽神不灭",这实际上是魏晋玄学"以无为本"的命题在佛教中的延伸。到了晚年,他对过去的看法做了修正,开始用"非有非无"的"中道"观来说明"法性"和"神"的问题,使之在理论上更加完善。这在他七十九岁高龄时所作的《万佛影铭序》中反映出来:

> 法身之运物也,不物物而兆其端,不图终而会其成。理玄于万化之表,数绝乎无形无名者也。若乃语其筌寄,则道无不在。是故如来或晦先迹以崇基,或显生涂而定体,或独发于莫寻之境,或相待于既有之场。独发类乎形相,相待类乎影。推夫冥寄,为有待耶?为无待耶?自我而观,则有间于无间矣。求之法身,原无二统,形影之分,孰际之哉!而今之闻道者,咸暮圣体于旷代之外,不悟灵应之在兹,徒知圆

---

① 参见徐复观:《中国艺术精神》,春风文艺出版社,1987年,第44页。
② 参见余敦康《魏晋玄学史》,北京大学出版社,2004年,第292—293页;汤一介《郭象与魏晋玄学》,北京大学出版社,2000年,第45—47页。

化之非形,而动止方其迹,岂不诬哉?……神道无方,触像而寄,百虑所会,非一时之感。①

　　无疑,慧远晚年的佛学观,超越了般若"本无"派的局限(慧远早年追随道安,其佛学思想属于"本无"派),破除了对于神的执著,认识到大千世界的万事万物,都是佛之神明的体现。这就在理论上纠正了顾恺之的关于有生命的人有"神",而无生命的山水"不待迁想妙得"的偏见。宗炳深受慧远的影响,《宋书》本传说他曾"下入庐山,就释慧远考寻文义",在《明佛论》中,宗炳还谈到他曾随慧远登游庐山,并住了"五旬"。慧远作《万佛影铭》时,宗炳三十七岁,而宗炳的《画山水序》为其晚年所作(约440年),时年六十五岁左右②。由此推断,宗炳的形神观是来自于慧远的影响。具体地说,宗炳把形神关系推及到一切有生命的事物,包括天地、山川及动植物,而不局限于人类自身,"夫天地有灵,精神不灭,明矣","群生皆以精神为主,故于玄极之灵,咸有理以感","夫五岳四渎,谓无灵也,则未可断矣;若许其神,则岳唯积土之多,渎为积水而矣!得一之灵,何生水土之粗哉?而感托岩流,肃成一体,设使山崩川竭,必不与水土俱亡矣"(《明佛论》)。

　　宗炳的形神观确立了自然山水审美价值的独立性,这对山水画的创作理论产生了重大的影响。宗炳在《画山水序》一文中认为,山水"质有而趣灵",而这"趣灵"又是与"道"相通的,人们之所以欣赏山水之美,是因为"山水以形媚道",这就为人们对自然山水进行"以形写形,以色貌色"的艺术表现提供了理论依据,因而与后人所说的"形似"不可同日而语。宗炳的形神观代表了六朝人普遍的看法,也反映了那个时代在重神观念和传神途径上与后世的差异。为叙述方便(后文还要谈到),今录《画山水序》全文如下:

　　　　圣人含道应物,贤者澄怀味象。至于山水,质有而趣灵。是以轩辕、尧、孔、广成、大隗,许由、孤竹之流,必有崆峒、具茨、藐姑、箕首、大蒙之游焉。又称仁智之乐焉。夫圣人以神法道而贤者通,山水以形媚道而仁者乐,不亦几乎!

　　　　余眷亦庐、衡,契阔荆、巫,不知老之将至。愧不能凝气怡身,伤跕石门之流。于是画象布色,构兹云岭。

　　　　夫理绝于中古之上者,可意求于千载之下;旨微于言象之外者,可

①　石峻等编:《中国佛教思想资料选编》(第一卷),中华书局,1981年,第122页。
②　据方立天《慧远及其佛学》(中国人民大学出版社,1984年)一书中的《慧远年谱》推定。

心取于书策之内。况乎身所盘桓,目所绸缪,以形写形,以色貌色也。

且夫昆仑山之大,瞳子之小,迫目以寸,则其形莫睹;迥以数里,则可围于寸眸。诚由去之稍阔,则其见弥小。今张绡素以远映,则昆阆之形可围于方寸之内。竖划三寸,当千仞之高;横墨数尺,体百里之迥。是以观画图者,徒患类之不巧,不以制小而累其似,此自然之势。如是,则嵩、华之秀,玄牝之灵,皆可得之于一图矣。

夫以应目会心为理者,类之成巧,则目亦同应,心亦俱会。应会感神,神超理得,虽复虚求幽岩,何以加焉!又神本亡端,栖形感类,理入影迹,诚能妙写,亦诚尽矣。

于是闲居理气,拂觞鸣琴,披图幽对,坐究四荒。不违天励之藂,独应无人之野。峰岫峣嶷,云林森眇,圣贤映于绝代,万趣融其神思。余复何为哉?畅神而已。神之所畅,孰有先焉!(《历代名画记》卷六)

山水因其自然之质,故最能体现自然之道。但是如何在有限的画面中去完整地加以表现呢?于是宗炳在强调"以形写形,以色貌色"的同时,提出了画家要"身所盘桓,目所绸缪",就是从不同的视角,流连徘徊,全面反复地观察浏览。宗白华认为,这两句话反映了中国绘画一种特有的空间意识,即"中国画不是站在固定角度透视,而是从高处把握全面,这就形成中国山水画中'以大观小'的特点"①。在宗先生看来,从既高且远的心灵的眼睛"以大观小",对宇宙万物俯仰往还,远近取与,这是中国哲人的观照法,也是诗人的观照法②。正是这种特有的空间意识,使得画家能够"以一管之笔拟太虚之体"(王微《叙画》),小中见大,"不以制小而累其似",也就不会失其"自然之势",这样就达到了"畅神"的目的。宗炳将"神"的概念从绘画对象转向绘画主体,首次提出了"畅神"说。

宗炳的畅神说不同于传统的物感说。物感说侧重的是物对心的感发,物是主导;而畅神说则强调心的主导地位。他在《明佛论》中说:"心作万有,诸法皆空。"宗炳深受佛教的影响,对佛法有一种虔诚的信仰,"夫以法身之极灵,感妙众而化见,照神功以朗物,复何奇不肆,何变可限?岂直仰陵九天,龙行九泉,吸风绝粒而已哉。"(《明佛论》)他把自然山水看作是"道"(即佛性或法身)的显现,主体需以一种空明虚静的心态观照自然("贤者澄

---

① 宗白华:《中国美学史中重要问题的初步探索》,《美学散步》,上海人民出版社,1981年,第56页。
② 参见宗白华:《中国诗画中所表现的空间意识》,《美学散步》,上海人民出版社,1981年,第111页。

怀味象"），以此来体悟佛之神理，并由此获得精神上的超越，这就使宗炳的畅神说更具有审美意义。因为与传统的物感说相比，畅神说突出了物我两忘、自由和谐的精神交流，它不仅超越时空，而且涵融万物，把大自然的一切都看成是有机的生命体，这正是美感得以产生的必要条件，也充分体现了魏晋以来追求超越的时代精神。在马克思看来，人是有生命意识的类存在物，因而人的生命活动才是自由和自觉的，审美活动正是人的自由自觉的本质力量的显现。①

另外，从"神本亡端，栖形感类"两句来看，宗炳所说的"神"并不只是抽象的、形而上的东西，同时也是具体可感的，并且只有通过"澄怀味象"、"应会感神"才能得到。显然，宗炳眼中的山水已经不是客观的对象，而是经过了主体心灵的改造。正如英国美学家鲍山葵所说："所谓对象，是指通过感受或想象而呈现在我们面前的表象。凡是不能呈现为表象的东西，对审美态度说来是无用的。"②宗炳非常重视自然山水的感性之美，强调"以形写形，以色貌色"的创作方法，但这是为了"畅神"，而不是为描写而描写。宗炳认为："以应目会心为理者，类之成巧，则目亦同应，心亦俱会。应会感神，神超理得，虽复虚求幽岩，何以加焉。"（《画山水序》）这种以"应目会心"为宗旨的描写方法自然也会影响到文学，特别是诗歌创作对"形似"的追求。所以南朝诗人对形似之言的重视，并不只是单纯描摹对象外在的形态，也是为了表现主体的心灵感受，从而使精神获得超越，"望秋云，神飞扬；临春风，思浩荡"（王微《叙画》），晋宋以来的山水诗正是在这一理论背景下出现的。

第四节　感　兴　论

感兴论继承了传统的物感说，反映了一种新的时代精神。审美感兴的最高境界就是一种物我不分的存在状态，它可以使人超越庸俗乏味的日常生活，在精神上受到激励和感发，获得一种更加纯粹和真实的情感体验。而诗兴精神的出现，使中国诗歌艺术逐渐达到了情景交融的完美境界，这正是后人所推崇的"兴象风神"和"兴会神到"。

一、六朝人对赋比兴的新观念

在汉代诗学中，赋、比、兴被视为美刺讽喻的教化工具，"赋之言铺，直铺

① 参见马克思：《1844年经济学哲学手稿》，人民出版社，2002年，第162—192页。
② 鲍山葵：《美学三讲》，周煦良译，人民文学出版社，1965年，第6页。

陈今之政教善恶。比,见今之失,不敢斥言,取比类以言之。兴,见今之美,嫌于媚谀,取善事以喻劝之。"(《周礼·大师》郑玄注)六朝时期,人们对此有了新的认识,主要侧重从物与心(志、情、意)的关系上来加以阐发。

对于"赋",刘勰强调了它的"体物写志"的功能:"赋者,铺也;铺采摛文,体物写志也。"(《文心雕龙·诠赋》)又说:"写物图貌,蔚似雕画。"要求"赋"必须做到对客观事物进行生动逼真的描摹刻画,才能达到"写志"的目的。钟嵘也强调赋的特点是"寓言写物"(《诗品序》),这实际上是赋中兼有比兴的含义。正如刘熙载《艺概·赋概》云:"风诗中赋事,往往兼寓比兴之意。钟嵘《诗品》所由竟以'寓言写物'赋也。赋兼比兴,则以言内之实事,写言外之重旨。"

对于"比",刘勰强调要"写物以附意"(《文心雕龙·比兴》),钟嵘强调要"因物喻志"(《诗品序》),都突出了"写物"的重要性。刘勰在《比兴》篇中又说:"比之为义,取类不常,或喻于声,或方于貌,或拟于心,或譬于事。"可见,比的意义已经不是简单的"比方于物"了,而是要诉诸人的听觉、视觉等各种感官,从而达到生动形象的表现客观事物的目的。刘勰最后说:"至于扬班之伦,曹刘以下,图状山川,影写云物,莫不织综比义,以敷其华,惊听回视,资比效绩。"这一说法明显地是他在总结山水文学创作经验基础上形成的新见解。

对于"兴",挚虞认为,"兴者,有感之辞也"(《文章流别论》)。刘勰论"兴",尽管还保留着汉代经学诗论的传统观念,如"兴则环譬以托讽","诗刺道丧,故兴义销亡"(《文心雕龙·比兴》)等。但是,他同时也指出:"兴者,起也。……起情故兴体以立",从起情入手,强调了"兴"的情感本质,即《诠赋》篇中所说的"情以物兴"。不仅如此,刘勰还对其在表现艺术形象的内在意蕴上所起的作用尤为重视,《比兴》篇末的赞中说:"诗人比兴,触物圆览。物虽胡越,合则肝胆。拟容取心,断辞必敢。"指出"比兴"的关键是"拟容取心",即通过对事物外貌的描绘,来揭示其内在的意蕴,这样就能通过"拟容取心",达到"触物圆览"(即"物虽胡越,合则肝胆")的效果。而钟嵘则从审美感受着眼,释"兴"为"文已尽而意有余"(《诗品序》),更加重视"兴"在艺术表现上的独特作用。与刘勰相比,钟嵘对"兴"的解释已经完全摆脱了传统诗教观念的局限,使"兴"从"比"中脱离出来,反映了新的时代精神。杨明认为,钟嵘的这个说法与汉儒"托事于物"的解释仍是一脉相承的①。这种

---

① 杨明:《钟嵘〈诗品〉注释商榷》,《汉唐文学辨思录》,上海古籍出版社,2005 年,第 152——155 页。

看法忽略了六朝那个特定的时代特点,是非常片面的(参见下文)。

总之,晋宋以来特别是刘勰、钟嵘等人在阐释赋比兴时,已从艺术表现的形象性方面着眼,突出了三者在塑造形象以表情达意方面的功能。他们对赋比兴的新认识,都明显地受到了这一时期"文贵形似"的创作风气的影响。而他们对"兴"的重视也使"形似"包含了心物交融之意,因而兼有了"神似"的萌芽。对于赋比兴在这方面的功能,叶嘉莹做了精辟的概括:"中国诗歌原是以抒写情志为主的,情志之感动由来有二:一者由于自然界之感发,一者由于人事界之感发。至于表达此种感发之方式有三:一为直接抒写(即物即心),二为借物为喻(心在物先),三为因物起兴(物在心先),三者皆重形象之表达,皆以形象触引读者之感发。"①可见,赋比兴的核心即诗歌创作中意(心)与象(物)之间相互结合的方式。

由于从心物关系上着眼,使本来在汉代作为美刺讽谕教化工具的比兴在六朝时期具有了新的内涵,人们更加重视它在艺术表现上的价值,反映了魏晋以来文学观念的不断自觉和成熟。后人(特别是明清以后)论比兴,大都是从这个意义上来讲的②。如明代李东阳在《麓堂诗话》中说:"所谓比与兴者,皆托物寓情而为之者也。盖正言直述,则易于穷尽,而难于感发,惟有所寓托,形容摹写,反复讽咏,以俟人之自得,言有尽而意无穷,则神爽飞动,手舞足蹈而不自觉。此诗之所以贵情思而轻事实也。"清代沈德潜在《说诗晬语》中也说:"事难显陈,理难言罄,每托物连类以形之,郁情欲舒,天机随触,每借物引怀以抒之;比兴互陈,反复唱叹,而中藏之欢愉惨戚,隐跃欲传,其言浅,其情深也。倘质直敷陈,绝无蕴蓄,以无情之语,而欲动人之情,难矣。"中国古典诗歌含蓄蕴藉、韵味无穷的民族传统正是从比兴中体现出来的。尤其是"兴"的出现,使中国诗歌艺术逐渐达到了情景相生、物我交融的完美境界。

二、建立在情景关系上的自然感兴论

汉代由于受诗教传统的影响,使得人们把美刺讽谕的诗教观念都包含在赋比兴之内,正如朱自清所说:"论诗尊'比兴',所尊的并不全在'比'、

---

① 叶嘉莹:《中国古典诗歌中形象与情意之关系例说》,《迦陵论诗丛稿》,河北教育出版社,1997年。

② 按:唐代诗学在比兴论上,重视把比兴同对社会现实的美刺讽谕结合起来,如白居易的《与元九书》就是以风雅比兴为标准来评述齐梁以来的诗歌。他所谓的比兴,重在诗歌所反映的内容,而不是在表现手法上。柳宗元亦持相同的看法。显然,他们的认识水平并未超过汉人,在文学观念上甚至还在六朝人之下。

'兴'本身价值,而是在'诗以言志'、诗以明道的作用上了。"①魏晋以来,人们对比兴的看法与汉代相比有了很大不同,"六朝人论'兴'大都是建立在自然感兴观念之上的。"②感兴论是对传统物感说的继承和发展。汉末以来,由于社会动荡不安,人命危浅,朝不虑夕,士人的个体生命意识较之前代有了更为充分的自觉。因自身境遇而积聚在心中之情感,一旦与外物相触,就会自然地表现出来。显然,创作重视感兴,"首先同当时的时代风气有关"③,在六朝人的作品中这类例子随处可见。如曹植的"感物伤我怀,抚心长太息"(《赠白马王彪》)是诗人被迫与兄弟分别时的感慨,陆机的"悲情触物感,沉思郁缠绵"(《赴洛道中作》)则是诗人告别故乡赴洛阳途中的感慨。东晋诗人孙绰在《三月三日兰亭诗序》中说:

> 情因所习而迁移,物触所遇而兴感。故振辔于朝市,则充屈之心生;闲步于林野,则辽落之志兴。仰瞻羲唐,貌已远矣;近咏台阁,顾深增怀。为复于曖昧之中,思萦拂之道,屡借山水以化其郁结,永一日之足,当百年之溢。……原诗人之致兴,谅歌咏之有由。(《全晋文》卷六十一)

孙绰在这里已经明确地将感物与起兴联系起来,认为情之所兴就来源于景物的感召。由于这种感兴,是缘于内心情感的自然流露,已经摆脱了汉代人政教观念的束缚,成为一种个人化的生命体验,因此,它比传统的物感说更富于审美意义。反映到诗论中,就形成了一种强调自然的感兴论。刘勰在《文心雕龙·明诗》中提道:"人禀七情,应物斯感,感物吟志,莫非自然。"钟嵘则进一步指出诗歌是个体对种种人生遭际的真实抒发,将感兴的对象扩大到社会生活领域。他在《诗品序》中说:"嘉会寄诗以亲,离群托诗以怨。至于楚臣去境,汉妾辞宫;或骨横朔野,或魂逐飞蓬;或负戈外戍,杀气雄边;塞客衣单,孀闺泪尽;又士有解佩出朝,一去忘返;女有扬蛾入宠,再盼倾国:凡斯种种,非陈诗何以展其义,非长歌何以骋其情?"

道家崇尚自然,并以此作为最高理想。《庄子·刻意》篇中有一段话:"若夫不刻意而高,无仁义而修,无功名而治,无江海而闲,不导引而寿,无不忘也,无不有也,澹然无极而众美从之。此天地之道,圣人之德也。"自然就

---

① 朱自清:《诗言志辨》,广西师范大学出版社,2004 年,第 84 页。
② 袁济喜:《兴:艺术生命的激活》,百花洲文艺出版社,2001 年,第 180 页。
③ 袁济喜:《六朝美学》,北京大学出版社,1999 年,第 290 页。

是摆脱了一切人为的东西,无为而无不为,是"道"的最高体现。魏晋玄学同样也强调自然,王弼说:"道不违自然,乃得其性。"(《老子》二十五章注)又云:"万物以自然为性。"(《老子》二十九章注)不仅如此,王弼还把"神"与"自然"联系起来,他说:"神不害自然也。物守自然,则神无所加。神无所加,则不知神之为神也。"(《老子》六十章注)但六朝人对自然的看法并不是老子或庄子的清静无为,见素抱朴,而是任性率真,不拘礼法。刘勰有云:"人禀七情,应物斯感;感物吟志,莫非自然。"(《文心雕龙·明诗》)表现在创作上则是倡导"为情造文",追求初发芙蓉般的清新之美。陶渊明的诗自不必多说,即使是在清谈最盛行的东晋时期,在著名的兰亭集会上所留下的三十七首诗中,也并非都是敷陈玄理平淡寡味的玄言诗,其中也有描写山水景物而不涉玄理的作品,如谢万的四言体《兰亭诗》:

> 肆眺崇阿,寓目高林。青萝翳岫,修竹冠岑。谷流清响,条鼓鸣音。玄崿吐润,霏雾成阴。

高林、青萝、修竹、溪流,呈现在我们面前的这一切都充满了无限的生机与活力,虽然这只是白描的写法,但我们还是可以从中受到深深地感染和触动,而这种强烈的感受是无法用抽象的玄理来表现的。王夫之称这首诗"不一语及情而高致自在",因而被评为"兰亭之首唱"(《古诗评选》卷二)。这就使东晋南朝以来的诗歌创作更加重视自然感兴,并用一种新的眼光来看待自然与人生,最终在陶渊明那里形成了一种新自然观。

从文学理论上看,萧子显在《南齐书·文学传论》中把晋宋以来的诗歌概括为"三体",分别以谢灵运、傅玄和应璩(其实颜延之更有代表性)、鲍照为代表。他批评这三体或者"虽存巧绮,终致迂回"、"典正可采,酷不如情",或者"缉事类比,非对不发"、"唯睹事例,顿失清采",或者"发唱惊挺,操调险急,雕藻淫艳,倾炫心魂",显然,这三体都有失自然。针对这三种创作倾向,萧子显提出了他的理想标准:"委自天机,参之史传,应思悱来,勿先构聚,言尚易了,文憎过意。吐石含金,滋润婉切。杂以风谣,轻唇利吻,不雅不俗,独中胸怀。"也就是强调自然感发、平易流畅的文风。萧纲指出谢灵运诗的精华是"吐言天拔,出于自然"(《与湘东王书》),而对效仿者"不届其精华,但得其冗长"提出批评。钟嵘在《诗品序》中则强调"直寻"、"自然英旨",主张以即目所见来"吟咏情性",正是建立在自然感兴这一观念基础之上的。清代王夫之对此也有深刻地体会,他在《古诗评选》卷五中说:

> 两间之固有者,自然之华,因流动生灭而成其绮丽。心目之所及,
> 文情赴之,貌其本荣,如所存而显之,即以华奕照耀,动人无际矣。①

大自然的美触动了人的感官和心灵,于是诗人有感而发,将它完整而真实地表现出来,就成为动人的审美意象。"如所存而显之"这句话颇有现象学的味道,"这存在的本来面貌,就是中国美学说的'自然'、'真'"②。在王夫之看来,大自然是一个充满活力的生命世界,当人们全身心地投入其中时,大自然就以它存在的本来面貌展现在你的眼前,从而使人获得极大的精神愉悦。因为在这里,人与自然之间是一种纯粹的直觉观照。所以王国维说:"苟吾人能忘物与我之关系而观物,则夫自然界之山明水媚、鸟飞花落,固无往而非华胥之国,极乐之土也。"(《红楼梦评论》)而人与外物之间的这种关系只有在审美感兴的状态下才能得到最真实、最自然的显现。

从本质上说,审美感兴的最高境界就是一种物我不分、情景交融的存在状态。在这种状态下,人的精神超越了庸俗乏味的日常生活,并受到感发、激励和升华,从而上升到一种更高的境界,获得了一种更真实的存在体验。只有在这种状态下,才能写出真正的好诗。宋人杨万里认为:"大抵诗之作也,兴上也,赋次也,赓和不得已也。我初无意于作是诗,而是物是事适然触乎我,我之意亦适然感乎是物是事,触生焉,感随焉,而是诗出焉。"(《答建康府大军库监徐达书》)明代谢榛指出:"诗有不立意造句,以兴为主,漫然成篇,此诗之入化也。"(《四溟诗话》卷一)王夫之更是把"兴"规定为诗歌艺术的本质,他说:"'诗言志,歌咏言'。非志即为诗,言即为歌也。或可以兴,或不可以兴,其枢机在此。"③

三、"兴象风神"与"兴会神到"

正因为"兴"是物对心的自然感发,所以,后人常常从心与物、情与景的关系上论"兴"。如王夫之指出:"夫景以情合,情以景生,初不相离,唯意所适。截分两橛,则情不足兴,而景非其景。"(《姜斋诗话》卷二)既然如此,那么"兴"与"象"的关系就密不可分,唐代殷璠的"兴象"说正是建立在这一基础之上的。"兴"由"象"而生发,"象"则因"兴"的感发而隐含了某种意蕴,"兴"与"象"就结合成为一个范畴,其含义接近意象。但"兴象"专指诗歌意

---

① 王夫之:《古诗评选》卷五,谢庄《北宅秘园》评语,河北大学出版社,2008年,第259页。
② 叶朗:《美学原理》,北京大学出版社,2009年,第77页。
③ 王夫之:《唐诗评选》卷一,孟浩然《鹦鹉洲送王九之江左》评语,河北大学出版社,2008年,第14页。

象,并侧重其自然感发和蕴藉含蓄的特点。

总之,"兴象"作为一个诗学范畴,指诗歌创作中以自然感发的方式创造的审美意象。于是,"兴象"就与"神来、气来、情来"具有了某种内在的联系。杜甫诗云:"感激时将晚,苍茫兴有神。"(《上韦左相二十韵》)因此,"从感兴萌生的角度来说,兴而有神,既是对感兴特征的一种认识,同时也暗示了兴与神的关联"①。明代许学夷在《诗源辨体》卷十六中谈道:"唐人律诗以兴象为主,风神为宗。"也是着眼于"兴象"与"风神"的关系。

从情景关系上论"神",也是王夫之诗学理论的一个基本观点。他在《姜斋诗话》卷二中谈道:"含情而能达,会景而生心,体会而得神,则自有灵通之句,参化工之妙。""情景名为二,而实不可离,神于诗者,妙合无垠。"而情与景的内在统一,依靠的正是审美感兴②。所以王夫之说:

> 一用兴会标举,自然情景俱到,恃情景者,不能得情景也。(《明诗评选》卷六,袁凯《春日溪上书怀》评语)

六朝人虽然没有提出"兴象风神"一类的说法,但对感兴的提倡实际上就是体现了对形神问题的重视。许学夷在《诗源辨体》卷三中谈道:"汉魏人诗,本乎情兴,学者专习凝领,而神与境会,即情兴之所至……予学汉魏二十年,始悟入焉。"

为什么从感兴出发,诗歌就能达到"入神"之境? 因为感兴的发生必须以虚静闲适的心境为前提,刘勰指出"入兴贵闲"(《文心雕龙·物色》),就是强调只有在虚静闲适的心境下才能充分地领略万物之美,从而感物兴情。刘永济对"入兴贵闲"一句阐释得极为精当,他说:

> 闲者,《神思》篇所谓虚静也,虚静之极,自生明妙。故能撮物象之精微,窥造化之灵秘。③

所谓"虚静之极,自生明妙"正是《庄子·天道》中所说的"虚则静,静则动,动则得矣",即在虚静的状态下感应会通,领悟到宇宙万物精微之理。晋人韩康伯在解释《周易·系辞下》中"精义入神,以致用也"一句时说:"精义,

---

①　敏泽主编:《中国文学思想史》上卷,湖南教育出版社,2005年,第522页。
②　参见叶朗:《中国美学史大纲》,上海人民出版社,1985年,第460页。
③　刘永济:《文心雕龙校释》,中华书局,1962年,第181页。

物理之微者也。神寂然不动,感而遂通,故能乘天下之微,会而通其用也。"因为精神义理微妙无形,不能直观,所以只能在虚静闲适的状态下感应会通。这就是"感兴"能够"入神"的原因所在。近代骆鸿凯在《文心雕龙·物色》篇的札记中以陶渊明的《饮酒》诗为例做了进一步的分析:

> 四序纷回,入兴贵闲者,盖以四序之中,万象林罗,触于耳而寓于目者,所在皆是,苟非置其心于脩然闲旷之域,诚恐当前好景,容易失之也。陶诗:"采菊东篱下,悠然见南山。山气日夕佳,飞鸟相与还。此中有真意,欲辨已忘言。"因采菊而见山,一与自然相接,便见真意,而至于欲辨忘言,使非渊明摆落世纷,寄心闲远,曷至此乎?①

可见,只有在虚静闲适的状态下才能"感兴",从而达到心与物的融合。古人在这方面也做了许多有益的探讨,列举如下:

> 作诗固宜搜索枯肠,然着不得勉强,故有意作诗,不若诗来寻我,方觉下笔有神。诗固以兴之所至为妙,唐人云:"几处觅不得,有时还自来。"进乎技矣。(吴雷发《说诗菅蒯》)
>
> 兴之为义,是诗家大半得力处。无端说一件鸟兽草木,不明指天时而天时恍在其中;不显言地境而地境宛在其中;且不实说人事而人事已隐约其中。故有兴而诗之神理全具也。(李重华《贞一斋诗说》)
>
> 盖诗之所以为诗者,其神在象外……夫神者何物也? 天壤之间,色、声、香、味偶与我触,而吾意适有所会,辄矢口肆笔而泄之,此所谓六义之兴,而经纬于赋、比之间者也。赋实而兴虚,比有凭而兴无据,不离字句而神存乎其间,神之在兴者十九,在赋者半之。(彭辂《诗集自序》,《明文授读》卷三十六)

前面谈到,审兴感兴的最高境界是一种物我不分、情景交融的状态。从思维方式上看,它蕴含着天人感应的原始文化意识,也是先民原始生命活力的一种展现,它通过音乐、舞蹈等艺术形式使这种生命力得到升华。因此,在审美感兴中,人的精神和情感能够摆脱世俗生活的利害得失,获得自由和解放,并在与外物的接触和交流中受到激励和感发,精神境界得到升华,而人的审美力和创造力也在这样的交流中得到最大限度的发挥。王羲之的书

---

① 黄侃:《文心雕龙札记》附骆鸿凯的《物色》篇札记,上海古籍出版社,2000 年,第 234 页。

法代表作《兰亭序》正是在这种状态下写成的,它来去自如,非人力所为。等到他日后再书数十百本,终不可得当日之神韵。之所以如此,是因为王羲之当日的即兴所写是一种创造,而创造是不可重复的。这就如同《庄子·齐物论》中所说的"天籁",其引发者是无迹可求的,"夫天籁者,吹万不同,而使其自已也,咸其自取,怒者其谁邪?"所以"天籁"是一种最自然的状态。《兰亭序》的书法就是这样的神来之笔,是书法家对笔墨形体内在意蕴的一种直觉感悟,达到了意与笔、神与形的高度融合。

这种情况在诗歌创作中更为普遍。谢灵运的山水诗具有一种"初发芙蓉"之美,如"池塘生春草"一类的诗句就是他在不经意中写成的①,这与他创作过程中重视"兴会标举"的特点有关。钟嵘在《诗品序》中提出好的诗歌都是即目所见的,"观古今胜语,多非补假,皆由直寻",倡导"自然英旨",反对大量堆砌典故,反映了他对审美直觉的重视。

总之,"兴会"之所以能够"神到",正因为它是在心物交融的艺术创造和欣赏中,个体暂时摆脱了现实的羁绊,自由独立的精神活动得到了最充分的发挥,并通过寄情山水、吟咏诗文等方式使个人内在的精神体验上升到了审美的境界。

尽管"兴会神到"的状态往往是不期而遇的,它无法捕捉,非人力所为,但可以通过日常的培养,使精神经常保持一种最佳的状态。遍照金刚在《文镜秘府论·南卷·论文意》中就谈道:

> 意欲作文,乘兴便作,若似烦即止,无令心倦。常如此运之,即兴无休歇,神终不疲。凡神不安,令人不畅无兴。无兴即任睡,睡大养神。常须夜停灯任自觉,不须强起。强起即昏迷,所览无益。纸笔墨常须随身,兴来即录。若无纸笔,羁旅之间,意多草草。舟行之后,即须安眠。眠足之后,固多清景,江山满怀,合而生兴,须屏绝事务,专任情兴。因此,若有制作,皆奇逸。看兴稍歇,且如诗未成,待后有兴成,却必不得强伤神。

当一个人精神困顿,身心疲惫时,"兴会"是无由降临的。只有通过"养兴",保持一种良好的精神状态,才能在不经意中达到外物与"吾意适有所会",这就是"兴会"。沈约在《宋书·谢灵运传论》中称"灵运之兴会标举",就是指

---

① 钟嵘《诗品》在"谢惠连"条下引《谢氏家录》云:"康乐每对惠连,辄得佳语。后在永嘉西堂,思诗竟日不就。寤寐间,忽见惠连,即成'池塘生春草'。故常云:'此语有神助,非吾语也。'"

谢灵运的诗作是率兴而作的。上文曾提到他的"池塘生春草",即是最典型的例子。梁代的萧子显在其《自序》中说:

> 若乃登高极目,临水送归,风动春朝,月明秋夜,早燕初莺,开花落叶,有来斯应,每不能已也。……每有制作,特寡思功,须其自来,不以力构。(《梁书·萧子显传》)

"不以力构",就是强调主体以一种最自然最放松的状态进行创作,主体与对象之间才能够获得最大限度地沟通和交流,也才有可能达到那种"兴会神到"的境界。清人王士禛谈诗时曾引用了这段话,说自己"平生服膺此言,故未尝为人强作,亦不耐为和韵诗也"[1]。

由此可见,"兴会"就是艺术构思和创作达到高潮时的一种自我体验。陆机在《文赋》中对"兴会"的状态作了生动的描述:

> 若夫应感之会,通塞之纪,来不可遏,去不可止。藏若景灭,行犹响起。方天机之骏利,夫何纷而不理。思风发于胸臆,言泉流于唇齿。纷葳蕤以馺遝,唯毫素之所拟。文徽徽以溢目,音泠泠而盈耳。

这种"应感之会"的确是令人神往的,但是它又来去迅速,非人力所能控制。所以,如何能够获得这种体验就成为理论家们讨论的一个重要问题。刘勰在《文心雕龙·养气》篇中提出"率志委和"的说法,即要求作家在创作中做到"清和其心,调畅其气","从容率情,优柔适会"。此外,他在《神思》篇中也提到"秉心养术,无务苦虑;含章司契,不必劳情",这些都是强调要保持一种最佳的精神状态,也就是我们前面所说的"养兴"。

但问题是,只强调精神状态的培养,显然是不够的。毕竟,创作离不开平时长期的积累。冰冻三尺,非一日之寒。清人袁守定就指出:

> 文章之道,遭际兴会,撼发性灵,生于临文之顷者也。然须平日餐经馈史,霍然有怀,对景感物,旷然有会,尝有欲吐之言,难遏之意,然后拈题泚笔,忽忽相遭,得之在俄顷,积之在平日,昌黎所谓有诸其中是也。舍是虽刿竭虑,不能益其胸中之所本无,犹谈珠于渊而渊本无珠,采玉于山而山本无玉,虽竭渊夷山以求之,无益也。(《占毕丛谈》卷五

---

① 王士禛:《带经堂诗话》卷三,人民文学出版社,1963年,第67页。

《谈文》)

可见,只有在平时大量积累的基础上,才有可能通过"兴"的培养,获得一种"兴会神到"的高峰体验,即"得之在俄顷,积之在平日"。因此,刘勰在《文心雕龙·神思》篇中,一方面提出要"秉心养术,无务苦虑",另一方面又强调要"积学以储宝,酌理以富才,研阅以穷照,驯致以绎辞"。只有具备了这些条件,当作家"神思方运"的时候,才能左右逢源,信手拈来。这样的作品就有可能达到一种神妙之境。

这样,我们对刘勰在《神思》篇中的重神观念就有了一个比较全面的把握:一方面他受佛教的影响,用形神分离的观点来理解"神思",认识到"神"是一种非同寻常的认识能力和感受能力;另一方面,他又把这种"神"的获得建立在"虚静"、"养气"和日常的积累之上,而没有将它神秘化。显然,这与慧远将"神"视为一种神秘的感应有了本质的不同①。

第五节　风　骨　论

风骨论的含义比较复杂。"风骨"一词来源于人物品评,刘勰首次把它引进文论,并进行了改造,"风"与"骨"所指各有侧重,反映了一种杂文学的观念。但就诗学而言,"风骨"则被看成是一个整体范畴(这在钟嵘的《诗品序》中体现得更明显),表现的重点在于思想情感的清峻刚健,是作家内在的精神气质、人格理想在作品中的升华。"风骨"作为美学范畴,与"神韵"是有相通之处的,实际上是形神合一观念的体现。

一、刘勰"风骨论"的基本特点

"风骨"本来是人物品评中常用的一个概念,魏晋以来的人物品评与汉代相比,更注重人物的风姿神采,分别以"风"和"骨"构成词语来品评人物,如"风姿"、"风采"、"风气"、"风神"、"风韵"、"骨气"这类的例子在《世说新语》和史书中随处可见。以"风骨"品人多见于史书,如《世说新语·赏

---

① 《世说新语·文学》载:"殷荆州曾问远公:'易以何为体?'答曰:'易以感为体。'殷曰:'铜山西崩,灵钟东应,便是易耶?'远公笑而不答。"客观地说,慧远并不赞成"铜山西崩,灵钟东应"式的神秘主义的天人感应,但他除了讲讲"盖神者,可以感涉而不可述求,必感之有物,则幽路咫尺"(《高僧传·慧远传》)一类的话之外,也没有更好的办法,所以他对殷浩的提问只能是"笑而不答"了。

誉》注引《晋安帝纪》称王羲之"风骨清举";《宋书·武帝纪》称刘裕"身长七尺八寸,风骨奇特,家贫有大志,不事廉隅";《北史·梁彦光传》称梁氏"少歧嶷,有至性,其父每谓所亲曰:'此儿有风骨,当兴吾宗'"。

总的来看,以"风骨"品评人物重在精神气度的清爽俊逸,特别是其非同寻常的一面。而这种精神气度主要是从人物外在的形貌上表现出来的,特别是"骨"上。"骨"字来源于"骨相",汉代王充的《论衡》中就有《骨相》篇。骨相虽然属于人的外在形貌,但又不局限于此。王充认为,一个人的命与性是从骨相上体现出来的。他说:"人命秉于天,则有表候于体。察表候以知命,犹察斗斛以知容矣。表候者,骨法之谓也。"又说:"贵贱贫富,命也;操行清浊,性也。……性命系于形体,明矣。"因此,他主张应"按骨节之法,察皮肤之理,以审人之性命"。刘劭的《人物志》发挥了表里相应、由表察里的相术理论,认为"物生有形,形有神精,能知精神,则穷理尽性"(《人物志·九征》)。

由于"风骨"一词来源于人物品鉴,外在的形貌是品评的前提,而人的精神气度是从他的形体面貌中体现出来的,这就决定了在"风骨"这个概念中,"风"与"骨"的关系非常密切,"风"以"骨"显,"骨"以"风"立,二者是一个有机的整体。所以,当"风骨"这个概念被刘勰移用到文论中时,这个特点多少还保留着,他在《文心雕龙·风骨》中说:

> 辞之待骨,如体之树骸;情之含风,犹形之包气。

显然,这是把"风骨"作为对作品外在风貌的一种比喻,刘永济对此有比较精辟的阐发,他说:"'风'者,运行流荡之物,以喻文之情思也。情思者,发于作者之心,形而为事义。就其所以运事义以成篇章者言之为'风'。'骨'者,树立结构之物,以喻文之事义也。事义者,情思待发,托之以见者也。就其所以建立篇章而表情思者言之为'骨'。"[①]充分意识到二者之间的关系是密不可分的,而刘勰在《风骨》篇中沿用《毛诗序》的说法,强调"风"是"化感之本源",也就是要求内容必须有教化意义,这教化的功能只能从文辞和事义上来体现,因此二者实际上是你中有我,互为表里的。那种把"风"与"骨"割裂开来,只注意区别,而忽视联系的观点显然是不妥的。

因此,从人物品评到画论再到文论,"风骨"这个概念经过刘勰的改造之

---

① 刘永济:《文心雕龙校释》,中华书局,1962年,第106—107页。

后,就变得复杂起来,与原来的含义有了很大的不同。这是我们讨论"风骨"一词时首先要强调的。

首先,刘勰在《风骨》篇一开始对"风"和"骨"的含义分别作了解释:

> 是以怊怅述情,必始乎风,沉吟铺辞,莫先于骨。故辞之待骨,如体之树骸,情之含风,犹形之包气。结言端直,则文骨成焉;意气骏爽,则文风清焉。……故练于骨者,析辞必精;深乎风者,述情必显。

后人对于"风"和"骨"理解有多种不同的说法,在上世纪初,黄侃最早对"风骨"一词做了比较完整的解释,他说:"二者皆假于物以为喻。文之有意,所以宣达思想,纲维全篇,譬之于物,则犹风也。文之有辞,所以摅写中怀,显明条贯,譬之于物,则犹骨也。必知风即文意,骨即文辞,然后不蹈空虚之弊。"后来的研究者对"风即文意,骨即文辞"的说法往往提出异议,认为这种说法显得较为粗略。但黄侃并不是只有这两句,不能仅凭此下结论,况且这毕竟是"假于物以为喻",所以他又进一步指出:

> 结言之端直者,即文骨也。
> 意气之骏爽者,即文风也。
> 辞精则文骨成,情显则文风生也。

可见,黄侃并没有将"风"、"骨"与"文意"、"文辞"简单地等同起来。但另一方面,黄侃同时也意识到:"《风骨》篇之说易于凌虚,故首则诠释其实质,继则指明其径途,仍令学者不致迷惘……"①"文意"、"文辞"之说体现了黄侃的务实态度,故仍不失为一家之言。

后人对"风骨"的解释较黄侃的说法显然是更加准确严密了,但仍是在他的基础上生发的。如寇效信指出:"'风'是对文章情志方面的一种美学要求,只有那种表现出由现实生活所激发的刚健纯正的志气,从而对读者发生巨大感染力量的作品,才合乎'风'的要求。……'骨'是对于文章辞语方面的一种美学要求;不是任何辞语都能符合这一要求的,只有那种经过锤炼而坚实遒劲、骨鲠有力的辞语,才符合文'骨'的要求。"②叶朗认为:"风"是指"由充沛的感情而产生的艺术感染力,"骨"是指"由坚实的依据、严密的

---

① 上述引文参见黄侃:《文心雕龙札记》,上海古籍出版社,2000 年,第 101—102 页。
② 寇效信:《论"风骨"》,《文心雕龙美学范畴研究》,陕西人民出版社,1997 年,第 46—48 页。

逻辑(清晰的条理)、严谨凝练的言辞而产生的说服力"①。涂光社也认为:
"'风'是由充沛而清峻畅达的感情内容产生的艺术感染力",而"骨"是指
"有坚实的依据和严密的逻辑,用洗炼的语言表达的思想性内容,以及由此
而生刚健的气势和不容置疑的说服力"②,等等。

　　总的说来,各家对"风"的理解比较接近,而对"骨"的看法则有分歧,大
体上可以归结为两派:一派认为,骨即文辞(以黄侃、范文澜为代表);一派认
为,骨即事义(以刘永济、廖仲安等为代表),但两者其实又不能完全对立。
寇效信指出:"我们既要看到'骨'和'辞'相联系的一面,也要看到二者相互
区别的一面。'骨即文辞'论者只看到联系而忽视区别;'骨是事义'论者只
看到区别而忽视联系。他们的共同缺点是以偏概全。"③但把"骨"的含义定
位在"文辞"和"事义"之间,则大体上是没有疑问的④。刘勰在《文心雕龙
·移檄》篇中说:"相如之《难蜀老》,文晓而喻博,有移檄之骨焉。"这里所说
的"移檄之骨"虽然离不开"文晓而喻博"这个基础,但要达到"事昭而理辨,
气盛而辞断"这种文体上的要求,显然又非单纯的文辞本身所能决定的。因
此,就《风骨》篇而言,我认为自黄侃以来的各家之说都能在原文中找到依
据,也都有一定的道理。

　　由于"风"和"骨"的含义不同,各有侧重,这就使后人对"风骨"的理解
产生了分歧。牟世金从刘勰整个文学体系的角度出发,认为"文质相称"的
观点贯穿于《文心雕龙》全书,基于这种观点而用"割情析采"的方法来探讨
种种文学理论问题,就构成了刘勰全部文学理论的一条主线。"风骨"也不
例外,是构成文质论的两个方面⑤。这种看法不能说没有道理,但如此一
来,它就不再是一个整体意义上的范畴,而成了一个命题。之所以会出现这
种情况,原因在于刘勰的风骨论是杂文学观念的产物,他是把"风清骨峻"作
为对各类文体写作上的一个总的要求(不只限于诗歌)。因此,他在分析
"风骨"(包括举例)时,首先考虑的就是文章的思想情感("风")和语言文

---

①　叶朗:《中国美学史大纲》,上海人民出版社,1985 年,第 234 页。

②　涂光社:《文心十论》,春风文艺出版社,1986 年,第 46—48 页。

③　寇效信:《论"风骨"》,《文心雕龙美学范畴研究》,陕西人民出版社,1997 年,第 46—48 页。

④　左东岭在《"风骨"之骨内涵再释》一文中参照《文心雕龙》其他各篇,从三个方面概括了
　　"骨"的内涵:"骨首先是取熔经意之典雅,其次是真实雅正与体约的体貌特征,最后是语言
　　凝炼精当的文辞特征。而最终所形成的是义理的力量与体约的筋力,即所谓义正而辞严
　　的力量之美。可知骨既不专属于内容,也不专属于形式,但又既包括了内容,又包括了形
　　式。"(《文心雕龙研究》第六辑,学苑出版社,2005 年)

⑤　牟世金:《从刘勰的理论体系看风骨论》,《古代文学理论研究》第四辑,上海古籍出版社,
　　1981 年。

辞("骨")方面的要求。这样,"风骨"作为一个审美范畴的整体意义就被无形中消解了。

其次,"风"和"骨"各自的含义虽然有所不同,但二者的关系非常密切,所以又被作为一个整体概念来使用,如:

> 若丰藻克赡,风骨不飞,则振采失鲜,负声无力。是以缀虑裁篇,务盈守气,刚健既实,辉光乃新。
> 锤字坚而难移,结响凝而不滞,此风骨之力也。

刘勰还从曹丕的"文气说"出发,明确指出,"风骨"实际上是作家"重气"的表现,并且说:"鹰隼乏采,而翰飞戾天,骨劲而气猛也;文章才力,有似于此。"不仅如此,刘勰还将它与"藻"、"采"相对照:"若丰藻克赡,风骨不飞,则振采失鲜,负声无力","若风骨乏采,则鸷集翰林;采乏风骨,则雉窜文囿"。显然,"藻"和"采"都属于外在的可见的美,相比之下,"风骨"则具有一种由作家内在的生命力所表现出来的精神气质之美,并且它是不需要依傍于"藻采"而具有独立的审美价值,体现为一种飞扬激越、清峻挺拔的生气与活力。尤其是针对当时浮华绮靡的文风,刘勰更倾向于倡导一种生动感人、明朗刚健的理想文风,这才是他提出风骨论真正的意义所在。

这样一来,当我们把"风骨"作为一个整体的审美范畴来看时,构成风骨的诸多因素(如情感、事义或文辞)就脱离了具体的对象,而成为一种统一的美学要求。罗宗强指出:"风与骨,均指作品之内在力量,不过一虚一实,一为感情之力,一为事义之力。感情之力借其强烈浓郁、借其流动与气概动人。事义之力,借其结构谨严之文辞,借其逻辑力量动人。风骨合而论之,乃是提倡一种内在力量的美,乃是对于文章的一种美学要求。"[①]

总的来看,在《文心雕龙·风骨》篇中,"风"、"骨"所指各有侧重,特别是"骨"作为对语言文辞的审美要求,含义比较具体,说明刘勰对"风骨"这个范畴的阐释主要是从文章写作的角度来讲的,风骨中所包含的感染力(情感)和说服力(事义)这两个方面是并重的。

二、骨与气的关系

相比之下,"风骨"作为一个整体范畴的性质,在钟嵘的《诗品》中则体现得更加明显。尽管他没有直接使用"风骨"这个概念,但"风力"、"骨气"

---

① 罗宗强:《魏晋南北朝文学思想史》,中华书局,1996年,第338页。

这一类词语在《诗品》中多次出现,如"骨气奇高"(评曹植),"仗气爱奇","贞骨凌霜"(评刘桢),《诗品序》中又有"建安风力"之语,都与"风骨"的含义接近。其中,"风力"、"骨气"都是作为一个整体性的概念出现的,是指一种刚健有力的文风。"骨"作为语言文辞的基本形态已经看不见了,只强调它内在的生气和情感动人的力量。显然,钟嵘的风骨论(实为风力论)只是针对诗体而言的,诗的特征决定了"风骨"所表现的重点在情感,所以"骨"也是"气","骨气"亦即"风力"。后人常常将"骨"与"气"二字连用,如刘熙载说:"杜诗只'有无'二字足以评之。有者,但见性情气骨也;无者,不见语言文字也。"(《艺概·诗概》)

关于"骨"与"气"的关系,徐复观在《中国艺术精神》中作了非常具体地分析:

> 《典论·论文》及尔后文学史中的古文家,所说的气,多是统体地说法,综合性地说法。而魏晋南北朝时代,则多作分解性地说法。……但若分解地说,则所谓"气",常常是由作者的品格、气概,所给予作品中的力地、刚性地感觉;在当时除了有时称"气力"、"气势"以外,便常用"骨"字加以象征。这对于是统体地气的观念而言,只可以说是气的一体。即是从整全地气的观念中所分化出来的。例如刘勰《文心雕龙·明诗篇》说建安的诗是"慷慨以任气";而钟嵘《诗品》谓曹植的诗是"骨气奇高"。钟嵘所说的"骨气",实即刘勰所说的"任气"的气。钟嵘说刘桢的诗是"真骨凌霜",这是因为他"仗气爱奇",所以"真骨"的骨,即"仗气"的气。又说陆机的诗是:"气少于公幹(刘桢)",即是说陆机的诗,不能"真骨凌云"。顾恺之论画谓伏羲神农"有奇骨";谓《汉本记》"有天骨而少细美";谓孙武"骨趣甚奇";谓列士"有骨具(居)然蔺生";谓三马"隽骨天奇";这里所说的骨,都同于气韵生动的气。①

可见,"骨"作为一个美学范畴,已经脱离了人物品鉴中"骨相"、"骨法"的本来意义,"骨"已经虚化成了"气"。当然也不同于作为"绘画六法"之一"骨法用笔"中的"骨法"之义。当时的绘画以人物画为主,通过线条勾勒外形轮廓,从笔墨中透出一种气势和力度之美,这就是谢赫所说的"骨法"。但是"骨法"与"骨气"毕竟属于两个不同的层次,"骨法用笔之骨,是发于笔;而

① 徐复观:《中国艺术精神》,春风文艺出版社,1987年,第140—141页。

骨气之骨,是发于意,发于无意"①。

至于刘勰在《文心雕龙・风骨》篇中所使用的"骨"的概念,也要做具体的分析。毕竟他是把"风骨"看作是作家"重气"的表现。因此如果我们要把"骨"当作一个美学范畴来看,就不能只停留在文辞的层面上。徐复观指出:

> 《文心雕龙・风骨篇》说,"结言端直,则文骨成焉";又说"捶字坚而难移",这是指由字句凝炼所形成的骨的形象;也是形成骨的具体的方法。但这是技巧性的骨,是局部性的骨。又说"昔潘勖锡魏,思摹经典,群才韬笔,乃其骨髓峻也";这里的所谓的骨髓峻,当然和"结言端直"有不可分的关系;不过此时的骨髓峻,已由技巧性进而为思想性,或精神性;由局部性进而为全体性,以形成为统一的文体(style)的骨。所以《风骨篇》中所说的骨,实含有两个层次。②

尽管刘勰从文章写作的角度比较强调构成风骨的具体层面,如"结言端直,则文骨成焉,意气骏爽,则文风清焉","练于骨者,析辞必精;深乎风者,述情必显"等。但是"骨"与"辞"相比,毕竟还有虚实之别。范文澜就曾明确指出:"辞之与骨,则辞实而骨虚,辞之端直者谓之骨,而肥辞繁杂亦谓之辞,惟前者始得文骨之称,肥辞不与焉。"③因此,刘勰又从曹丕的文气说出发,指出"风骨"具有一种"翰飞戾天"的刚健之气,强调"缀虑裁篇,务盈守气,刚健既实,辉光乃新",又以"熔铸经典之范,翔集子史之术,洞晓情变,曲昭文体"作为锻炼风骨的途径,这就暗示了"风骨"所蕴含的精神气质和理想人格是中国文化传统中知识分子高尚人格理想的体现,它来源于儒家对刚健中正人格的倡导④,就是孔子所说的"刚毅木讷"(《论语・子路》),坦荡无私的君子⑤,以及孟子所说的"富贵不能淫,贫贱不能移,威武不能屈"(《孟子・滕文公下》)的大丈夫。此外,《周易》中的《乾》、《大有》、《大畜》、《大壮》等卦象也都表现了刚健中正的审美理想。后人(如杨炯、陈子昂、殷璠、严羽等)主要是从这个意义上来使用"风骨"这个概念的。如初唐

---

① 徐复观:《中国艺术精神》,春风文艺出版社,1987年,第144页。
② 徐复观:《中国艺术精神》,春风文艺出版社,1987年,第143页。
③ 范文澜:《文心雕龙注》,人民文学出版社,1958年,第516页。
④ 参见张少康:《六朝文学的发展和"风骨"论的文化意蕴》,《中国文化研究》1998年夏之卷;李凯:《"风骨"精神的文化阐释》,《四川师范大学学报》2002年第5期。
⑤ 《论语・述而》:"子曰:'君子坦荡荡,小人长戚戚。'"《公冶长》:"子曰:'吾未见刚者。'或对曰:'申枨。'子曰:'枨也欲,焉得刚?'"

四杰之一的杨炯在《王勃集序》中批评唐初绮靡轻艳的文风时说:"骨气都尽,刚健不闻。"陈子昂也指出:"文章道弊五百年矣。汉魏风骨,晋宋莫传。"(《与东方左史虬修竹篇序》)清人贺贻孙提出的"诗家固不能废炼,但以炼骨炼气为上,炼句次之,炼字斯下矣"(《诗筏》),也是从这个意义上来讲的。所以清人黄叔琳说:"气即风骨之本。"而纪昀干脆认为:"气即风骨,更无本末。"①可见,后人的看法与刘勰风骨论的本意并不完全相同,但却强调了"骨"中所包含的刚健有力的因素。从这个意义上说,也是对风骨论的一种发挥②。

总之,"风骨"作为一个整体范畴,在其发展过程中,"风"和"骨"的含义各自都向对方转化,"骨"因"风"而虚化为"气","风"因"骨"而偏重于"力"。"风骨"就是作家的精神气质、理想人格通过语言文辞在作品中的具体展现。

三、风骨与神韵

"风骨"这个概念毕竟是从人物品评中来的,人物品评注重人的精神气质,但同时也离不开外在形貌,后者是前者的基础。同样,在刘勰的"风骨论"中,他强调"骨"与文辞的关系,如"沉吟铺辞,莫先乎骨"等,"骨"与文辞的这种关系十分明显。但"骨"又不等于文辞,而是使文辞刚健有力、条理畅达的因素,这个因素就是贯穿在其中的作家的"志气"。从形神关系上来看,"骨"正处在两者之间。唐代张怀瓘在《画断》中说:"像人之美,张得其肉,陆得其骨,顾得其神。"可见,"骨"是沟通神和形(肉)之间的中介,其意义等同于"象"。而"风"作为由充沛的情感产生的感染力,也需要通过文辞来表现,这样,读者才能"披文以入情"。所以《文心雕龙·体性》云:"气以实志,志以定言,吐纳英华,莫非情性。"刘勰在这里强调"气"是作文的根本,但另一方面,"气"还需要通过"志"(并和"志"一道)在语言文辞上表现出来。这样,"气志"才能成为具体可感的东西。这同神与形的关系是一样的。这个意思也同样体现在《神思》篇中:

---

① 转引自黄霖:《文心雕龙汇评》,上海古籍出版社,2005年,第100页。
② 涂光社认为:"'气为风骨之本'已经有失全面,'气即风骨'之论无疑是一种倒退。"(《文心十论》,春风文艺出版社,1986年,第45页)按:黄叔琳和纪昀的看法固然有失全面,但认为"气即风骨"是一种倒退,其实大可不必。因为刘勰的"风骨"论并非专门针对文学而言,是杂文学观念的产物。而后人并没有严格遵循刘勰对"风骨"的理解,只是强调了"骨"与"气"的关系,突出了其气势充沛、刚健有力的一面。"骨"的意义早已经虚化了,这又何尝不是对"风骨"论的一种发挥呢。

> 故思理为妙,神与物游。神居胸臆,而志气统其关键;物沿耳目,而
> 辞令管其枢机。

刘勰认为,"志气"是"神与物游"的关键,而"辞令"的作用则是沟通物与神的枢机,同样也是"关键"(按:这里的两个"其"字都是指代上文的"神与物游",不应忽略)。可见,文辞更深层的意义在于它是志气和精神的体现。又,《养气》篇说:"心虑言辞,神之用也。"《征圣》篇云:"志足而言文,情信而辞巧。"也都是把"言辞"与"情志"和"神"结合起来,与《神思》篇表达了同样的意思。

因此,我们只有超越了对"言辞"和"志气"截然两分的偏执,才能认识到"风骨"作为一个美学范畴,是形神合一观念的一种体现。唐代张彦远在《历代名画记》中说:"象物必在于形似,形似须全其骨气。"他还主张"移其形似而尚其骨气,以形似之外求其画"。很显然,这里的"骨气"已不是外在的形似,而是包括更内在的、本质的东西,即神似。

这里需要说明的是,我在本文中对"风骨"的论述,并不局限于刘勰从文章写作的角度所讲的"风骨",而主要还是将它作为一个整体范畴,在整个六朝的思想文化背景下,侧重从诗歌以及书画艺术这方面来讲的。而"风骨"中所蕴含的刚健充实的生命活力以及超越外在形貌指向精神意蕴的特点,与"气韵"、"神韵"等范畴在本质上就有了沟通的可能。如《世说新语》记载:

> 王平子目太尉:"阿兄形似道,而神锋太俊。"太尉答曰:"诚不如卿
> 落落穆穆。"(《赏誉》)
> 支道林常养数匹马。或言道人畜马不韵。支曰:"贫道重其神骏。"
> (《言语》)

这两则材料中的"神锋太俊"和"神骏"颇值得玩味,都表现出一种俊逸超拔的特点。刘勰在《文心雕龙·风骨》中也有所谓"文明以健,则风清骨峻,篇体光华"的说法。正是在这个意义上,涂光社把"风骨"和"神韵"联系起来,指出了它们相通的一面:

> "风骨"、"神韵"同出一源,都从人物品鉴中来……两者原也多有
> 相通之处。人物的风骨本来就与神采、气貌、风度、韵味之类因素密不
> 可分;神韵亦然。文学领域中的"风骨"和"神韵"尽管不可等同,但它

们都有从整体出发的综合的审美角度,都具有既与形貌描绘相联系又超然形外的美,都讲求神气。可以认为,后来的"神韵"说从这一侧面继承了"风骨"论,将从品鉴人物中得来的这方面的启示又一次作了阐扬。①

从"风骨"与"神韵"的起源来看,它们都是对人的精神品格的概括,都突出了其表现在外的非同寻常的一面。与人物品鉴一样,刘勰和钟嵘对风骨的提倡,其本质上是对一种人格理想和精神境界的追求。如果再联系当时文坛上盛行的浮华绮靡的文风,那么这种提倡就更加难能可贵。袁济喜曾多次指出:"从中国古代文论的形成与发展来看,中国古代的文论家首先是充满人文忧患意识的思想家,他们往往是站在时代的前列与人生的尖峰上来考察文学现象,回应文学与文化建设中出现的严峻问题,建构自己的文学思想与美学理论的。在中国古代文论史上,一流的文论家首先是这种思想家而不仅仅是鉴赏家与批评家。他们总是在中国文化传统面临转折与惶惑时,从深沉的人文忧患意识出发,对文学理论进行卓有成就的建设。"②而刘勰、钟嵘正是这些一流的文论家的代表。

近年来有的学者从构建美学范畴体系出发,把"风骨"和"神韵"与西方的审美范畴简单类比,把两者作为对立的风格类型,认为他们都是"关于艺术审美对象风格类型范畴……它们大致上相当于美学原理中的壮美和优美"③。这个说法是值得商榷的。

从这两个范畴在唐宋以后实际运用的情况来看,大致而言,中唐以前比较强调"风骨"。杜甫是第一个大量用"神"来评论诗歌的人,主要强调其神采飞扬的一面,如"神融蹑飞动"(《寄峡州刘伯华使君四十韵》),"意惬关飞动"(《寄高适岑参三十韵》)等。他批评韩干画马:"干惟画肉不画骨,忍使骅骝气凋丧。"(《丹青引赠曹将军霸》)又论书法云:"书贵瘦硬方通神。"(《李潮八分小篆歌》)于书画都重视骨力④,可见杜甫所崇尚的神化境界与魏晋以来的风骨论在精神实质上是相通的。而宋代以后则更重视"神韵"。比如清代王士禛倡导"神韵"说,以"清远"为尚,他最欣赏王维、韦应物等人的诗,而暗中排斥李白、杜甫(参见下文)。

但是严格地说,"风骨"和"神韵"既不能算是风格,也不同于美学上的

---

① 涂光社:《文心十论》,春风文艺出版社,1986年,第59—60页。

② 袁济喜:《中国古代文论精神》,山西教育出版社,2005年,第16页。

③ 见薛富兴:《关于中国古典美学范畴体系》,《山西师大学报》1999年第2期。

④ 参见王运熙、杨明:《隋唐五代文学批评史》,上海古籍出版社,1994年,第277—278页。

壮美和优美。因为风格强调的是创作个性及其在作品中的体现,它是因人而异的,具有多样性;而"风骨"和"神韵"则是对各类作品一般性的美学要求,可以存在于各种风格类型的作品中,两者并不构成非此即彼的对立。"风骨"的根本特征在于充实饱满的生命力,其中隐含着对一种理想人格和精神境界的肯定。陶渊明的淳厚恬静,李白的飘逸豪放,杜甫的沉郁顿挫,李贺的幽深孤峭,都不缺少风骨,同时也不排斥神韵。但他们的作品既不能笼统地归结为壮美,也不能一概视为优美。

"神韵"在人物品鉴中本来的含义是指神情面貌的神采气度,如《宋书·王敬弘传》:"敬弘神韵冲简,识宇标峻。"在人物画中则更多的是强调其生动性的一面,如谢赫评顾骏之画云:"神韵气力,不逮前贤;精微谨细,有过往哲。"(《古画品录》)"神韵"的含义重在"神",而不在"韵"(这与宋代以后的观念不同),所以"神韵"的含义近于谢赫所说的"气韵生动"。唐代张彦远在《历代名画记》中阐述绘画六法时也说:"至于鬼神人物,有生动之可状,须神韵而后全。"

在人物品鉴中,有的时候是很难把"神韵"和"风骨"完全区别开来的。例如:"时人目王右军飘如游云,矫若惊龙"(《世说新语·容止》),又有人称他是"风骨清举"(《世说新语·赏誉》注引《晋安帝纪》)。既然"风骨"可以"清举",那么,"飘如游云,矫若惊龙"的评价自然可以视作"风骨清举"的表现。这样看来,王羲之的"风骨"又何尝不是一种"神韵"的体现呢!

在书画和诗文论中大量使用"神韵"一类的词语主要是在唐宋以后,这个时期人们对"韵"的重视程度远远超过前代,从"风骨"到"神韵"的转变标志着中国古代社会思想文化和学术风气的转型①。如黄庭坚屡言"凡书画当观韵"(《题摹燕部尚文图》),清人方东树说:"观古人诗,须观其气韵。"(《昭昧詹言》卷一)宋人范温甚至认为:"凡事既尽其美,必有其韵;苟韵不

① 中唐是整个封建社会乃至文化学术的转折点,正如陈寅恪所说:"唐代之史可分前后两期,前期结束南北朝相随之旧局面,后期开启赵宋以降之新局面,关于社会经济者如此,关于文化学术者亦莫不如此。"(《论韩愈》)文学史从此也开始了新的变革。清人冯班云:"诗至贞元、元和,古今一大变。"(《钝吟杂录》)叶燮说:"贞元、元和之际,后人称诗,谓之'中唐',不知此'中'也者,乃古今百代之'中',而非唐之所独,后千百年无不从是而断。"(《唐百家诗序》)就创作风尚而言,汪涌豪指出:"如果中唐以前,是一个文以'气'为主的时代,它的特征是外倾的,开放的,一切与开放品性相应的概念、范畴附属之,那么中唐以后是一个文以'韵'为主的时代,它的特征是内倾的,深敛的,一切与深敛品性相应的概念、范畴附属之。"(《中国文学批评范畴及体系》,复旦大学出版社,2007年,第127页)

胜,亦亡其美。"(《潜溪诗眼》)

"韵"字除了原有的含义之外,后人又逐渐突出了它清远、幽雅的趣味。所谓"有韵则雅,无韵则俗"(陆时雍《诗镜总论》)。"韵"不像"神"的含义那样虚,它的生动性总是令人有回味无穷之感,"有余意之谓韵"(范温《潜溪诗眼》)。特别是当它组成"气韵"、"风韵"一类词语时,往往给人一种生机流荡、含蓄隽永的感受。所以明人李日华说:"韵者,生动之趣。"(《六研斋笔记》)陆时雍也说:"有韵则生,无韵则死。"(《诗镜总论》)

这样一来,"韵"所包含的生动性与"风"的关系自然就很密切。清人方东树指出:"韵者风韵态度也。"(《昭昧詹言》)王士禛也说:"韵谓风神。"(《师友诗传续录》)其实,"韵"本来就是"气"的表现形式,"气"是"韵"的本体和生命,"气"属于更高的层次①,所以,有了"气韵"自然就能"生动"。清人侯方域认为:"全以气韵行文",则"淋漓振宕"(《梅宣城诗序》)。这种生动性的特点同样也体现在"神韵"一词中,如陆时雍《诗镜总论》说:"诗之佳,拂拂如风,洋洋如水,一往神韵,行乎其间。"

至于王士禛倡导的"神韵"说,是把"清远"、"冲淡"作为"神韵"的主要内涵,所以他最欣赏的是陶渊明、王维、孟浩然、韦应物等人的作品,把他们比作画派中的"南宗",并视为"诗家之有嫡子正宗",而把李白、杜甫比作北宗画家,暗中贬低他们。显然,王士禛所说的"神韵",与它本来的意义已经有了区别,带有他个人的喜好在里面。清人李重华在《贞一斋诗说》中指出:"风含于神,骨备于气,知神气即风骨在其中。"钱锺书主张"神韵乃诗中最高境界",各种风格之佳者均可体现其神韵。他说:

> 郑君朝宗谓余:"渔洋提倡神韵,未可厚非。神韵乃诗中最高境界。"余亦谓然。……神韵非诗品中之一品,而为各品之恰到好处,至善尽美。选色有环肥燕瘦之殊观,神譬则貌之美而赏玩不足也;品庖有蜀腻浙清之异法;神譬则味之甘而余回不尽也。必备五法而后可以列品,必列九品而后可以入神。优游痛快,各有神韵。

钱锺书又引翁覃溪(翁方纲)《复初斋文集》卷八《神韵论》并评曰:"然谓诗'有于高古浑朴见神韵者,有于风致见神韵者,有在实际见神韵者,亦有虚处见神韵者,神韵实无不该之所'云云,可以矫渔洋之误解。"总之,钱锺书

---

① 参见叶朗:《中国美学史大纲》,上海人民出版社,1985年,第221页。

认为："调有弦外之遗音,语有言表之余味,则神韵盎然出焉。"①所以,我们不能以王士禛个人的意见为标准,片面地把"神韵"和"风骨"对立起来,作为两种风格类型。

第六节　滋　味　说

"味"作为一个美学范畴,其产生发展的过程,反映了汉民族重直觉感悟和长于类比思维的特点。六朝诗学中的"滋味说"已经脱离了感官快适的层面,上升到精神愉悦的高度,但仍然比较注重作品的感性特征,如情感动人、形象鲜明等。滋味说已经成为钟嵘评价诗歌审美价值的重要标准,并对后来的诗学理论产生了很大的影响。当然,"味"作为一个美学范畴由于缺乏更高层次的超越性,还不能与"神"、"气"、"韵"等相提并论,这是六朝诗味说的局限。

一、滋味说的来源

"味"是中国古典美学中关于艺术欣赏的一个核心范畴。"味"本来体现的是一种生理感官上的愉悦,但它"既总括了一切形态的物质所具有的、能被人的感官直接感知的特定属性,又表明了初民直接以感官把握世界的特定方式"②。"美"字的最初含义就是指由味觉而来的快感。

《论语·述而》说:"子在齐闻《韶》,三月不知肉味。曰:'不图为乐之至于斯也。'"孔子用"肉味"来衬托韶乐的艺术感染力,说明感官享受同艺术欣赏中的精神愉悦是有相通之处的。此外,《左传·昭公二十年》中记载晏子以"味"来比喻对音乐的感受,说明音乐的教化的作用:"先王之济五味,和五声也,以平其心,成其政也。声亦如味,一气、二体、三类、四物、五声、六律、七音、八风、九歌,以相成也。清浊,小大,短长,疾徐,哀乐,刚柔,迟速,高下,出入,周疏,以相济也。君子听之,以平其心。心平德和……"这与孔子"三月不知肉味"的说法是一致的。

可见,"味"作为一个美学范畴,其产生发展的过程,反映了汉民族重直觉感悟和长于类比思维的特点(因为审美体验是难以言传的,所以孔子用饮食上的滋味来打比方),但同时也造成其内涵和外延与"神"、"气"、"韵"等

① 钱锺书:《谈艺录》补订本,中华书局,1984 年,第 40—42 页。
② 成复旺主编:《中国美学范畴辞典》,中国人民大学出版社,1995 年,第 6 页。

范畴一样难以界定。李泽厚、刘纲纪指出:"'味'同人类早期审美意识的发展有如此密切的关系,并一直影响到以后,决不是偶然的。根本的原因在于味觉的快感中已包含了美感的萌芽,显示了美感所具有的一些不同于科学认识或道德判断的重要特征。首先,味觉的快感是直接或直觉的,而非理智的思考。其次,它已具有超出功利欲望满足的特点,不仅仅是要求吃饱肚子而已。最后,它同个体的爱好兴趣密切相关。这些原因,使人类最初从味觉的快感中感受到了一种和科学的认识、实用功利的满足以及道德的考虑很不相同的东西,把'味'和'美'联系到一起。"①

当然,上述的"味"字主要还是用饮食上的滋味作类比,不是一个独立的审美范畴。真正使"味"这个概念发生质变的,是《老子》六十三章中提出的"味无味"的说法,即以"道"之无味为美。所谓"无味",不是真的平淡无味,而是在淡而无味的表面之下,隐藏着更加深远醇厚的韵味。这就使"味"从感官愉悦变成了对事物内在意蕴的一种精神体验。三十五章又说:"道之出口,淡乎其无味,视之不足见,听之不足闻,用之不足既。"老子正是以"味"为喻来说明"道"的特点。此外,汉代王充在《论衡·自纪》中也用"味"字:"文必丽以好,言必辩以巧,言了于耳,则事味于心。"这里的"味"也是指精神上的领会。

在先秦的典籍中,味与气还经常联系在一起。如:

　　(1)五味实气。(《国语·周语》)
　　(2)味以行气,气以实志,志以定言,言以出令。(《左传·昭公九年》)
　　(3)天有六气,降生五味,发为五色,征为五声。(《左传·昭公元年》)
　　(4)气为五味,发为五色,章为五声。(《左传·昭公二十五年》)

李炳海指出,当时存在着两种不同的气味观:一是对人自身的解说,"气"指人的呼吸、生命,"味"指延续人生命的食物(第一、二条);二是阐述宇宙的生成程序,"气"指宇宙本体,"味"指感性物质的具体属性,"气"是"味"的本原,"味"由气而生(第三、四条)。气显现为味,也就是由神显现为形,由抽象到具体的过程,因此,"味"兼形神于一体。尽管这两种气味观存在着差别,但它们的哲学基础是相同的,同时也为后人将"味"这一概念引进

---

① 李泽厚、刘纲纪:《中国美学史》(先秦两汉编),安徽文艺出版社,1999年,第76—77页。

文艺思想领域并发展成为专门的美学范畴奠定了基础①。

　　总的来看,以味为美,这是先秦以来的一个传统观念,反映了中国人重直觉感悟的思维方式,也是中西方美学的不同之处②。这种美,既有感官上的满足,同时又包含着精神上的愉悦。《礼记·乐记》云:"《清庙》之瑟,朱弦而疏越,一唱而三叹,有遗音者矣。大飨之礼,尚玄酒而俎腥鱼,大羹不和,有遗味者矣。"同样也是把对音乐的欣赏同"味"联系起来。西晋的陆机在《文赋》中正是借此来说明文章过于质朴缺少文采的不足("阙大羹之遗味,同朱弦之清泛。虽一唱而三叹,固既雅而不艳"),"味"这个概念从此进入文学批评领域。刘勰在《文心雕龙》中也多用"味"字,如:

　　　　张衡怨篇,清典可味。(《明诗》)
　　　　其十志该富,赞序弘丽,儒雅彬彬,信有遗味。(《史传》)
　　　　子云沈寂,故志隐而味深。(《体性》)
　　　　深文隐蔚,余味曲包。(《隐秀》)
　　　　是以声画妍蚩,寄在吟咏;吟咏滋味,流于字句。(《声律》)
　　　　视之则锦绘,听之则丝簧,味之则甘腴,佩之则芬芳。(《总术》)

　　虽然刘勰还没有把"味"专门用来作为评价文学作品的标准,但它作为一个审美范畴的地位已经得到确立。这标志着六朝的文学审美意识在理论上开始走向自觉。

二、从宗炳的"澄怀味象"到钟嵘的"滋味说"

　　六朝时期,随着"味"第一次在陆机的《文赋》中作为文学批评的术语开始出现,之后又经过刘勰的大量使用,一直发展到钟嵘提出了"滋味说",已经摆脱了感官快适的层面而上升到精神愉悦的高度,标志着"味"作为一个审美范畴正式得到确立。但六朝诗学中的"味"仍然比较注重作品的感性特征,正如刘勰在《文心雕龙·总术》中所说的"视之则锦绘,听之则丝簧,味

---

① 参见李炳海:《周代文艺思想概观》,东北师范大学出版社,1993年,第164—169页。
② 按:西方美学自柏拉图以来始终排斥味觉、嗅觉在审美中的作用。意大利文艺复兴时期的理论家费奇诺认为,心灵、视觉、听觉,能把握遥远的事物,所以属于天空和精神;而嗅觉、味觉、触觉则只能感受非常接近它们的事物,所以属于大地和身体。可见,味觉比听觉、视觉更接近于感官的快适(转引自肖驰:《滋味·韵味·神韵:诗歌艺术趣变的历史尚革》,《江汉论坛》1986年第8期)。黑格尔也认为:"艺术的感性事物只涉及视听两个认识性的感觉,至于嗅觉、味觉和触觉则完全与艺术欣赏无关。"(《美学》第一卷,第48页)这一点与中国传统美学是不同的。

之则甘腴,佩之则芬芳"。钟嵘则从五言诗的角度进一步把滋味的产生归结于"风力"与"丹采"的统一。

此外,"味"既然是一种感官体验,它就离不开所味之象,这个对象已经不是一般的客观之物,而是必须能引起审美主体产生美感("滋味")的对象。那么,究竟什么样的事物才能引起这样的感受呢?宗炳在《画山水序》中回答了这个问题:

> 圣人含道应物,贤者澄怀味象。至于山水质有而趣灵,……夫圣人以神法道,而贤者通;山水以形媚道,而仁者乐,不亦几乎?

宗炳把山水看成是"道"的载体,它不仅"质有而趣灵",而且"以形媚道",但它又不是仅凭视听感官就能一览无余的,因此需要"澄怀味象"。因为"象"是"道"的显现,所以"味象"其实就是"观道"①。也只有在这样的对象面前,才能够使人"应目会心",得到精神上的愉悦。这里的"味"虽然是从精神体验上来说的,但是这种体验(味)发生的根源却在于对象(自然山水)所蕴涵的精神内容与主体相契合。宗炳在《明佛论》中曾谈道:"夫五岳四渎,谓无灵也,则未可断矣;若许其神,则岳唯积土之多,渎为积水而矣!得一之灵,何生水土之粗哉?而感托岩流,肃成一体,设使山崩川竭,必不与水土俱亡矣。"在宗炳眼里,自然界中的山水不是与人毫无关系的孤立自在的"第一自然",而是心物交融、形神合一的"第二自然"了,"澄怀味象"的目的正是通过第一自然去发现第二自然。

钟嵘在《诗品序》中把"滋味"作为品评五言诗的重要标准,其原因在于:首先,与四言诗相比,五言诗的容量更大,句法更为灵活,在"指事造形,穷情写物"方面"最为详切";其次,在表现手法上,钟嵘认为赋比兴在艺术表现上各有所长,如能在发挥它们各自作用的同时,"酌而用之",即比兴和赋相结合,使诗歌所描写的对象既形象鲜明,又意蕴丰富,这样就能达到"使味之者无极,闻之者动心"的最高境界。而钟嵘以"文已尽而意有余"来释"兴",实际上就是表明了他对"味"的重视。

由此可见,钟嵘所说的"味"是不脱离具体形象又超越了形象,从而使欣赏者在精神上得到愉悦和审美享受。如果说刘勰对"味"的理解主要还是着眼于作品本身的形式(辞采、声律、体制等)或内容(情感、义理等)上的美感体验,那么,钟嵘的"滋味说"则是强调以诗歌描写对象具有情景交融、形神

---

① 参见叶朗:《中国美学史大纲》,上海人民出版社,1985 年,第 210 页。

合一的特点为前提,这是"滋味"得以产生的主要原因。强调诗歌情感动人和形象鲜明的特点,这和他重视诗歌的"吟咏情性",以"感荡心灵"的悲怨为美(情感动人)以及提倡即目所见的"直寻"说(形象鲜明)是一致的。情感和形象相结合就构成了意象,这是关系到诗歌艺术的根本问题。因此,"滋味"说已经成为钟嵘评价诗歌审美价值的一个重要标准,并对后来的诗歌理论产生了很大的影响。唐代司空图说:"思与境偕,乃诗家之所尚者。"(《与王驾评诗书》)又提出:"辨于味,而后可以言诗也。"(《与李生论诗书》)要求诗歌具有"韵外之致"、"味外之旨"。从逻辑关系上不难看出,"思与境偕"是产生"韵外之致"的基础,这是司空图"韵味说"的主要内涵,它与钟嵘的滋味说仍然具有内在的联系。从此以后,"味"这个审美范畴日益受到人们的重视,并发展出以"味"为核心的一系列概念,如"滋味"、"韵味"、"趣味"、"兴味"、"真味"等,成为意境理论的重要组成部分。

当然,如果把钟嵘的"滋味"与司空图的"韵味"、苏轼的"至味"以及张戒的"意味"相比较,还是有很大区别的。前者所说的"味"相对而言还是比较具体的而且能够确指的一种愉情悦意的有味之味①,而后者的"味"则必须是通过欣赏者对诗歌的感知、想象、体验等心理活动而悟出的一种更深层的东西,它超越了愉情悦意的感性层面,而向心灵深处拓展,并且不再像刘勰、钟嵘那样重视由视听感官而来的词采、声韵之味,甚至反对单纯追求语言辞采的工丽,而是追求"象外之象",强调言外之意。正如叶梦得所说:"诗本触物寓兴,吟咏情性,但能书写胸中所欲言,无有不佳,而世多役于组织雕镂,故语言虽工,而淡然无味。"②杨万里认为好诗应该是"去词去意,而诗有在矣"(《颐庵诗稿序》),苏轼则推重那种"发纤秾于简古,寄至味于淡泊"(《书黄子思诗集后》)的平淡之味,因而对陶渊明、韦应物、柳宗元等人的诗给予了很高的评价。南宋的张戒称赞陶诗"专以味胜",又说"渊明之诗,妙在有味耳",强调诗歌要"情真"、"味长"、"气胜",认为"句中若无意味,譬之山无烟云,春无草树,岂复可观"(《岁寒堂诗话》卷上),这就使"味"具有了一种形而上的意义。

这种观点实际上与美国学者赫施的理论颇为近似,赫施提出了作品存在着"含义"和"意味"两个不同的方面:"一件文本具有着特定的含义,这特定的含义就存在于作者用一系列符号系统所要表达的事物中,因此,这含义

---

① 钟嵘有时也单从情感方面来论味,如他批评玄言诗"理过其辞,淡乎寡味",这与刘勰对味的理解有相同之处,如《物色》篇"使味飘飘而轻举,情晔晔而更新",《情采》篇"繁采寡情,味之必厌"等。

② 叶梦得:《玉涧杂书》,《说郛》卷二十,文渊阁四库全书本。

也就能被符号所复现;而意义则是指含义与某个人、某个系统、某个情境或
与某个完全任意的事物之间的关系。"①赫施认为,对于作者来说,"含义"是
稳定不变的,而"意味"则因关系、情境和读者理解的不同而发生变化。解释
是为了揭示含义,而批评则是为了阐发意味。大致说来,赫施所说的"含义"
相当于刘勰、钟嵘所说的"余味"、"滋味";而"意味"则相当于司空图、苏轼
所说的"味外之旨"或"至味"。

　　显然,后者所说的"味"完全是一种更高层次的综合性的审美体验,是无
法确指其内涵的。这个意义上的"味"就与"气韵"、"神韵"的"韵"相通。
明人朱承爵《存余堂诗话》云:"作诗之妙,全在意境融彻,出音声之外,乃得
真味。"所谓"音声之外",这不正是"韵"的本意吗!范温在《潜溪诗眼》中与
王定观探讨"韵"时,引定观之语云:"盖尝闻之撞钟,大声已去,馀音复来,
悠扬宛转,声外之音,其是之谓矣。"由此又进一步引申到:"必也备众善而自
韬晦,行于简易闲澹之中,而有深远无穷之味。"正是用"味"来解释"韵"的
含义(所以"韵味"后来合成一个词)。此外,清人吴陈琰则进一步用"味外
味"来解释"神韵",他说:"司空表圣论诗云:'梅止于酸,盐止于咸,饮食不
可无酸咸,而其味常在酸咸之外。'余常深旨其言。酸咸之外者何? 味外味
也。味外味者何? 神韵也。诗得古人之神韵,即昌谷所云'骨重神寒天庙
器',诗品之贵莫逾于此矣。"(《蚕尾续集序》)

三、从"观"到"悟":滋味说的形成与发展

　　"观"和"味"这两个概念颇有相近之处,它们都是对事物的一种审美观
照。所谓"观",并不仅仅是用耳目等感官去观察事物的现象,实际上也是超
越感官的一种心灵体验。宋代理学家邵雍认为:"夫所以谓之观物者,非以
目观之也;非观之以目,而观之以心也;非观之以心,而观之以理也。"(《观
物内篇》)因而他主张不以我观物,而以物观物:"以物观物,性也;以我观
物,情也,性公而明,情偏而暗。"他反复强调"性"与"情"的差别:"任我则
情,情则蔽,蔽则昏矣;因物则性,性则神,神则明矣。"(《观物外篇》)

　　从"观"字本意来看,《说文》:"观,谛视也。"《穀梁传·鲁隐公五年》的
对"观"的解释:"常事曰视,非常曰观。"显然,"观"不是一般意义上的观察,
而是有针对性地、细致深入地观察。《周易·观·彖》有"大观在上,顺而
巽,中正以观天下"的说法,所谓"大观"即宏大壮观的气象,具有一种可以
感化人心的力量。并说:"观天之神道,而四时不忒;圣人以神道设教,而天

---

① [美]赫施:《解释的有效性》,王才勇译,生活·读书·新知三联书店,1991年,第17页。

下服矣。"此外,《左传·襄公二十九年》中有"季札观于周乐"的记载,《老子》第十六章有"致虚极,守静笃,万物并作,吾以观复"之说,《周易·系辞下》有"仰则观象于天,俯则观法于地"的说法,《周易·贲·彖》则云"观乎天文,以察时变;观乎人文,以化成天下",孔子还有"兴观群怨"(《论语·阳货》)之说,等等。

从上述材料中可以看出,"观"的对象往往涉及礼乐文化、风俗盛衰以及自然运行等重大活动,而且,这里所说的"观"都不是一般的认识过程,而是一种心灵的体验和感悟,这个意义上的"观"也具有了审美的性质。因为这个"观"主要不是观物之形,而是观物之神,实质上是一种形而上的观照。如《老子》第一章:"故常无,欲以观其妙;常有,欲以观其徼。"《周易·观·彖》:"观天之神道,而四时不忒。"这里的"观"实为"观道"。但"观"与后来的"味"相比,所"观"的对象还是比较具体实在的事物。而魏晋以来的人物品评、书法绘画重视风神气韵之美,这是无法用语言传达的,所以只能用"味"。表现在诗歌创作上则重视审美感兴,追求情景交融、含蓄蕴藉之美。即便是诗歌所追求的"形似",也不是单凭感官就能直接获得的,所以"味"这个概念逐渐受到重视并得到广泛使用。宗炳提出的"澄怀味象"说实际上代表了一种新的观赏体验方式,《颜氏家训·文章》中提到萧纲、萧绎对王籍的《入若耶溪》一诗"吟咏"、"讽咏","不能忘之","以为不可复得",刘孝绰常以谢朓诗"置几案间,动静辄讽味",颜之推也认为文学作品能"陶冶性灵,从容讽谏,入其滋味,亦乐事也"(《颜氏家训·文章》)。"滋味"说正是在这种情况下才成为钟嵘品评诗歌的一个重要标准。

当然,从陆机、刘勰到钟嵘,他们的诗味说在理论上是有局限的,这从前面的论述中也不难看出。他们所说的"味"仍然是以形象性为核心的,即要求"文贵形似",强调"指事造形,穷情写物",认为只有这样,才有"滋味"。

此外,"滋味"与辞采、声韵等形式因素也密切相关。钟嵘在《诗品》中说张协的诗,能"巧构形似","词彩葱蒨,音韵铿锵,使人味之,亹亹不倦"。其实这只是突出了"味"的感性之美,而不是像司空图、苏轼等人那样把它作为一种综合性的审美体验,因而缺乏更高层次的超越性,"味"作为一个美学范畴还不能与"神"、"气"、"韵"等相提并论,这是六朝诗味说的局限,正如葛洪所说的:"偏嗜酸咸者,莫能知其味;用思有限者,不能得其神也。"(《抱朴子外篇·尚博》)

"悟"是一种对事物的内在精神意蕴直觉把握的思维方式,既包括感性直觉,也包括理性直觉。悟虽不是逻辑思辨,但它不是凭空产生的,而是建立在感性认识和抽象思维的基础之上,亦即通过"观"和"味"的反复实践,才最终获得的。如果说"味"是强调过程,那么,"悟"则是强调结果。钱锺书引陆桴亭《思辨录辑要》卷三云:"'凡体验有得处,皆是悟。……人性中皆有悟,必工夫不断,悟头始出'。"①

"悟"有层次之分。宋代禅宗常用三种境界来说明修行悟道的过程,第一境是"落叶满空山,何处寻行迹",比喻精神的漂流和迷惘,没有得到禅境的指引;第二境是"空山无人,水流花开",这是形容破除了各种执著,精神获得了自由,但尚未悟道;第三境是"万古长空,一朝风月",这是形容在顿悟中获得了永恒的体验。这与王国维所说的成大学问、大事业者须经过三种境界的说法是同样的道理。严羽也说:"悟有浅深,有分限,有透彻之悟,有但得一知半解之悟。"(《沧浪诗话·诗辨》)严羽所说的"妙悟"就是"透彻之悟"。所以"悟"意味着一种超越,陶渊明说:"悟以往之不谏,知来者之可追。"(《归去来兮辞》)这里的"悟"表现为一种人生态度的转变,一种思想境界的提升,已经具有了超越性的意义。而最高层次的"悟"则是对一切世俗观念的超越,所谓"纵浪大化中,不喜亦不惧。应尽便须尽,无复独多虑"(陶渊明《形影神·神释》),"至大一悟,万滞同尽"(谢灵运《辨宗论》);"悟"也是对宇宙万物生生不息、大化流行的体认,"山气日夕佳,飞鸟相与还。此中有真意,欲辨已忘言"(陶渊明《饮酒》)。虽无禅宗,已有禅机。

"悟"有层次之分,诗亦有高下之别。钟嵘认为最好的诗应该是能达到"使味之者无极,闻之者动心"的艺术效果,严羽则以禅喻诗,把"妙悟"作为诗的本质,他说:"大抵禅道惟在妙悟,诗道亦在妙悟。且孟襄阳学力下韩退之远甚,而其诗独出退之之上者,一味妙悟故也。惟悟乃为当行,乃为本色。"严羽推崇盛唐诸公之诗,称之为"透彻之悟",认为"盛唐诸人惟在兴趣,羚羊挂角,无迹可求。故其妙处透彻玲珑,不可凑泊,如空中之音,相中之色,水中之月,镜中之象,言有尽而意无穷"(《沧浪诗话·诗辨》)。宗白华认为:"中国艺术意境的创成,既须得屈原的缠绵悱恻,又须得庄子的超旷空灵。缠绵悱恻,才能一往情深,深入万物的核心,所谓'得其环中'。超旷空灵,才能如镜中花,水中月,羚羊挂角,无迹可寻,所谓'超以象外'。"②根据宗先生的看法,严羽对"兴趣"的描述,正体现了意境的特征。因此,严羽所谓的"妙悟",也就是对诗歌的意境和韵味的独特领悟。这是一种瞬间永恒的心灵体验,如兔起鹘落,稍纵即逝(因为这种独特的感受是与具体的环境氛围、主体特定的心境密切相关的,唐代书法家张旭见公孙大娘剑器舞而

① 钱锺书:《谈艺录》补订本,中华书局,1984 年,第 98 页。
② 宗白华:《中国艺术意境之诞生》,《美学散步》,上海人民出版社,1981 年,第 77 页。

悟笔法,吴道子作画请裴将军舞剑以助壮气即属此类)。换句话说,正因为有了这种意境,才使盛唐诗歌具有了"透彻之悟"。而达此境界者,就是他所说的"诗之极致",即"入神"(《沧浪诗话·诗辨》)。钱锺书进一步指出:"沧浪别开生面,如骊珠之先探,等犀角之独觉,在学诗时的工夫之外,另拈出成诗后之境界,妙悟而外,尚有神韵。不仅以学诗之事,比诸学禅之事,并以诗成有神,言尽而味无穷之妙,比于禅理之超绝文字。"①钱先生明确地把"妙悟"和"神韵"联系起来,作为"成诗后之境界",深刻地揭示了诗歌艺术本质。由此看来,从"滋味"到"妙悟",正是滋味说在唐宋以后进一步发展的必然结果。

第七节　性　灵　说

性灵说的产生与汉魏以来的"才性之辨"密切相关。"才性之辨"来源于汉代以察举制度为背景的人物品评,在才与性的关系上,主张性为本,才为末,以性统才,明显受到儒家传统观念的影响②。随着儒学的衰落,到了魏晋时期,人们对才性问题的讨论已经开始突破以道德为核心的思路,把才与性区别开来,并主张才、性并重,如曹操提出"治平尚德行,有事赏功能"(《论吏士行能令》)。"性"的概念也从道德转向个性,崇尚才能,尊重个性成为魏晋以来的一种新风尚。刘劭在《人物志》中提出了新的才性观,如"智者德之帅也"、"夫圣贤之所美,莫美于聪明","聪明秀出谓之英;胆力过人谓之雄"等,将智慧、聪明以及胆力才识等作为人的性情才能的体现,并以此来品评人物。这种观念也影响到了文学批评,曹丕最早提出了"文气说",认为"气之清浊有体,不可力强而致","虽在父兄,不能以移子弟"(《典论·论文》)。刘勰受其影响,指出作家的创作个性包括才、气、学、习四个方面,才和气是"性情所铄",学和习是"陶染所凝",并强调"才由天资,学慎始习"(《文心雕龙·体性》),才、气和学、习有内外、主次之分,显然也是非常推崇才和气的。性灵说正是在这样的背景下产生的。

一、"性灵"的基本含义

"性灵"一词始见于六朝。"性"指人的自然天性。《礼记·中庸》:"天

---

① 钱锺书:《谈艺录》补订本,中华书局,1984年,第258页。
② 孔子在《论语·泰伯》中说:"如有周公之材之美,使骄且吝,其余不足观也已。"可见,儒家有重德轻才的观念。

命之谓,率性之谓道。"《荀子·正名》:"生之所以然者谓之性。""灵"的原意是巫,而巫是与神灵相通的,所以又可以引申为一个人所具有的灵秀之气和天赋的才能。从现有的文献来看,较早使用"性灵"一词的是颜延之的《庭诰》一文:"若立履之方,规鉴之明,已列通人之规,不复续论。今所载咸其素畜,本乎性灵,而致之心用。"(《宋书·颜延之传》)《庭诰》就是对子弟的告诫,是一种家训。从《庭诰》的内容来看,这里的"性灵"主要是指人性所共有的性情或智慧。在文论著作中,最早使用"性灵"一词的大概是刘勰的《文心雕龙》。他在《序志》篇中说:

> 夫宇宙绵邈,黎献纷杂,拔萃出类,智术而已。岁月飘忽,性灵不居,腾声飞实,制作而已。

这里的"性灵"与上文的"智术"相应,突出了人在宇宙万物中的主体地位、自觉意识和自由精神,这与他在《原道》篇中提出的"惟人参之,性灵所钟,是谓三才"的观点是一致的。可见,"性灵"在这里代表的是人类所能达到的最高智慧和创造力。唐代诗人高适有诗云:"性灵出万象,风骨超常伦。"(《答侯少府》)明代谭元春《诗归序》则说:"夫真有性灵之言,常浮出纸上,决不与众言伍。而自出眼光之人,专其力,一其思,以达于古人,觉古人亦有炯炯双眸,从纸上还瞩人。"也是强调"性灵"具有一种非同寻常的智慧和灵性。

"性灵"一词又与"性情"的含义比较接近,比如钟嵘在《诗品》中一方面指出诗歌是"吟咏情性"的,另一方面又说阮籍的《咏怀》诗"可以陶性灵,发幽思"。同样,刘勰在《文心雕龙·征圣》中说:"陶铸性情,功在上哲。"又在《宗经》篇最后说:"性灵熔匠,文章奥府。"此外,《情采》篇还有"综述性灵,敷写器象"之语。可见,"性灵"一词包括性情和智慧两方面的含义。

"性灵"说的产生不仅反映了人们对自然性情的重视(如王弼关于"圣人有情"的论述,嵇康和向秀对人的情欲和理智关系的探讨,都与此有关),而且它还受到南朝佛教的影响。佛教义理的核心就是心性问题,颜延之曾说:"崇佛者本在于神教,故以治心为先。"(《庭诰二章》,《弘明集》卷十三)佛教以关照人的精神世界为宗旨,是真正的形而上之关怀,它对精神意蕴的弘扬达到了孔老无法企及的高度,从而弥补了中国传统文化的不足。以竺道生为代表的涅槃学说把般若实相与涅槃佛性结合起来,认为众生皆有佛性,只要摆脱世俗的情欲,就能顿悟成佛。这种学说在当时产生了很大的影响,也吸引了很多文人学士,如谢灵运、颜延之等人都崇奉佛教,精通佛理,

谢灵运认为:

> 六经典文,本在济俗为治耳,必求性灵真奥,岂得不以佛经为指南邪?(何尚之《答宋文帝赞扬佛教事》引,《弘明集》卷十一)

这里的"性灵"一词与"佛性"的含义比较接近,所谓"佛性",是指人成佛的内在规定性,它本于人的心灵。这就"促使南朝'性灵说'超越对世间常态情感的执着,而走向对心灵及精神世界的探索"①。而山水文学的创作最能体现这一新变,以谢灵运为代表的文人对自然山水抱着一种崇敬和欣赏的态度,并以此作为感悟诸法实相的媒介,这就是宗炳所说的"山水质有而趣灵"、"山水以形媚道"(《画山水序》),并形成了借山水阐发佛理的创作风气。

二、对天赋才能的推崇

六朝是一个思想解放、文学自觉的时代,文学创作强调个人性情的抒发,重视天赋的才能和气质。萧子显在《南齐书·文学传论》中说:"文章者,盖情性之风标,神明之律吕也。蕴思含毫,游心内运,放言落纸,气韵天成,莫不禀以生灵,迁乎爱嗜,机见殊门,赏悟纷杂。"这里的"生灵"即"性灵",其含义与上文"情性"和"神明"相近,同时又包含着对天赋才能的推崇。

在那个崇尚天才的时代,人们普遍有这样一种观念,那就是文学创作需要一种特殊的才能,而且它是一种天赋,并非人人都有。曹丕在《典论·论文》中说:"文以气为主。气之清浊有体,不可力强而致。譬诸音乐,曲度虽均,节奏同检,至于引气不齐,巧拙有素,虽在父兄,不能以移子弟。"曹丕所说的"文气"有清浊之分,体现在创作才能上,有巧拙之别,这些差别是与生俱来的。所以称赞一个人有良好的写作才能在当时是一种很高的评价。建安文人在书信往来中,彼此之间经常会以此来称赞对方。如曹植《与吴季重书》:"得所来讯,文采委曲,晔若春荣,浏若清风,申咏反覆,旷若复面。"吴质《答东阿王书》则云:"奉所惠贶,发函伸纸,是何文采之巨丽,而慰喻之绸缪乎!"

曹植本人文才出众,思若有神,他的朋友陈琳称其"乃天然异禀,非钻仰

---

① 王力坚:《性灵·佛教·山水——南朝文学的新考察》,《海南师范学院学报》2000年第1期。

者所庶几也"(《答东阿王笺》)。杨修在《答临淄侯笺》中亦称其文才"非夫体通性达,受之自然,其孰能至于此乎!"这种评价体现了一种崇尚自然的观念。

刘勰在《文心雕龙·体性》中同样也把先天的气质个性看作是文才的根本来源,也就是"才由天资",强调"因性以练才"。又云:"才力居中,肇自血气;气以实志,志以定言,吐纳英华,莫非情性。"他还把作家的创作个性分成了才、气、学、习四个方面,其中"才"和"气"是"情性所铄",属于先天因素;"学"和"习"是"陶染所凝",属于后天因素。那么先天的"才"、"气"与后天的"学"、"习"是什么关系呢?根据他在《文心雕龙·事类》篇中提出的"才自内发,学以外成","才为盟主,学为辅佐"的说法,"才"与"学"有内外和主次之别。可见,刘勰的风格论最重视的是作家先天的才、气,反映了他受魏晋以来的"才性论"和曹丕"文气说"的影响(当然刘勰也不否定后天的学、习对风格的培养起着极为重要的作用)。

颜之推认为:"文章之体,标举兴会,发引性灵。"(《颜氏家训·文章》)在他看来,文学创作与做学问是完全不同的两种才能:

> 学问有利钝,文章有巧拙。钝学累功,不妨精熟,拙文研思,终归蚩鄙。但成学士,自足为人,必乏天才,勿强操笔。吾见世人,至于无才思,自谓清流,流布丑拙,亦以众矣,江南号为詅痴符。

文学创作是一种天赋的才能,如果没有这种天赋,任何后天的努力都是徒劳无益的。而做学问则可以通过人为的努力和积累慢慢培养。沈约曾说他的诗都是性情和灵感的产物,如果没有的话就不可能写出好诗,所谓"天机启则律吕自调,六情滞则音律顿舛"(《答陆厥书》)。钟嵘在《诗品序》中则强调诗歌是"吟咏情性"的,因而提倡"即目所见"和"自然英旨",不主张"用事",更反对为了"竞须新事"而使"文章殆同书抄",并以嘲讽的口吻批评了那种"词既失高,则宜加事义。虽谢天才,且表学问"的做法。

可见,文学创作需要有天赋的才能和个性化的创造,这是当时文论家的普遍看法,它与"性灵说"的关系非常密切。所以"性灵"逐渐成为一个文论范畴,并得到广泛使用。刘勰在《文心雕龙》中多次言及"性灵"一词,如"惟人参之,性灵所钟,是谓三才"(《原道》),"洞性灵之奥区,极文章之骨髓者也"(《宗经》)钟嵘在《诗品》中评阮籍诗时说:"其源出于《小雅》,无雕虫之功,而《咏怀》之作,可以陶性灵,发幽思。"庾信在《拟连珠》中说:"盖闻性灵屈折,郁抑不扬,乍感无情,或伤非类。是以嗟怨之水,特结愤泉;感哀之云,偏含愁气。"在《赵国公集序》中称赞赵国公(宇文招)的作品具有"含吐性灵,抑扬词气"的特点。庾信还特别提出:"四始六义,实动性灵。"(《谢赵王示新诗启》)唐代姚思廉在《梁书·文学传》中也说:"夫文者,妙发性灵,独拔怀抱。"这些论述实际上反映了文学创作审美主体的自觉。

与"性灵"相关的概念如"性情"、"情灵"等在六朝文论中更是不胜枚举。如萧纲称赞新渝侯萧映的和诗是"风云吐于行间,珠玉生于字里……此皆性情卓绝,新致英奇"(《答新渝侯和诗书》),萧绎在《金楼子·立言篇》中说:"至如文者,惟须绮縠纷披,宫征靡曼,唇吻遒会,情灵摇荡。"值得注意的是,萧纲和萧绎都是宫体诗的倡导者,他们在这里所说的"性情卓绝"和"情灵摇荡"其实包含了对男女之情及人的欲望的肯定,在萧纲等人看来,不管是什么样的情感,只要能给人以新鲜动人的感受,便是好作品,所以他们对艳情宫体之作也不吝赞赏。而庾信的性灵说则把个人的身世遭遇与时代变迁结合起来,具有了更加丰富深刻的社会内涵。

总之,"性灵"是创作主体的才气性情、直觉感悟等创造力的综合体现,它以丰富充实的人生体验和审美情感为基础,决定了艺术作品历久弥新的价值与生命力。唐人李德裕曾说:"文之为物,自然灵气。惚恍而来,不思而至。"灵气是什么?用他的话说,"譬诸日月,虽终古常见,而光景常新,此所以为灵物也"。反之,"辞不出于风雅,思不越于《离骚》,模写古人,何足贵也?"(《文章论》)艺术作品若无灵气,只是一味地模拟古人,甚至苦心经营,刻意雕琢,就失去了它的魅力和价值。明代的汤显祖也强调文章写作离不开性灵和生气,"独有灵性者自为龙耳"(《张元长嘘云轩文字序》)。又说:"天下文章所在有生气者,全在奇士。士奇则心灵,心灵则能飞动,能飞动则下上天地,来去古今,可以屈伸长短,生灭如意,如意则可以无所不知。"(《序丘毛伯稿》)清人袁枚亦云:"自古文章所以流传至今者,皆即情即景,如化工肖物,着手成春,故能取不尽而用不竭。不然,一切语古人都已说尽,何以唐、宋、元、明,才子辈出,能各自成家而光景常新耶?"(《随园诗话》卷一)

性灵说到了明清两代,发展成为重要的诗歌流派。袁宏道主张:"独抒性灵,不拘格套,非从自己胸臆流出,不肯下笔。"(《叙小修诗》)袁枚以性灵说反对明清时代盛行的格调说,他提出:"杨诚斋曰:'从来天分低拙之人,好谈格调而不解除风趣。何也? 格调是空架子,有腔口易描;风趣专写性灵,非天才不办。'余深爱其言。须知有性情,便有格律,格律不在性情外。"(《随园诗话》卷一)袁枚甚至把男女之情也纳入其性灵说中:"且夫诗者,由情生者也,有必不可解之情,而后有必不可朽之诗。情所最先,莫如男女。"

(《答蕺园论诗书》)袁枚还反对在诗歌里堆砌典故和卖弄学问。他说:"自《三百篇》至今日,凡诗之传者,都是性灵,不关堆垛。"(《随园诗话》卷五)在《仿元遗山论诗》中说:"天涯有客号诊痴,误把抄书当作诗。抄到钟嵘《诗品》日,该他知道性灵时。"这里的"诊痴"一词即出自《颜氏家训·文章篇》,指那些本无才学而自好夸耀者。钟嵘在《诗品》中也曾讽刺过那些作诗不能自铸伟词,只喜欢炫耀典故的人,说他们"句无虚语,语无虚字,拘挛补衲,蠹文已甚。但自然英旨,罕值其人。词既失高,则宜加事义,虽谢天才,且表学问,亦一理乎"。可见,钟嵘已开袁枚性灵说的先河。

第四章　形神之辨与六朝诗歌创作

如果我们从更广泛的意义上来看待形神之辨的话,那么,在诗歌创作中,心与物、情与景、意与象等都与形神之辨有密切关系。因为形与神本来是哲学范畴,它是抽象的,但又具有非常丰富的内涵。神与形的关系正如虚与实、心与物的关系一样,可以无所不包,但似乎又无法确指。如何使形神之辨在诗歌创作中落到实处?本章结合六朝诗歌的创作实践,从文学语言的自觉、审美形式的追求和艺术境界的创造等方面探讨六朝诗学从重形到重神的转变,并结合玄言诗、山水诗、宫体诗等不同内容的诗歌创作和艺术经验具体分析其中所体现出来的形神观念和精神意蕴。

第一节　从炼字琢句到吟咏情性

受玄学言意之辨的影响,六朝时期的人们很早就认识到炼字琢句不是一个单纯的形式问题。前人激赏《古诗十九首》,称为"五言之冠冕","可谓一字千金",但严格地说,这还不是一种非常自觉的创作(没有留下作者的名字)。魏晋以后,文学创作成为一种自觉地有意识的活动,是"经国之大业",文人开始认识到通过创作可以使自己留名于后世。不过,曹丕所说的"经国之大业,不朽之盛事"指的是"文章",即经典著述,并不专指文学,而且也没有摆脱"经国"附庸的地位,这种看法与曹植所说的"辞赋小道,壮夫不为"没有本质的区别。此后,随着玄学上言意之辨的影响日渐扩大,人们已不再把文学创作看作是"小道",对文学自身的特性有了更多的认识,文体分类日趋细致,对艺术技巧的追求和语言的锤炼也日益受到重视。文学创作的自觉性和独立性进一步得到增强,所以陆机的《文赋》出现在这一时期不是偶然的。

建安作家的创作已经开始有意地向这个方向发展,而陆机在《文赋》中进一步探讨了如何解决创作中"意不称物,文不逮意"的问题,《文赋》所谈论的内容大都是围绕着言意关系这个核心来展开的。这就使他特别强调炼字琢句的重要性，一方面主张从经典和前人的作品中提炼语言，"收百世之阙文，采千载之遗韵"，另一方面反对抄袭古人，而要自出机杼，"谢朝华于已披，启夕秀于未振"，从而达到"其会意也尚巧，其遣言也贵妍"的目的。

这种创作主张在陆机的作品中也得到明显的体现。而炼字琢句的目的是为了更好地表情达意，因而"味"这个概念开始受到重视。陆机在《文赋》中说："或清虚以婉约，每除烦而去滥。阙大羹之遗味，同朱弦之清泛。"他认为，如果文章语言过于质朴简约，缺少文采，就没有滋味。《文选》李善注指出："言作文之体必须文质相半，雅艳相资。今文少而质多，故既雅而不艳，比之大羹而阙其余味，方之古乐而同清泛，言质之甚也。"刘勰在《文心雕龙·声律》中则说："是以声画妍蚩，寄在吟咏；吟咏滋味，流于字句。"也指出了"滋味"来自辞采的华美与声韵的和谐。尽管这个意义上的滋味还不能算是一个美学范畴（还是借饮食带给人的生理享受来打比方），但毫无疑问，它是文学作品（特别是诗歌）产生美感的基础，也是作品具有神韵的重要原因。清代桐城派代表人物如刘大櫆、姚鼐等都强调文章的神气韵味来自于字句章法、格律声色，很可能也是受了刘勰的影响。钱锺书在《谈艺录》中更加明确地指出："诗者，艺之取资于文字者也。文字有声，诗得之为调为律；文字有义，诗得之以倩色揣称者，为象为藻；以写心宣志者，为意为情。及夫调有弦外之遗音，语有言表之余味，则神韵盎然出焉。"[1]

总之，重视文学语言的审美性是文学自觉的一个重要标志，是在玄学的言意之辨和清谈之风的影响下出现的。特别是当清谈发展到后来时，对言辞之美的重视甚至超过对义理的探求，如《世说新语·文学》载："支道林、许掾诸人共在会稽王斋头，支为法师，许为都讲。支通一义，四坐莫不厌心，许送一难，众人莫不抃舞，但共嗟咏二家之美，不辩其理之所在。"《世说新语·文学》十九条注引邓粲《晋纪》叙裴遐善清谈："遐以辩论为业，善叙名理，辞气清畅，泠然若琴瑟。闻其言者，知与不知，无不叹服。"这种情况不仅表现在清谈上，整个社会风气也都受到影响。颜之推在《颜氏家训·文章》中说："今世相承，趋末弃本，率多浮艳。辞与理竞，辞胜而理伏；事与才争，事繁而才损。放逸者流宕而忘归，穿凿者补缀而不足。时俗如此，安能独违？但务去泰去甚耳。"

东晋佛学兴起之后，人们对语言的作用又有了新的认识。佛教受玄学的影响，也强调言辞的重要性，刘勰的老师僧佑说："夫神理无声，因言辞以

---

① 钱锺书:《谈艺录》,中华书局,1984 年,第 42 页。

写意;言辞无迹,缘文字以图音。故字为言蹄,言为理筌;音义合符,不可偏失。是以文字应用,弥纶宇宙。虽迹系翰墨,而理契乎神。"①慧皎一方面指出"至理无言,玄致幽寂",最高的理是在言辞之外的,不能滞于语言本身,"须穷达幽旨,妙得言外";另一方面,为了宣扬佛教,扩大影响,又不能不肯定言辞的作用,他说:"圣人资灵妙以应物,体冥迹以通神,借微言以津道,托形象以传真。"②把"神"和"道"作为言辞的本原。

刘勰作为佛教信徒,其文学理论也必然会受到影响。他在《文心雕龙·神思》篇中说:"故思理为妙,神与物游。神居胸臆,而志气统其关键;物沿耳目,而辞令管其枢机。"一方面,刘勰指出"志气"是"神与物游"的关键;另一方面,他又强调了"辞令"是沟通物与神的"枢机",可见,言辞的深层意义在于它是"志气"即"神"的体现,把言辞的作用提升到了本体的高度,从而使人们更加自觉地通过炼字琢句来追求言外之意。此外,他还强调:"言语者,文章关键,神明枢机。"(《文心雕龙·声律》)在《文心雕龙·隐秀》中,刘勰又从"隐"和"秀"的关系立论,指出:

> 文之英蕤,有秀有隐。隐也者,文外之重旨也;秀也者,篇中之独拔者也。隐以复义为工,秀以卓绝为巧。

从言意关系上看,"隐"强调含蓄蕴藉,意在言外;"秀"强调以少总多,情貌无遗。在刘勰看来,"隐"和"秀"是对立统一的两个方面,只有通过对语言文字的精心锤炼,达到"独拔"和"卓绝"的程度,才能充分地调动读者想象,从而获得"使玩之者无穷,味之者不厌"的审美效果。"隐秀"的提出使人们对语言的表现功能有了进一步的认识。

六朝时期文学的自觉还体现在重视吟咏情性,讲究辞采、声律、对偶、用典等方面。这种自觉最早是从建安时代的曹植开始出现的,中间经过陆机、谢灵运、谢朓等人的理论主张和创作实践,使六朝诗歌在艺术上达到了很高的成就,为唐代诗歌的繁荣做好了充分的准备。这里主要以上述几人的创作实践为代表来看其中所体现的情景关系和形神观念,并略及谢朓之后的南朝其他作家。

一、从曹植到谢朓

曹植早年受建安时代风气的影响,其作品富于时代精神,充满了建功立

---

① 僧佑:《胡汉译经音义同异记》,《出三藏记集》卷一,中华书局,1995年,第12页。
② 慧皎:《义解论》,《高僧传》卷八,中华书局,1992年,第343页。

业的远大理想。"故君子之作也,俨乎若高山,勃乎若浮云。质素也如秋蓬,摛藻也如春葩。汜乎洋洋,光乎皦皦,与雅颂争流可也"(《前录自序》)。这是曹植作品中所体现的审美理想。到了后期,政治上受到抑制,理想无法实现,精神上异常苦闷,这使他的心灵世界变得更加敏感,一有所触动便发而为诗,如《赠白马王彪》感物伤怀,以旅途的困顿和原野的萧条来抒写内心的悲愤之情。即使是传统的乐府诗,在他的手里也不再以叙事为主,而重在抒情,如《七哀诗》(明月照高楼)通篇运用比兴手法,借传统题材抒发身世之感。

曹植诗歌创作的艺术成就,不仅在于其"骨气奇高",而且也表现在"词采华茂"上。他的诗已开始着意于炼字琢句,不同于汉魏古诗的质朴,表现出明显的文人化的倾向。如"明月照高楼,流光正徘徊"(《七哀诗》),出自古诗"明月照高楼,想见余光辉","徘徊"二字将明月拟人化,好像思妇缠绵不尽的愁绪,《文选》李善注云:"皎月流辉,轮无辍照,以其余光未没,势若徘徊,先觉以为文外傍情,斯言当矣。"前人多评此二句意味深长,有无限风致。如宋人吕本中《童蒙诗训》云:"读《古诗十九首》及曹子建诗,如'明月照高楼,流光正徘徊'之类,皆思深远而有余意,言有尽而意无穷也。"正是由于"徘徊"二字引发了读者丰富的联想,所以虽着意锤炼,却浑然不觉,有天成之妙。唐代张若虚的《春江花月夜》中有"可怜楼上月徘徊,应照离人妆镜台"之句,也是受了此句的影响。

曹植在诗歌声律的追求上开始趋向自觉,沈约说他"音律调韵,取高前式"(《宋书·谢灵运传论》),又有释慧皎《高僧传》记载:"始有魏陈思王曹植,深爱声律,属意经音,既通般遮之瑞响,又感鱼山之神制。于是删治《瑞应本起》以为学者之宗,传声则三千有余,在契则四十有二。"①近人陈寅恪认为这是后人依托之传说,并非事实②,但这至少说明曹植对声律是特别重视的,所以才会有这种传说。范文澜也认为:"子建集中如《赠白马王彪》云'孤魂翔故域,灵柩寄京师'、《情诗》'游鱼潜绿水,翔鸟薄天飞。始出严霜结,今来白露晞'皆音节和谐,岂尽出暗合哉。"③陆机在《文赋》中又提出"暨音声之迭代,若五色之相宣"。由此看来,早在永明声律说出现之前,人们对声韵和谐的美感在很大程度上已经有了自觉,永明声律说其实是把此前人们对这一问题的认识进一步规范化了,它的出现并非偶然。

总之,曹植的诗歌在语言提炼、词采华美、音韵和谐以及对偶工整等方

① 慧皎:《高僧传》卷十三,中华书局,1992年,第507页。
② 参见陈寅恪:《四声三问》,《金明馆丛稿初编》,上海古籍出版社,1980年,第338—340页。
③ 范文澜:《文心雕龙注》卷七,人民文学出版社,1958年,第555页。

面都达到了前所未有的高度,无论是在当时还是后世都得到了很高的评价,如魏人鱼豢曾说:"余每览曹植之华彩,思若有神。"①钟嵘更是把他比作"人伦之有周孔,鳞羽之有龙凤,音乐之有琴笙,女工之有黼黻"(《诗品》)。不过,曹植的诗歌是"骨气"和"词采"的统一,而不是单纯地追求"词采华茂",或刻意求工,其作品之神韵主要源于他崇高的人格理想和深厚的思想情感。曹植的作品大都是有感而发,所谓"慷慨有悲心,兴文自成篇"(《赠徐幹》),并努力追求一种"俨乎若高山,勃乎若浮云"的崇高境界。沈约也说他的创作是"以气质为体","以情纬文,以文被质"(《宋书·谢灵运传论》)。这正是曹植诗歌在艺术上取得成功的根本原因。

陆机在追求诗歌语言的华美繁富上表现得更加明显和自觉,不仅有理论主张,还有创作实践,他的很多作品在模拟前人的基础上踵事增华,如《短歌行》拟曹操的《短歌行》,《门有车马客行》拟曹植的《门有万里客行》,等等。但由于时代的变迁,建安诗人"慷慨以任气,磊落以使才"的精神气质在陆机的作品已经看不到了。同样是写景抒情,陆机往往只限于一己之私情,缺少建安和正始文学中那种慷慨激昂、忧愤深广的动人力量,所以沈德潜评论说:"士衡以名将之后,破国亡家,称情而言,必多哀怨。乃词旨敷浅,但工涂泽,复何贵乎?"(《古诗源》卷七)这话说得有些过头,但也不是没有道理。其实,陆机本人并非不重视情感的作用,他在《文赋》中曾多次强调过这一点:"遵四时以叹逝,瞻万物而思纷;悲落叶于劲秋,喜柔条于芳春",这是从创作动机上来讲的;"诗缘情而绮靡",这是从文体特点上来讲的;此外,《文赋》还把"言寡情而鲜爱,辞浮漂而不归。犹弦么而徽急,故虽和而不悲"作为五种文病之一,这是以悲为美的创作风气在文学理论上的反映。

可见,陆机对情感的重要性有很深刻的认识。但理论认识与创作实践之间往往并不能完全等同,陆机在《文赋》中所要解决的正是创作构思中"意不称物,文不逮意"的问题,但实际情况往往是"患挈瓶之屡空,病昌言之难属。故踸踔于短垣,放庸音于足曲。恒遗恨以终篇,岂怀盈而自足"。大意是说,自己常常苦于文思贫乏,虽有佳句,但却难以为继,每成一篇总是感到遗憾。可见,从创作实践上完全解决这个问题显然是难以做到的。所以陆机说:"非知之难,能之难矣。"(同上)而陆机本人正是由于认识到了这个问题的重要性,所以才在理论和实践上去努力探索。他在《文赋》中倡导"诗缘情而绮靡",提出"应、和、悲、雅、艳"的审美标准,重视语言的锤炼,力求达到"其会意也尚巧,其遣言也贵妍"的效果,这些主张也证明了他的确是

① 鱼豢《魏略》,见《三国志·魏书·曹植传》裴松之注引。

在努力解决这个问题。

从陆机的诗歌创作上看,他不仅追求辞采华美、对偶工整和音节流畅,而且十分重视艺术形象的表现。他的拟古诗、拟乐府诗与原作相比,在人物形象和景物描写方面都非常鲜明突出(如《日出东南隅行》之于《陌上桑》),并将赋的写法运用到诗歌创作中,通过铺叙排比,反复渲染,这个特点在陆机的作品中表现得很明显,沈德潜就说陆机的诗"开出排偶一家"(《古诗源》卷七)。但由于辞采过于富赡,有时难免会淹没性情,所以刘勰说他"思能入巧,而不制繁"(《文心雕龙·才略》),钟嵘也批评他的诗"尚规矩,贵绮错,有伤直致之奇"(《诗品》)。而后人的批评则更为严厉,如许学夷说:"士衡五言,俳偶雕刻,渐失浑成之气。"(《诗源辨体》卷五)清人黄子云甚至说:"(陆机)五言乐府,一味排比敷衍,间多硬语,且蹑前人步伐,不能流露性情,均无足观。……实晋诗中之下乘也。"(《野鸿诗的》)

不过,如果我们撇开成见,实事求是的看待陆机的诗,可以发现他还是有很多作品在情感表达和形象描写上结合得比较好的。如《班婕妤》:"婕妤去辞宠,淹留终不见。寄情在玉阶,托意惟团扇。春苔暗阶除,秋草芜高殿。黄昏履綦绝,愁来空雨面。"在时间的流逝中通过景物的变换和意象的叠加来烘托人物形象,表现了主人公期待与失望相交织的复杂心理。此外,他的很多诗在描写上层次分明,注意动静结合、色彩搭配,如"朝采南涧藻,夕息西山足。轻条像云构,密叶成翠幄。激楚伫兰林,回芳薄秀木。山溜何泠泠,飞泉漱鸣玉。哀音附灵波,颓响赴曾曲"(《招隐诗》),"和风飞清响,鲜云垂薄阴。蕙草饶淑气,时鸟多好音。翩翩鸣鸠羽,喈喈仓庚吟。幽兰盈通谷,长秀被高岑"(《悲哉行》)等,这些诗句对偶工整,描写生动,给后人提供了很好的借鉴。

与陆机相比,谢灵运的诗也大量运用排比对偶句法,有些山水诗如《从游京口北固应诏》、《富春渚》、《登池上楼》、《过白岸亭》等几乎通篇皆对,这标志着诗歌开始由古体向近体的转变。所以明人何景明在《与李空同论诗书》中说:"古诗之法亦亡于谢。……陆诗语俳,体不俳也,谢则体语俱俳矣。"在辞采上,谢灵运的诗也以繁富闻名,沈约在《宋书·颜延之传》中说:"延之与陈郡谢灵运俱以词彩齐名,自潘岳、陆机之后,文士莫及也。"钟嵘在《诗品》中甚至说他"颇以繁芜为累"。但尽管如此,谢氏的"繁芜"却没有像陆机那样遭到过多的批评。钟嵘接着又说:"嵘谓若人兴多才高,寓目辄书,内无乏思,外无遗物,其繁富宜哉!然名章迥句,处处间起,丽典新声,络绎奔会,譬犹青松之拔灌木,白玉之映尘沙,未足贬其高洁也。"注意钟嵘这里在用词上的差异,前面用的是"繁芜",而后面则用"繁富"。之所以会有这种自相矛盾的说法,是因为谢灵运的繁富是建立在他对山水景物深刻的感受和体验的基础上,而且在繁富的同时还能时时出以清新明朗的佳句,如青松、白玉,使人有耳目一新之感。而"以繁芜为累"的部分因为有了清新佳句的对比,也显示出了自身的价值,所以自然就能被人接受了。

　　谢灵运诗中的这些佳句,其好处不仅仅在于景物本身,更主要的还在于他面对山水时往往采取一种忘我静观的态度,也就是他所说的"遗情舍尘物,贞观丘壑美"(《述祖德诗》),"研精静虑,贞观厥美"(《山居赋》),所以他对山水有很深的体悟。如《登池上楼》中的"池塘生春草,园柳变鸣禽"两句①,如果离开了原诗的语境,这两句并无特别之处。从原诗的前几句来看,诗人已经有好几个月卧病在床了,"卧疴对空林","衾枕昧节候",当诗人久病初愈,第一次站在窗前眺望,发现眼前的景物已经不同以往了。在倾耳聆听波澜,举目眺望远山的时候,发现了"初景革绪风,新阳改故阴"。在池塘、春草、园柳、鸣禽这些寻常景物中,感受到了冬去春来的气息,甚至连鸣禽的叫声也不同于往日了。这两句正是把诗人那敏感的心灵和意外的惊喜用一个"生"字和一个"变"字表现出来。这两个字其实是很平常的,看不出任何雕琢的痕迹,仿佛信手拈来,但却是在诗人"思诗竟日不就"的情况下,寤寐之间,偶然得到的。谢灵运本人也非常欣赏,常说:"此语有神助,非吾语也。"(钟嵘《诗品》评谢惠连诗引)后人也看到了这一点,叶梦得说:

　　　　"池塘生春草,园柳变鸣禽",世多不解此语为工,盖欲以奇求之耳。此语之工,正在无所用意,猝然与景相遇,借以成章,不假绳削,故非常情所能到。(《石林诗话》)

正是在这种看似无所用意的描写中,山水成为他性情的寄托和"赏心"的对象。在他的很多写景佳句中,似乎都隐含着诗人某种独特的感受,而这种感受往往是用一两个关键词语点出,例如:

　　　　白云抱幽石,绿筱媚清涟。(《过始宁墅》)
　　　　泽兰渐被径,芙蓉始发池。(《游南亭》)

---

① 谢灵运《登池上楼》原诗如下:"潜虬媚幽姿,飞鸿响远音。薄霄愧云浮,栖川怍渊沉。进德智所拙,退耕力不任。徇禄反穷海,卧疴对空林。衾枕昧节候,褰开暂窥临。倾耳聆波澜,举目眺岖嵚。初景革绪风,新阳改故阴。池塘生春草,园柳变鸣禽。祁祁伤豳歌,萋萋感楚吟。索居易永久,离群难处心。持操岂独古,无闷征在今。"

前两句中的"抱"和"媚"字带有拟人化的特点,极富情趣。后两句中的"被"和"发"字则是化静为动,仿佛兰花和芙蓉都在那里拼命生长。这种景象不仅体现了诗人的敏锐的洞察力和浪漫的想象力,而且也只能在他处于一种忘我静观的状态中才能感受到。所以方回指出:"灵运所以可观者,不在于言景,而在于言情。……至其所言之景,如'山水含清晖'、'林壑敛暝色'及他日'天高秋月明'、'春晚绿野秀'于细密之中,时出自然,不皆出于织组。"(《文选颜鲍谢诗评》卷一)明代陆时雍说:"'白云抱幽石,绿筱媚清涟',不琢而工。……此皆有神行乎其间矣。"(《诗镜总论》)

当然,在谢灵运的诗中,还是难免会有一些直接悟道说理的句子,如"虑淡物自轻,意惬理无违"、"表灵物莫赏,蕴真谁为传"等,表明人与山水的关系在很大程度上仍然包含着"体道适性"的内容,自然界的山水仿佛是情感的过滤器,经过它过滤之后,情化掉了,郁结消逝了,诗人由此而得到解脱。因此,他的诗往往是"始以情入,终以理出"①。但谢灵运毕竟是山水诗中的慧业文人,他把大自然中所隐含的无限的生机和情趣展示出来,它不仅与人的审美活动密切相关,而且也能够使人在精神上得到慰藉,只要你细心体察,就会从中获得全新的体验和感受。

谢朓继承了谢灵运诗歌清新自然的一面,并在此基础上有所发展。谢朓善于在日常生活中去发现大自然的美,扩大了写景的范围。他的山水诗既有细致入微的一面,也有旷远苍茫的一面,同时又具有"永明体"清丽流畅的时代特色。谢朓善于广泛学习前人,其诗歌呈现出多样化的风格。方东树指出:"其于曹公之苍凉悲壮,子建之质厚高古,苏、李、阮公之激荡儵忽,渊明之脱口自然,仲宣之跌宕壮阔,公幹之紧健亲切,康乐、明远之工巧惊奇,皆不一袭似,故尔克自成一家。"(《昭昧詹言》卷七)

以曹植对谢朓的影响为例,曹植有"壮哉帝王居,佳丽殊百城"(《赠丁仪王粲》),谢朓则有"江南佳丽地,金陵帝王州"(《入朝曲》);曹植有"江介多悲风,淮泗驰急流。愿欲一轻济,惜哉无方舟"(《杂诗》),谢朓则有"京洛多尘雾,淮济未安流。岂不思抚剑,惜哉无轻舟"(《和江丞北戍琅邪城》)。两者在用词和语意方面极为相近,都表现出意气风发、神采飞扬的壮大气势。由此可以看出谢朓与建安文学的继承关系。李白以"蓬莱文章建安骨,中间小谢又清发"(《宣州谢朓楼饯别校书叔云》)将建安风骨与谢朓相提并论,着眼的也正是这一点。

当然,作为永明体的代表人物,谢朓的诗又具有新的时代风貌,显示了

---

① 参见詹福瑞:《南朝诗歌思潮》,河北大学出版社,2005年,第80页。

向近体诗过渡的趋势,如对仗工整,声韵和谐,描写细腻,语言平易流畅,等等。不仅如此,在境界的开拓上也接近唐人的诗风。例如:

> 沧波不可望,望极与天平。往往孤山映,处处春云生。(《和刘西曹》)
>
> 结构何迢递,旷望极高深。窗中列远岫,庭际俯乔林。(《郡内高斋闲望答吕法曹》)
>
> 高轩瞰四野,临牖眺襟带。望山白云里,望水平原外。(《后斋迥望》)
>
> 馀雪映青山,寒雾开白日。暖暖江村见,离离海树出。(《高斋视事》)

这些登高临远的诗句展示了一种清高旷远的景象,好像一幅幅萧疏淡远的水墨画,在审美境界的开拓上为后人提供了有益的借鉴,以至于大诗人李白在登华山落雁峰时感叹道:"此山最高,呼吸之气,想通天帝座矣,恨不携谢朓惊人诗来,搔首问青天耳!"(冯贽《云仙杂记》)

不过,谢朓的诗给人印象最深的恐怕还是那些充满了诗情画意的写景名句,尤其善于表现自然界中各种事物之间转瞬即逝的细微变化,这是谢灵运诗中比较少见的。如《游东田》一诗中的"鱼戏新荷动,鸟散馀花落"两句,不但对仗工整,用词准确,而且在细致入微的描写中使读者也感受到了大自然无穷的清新、活力与生机:鱼戏的热闹与鸟散的空寂是自在自为的;新荷摇动显示初夏的来临,余花凋落表明春天的逝去——季节的更替也是自来自去的,大自然的一切都是这样生机流转、瞬息万变的。王夫之《古诗评选》卷五云:"宣城于声情中外别有玄得,时酣畅出之,遂臻逸品。"[1]小谢诗中蕴含的情思意趣大概就是王夫之所说的"别有玄得"吧。另外,"鱼戏新荷动"这两句中,每一句都包含两个主谓结构,如前一句中的"鱼戏"和"新荷动",分别构成了两个对象(鱼、荷)和两个动作(戏、动),下一句也是如此。这种双主谓句式使描写的对象变得更加丰富细致,在汉魏五言诗中是很少见到的。

谢朓的很多写景名句都善于把大自然中最生动的画面展现出来,给人以无限的遐想,如"日华川上动,风光草际浮"(《和徐都曹出新亭渚》),"余霞散成绮,澄江静如练"(《晚登三山还望京邑》),"行树澄远阴,云霞成异

---

[1]　王夫之:《古诗评选》卷五,谢朓《酬王晋安德元》评语,河北大学出版社,2008年,第273页。

色"(《和宋记室省中》),"朔风吹飞雨,萧条江上来"(《观朝雨》),等等,都是如此。这些句子虽然是经过作者的精心锤炼,但读起来却浑然不觉,仿佛天成。它已经超越了单纯的练字琢句追求形似的层面,使人有一种身临其境之感,瞬间的美一下子凝固了,具有了一种永恒的意义,诗人的情感体验也在这样的描写中自然地流露出来,因此谢朓的诗在当时就得到人们的激赏。《颜氏家训·文章》云:"刘孝绰当时既有重名,无所与让,唯服谢朓,常以谢诗置几案间,动静辄讽味。"清人黄子云说:"玄晖句多清丽,韵亦悠扬,得于性情独深,虽去古渐远,而摆脱前人习弊,永、元中诚冠冕也。"(《野鸿诗的》)沈德潜也说:"玄晖灵心秀口,每诵名句,渊然泠然,觉笔墨之中,笔墨之外,别有一段深情妙理。"(《古诗源》卷十二)

二、谢朓之后的南朝作家

从曹植到谢朓,中间经过了陆机和谢灵运等人追求辞采繁富的阶段之后,又重新回归到了建安文学的传统,即"以气质为体",重视性情的抒发。所不同的是,永明文学不但"以情纬文",而且"以文被质",谢朓曾说"好诗圆美流转如弹丸"(《南史·王筠传》引),而要达到"圆美流转",辞采、声律、对偶等艺术形式的完美就是不可缺少的因素。作为一种新体诗,永明体在体制上趋于短小(以五言八句为主),工整的对偶句大量出现,又注意骈散相间,在结构和语言上具有灵活多样、平易自然的特点。永明体的出现显示了中国诗歌由古体向近体过渡的趋势,近体诗是讲究格律的,格律对于诗歌的重要性正如韦勒克和沃伦所说的,它"使文字具有实际存在的意义:指出它们的所在,并使人立即注意到它们的声音"[1]。也就是说,诗歌的格律突出了语言的能指,使语言的能指不立即转化为所指而使自身具有玩味的价值,于是诗歌的语言就在读者的联想和玩味中展示出一个生动丰富的意蕴世界。

语言风格的转变也是永明体的一个重要标志,沈约曾说:"文章当从三易:易见事,一也;易识字,二也;易读诵,三也。"(颜之推《颜氏家训·文章》引),语言风格趋于平易自然,既使用典,也尽量使人感觉不到。这种风气使人们的审美理想转向"初发芙蓉"的自然之美,这就促使诗人转而在艺术境界上下功夫,追求一种更高层次的神韵,尽管这在当时作家的意识中未必自觉到,但在创作实践上已经朝着这个方向努力了。从当时为人们所欣赏的那些佳句来看,都是即目所见、平易自然而又是令人回味无穷的,如"夜雨滴

---

① 韦勒克、沃伦:《文学理论》,刘象愚译,三联书店,1984 年,第 188 页。

空阶,晓灯暗离室"(何逊)、"露湿寒塘草,月映清淮流"(何逊)、"亭皋木叶下,陇首秋云飞"(柳恽)、"蝉噪林逾静,鸟鸣山更幽"(王籍)、"芙蓉露下泣,杨柳月中疏"(萧悫)、"莺随入户树,花逐下山风"(阴铿),等等,所以也得到了后人的高度评价①。

当然,齐梁以后的文风也有日益走向浮华绮靡的趋势,精致与庸俗、清丽与颓靡并存。刘永济对此评论道:"永明之朝,休文擅美。观其所制,率以宫商谐协为高。王谢和之,遣词造句,弥见推拍。直欲陶铸天籁,熔范性灵。虽下开唐人律体,功施烂然,而后生竞习,重貌遗神,遂令声律之功益严,情性之机将锢,过亦相等矣。时贤非之,倘以此乎?"②后人"重貌遗神"是因为其本身就没有多少真性情,何况大量的奉和应制之作也不可能产生真情实感,所以只好在辞采声律上下功夫,其实它们本身何过之有呢!即使是提倡声律说的沈约,也没有否认性情的重要性,他说:"天机启则律吕自调,六情滞则音律顿舛。"(《答陆厥书》)所以总的来看,齐梁诗风仍然有很多方面值得后人欣赏借鉴。刘师培认为:"南朝之文,当晋宋之际,盖多隐秀之词,嗣者渐趋缛丽。齐梁以降,虽多侈艳之作,然文词雅懿,文体清峻者,自当弗乏。斯时诗什,盖又由数典而趋琢句,然清丽秀逸,亦自可观。"③

历来遭人诟病的宫体诗,虽然缺乏深厚的思想情感,但这种艳丽之词却对后世影响很大,"初唐诗什,竞沿其体,历百年而不衰"④,其中的原因值得深思。而且宫体诗所描写的内容也并不限于女性和艳情,而是包括了贵族生活的方方面面(宫体诗中有大量的咏物诗),特别是宫体诗人在对事物的观照和描写方面,与早期的山水诗相比,更加细致入微,具有强烈的视觉性和观赏性。

在情感与形式的结合方面,庾信是比较突出的一位作家。庾信早年是一个典型的宫廷文人,"其体以淫放为本,其词以轻险为宗"(《周书·庾信传论》)。尽管如此,他前期的作品如《奉和山池》中的"荷风惊浴鸟,桥影聚行鱼"等诗句景物描写细致入微,在语言的锤炼和声韵的和谐方面也颇见功力。随着侯景之乱的爆发,由南入北的生活经历和种种不幸的个人遭遇使他后期的作品充满了感伤和思乡的情绪(如《拟咏怀》组诗),在创作上集南北文风之大成,最终达到了"老成"的境界,成为南北朝后期成就最高的作

---

① 如清人陈祚明在《采菽堂古诗选》中称赞阴铿的诗:"声调既亮,无齐梁晦涩之习,而琢句抽思,务极新隽。寻常景物,亦必摇曳出之,务使穷态极妍,不肯直率。"
② 刘永济:《十四朝文学要略》,黑龙江人民出版社,1984年,第161页。
③ 刘师培:《中国中古文学史讲义》,上海古籍出版社,2006年,第87页。
④ 刘师培:《中国中古文学史讲义》,上海古籍出版社,2006年,第86页。

家。辞采声律的运用与真情实感的表达在庾信的作品中得到了完美的统一,如《拟咏怀》中的第十八首:"寻思万户侯,中夜忽然愁。琴声遍屋里,书卷满床头。虽言梦蝴蝶,定自非庄周。残月如初月,新秋似旧秋。露泣连珠下,萤飘碎火流。乐天乃知命,何时能不忧?"经过人生的剧烈变故,庾信无法做到像庄子那样达观,悲哀如同无处不在的月色,人生如同漂泊不定的流萤。这首诗最能代表庾信后期的情怀,而且意象玲珑剔透,音韵和谐优美。

总之,声律的规范化是文学发展的必然趋势,这反映了南朝以来对文学形式美的自觉追求,对唐代以后诗歌的发展影响深远。范文澜指出:"四声之分,既已大明,用以调声,自必有术。八病苛细固不可尽拘,而齐梁以后,虽在中才,凡有制作,大率声律协和,文音清婉,辞气流靡,罕有挂碍,不可谓非推明四声之功。……夫大匠诲人,必以规矩,神而化之,存乎其人,何得坚拒声律之术,使人冥索,得之于偶然乎。且齐梁以下,若唐人之诗,宋人之词,元明人之曲,旁及律赋四六,孰不依循声律,构成新制,徒以迂见之流,不暸文章贵乎新变,笑八病为妄作,摈齐梁而不谈,岂知沈约之前,声律方兴而莫阻,沈约之后,觑理剖析而弥精哉。文学通变不穷,声律实其关键,世人由之而不自觉,其识又非钟记室之比矣。"①可以说,如果没有声律说的出现和对形式美的追求,就不会有唐代以后的近体诗。

第二节　理想境界与审美感受的初步自觉

六朝诗歌所描写的景物经历了一个由概括抽象到生动具体,由清丽雅致到声色大开的过程。尽管总体上仍以写实为主,但已具有了理想化的色彩,隐含着诗人的审美感受和情感体验。与汉赋那种全景式的描绘相比,无疑是一个质的飞跃。如嵇康的"息徒兰圃,秣马华山。流磻平皋,垂纶长川。目送归鸿,手挥五弦"(《赠秀才入军》),不仅仅是写景,也是诗人理想人格的写照。左思的"白雪停阴冈,丹葩曜阳林。石泉漱琼瑶,纤鳞或浮沉。非必丝与竹,山水有清音"(《招隐诗》),在充满生机的自然美景中蕴含着诗人对隐逸生活的向往之情。

自西晋末年的永嘉之变以来,经历了长期战乱的中原士族,在南渡之后来到了山明水秀的江南,门阀政治的确立和庄园经济的发展为士族的特权地位提供了有力的保障。他们不仅在生活上安定下来,心灵上也趋于平静,

---

① 范文澜:《文心雕龙注》卷七《声律》篇注,人民文学出版社,1958年,第556页。

可以从容地进行清谈吟咏、品赏山水,庄子的人生理想在他们那里已经变成了现实。隐逸之风(朝隐)也随之盛行起来,谢万作《八贤论》,其旨以处者为优,出者为劣。而孙绰则认为,体玄识远者,出处同归(《世说新语·文学篇》注引),这一观点在当时颇有影响。正是在这个前提之下,起源于中朝的清淡之风在东晋时期盛极一时,玄言诗的兴盛正是这一风气的产物。而玄风的盛行反过来又推动了人们探究自然的兴趣,进一步提高了山水景物的地位。当然,在研味玄理的风气之下,人们把大自然首先看作“道”的载体,对自然美景的欣赏主要是着眼于它在精神上的超越,“嘉会欣时游,豁尔畅心神”(王肃之《兰亭诗》),自然还只是作为陶冶心灵、体玄悟道的手段。在这种风气下,我们还看不到对山水自然细致入微的描写。如王羲之的《兰亭诗》:

> 三春启群品,寄畅在所因。仰望碧天际,俯瞰绿水滨。寥良无厓观,寓目理自陈。大矣造化功,万殊莫不均。群籁虽参差,适我无非亲。

“寄畅在所因”表明诗人面对着眼前的美景,似乎欲借此来畅叙心中之情思,但是他又无意将这些景色加以具体描绘,“仰望碧天际,俯瞰绿水滨”是全诗仅有的写景之句,但十分笼统,毫无特色,我们无法从中感受到诗人对大自然的那种新鲜活泼的心灵体验,因为作者真正的兴趣并不在大自然丰富多彩的声色之美上,而在于从现象背后所悟到的某种“理”,即“大矣造化功,万殊莫不均”,至于群籁如何“参差”,倒是无关紧要的。可见,这种领悟不过是一种抽象的、理性的超越,人与自然在精神上还缺少真正的情感交流,为了所悟之理,不惜舍弃对山水胜境的具体描绘,仍然带有比较明显的体玄悟道的倾向。因而他们对构成大自然的种种生动具体的景象(如阴晴明暗的色彩搭配、远近高低的空间布置以及冬去春来的季节更替等)不可能有真正的关注①。

　　而谢灵运则彻底地改变了这一切。在《游名山志》中,他把对山水的热爱看作是“性分之所适”,即本性使然,如同衣食是“人生之所资”一样,这种

---

① 宗白华在《论〈世说新语〉和晋人的美》一文中认为:“‘群籁虽参差,适我无非亲’两句尤能写出晋人以新鲜活泼自由自在的心灵领悟这世界,使触着的一切呈露新的灵魂、新的生命。于是‘寓目理自陈’,这理不是机械的陈腐的理,乃是活泼泼的宇宙生机中所含至深的理。”(《美学散步》,上海人民出版社,1981年,第217页)按:笔者以为,仅凭该诗中两句笼统空泛的写景,是看不出来的。“新的灵魂”和“新的生命”必须通过生动具体的景物描写才能使人体会到,兰亭诗人在这方面显然还没有达到应有的水平,仅仅是个起点。只有在谢灵运的笔下,才能称得起这一评价。

爱好甚至超越了对名利的追求,"君子有爱物之情,有救物之能,横流之弊,非才不治。故时有屈己以济彼,岂以名利之场贤于清旷之域邪?"这就使他能够忘我地投入到自然的怀抱,山川美景成为他澄澈、宁静的内心世界的写照。于是,东晋士人以体悟玄理为目的的山水品赏变成了真正意义上的情感交流,"适我无非新"的哲学精神与新鲜活泼的自然山水融为一体。因此,谢灵运笔下的景物往往是人格化的,例如:

> 白云抱幽石,绿筿媚清涟。(《过始宁墅》)
> 林壑敛暝色,云霞收夕霏。(《石壁精舍还湖中作》)
> 白芷竞新苕,绿苹齐初叶。(《登上戍石鼓山》)
> 海鸥戏春岸,天鸡弄和风。(《于南山往北山经湖中瞻眺》)

　　这些诗句以极其精练的语言表现了诗人面对自然景物时所特有的感受。在诗人眼中,宇宙万物充满了蓬勃的生机,可谓是遇境成趣,这是"艺术家以心灵映射万象,代山川而立言,他所表现的是主观的生命情调与客观的自然景象交融互渗,成就一个鸢飞鱼跃、活泼玲珑,渊然而深的灵境"①。诗人是以一种审美的眼光面对宇宙万物,山水也因此成为独立的审美对象。谢灵运是以记游的方式来写景状物的,他不遗余力地描绘山水的形貌声色之美,观察描写的范围和细致的程度都是前所未有的,"大必笼天海,细不遗草树"(白居易《读谢灵运诗》),甚至是"寓目辄书",正反映出谢灵运的山水诗非常注重直观印象的表达。但同时由于缺少必要的选择和提炼,虽有丰富的情感体验,难免"以繁芜为累",往往有句而无篇。

　　谢朓的山水诗摆脱了大谢诗歌冗长繁芜的弊病,以清丽自然的语言展示了大自然丰富多彩的生机与活力,描写细腻,观察敏锐,有些篇章已经构成了相对比较完整的意境,如《暂使下都夜发新林至京邑赠西府同僚》一诗:

> 大江流日夜,客心悲未央。徒念关山近,终知返路长。秋河曙耿耿,寒渚夜苍苍。引领见京室,宫雉正相望。金波丽鳷鹊,玉绳低建章。驱车鼎门外,思见昭丘阳。驰晖不可接,何况隔两乡?风云有鸟路,江汉限无梁。常恐鹰隼击,时菊委严霜。寄言罻罗者?寥廓已高翔。

这首诗的开头两句最为有名,诗人以浩瀚奔流的长江来表现自己绵延起伏

---

① 宗白华:《中国艺术意境之诞生》,《美学散步》,上海人民出版社,1981年,第70页。

的愁绪,并以此笼罩全篇,给人以笔力浑厚、气象阔大的感受,明人胡应麟以为这两句诗的气象颇似盛唐(《诗薮》外编)。以下内容分别围绕着京邑和西府(荆州)两地展开,在对景物的描写中表现出诗人亦喜亦悲的复杂矛盾的心情。又如《晚登三山还望京邑》一诗:

> 灞涘望长安,河阳视京县。白日丽飞甍,参差皆可见。馀霞散成绮,澄江静如练。喧鸟覆春洲,杂英满芳甸。去矣方滞淫,怀哉罢欢宴。佳期怅何许,泪下如流霰。有情知望乡,谁能鬒不变?

这是诗人赴任宣城太守即将离开京城登山回望时所作,诗人首先借前人怀念京城的诗句将自己的伤感隐含其中。"白日丽飞甍"以下六句写景,其中的"馀霞散成绮,澄江静如练"两句,描写傍晚时分大江上绚丽迷人的景象,极为传神:诗人仰望天空,看到美丽的晚霞铺展开去,犹如一幅美丽的锦缎;俯视大江,清澈的江水静静流淌,宛若一条银光闪烁的白绢。这两个比喻不仅描绘出了晚霞和大江的绚丽迷人,还使人产生一种平静柔和之感,在这种景色的慰抚下,诗人的心情也变得平静下来。景象虽美,却转瞬即逝,已暗示惜别之意。"去矣方滞淫"以下几句正面抒情,点明题意。由于有了前面的写景,使作者的游宦怀乡之情显得真切自然。

谢朓笔下的景物具有一种清新明丽之美,这种美其实隐含着诗人的审美情趣和特殊心境。罗宗强认为,与大谢相比,谢朓诗歌在意象的创造上,"带着更多的心象的性质。他带着自己的明净潇散的而且充满灵秀的气质,去感知和欣赏景物,把景物提纯了,提纯得与他的心绪一致起来,他把自己融入物色中,他自己就是大自然的生命,他要表现的,是自己的心境,又是自然的物色"①。这就使他的诗歌更加接近唐人的诗风。尽管如此,从总体上看,谢朓主要还是以一种写实的手法来描绘自然,如"鱼戏新荷动,鸟散馀花落"(《游东田》)、"日华川上动,风光草际浮"(《和徐都曹》)以及"红药当阶翻,苍苔依砌上"(《直中书省》)等诗句,在描写上细致入微,反映了诗人平和恬静的心态。不过由于南朝以来文艺发展日趋世俗化,人们普遍缺乏更高的审美理想和精神追求,因而这类诗句最多也只是相当于王国维所说的那种"无我之境"。与唐人的诗歌相比,仍有质实与空灵之别(参见下文)。

此外,与谢朓同时的范云也是永明体的重要诗人,其诗风格清丽婉转,被钟嵘称作"如流风回雪"。其《之零陵郡次新亭》一诗云:"江干远树浮,天

---

① 罗宗强:《魏晋南北朝文学思想史》,中华书局,1996年,第224页。

末孤烟起。江天自如合,烟树还相似。沧流未可源,高飘去何已。"诗人从江天一色、烟树迷蒙的苍茫江景,兴起江流浩渺无际、人如一叶孤舟的身世之感。这首诗景中寓情,虽然只有短短的几句,却令人回味无穷。齐梁以后的诗人在写景状物上越发细致工巧,但大都是应制之作,缺乏真情实感,在情景交融方面达到圆熟的作品数量不多,只有何逊、阴铿等人的一些抒情小诗例外。如何逊在《临行与故游夜别》一诗中写道:"夜雨滴空阶,晓灯暗离室。"诗人听了一夜滴在空阶上的雨声,看着室内的灯光逐渐地暗淡下去。这两句在写景的同时,也表现了他与友人临别之际,促膝长谈,彻夜不眠的情景。明人陆时雍称何逊诗"其探景每入幽微,语气悠柔,读之殊不尽缠绵之致",又说,"何之难摹,难其韵也"(《诗镜总论》)。又如庾肩吾的《咏长信宫中草》:"委翠似知节,含芳如有情。全由履迹少,欲上阶生。"观察描写细腻动人,用拟人的手法写小草,表现宫女的幽怨之情。但除此以外,并无太多深意(庾肩吾是文学侍从,其诗大部分都是奉和之作,所以内容单薄)。

与上述诸人不同的是,陶渊明的诗歌则体现出一种新的人格精神。他诗中的景物都是极为平常的,不像谢灵运那样精心刻画,但却极富情趣,如:

> 平畴交远风,良苗亦怀新。(《癸卯岁始春怀古田舍》其一)
> 蔼蔼堂前林,中夏贮清阴。(《和郭主簿》其一)
> 芳菊开林耀,青松冠岩列。(《和郭主簿》其二)
> 微雨从东来,好风与之俱。(《读山海经》其一)
> 日暮天无云,春风扇微和。(《拟古》其七)

这些描写亦景亦情,人与自然的界限完全被打破了,这也就是陈寅恪所说的"惟求融合精神于运化之中,即与大自然为一体"的"新自然说"①。宋人张戒在《岁寒堂诗话》中说:

> 渊明"狗吠深巷中,鸡鸣桑树巅",本以言郊居闲适之趣,非以咏田园。而后人咏田园之句,虽极其工巧,终莫能及。

当然,这并不是说谢灵运、谢朓等人的山水诗中没有诗人的主体精神,

---

① 陈寅恪:《陶渊明之思想与清谈之关系》,《金明馆丛稿初编》,上海古籍出版社,1980 年,第 205 页。

而是说他们在精神与自然的融合方面还没有达到完全自觉的程度,如谢朓在宣城太守任上曾写过很多登高临远的诗句(见本书第四章第二节)。以《高斋视事》一诗为例:

> 馀雪映青山,寒雾开白日。暖暖江村见,离离海树出。披衣就清盥,凭轩方秉笔。列俎归单味,连驾止容膝。空为大国忧。纷诡谅非一。安得扫蓬径,销吾愁与疾。

这首诗的开头四句写景,后八句由"视事"引出厌倦官场、向往归隐的情怀。清旷淡远的景色与萧散落寞的情感形成对比。面对着许多佳肴美味("列俎"),和成片的高大房屋("连驾"),都引不起诗人的兴趣,因为他的需求是很低的。由此可见,作者的情绪消沉,精神萎靡,这与他所面对的清旷之景很难完全统一起来,景物描写与全篇主旨还处在若即若离的状态。

只有在陶渊明的诗中,情与景的融合才真正成为自觉的、有意识的行为。而随着这种"新自然说"的确立,他创造出了一种新的审美理想境界,对唐代以后的山水田园诗人产生了深远的影响。陶渊明生活在东晋,其思想同样受到玄学的影响,他的"新自然说"与郭象哲学有内在的联系。如《饮酒》(其五)的开头四句:

> 结庐在人境,而无车马喧。问君何能尔?心远地自偏。

这几句表明诗人虽处人境,而能有超越之精神境界,"人境"与"心远"可谓内外相即,这有点类似于郭象"游外以弘内"的说法。郭象还说:"所谓尘垢之外,非伏于山林也","夫游外者依内,离人者合俗"(《庄子·大宗师》注),可见两者是有相通之处的。但陶渊明不是直接表达,而是把这种玄理与现实生活的真切体验融合在一起。因此他无意于模山范水,而是重在精神境界的表现。他所描写的大都是寻常所见的自然景物,如青松、秋菊、孤云、飞鸟等,但它们却被赋予了一种不同寻常的意义,是他人格精神的象征。陶渊明把精神超越同世俗生活紧密地结合在一起,使庄子的思想具有了实践的意义。叶嘉莹认为,陶渊明是真正达到了"自我实现"境界的诗人①,而这个境界正是通过田园生活中的人事景物传达出来的。

值得注意的是,由于陶渊明着重表现的是他的理想境界,所以他笔下的

---

① 叶嘉莹:《汉魏六朝诗讲录》,河北教育出版社,1997年,第475页。

景物情事并不完全是写实的,而是带有想象的成分和理想化的色彩,只不过
这种理想化是以一种平易、自然的方式表现出来的,让人不易察觉而已。如
《归去来兮辞》前面的序最后标明是作于"乙巳岁十一月",但从正文所描写
的内容来看,却是春天的景象("农人告余以春及,将有事于西畴。或命巾
车,或棹孤舟。既窈窕以寻壑,亦崎岖而经丘。木欣欣以向荣,泉涓涓而始
流"),可见这种描写只是作者的想象,并非实写,钱锺书把它称为一种"心
先历历想而如身正——经"的写法①。又如《归园田居》(其一)中所描写的
田园生活:

> 方宅十馀亩,草屋八九间。榆柳荫后檐,桃李罗堂前。暧暧远人
> 村,依依墟里烟。狗吠深巷中,鸡鸣桑树颠。户庭无尘杂,虚室有馀闲。
> 久在樊笼里,复得返自然。

一切都是那么理想,那么美好,这不是很像他所描写的世外桃源的景象
吗! 其实在现实生活中未必如此(从陶渊明其他的诗里可以得到证明)。另
外,"虚室有馀闲"一句中的"虚室"也未必实指居室的虚空闲静。《庄子·
人间世》说:"瞻彼阕者,虚室生白,吉祥止止。"陆德明《经典释文》引司马彪
语:"室比喻心,心能空虚,则纯白独生也。"因此,这一句虽然表面上是写居
室,实际上又何尝不是表现作者的心境呢。诗人这样写,就是有意要营造出
一种平淡、悠远、闲适、恬静的氛围,以此作为污浊官场("樊笼")的对立面。
此外,他在《饮酒》(其五)中写道:

> 采菊东篱下,悠然见南山。山气日夕佳,飞鸟相与还。

诗人通过南山、飞鸟等一系列意象来体现"自然的伟大、圆满与充实"②,使
人感到只有这里才是理想的精神家园,才能找到人生归宿,也只有在这里才
能真正体验到生命的意义和价值。正因为如此,所以后人才会有"每观其
文,想其人德"(钟嵘语)的感慨。由此可以看出,境界问题首先在于一个人
的精神修养和思想觉悟,以及他对现实人生的态度。有博大的情怀和超脱
的胸襟,才能充分感受到宇宙万物的美好与真情,才能深刻领悟到人生的意
义和价值。

---

① 钱锺书:《管锥编》第四册,中华书局,1979 年,第 1226 页。
② 章培恒、骆玉明:《中国文学史》(上),复旦大学出版社,1996 年,第 360 页。

正因为陶渊明的精神境界以崇尚自然为核心,所以他笔下的山水田园大都是悠然旷远、平和闲适的景象,是他人生理想的组成部分。也正因为如此,所以他不去刻意雕琢,或者精心安排,而是以浩然胸次,任其自然流出,具有一种平易、自然、淳厚之美,从而在中国诗歌史上开创了一种新的艺术境界。

特别值得一提的是,这种境界的创造在陶渊明那里完全是一种自觉的有意识的行为,这对唐代以后的诗人无疑提供了很好的借鉴。朱光潜说:"中国诗人歌咏自然的风气由陶、谢开始,后来王、孟、储、韦诸家加以发挥光大,遂至几无诗不状物写景。但是写来写去,自然诗终让渊明独步。许多自然诗人的毛病在只知雕绘声色,装点的作用多,表现的作用少,原因在于缺乏物我的混化与情趣的流注。自然景物在渊明诗中向来不是一种点缀或陪衬,而是在情趣的戏剧中扮演极生动的角色,稍露面目,便见出作者的整个的人格,这分别的原因也在渊明有较深厚的人格的涵养,较丰富的精神生活。"①但是由于整个六朝时期普遍的风气是追求辞采声律、排偶用典,而陶渊明的诗因"世叹其质直"(钟嵘语)而成为时代风气之外的人物,没有得到应有的重视(主要是被当作一个品行高洁的隐士来看待)。

可见,艺术境界的实现有待于创作主体人格修养的完善和精神境界的提升。陶渊明归隐田园并不是放弃了自己的理想,而是因为在"真风告逝,大伪斯兴"(《感士不遇赋》)的现实社会中无法得到。因此,他的归隐在某种意义上正是对理想的一种坚持,"秋菊有佳色,裛露掇其英。泛此忘忧物,远我遗世情"(《饮酒》其七),"青松在东园,众草没其姿。凝霜殄异类,卓然见高枝"(《饮酒》其八)。尽管他的行为并不被世俗所理解,但他始终未曾放弃过,甚至在他落到饥寒交迫、穷困潦倒的地步时也是如此。他在《怨诗楚调示庞主簿邓治中》一诗中写道:"夏日长抱饥,寒夜无被眠。造夕思鸡鸣,及晨愿乌迁。"其处境之窘困可想而知。然而,接着笔锋一转,"在己何怨天,离忧凄目前。吁嗟身后名,于我如浮云。慷慨独悲歌,钟期信为贤",诗人并没有因为眼前的处境而怨天尤人。可见,陶渊明有着更高的理想境界,而且他是把这种理想建立在对现实生活真切的感受和体验之上的,并不在意别人怎么评价。苏轼曾说:"渊明欲仕则仕,不以求之为嫌;欲隐则隐,不以去之为高。饥则扣门而乞食,饱则鸡黍以迎客。古今贤之,贵其真也。"(《苕溪渔隐丛话》前集卷三引)这就使他的诗具有了更高的境界,许学夷指出:"晋宋间谢灵运辈,纵情丘壑,动逾旬朔,人相尚以为高,乃其心则未尝无

---

① 朱光潜:《诗论》,上海古籍出版社,2001 年,第 207—208 页。

累者。惟陶靖节超然物表,遇境成趣,不必泉石是娱、烟霞是托耳。其诗……皆遇境成趣,趣境两忘,岂尝有所择哉!"(《诗源辨体》卷六)而南朝以来很多咏物诗、宫体诗,其琐屑的描写、庸俗的趣味,毫无格调可言,当然更与境界无缘。

第三节　玄言诗"以理遣情"的创作风尚

六朝是一个思想解放、个体意识觉醒的时代,特别是魏晋时期,清谈之风盛行,通过清谈,人们可以驰骋才华,较量智慧,追求思辨的魅力,享受语言的快乐。玄言诗的兴起与清谈之风盛行有很大的关系,它不同于传统的诗学观念,即通过比兴寄托来实现诗歌的教化功能(如汉代的《毛诗序》)。玄言诗关注的是形而上的精神问题,追求的是对现实的超越,对生命意义的终极关怀,这正是东晋那个时代的社会风气和思想文化特点。玄言诗的意义在于它表达了对理想人格、自然性情等精神问题的关注,体现出不同于传统价值观念的人生追求,是当时玄学名士襟怀高远的表现。所以王钟陵认为:"玄言诗乃是一种广义的文化活动,在这种文化活动中,东晋玄言诗人的着眼点乃在于追求获致一种逍遥自得的精神状态。"①玄言诗虽然以阐发玄理为主,但是这些玄理并不抽象,与现实人生仍然有比较密切的关系。从现存的玄言诗来看,大部分作品都是围绕着人生哲理而展开的。像孙绰的《秋日》诗向来被视为玄言诗的代表:

> 萧瑟仲秋月,飙唳风云高。山居感时变,远客兴长谣。疏林积凉风,虚岫结凝霄。湛露洒庭林,密叶辞荣条。抚菌悲先落,攀松羡后凋。垂纶在林野,交情远市朝。淡然古怀心,濠上岂伊遥。

诗人由萧瑟的秋日之景引发了逍遥淡远的人生怀抱,其中所表现的时光流逝、生命短暂的主题一直都是传统诗歌里反复出现的。与此诗内容相近的玄言诗还有很多,如"仰想虚舟说,俯叹世上宾。朝荣虽云乐,夕弊理自因"(庾蕴《兰亭诗》),"合散固其常,修短定无始。造新不暂停,一往不再起。于今为神奇,信宿同尘滓。谁能无此慨,散之在推理。言立同不朽,河清非

---

① 王钟陵:《玄言诗研究》,《中国社会科学》1988 年第 5 期。

所俟"(王羲之《兰亭诗》),等等。①

　　玄言诗的作者都是当时的高门士族(如王羲之、谢安等),他们在政治上享有特权,没有仕隐出处的困扰,但他们仍然无法摆脱现实中人生苦短的感伤。在《兰亭集序》一文中,王羲之面对"崇山峻岭,茂林修竹"的美景,"仰观宇宙之大,俯察品类之盛",在"游目骋怀"、"极视听之娱"的同时,感受到的不仅仅是一时的欣喜,更多的是"情随事迁"的无奈和人生苦短的感慨:

　　　　向之所欣,俯仰之间,已为陈迹,犹不能不以之兴怀。况修短随化,终期于尽。古人云:"死生亦大矣。"岂不痛哉!每览昔人兴感之由,若合一契,未尝不临文嗟悼,不能喻之于怀。固知一死生为虚诞,齐彭殇为妄作。后之视今,亦犹今之视昔,悲夫!

可见,玄言诗人并非没有情感体验,但是他们能从这种痛苦的体验中超脱出来,冷静地认识到"一死生为虚诞,齐彭殇为妄作。后之视今,亦犹今视昔"(《兰亭集序》),这就把个人的体验扩大到整个人类,个人的情感体验也在古往今来的人事变迁中得以化解,并获得了一种永恒的意义。显然,这是一种经过玄学思想洗礼过后的人生情感,它体现的是一种客观理性的态度和超越自我的精神。玄言诗人在感叹造化之功的同时("大矣造化功,万殊莫不均"),认识到人与万物都是大自然的一部分,只要能够顺应自然,在逍遥适意中体会到心灵与自然冥合无间的快乐,那么,短暂的人生也就具有了某种永恒的意义了,这就是谢安所说的"万殊混一理,安复觉彭殇"(《兰亭诗》)。由此看来,玄言诗人深受玄学思想方法的影响,"略于具体事物而究心抽象原理"②,努力追求精神上的解脱和逍遥。与此同时,他们也感叹世人的执迷不悟,纠缠于世俗的利害得失,因而不能在良辰美景中获得逍遥适意的快乐,"有心未能悟,适足缠利害。未若任所遇,逍遥良辰会"(王羲之《兰亭诗》)。玄言诗人在究心抽象原理的同时,也并未忽视自然山水的感性之美,因为这有助于他们更好地去体会宇宙万物之理。清人王夫之说:"以追光蹑景之笔,写通天尽人之怀,是诗家正法眼藏。"③这种"通天尽人之怀"也正是六朝诗学所追求的理想境界。

　　"以理遣情"的创作风尚与魏晋玄学中关于圣人有情与无情的讨论有

---

①　参见归青:《"淡乎寡味"吗?——玄言诗风行百年原因试析》,《中州学刊》1998年第3期。
②　汤用彤:《魏晋玄学论稿》,上海古籍出版社,2001年,第24页。
③　王夫之:《古诗评选》卷四,阮籍《咏怀》评语,河北大学出版社,2008年,第192页。

关。何晏在《论语集解》中认为："凡人任情,喜怒违理。"主张"圣人无喜怒哀乐"(《三国志·钟会传》注引何劭《王弼传》)。王弼不同意何晏的观点,认为:"圣人茂于人者神明也,同于人者五情也。神明茂,故能体冲和以通无;五情同,故不能无哀乐以应物。今以其无累,便谓不复应物,失之多矣。"(同上)

从表面上,何晏与王弼在圣人有情无情的问题上存在着分歧,但究其实质,两者在圣人不为情物所累这一点上并没有差别,只不过王弼在肯定圣人"以情从理"的同时,更强调性情中自然性的一面,从而使其观点更加辩证和周密。郭象承王弼等人之说,对此做了进一步发挥。他在《庄子·至乐》注中说:"斯皆先示有情,然后寻至理以遣之。若云我本无情,故能无忧,则夫有情者,遂自绝于远旷之域,而迷困于忧乐之竟矣。"在郭象看来,"先示有情,然后寻至理以遣之"乃是圣人解悬济困之方。王弼、郭象的"圣人有情"说影响很大,这就使魏晋士人在重情的同时,又推崇和向往那些能够忘情之人。

据《世说新语·言语》记载:晋人顾和带着他的外孙张玄之和孙子顾敷到寺中,"见佛般泥洹像,弟子有泣者,有不泣者。和以问二孙。玄谓:'被亲故泣,不被亲故不泣。'敷曰:'不然,当由忘情故不泣,不能忘情故泣。'"张玄之和顾敷虽然都"少而聪惠",但顾敷的回答显然更胜一筹,所以顾和"常谓顾胜,亲重偏至"。由此也可以看出,"忘情"的思想已深入人心。东晋诗人许询有两句诗:"亹亹玄思得,濯濯情累除。"(《农里诗》)正是诗人涤除情累之后的写照。陆机在《演连珠》中也说:"虚己应物,必究千变之容;挟情适事,不观万殊之妙。"此外,像阮籍和嵇康,虽然他们在行为方式和文学创作上流露出比较明显的感情色彩,但在理论上又是主张冲淡平和的,如阮籍在《乐论》中反对"以哀为乐",主张音乐的最高境界是"使人精神平和,衰气不入,天地交泰,远物来集"。嵇康在《声无哀乐论》中则提出了"声音以平和为体,而感物无常"的观点,在《养生论》中推崇"爱憎不栖于情,忧喜不留于意,泊然无感而体气和平"的人格境界。阮籍和嵇康的这种主张也影响到文学创作,从而形成了一个"以理遣情"的风尚。象阮籍的《咏怀诗》中就有不少玄理的成分,如"鸾鷖时栖宿,性命有自然"(其二十六),"穷达自有常,得失又何求"(其二十八),"自然有成理,生死道无常"(其五十三),"贵贱在天命,穷达自有时"(其五十六)等,这些内容往往与现实社会中的人生体验分不开,反映了作者对于人生价值取向的深刻思考。

从现实的政治状况来看,西晋是一个短命的王朝。司马氏集团打着名教的旗号,通过阴谋篡权和杀戮异己夺取了政权,致使名士集团与统治政权之间形成了无法弥补的对立,多数士人不以忠节为念,也造成了"政失准的"

和"士无特操"的尴尬局面①，因此自建立之初就隐含着乱亡的征兆，对于这一点很多人都有预感。如《晋书·何曾传》记载："初，曾侍武帝宴，退而告遵等曰：'国家应天受禅，创业垂统。吾每宴见，未尝闻经国远图，惟说平生常事，非贻厥孙谋之兆也。及身而已，后嗣其殆乎！此子孙之忧也。汝等犹可获没。'指诸孙曰：'此等必遇乱亡也。'"《晋书·张华传》载："惠帝中，人有得鸟毛长丈，以示华。华见，惨然曰：'此谓海凫毛也，出则天下乱。'"又载雷焕之语云："本朝将乱，张公当受其祸。"《晋书·忠义传》记载："（索）靖有先识远量，知天下将乱，指洛阳宫门铜驼，叹曰：'会见汝在荆棘中耳！'"可见，西晋士人对即将到来的政治动乱普遍都有所预感。

西晋以来的诗歌中有相当一部分作品表现出对天道自然、祸福兴衰的关注，与此不无关系。从张华的《杂诗》三首到陆机的《梁甫吟》、《折杨柳行》等，都是从季节的变化推移联想到社会人事的盛衰崇替之理。如张华《杂诗》（其一）："晷度随天运，四时互相承。东壁正昏中，涸阴寒节升。繁霜降当夕，悲风中夜兴。朱火青无光，兰膏坐自凝。重衾无暖气，挟纩如怀冰。伏枕终遥昔，寤言莫予应。永思虑崇替，慨然独抚膺。"这些诗虽然都有立象尽意、以理遣情的倾向，但还是能够使人体会到其中强烈深沉的感情因素。王夫之在评论陆机《赠潘尼》一诗时曾说："诗入理语惟西晋人为剧。理亦非能为西晋人累，彼自累耳。诗源情，理源性，斯二者岂分辕反驾哉？不因自得，则花鸟禽鱼累情尤甚，不徒理也。取之广远，会之清至，出之修洁，理顾不在花鸟禽鱼上邪？"②王夫之特别强调情与理的密切关系，二者并非彼此对立。也就是说，无论诗人怎样以理遣情，只要这种理是出于"自得"，那么，诗中之理就不是多余的东西，如果运用得当，它也可以和那些以抒情为目的的花鸟禽鱼一样具有某种感染力。

总之，以理语入诗和以理遣情的风尚与魏晋以来的思想文化和社会政治密切相关，也是中国传统的宇宙自然观念在诗歌创作中的体现，并非是玄言诗的专利。所以，即使是东晋的玄言诗也不都是枯燥乏味的玄学语录，其中有相当一部分作品隐含着诗人对宇宙自然和现实人生的感悟。除了上文提到的孙绰、王羲之的作品外，还有像湛方生的《秋夜》一诗："悲九秋之为节，物凋悴而无荣。岭颓鲜而殒绿，木倾柯而落英。履代谢以惆怅，睹摇落而兴情。信皋壤而感人，乐未毕而哀生。……凡有生而必凋，情何感而不伤。苟灵符之未虚，孰兹恋之可忘。何天悬之难释，思假畅之冥方。拂尘衿

---

①　参见罗宗强：《玄学与魏晋士人心态》，天津教育出版社，2005年，第133—146页。

②　王夫之：《古诗评选》卷二，陆机《赠潘尼》评语，河北大学出版社，2008年，第101页。

于玄风,散近滞于老庄。揽逍遥之宏维,总齐物之大纲。同天地于一指,等太山于毫芒。万虑一时顿渫,情累豁焉都忘。物我泯然而同体,岂复寿夭于彭殇。"这首诗由"悲九秋之为节,物凋悴而无荣"的景象发端,引出"凡有生而必凋,情何感而不伤"的感慨,接着转入对这种感慨的反思,"苟灵符之未虚,孰兹恋之可忘。何天悬之难释,思假畅之冥方",而一旦"拂尘衿于玄风,散近滞于老庄",则"万虑一时顿渫,情累豁焉都忘。物我泯然而同体,岂复寿夭于彭殇"。整首诗明显地体现了诗人以理遣情的过程。

以理遣情的目的是为了体悟玄理,对于玄言诗人来说,如何实现由情到理的转化,完全属于个人的内心体验,而且越是心灵敏锐细致的人,这种体验就越是难以被他人理解和分享。如谢灵运山水诗中常有体悟玄理的内容,如"虑淡物自轻,意惬理无违"、"感往虑有复,理来情无存"等,在悟理的同时也常有不能与他人共赏的遗憾。他在《登石门最高顶》一诗的最后说:

> 居常以待终,处顺故安排。惜无同怀客,共登青云梯。

元代方回在《文选颜鲍谢诗评》中指出:"灵运思夫共赏者,而不可得,则以独赏为憾。此尾句之意也,亦篇篇致意于斯。"对于玄言诗人来说,只要能够体悟玄理,用什么方式表达其实并不重要,即使在谢灵运的山水诗中,写景和说理也常常是分开的,何况这种精微深邃的体验和感悟也很难诉诸形象,体悟之后所获得的精神上的满足也不容易表现出明显的感情色彩,所以玄言诗大都"理过其辞,淡乎寡味"(钟嵘《诗品序》)。

正因为如此,所以我们在玄言诗中已经看不到汉魏以来诗歌中对人生短暂等有关生命问题的感伤和焦虑,而是变成了一种顺情适性、委运任化的人生态度。陶渊明在诗中说:"甚念伤吾生,正宜委运去。纵浪大化中,不喜亦不惧。"(《形影神·神释》)这种委运任化的人生态度不但可以慰藉心灵,而且具有了安身立命的终极意义。陶渊明深受玄学思想的浸染,又能把他对人生的理性思考与现实生活的真切体验结合在一起,山水田园不仅是审美的对象,也是主体精神的象征。由于陶渊明的诗重在精神境界的传达,所以他笔下的景物都是寻常所见,但又使人感到异常亲切,例如:

> 方宅十馀亩,草屋八九间。榆柳荫后檐,桃李罗堂前。(《归园田居》)
> 采菊东篱下,悠然见南山。山气日夕佳,飞鸟相与还。(《饮酒》)

　　蔼蔼堂前林，中夏贮清阴。凯风因时来，回飙开我襟。(《和郭主簿》)

　　孟夏草木长，绕屋树扶疏。众鸟欣有托，吾亦爱吾庐。(《读山海经》)

　　这些诗句中的意象都贯注着诗人的情感和宇宙间的生气，"隐然万物有各得其所之妙"(刘履《选诗补注》卷五)。它启示人们，只有这样的家园才是理想的精神家园，这样的生活才是最圆满自足的生活，也只有在这里才能找到人生的归宿。所以当代学者叶嘉莹认为，陶渊明是真正达到了"自我实现"境界的诗人①。陈寅恪则将陶渊明的这种精神境界和自然观念称为"新自然说"，即一方面崇尚自然精神，不与当权者合作，另一方面又不像阮籍、刘伶之辈佯狂任诞或养生求仙，而是"惟求融合精神于运化之中，即与大自然为一体"②。也就是从现实的人生中寻找乐趣，不期望来世的幸福，以达观的态度看待生死。这种委运任化、乐天知命的人生态度，儒道并重，乃至玄释兼容的思想观念，标志着六朝诗学精神的成熟。

　　玄学本是超世的哲学，它重视的是作为主体的人在宇宙万物中的存在意义，而相对轻视那些世俗的荣辱毁誉和成败得失。玄言诗深受玄学思想方法的影响，重在表现一种超越世俗的理想人格和精神境界。

　　首先，玄言诗人把庄子的人生理想从一种纯哲理的境界变成了富于现实意义的审美境界。他们在面对自然景物时采用一种仰观俯察的方式，"俯仰自得，游心太玄"嵇康《赠秀才入军》，以此来营造一种超脱空灵的诗境。在兰亭诗人的同题作品中，运用这种方式来描写自然景物的例子有很多，如"莺语吟修竹，游鳞戏澜涛"(孙绰)，"翔禽抚翰游，腾鳞跃清泠"(谢万)，"松竹挺岩崖，幽涧激清流"(王玄之)，"鲜葩映林薄，游鳞戏清渠"(王彬之)，"游羽扇霄，鳞跃清池"(王羲之)等，这些诗句在内容和结构上基本相同，即前句为仰观，后句为俯察，所见之物往往以鱼鸟为主，俯仰之间呈现出一种逍遥自得的情趣。这种观照体物的方式也反映了人与大自然之间的亲和关系，正如王羲之《兰亭诗序》所云："仰观宇宙之大，俯察品类之盛，所以游目骋怀，足以极视听之娱，信可乐也。"

　　其次，玄言诗又受当时品题之风的影响，注重表现人物的精神和气度之

————————

① 叶嘉莹：《汉魏六朝诗讲录》，河北教育出版社，1997年，第475页。

② 陈寅恪：《陶渊明之思想与清谈之关系》，《金明馆丛稿初编》，上海古籍出版社，1980年，第205页。

美,且常以体物拟人之语入诗,表达对理想人格的赞美和向往。如王胡之《答谢安诗》前两章:

> 荆山天峙,壁立万丈。兰薄晖崖,琼林激响。哲人秀举,和璧夜朗。凌霄矫翰,希风清往。
> 矫翰伊何,羽仪鲜洁。清往伊何,自然挺彻。易达外畅,聪鉴内察。思乐寒松,披条映雪。

诗中的"荆山"、"和璧"、"寒松"等语都是人物品评中常见的意象。如《世说新语·赏誉》记载:"王公目太尉:'岩岩清峙,壁立千仞。'"在王导看来,太尉(王衍)给人一种高峻而难以逾越的感觉,这两句赞誉与王胡之诗中的"荆山天峙,壁立万丈"两句意思相近,都是用来表现谢安清朗俊逸的人格之美。王胡之《答谢安诗》第三章又云:"妙感无假,率应自然。我虽异韵,及尔同玄。"可见,他对谢安的品题也隐含着诗人的精神追求。谢安在《与王胡之诗》中也以山林、美酒、啸歌、鸣琴来表现自己萧散自得的隐居生活:"朝乐良日,啸歌丘林。夕玩望舒,入室鸣琴。五弦清激,南风披襟。醇醪淬虑,微言洗心。幽畅者谁,在我赏音。"

此外,玄言诗还包含着对历史与现实、宇宙与人生的深刻反思和体悟。如孙绰《答许询诗》云:"峩峩高门,鬼阚其庭。弈弈华轮,路险则倾。前辀摧轴,后鸾振铃。将坠竞奔,悔在临颈。达人悟始,外身遗荣。"诗人感叹世道险恶,世人追名逐利,到头来却丧了身家性命,所以只有做到"外身遗荣"才是保全自我的最好方法。又如王羲之《兰亭诗》:"悠悠大象运,轮转无停际。陶化非吾因,去来非吾制。宗统竟安在,即顺理自泰。有心未能悟,适足缠利害。未若任所遇,逍遥良辰会。"宇宙万物运行不息,一切都无法改变,而人类在宇宙面前则显得微不足道,于是诗人认识到惟有顺应自然才是正理。可惜世人执迷不悟,不能舍弃利害。与其追名逐利,不如遗落世事,随遇而安。"即顺理自泰"、"逍遥良辰会"正是诗人从中获得的体悟。这种达观的人生态度淡化了汉魏以来士人的"忧生之嗟",从而使人格精神得到提升,最终达到"心凭浮云,气齐浩然"(孙绰《赠谢安诗》)的精神境界。

玄言诗的代表诗人是孙绰和许询,二人在当时齐名。许询的诗今存只有若干残句,简文帝(司马昱)称赞许询的五言诗"妙绝时人"(《世说新语·文学》)。孙绰在《答许询诗》中也称赞许询的赠诗不但"韵灵旨清",而且"粲如挥锦,琅若叩琼"。当然,若就文学才能来说,许询本在孙绰之下,但许询的人品在当时有很高的声望,其"高情远致"连孙绰也不得不"服膺"。

《世说新语·品藻》记载:"支道林问孙兴公:'君何如许掾?'孙曰:'高情远致,弟子早已服膺;一吟一咏,许将北面。'"又云:"孙兴公、许玄度皆一时名流。或重许高情,则鄙孙秽行;或爱孙才藻,而无取于许。"刘孝标注引宋明帝《文章志》曰:"绰博涉经史,与许询俱有负俗之谈。询卒不降志,而绰婴绋世务焉。"所以简文帝对许询诗的称赞很可能主要是针对其人品而言的。

玄言诗虽然最终为山水诗所取代,但它所张扬的那种超越世俗的、审美化的人格理想和精神境界丰富了中国文学的审美内涵,也提升了诗歌的审美品格,对山水诗和田园诗产生了深远的影响。我们在陶渊明、谢灵运乃至王维、孟浩然等人的山水田园诗中可以看到,这种超脱世俗的人格理想也是诗人所要表现的一个重要主题,从而形成了一种被苏轼称为"寄至味于淡泊"、"似淡而实美"的风格(类似于中国画中的南宗画派)。葛晓音认为:"从晋宋到唐代,典型的山水诗都能显示出诗人超脱、从容、宁静、闲雅的风度。这种品味高雅的士大夫气,便是中国山水诗的神韵所在。"[①]

总之,玄言诗的得失不在于说理与否,关键在于是否有"理趣"。刘熙载曾说:"陶、谢用理语而各有胜境。钟嵘《诗品》称'孙绰、桓、庾诸公诗,皆平典似道德论'。此由乏理趣耳,夫岂尚理之过哉!"(《艺概》卷二)。而玄理与山水的结合开拓了诗歌的艺术境界,唐人的山水诗一般不涉理语,但却能把哲理之思融入山水景物之中。如王维的《辛夷坞》:"木末芙蓉花,山中发红萼。涧户寂无人,纷纷开且落。"以辛夷的花开花落来表现佛教的色空观念。又如杜甫《登高》一诗中的"无边落木萧萧下,不尽长江滚滚来"两句,实际上也并非单纯的写景,而是揭示了个体生命的短暂和宇宙自然的永恒之间的矛盾。它表现了一种典型的悲剧意识,同时也暗示了摆脱困境的出路,即个体只有融入天道,才能得到超越,进而获得永恒的意义和价值。清人沈德潜反对以理语入诗,但却肯定诗歌贵有理趣,他曾提到杜甫诗"江山如有待,花柳更无私"、"水深鱼极乐,林茂鸟知归"、"水流心不竞,云在意俱迟",认为这些诗句"俱入理趣"(《说诗晬语》卷下)。

第四节　山水诗中体物与缘情的结合

晋宋以来,随着山水诗的兴起,"文贵形似"成为一种创作风尚。刘勰在《文心雕龙·物色》中说:"自近代以来,文贵形似。窥情风景之上,钻貌草

---

① 葛晓音:《东晋玄学自然观向山水审美观的转化》,《中国社会科学》1992年第1期。

木之中;吟咏所发,志惟深远;体物为妙,功在密附。故巧言切状,如印之印泥;不加雕削,而曲写毫芥。故能瞻言而见貌,即字而知时也。"从玄言诗发展到山水诗,标志着诗歌创作从议论说理转向体物缘情,这是诗学观念的一个重大转变。

从玄言到山水的转变,首先与玄学重视自然的观念有关。玄学的自然观提倡"以玄对山水",认为山水最适合人的自然本性,它可以使人的精神境界得到提升,从而实现对人生的超越和解脱。所以东晋以来的玄学名士都重视对山水的品赏,并以此作为一个人审美修养的重要表现,否则就有损于名士风度。而郭象关于"独化"、"自性"的学说,第一次从理论上确立了个体事物存在的独立价值,"物各顺性则足,足则无求"(《庄子·列御寇》注),"苟足于其性,则虽大鹏无以自贵于小鸟,小鸟无羡于天池,而荣愿有馀矣。故小大虽殊,逍遥一也"(《逍遥游》注),这就促使人们重视事物本身的感性存在。

其次,佛教中的"像教"理论和重神观念也推动了山水审美观的形成。东晋的高僧慧远在《万佛影铭序》中曾说:"神道无方,触像而寄。"慧远的弟子宗炳则把这种形神观念推广到自然山水中,"夫五岳四渎,谓无灵也,则未可断矣;若许其神,则岳唯积土之多,渎为积水而矣!得一之灵,何生水土之粗哉。而感托岩流,肃成一体,设使山崩川竭,必不与水土俱亡矣"(《明佛论》)。在《画山水序》中,他进一步指出:

> 圣人含道应物,贤者澄怀味象。至于山水,质有而趣灵。……夫圣人以神法道而贤者通,山水以形媚道而仁者乐,不亦几乎!

钟炳认为,山水乃是"质有"与"趣灵"的统一,而这"趣灵"又是与"道"相通的,人们之所以欣赏山水之美,是因为"山水以形媚道"。一个"媚"字,揭示了山水诗与玄言诗的根本区别,山水开始具有了哲学与美学的双重意义,这实际上就为人们对自然山水进行"以形写形,以色貌色"的艺术表现提供了理论依据。所以他在《画山水序》中又接着说:"是以观画图者,徒患类之不巧,不以制小而累其似;此自然之势。如是,则嵩华之秀,玄牝之灵,皆可得之于一图矣。"说的就是山水可以入画的原因。

可见,如果把山水仅仅看成是体玄悟道的载体,那么山水只是一种抽象的客体,难以成为真正意义上的审美对象。像玄言诗为了表达玄理的需要,也不乏对山水的描写,如王羲之的《兰亭诗》:

　　　　三春启群品,寄畅在所因。仰望碧天际,俯瞰绿水滨。寥朗无厓
观,寓目理自陈。大矣造化功,万殊莫不均。群籁虽参差,适我无非新。

诗中的"寄畅在所因"一句表明诗人面对着眼前的美景,似乎欲借此来畅叙
心中之情思。但是他又无意将这些景物加以具体描绘,"仰望碧天际,俯瞰
绿水滨"两句是全诗仅有的写景之句,但十分笼统,毫无特色,我们无法从中
感受到诗人对大自然的那种新鲜活泼的心灵体验,因为诗人真正的兴趣并
不在大自然丰富多彩的声色之美上,而在于他从现象背后所悟之理,即"大
矣造化功,万殊莫不均",至于群籁如何"参差",倒显得无关紧要。可见,这
种领悟不过是一种抽象的、理性的超越,人与自然在精神上还缺少真正的情
感交流,为了所悟之理,不惜舍弃对山水胜境的具体描绘,以理遣情的特点
仍然是很明显的。

　　宗白华在《论〈世说新语〉和晋人的美》一文中认为:"'群籁虽参差,适
我无非亲'两句尤能写出晋人以新鲜活泼自由自在的心灵领悟这世界,使触
着的一切呈露新的灵魂、新的生命。于是'寓目理自陈',这理不是机械的陈
腐的理,乃是活泼泼的宇宙生机中所含至深的理。"①此外,湛方生的《帆入
南湖》:"彭蠡纪三江,庐岳主众阜。白沙净川路,青松蔚岩首。此水何时流?
此山何时有? 人运互推迁,兹器独长久。悠悠宇宙中,古今迭先后。"诗人将
人事代谢和宇宙自然加以对比,从观赏山水中悟出了人运推迁、古今先后的
哲理,给人一种深沉悠远的历史感。唐代诗人张若虚《春江花月夜》中的
"江畔何人初见月? 江月何年初照人? 人生代代无穷已,江月年年只相似"
几句虽然更富于朝气,充满积极向上的活力,但后者对宇宙人生的宏大追问
正是受了前者启发而来。

　　总之,玄言诗人的贡献在于,"使早期山水诗从独立之始便确定了中国
山水诗的审美理想,即以清朗澄澈、明净空灵为最高境界"②。当然,玄言诗
中的山水描写还是比较笼统空泛的,宗白华所谓的"新的灵魂"和"新的生
命"只有通过生动具体的描写才能使人充分地领悟到,而这一时期的山水诗
显然还没有达到应有的水平。只有在谢灵运的笔下,山水景物才蔚为大观,
山水诗从此成为一种独立的诗体。

　　平心而论,谢灵运的山水诗仍然没有完全摆脱玄言的成分,像"持操岂
独古,无闷征在今"(《登池上楼》)、"未若长疏散,万事恒抱朴"(《过白岸

---

①　宗白华:《美学散步》,上海人民出版社,1981 年,第 217 页。
②　葛晓音:《东晋玄学自然观向山水审美观的转化》,《中国社会科学》1992 年第 1 期。

亭》）、"虑淡物自轻,意惬理无违"（《石壁精舍还湖中作》）等的句子在他的诗中随处可见。但谢灵运对自然山水的态度已经不同于玄言诗人,在《游名山志》中,他把对山水的热爱看作是"性分之所适",即本性使然,如同衣食是"人生之所资"一样。这种爱好甚至超越了对名利的追求,"君子有爱物之情,有救物之能,横流之弊,非才不治。故时有屈己以济彼,岂以名利之场贤于清旷之域邪?"这种态度就使他能够忘我地投入到自然的怀抱,山川美景成为他澄彻、宁静的内心世界的写照。于是,东晋诗人以体悟玄理为目的的山水品赏变成了真正意义上的情感交流,"适我无非新"的哲学精神与新鲜活泼的自然山水融为一体。因此,谢灵运笔下的景物往往是人格化的,如"白云抱幽石,绿筱媚清涟"（《过始宁墅》）,"林壑敛暝色,云霞收夕霏"（《石壁精舍还湖中作》）,"白芷竞新苕,绿苹齐初叶"（《登上戍石鼓山》）,"海鸥戏春岸,天鸡弄和风"（《于南山往北山经湖中瞻眺》）,等等,这些诗句以极其精练的语言表现了诗人面对自然景物时所特有的感受,具有很强的主观色彩。这就使人与自然的关系真正成为一种审美化的心灵体验,山水在他的笔下也因此成为独立的审美对象。

山水成为独立的审美对象,也就意味着对自然美的发现,正如宗白华所说:"晋人向外发现了自然,向内发现了自己的深情。"①不过,需要说明的是,所谓"发现自然",是与人的审美意识密切相关的,山水景物只有与人在情感上有了交流,在心灵上产生共鸣,才能称得上发现。应该说,是晋人首先发现了自己的深情,并对大自然一往情深,然后才有了对自然美的发现。

在谢灵运的山水诗中,人与自然的关系已经有了这种情感和心灵上的交流与共鸣,正如谢灵运诗中所云:"景夕群物清,对玩皆可喜。"（《初往新安至桐庐口》）他在《登池上楼》中有"池塘生春草,园柳变鸣禽"两句,写他大病初愈,开窗所见,发现春天已在不知不觉中悄然来临。"池塘"、"春草"、"园柳"、"鸣禽",都是寻常景物,但诗人却从中感受到了一种清新的气息,一种生命的活力,仿佛鸣禽都有了一种异于往日的歌唱。谢灵运称自称"此语有神助,非吾语也"（钟嵘《诗品》评谢惠连诗引）。的确,"眼处心生句自神"（元好问《论诗绝句》）,正因为诗人的情思意蕴是从景物中自然生发的,因而他的山水诗具有了玄言诗无可比拟的艺术魅力。

当然,谢灵运往往以记游的方式和探奇揽胜的心理去观照山水,并从中体悟玄理,这也使他的山水诗辞采富丽,体物精工,非常注重直观印象的表

---

① 宗白华:《美学散步》,上海人民出版社,1981 年,第 215 页。

达,有丰富的情感体验,钟嵘称他是"兴多才博,寓目辄书"(《诗品》)。但由于缺少必要的选择和提炼,难免"以繁芜为累",在用词造句上刻意求新、求巧的痕迹非常明显,往往有句无篇,带有情景割裂、雕削诡巧的弊病。

谢朓的山水诗在情与景的结合方面显得更加成熟,已经超越了"模山范水"的阶段,以清丽自然的语言表达了更加丰富的审美感受。谢朓笔下的景物具有一种清新明丽之美,这种美隐含着诗人的审美情趣和特殊心境。罗宗强认为,与大谢相比,谢朓诗歌在意象的创造上,"带着更多的心象的性质。他带着自己的明净潇散的而且充满灵秀的气质,去感知和欣赏景物,把景物提纯了,提纯得与他的心绪一致起来,他把自己融入物色中,他自己就是大自然的生命,他要表现的,是自己的心境,又是自然的物色。"①这就使他的诗歌呈现出一种境界之美,已经接近唐人的诗风。如《暂使下都夜发新林至京邑赠西府同僚》一诗开头两句:"大江流日夜,客心悲未央。"以浩瀚的长江表现自己绵延起伏的愁绪,并笼罩全篇,笔力浑厚,气象阔大,明人胡应麟认为这两句颇有盛唐诗歌的气象(《诗薮》外编)。以下内容分别围绕京邑和西府两地展开,表现出诗人亦喜亦悲的复杂矛盾的心情。又如《晚登三山还望京邑》是作者出为宣城太守途中所作。其中"馀霞散成绮,澄江静如练。喧鸟覆春洲,杂英满芳甸"四句,描写傍晚时分大江上绚丽迷人的景象。但景象虽美,却转瞬即逝,已暗示惜别之意。"去矣方滞淫"以下几句正面抒情,点明题意。由于有了前面的写景,使作者的游宦怀乡之情显得真切自然。

山水诗发展到谢朓,写景抒情的范围进一步扩大,不像谢灵运那样常常借游览山水来发泄感慨和牢骚,所表现的情感也更加丰富多样:郊外漫游的欢欣愉悦(《游东田》、《和徐都曹出亭渚》)、赴任途中的羁旅愁思(《晚登三山还望京邑》、《之宣城郡出新林浦向板桥》)、官署任上的凄清孤寂(《宣城郡内登望》),等等,无不借助山水景物得以表现出来。情与景的结合更加浑融自然,如"天际识归舟,云中辨江树"(《之宣城郡出新林浦向板桥》),既是写景,也是抒情,"隐然一含情凝眺之人,呼之欲出。从此写景,乃为活景"②。清人沈德潜在《古诗源》中评论说:"玄晖灵心秀口,每诵名句,渊然泠然,觉笔墨之中,笔墨之外,别有一段深情妙理。"

谢朓所处的齐梁之际是六朝文学发展的一个转折时期,文学自觉的意

---

① 罗宗强:《魏晋南北朝文学思想史》,中华书局,1996年,第224页。
② 王夫之:《古诗评选》卷五,谢朓《之宣城郡出新林浦向板桥》评语,河北大学出版社,2008年,第275页。

识更加明确,人们已经完全摆脱了传统政教观念的束缚,更加注重文学的抒情性质,对文学本质特征的认识已趋于成熟。在运用诗歌艺术写景状物、抒情写意方面也更加灵活自如,在诗体革新、题材开拓等方面对唐诗产生了深远的影响。

第五节　宫体诗的创作心态与艺术经验

继山水诗之后又出现了咏物诗和宫体诗,诗歌题材进一步扩大。但是,南朝的咏物诗以体物形似为工,并无多少深刻的寓意,而宫体诗可以说是咏物诗的进一步发展,所不同者只是描写对象发生了变化。宫体诗主要以女性的体态容貌、歌舞声色等为描写对象,这些诗多为宫廷文人的奉和游戏之作,缺乏建安诗人的真诚和理想,对于女性的态度及其美貌的描写往往出于贵族文人的敏感和轻艳。如萧纲的《美人晨妆》:"北窗向朝镜,锦帐复斜萦。娇羞不肯出,犹言妆未成。散黛随眉广,燕脂逐脸生。试将持出众,定得可怜名。"通篇都是以男性的眼光来描写女子晨妆的场面,表现美人的"娇羞"之态,特别是最后两句更是流露出诗人对女性的玩赏心理。此外,宫体诗人还常以轻佻的眼光描绘女性,如刘缓的《敬酬刘长史咏名士悦倾城》:

> 不信巫山女,不信洛川神。何关别有物,还是倾城人。经共陈王戏,曾与宋家邻。未嫁先名玉,来时本姓秦。粉光犹似面,朱色不胜唇。遥见疑花发,闻香知异春。钗长逐鬟发,袜小称腰身。夜夜言娇尽,日日态还新。工倾荀奉倩,能迷石季伦。上客徒留目,不见正横陈。

刘缓曾说:"不须名位,所须衣食;不用身后之誉,唯重目前知见。"(《南史·刘昭传》引)这种生活态度决定了他对女性的描写也是着眼于那些能带来感官愉悦的具体方面,连传说中巫山神女一类的形象也被他抛在一边,只专注于现实中的"倾城人",把是否取悦于男性作为评价女性的唯一标准,这种简单直观的审美观在当时很有代表性。在诗人看来,她们的美貌甚至可以让荀奉倩这类只看重女色的人也为之倾倒①。诗中所有的描写都带有一

---

① 荀粲,字奉倩,荀彧之子。《三国志·魏书·荀彧传》注引何劭《荀粲传》曰:"粲常以妇人者,才智不足论,自宜以色为主。骠骑将军曹洪女有美色,粲于是聘焉,容服帷帐甚丽,专房欢宴。"

种诱惑和挑逗的意味,目的就是为了能够得到"上客"的欣赏。而那些"上客"们欣赏的目光并不只是停留在女性的容貌、体态、举止和装束上,还设想着她们的内心深处可能有一种被占有的渴望。在这里,两性关系完全变成了肉欲和占有的关系。这首诗可以说是上层社会"名士悦倾城"之风的真实写照,在宫体诗中很有代表性。

正是由于这个原因,所以宫体诗一直遭到后人的诟病。在闻一多看来,宫体诗中"人人眼角里都是淫荡","人人心中怀着鬼胎","在一种伪装下的无耻中求满足"①,不仅堕落,而且变态。宫体诗虽然并没有多少直接的色情描写,但挑逗、暗示的意味还是很明显的,如"荡子无消息,朱唇徒自香"(萧纲《倡妇怨情》)、"上客徒留目,不见正横陈"(刘缓《敬酬刘长史咏名士悦倾城》)、"妾心君自解,挂玉且留冠"(刘孝绰《爱姬赠主人》)、"玉钗时可挂,罗襦讵难解"(王僧孺《咏宠姬》)、"幸愿同枕席,为君横自陈"(张率《清凉》),等等,这些诗句即使以今天的眼光来看,其开放的程度也是很大胆的,这就在客观上为宫体诗中某些庸俗、低劣的描写起到了推波助澜的作用,所以自唐代以来,宫体诗一直遭到后人的批判,"其意浅而繁,其文匿而彩,词尚轻险,情多哀思"(《隋书·文学传序》),反映了六朝诗学精神走向世俗平庸的一面,这与南朝士族阶层纵欲享乐的风气是有很大关系的。

另外,南朝开国君臣大多是以军功起家的将领,文化品位不高,礼教观念淡薄,时局的动荡与身份的大起大落,使得他们对人生无常的感受甚于常人,因而及时行乐的想法异常强烈,鱼弘做官时常对人说:"我为郡有四尽:水中鱼鳖尽,山中獐鹿尽,田中米谷尽,村里人庶尽。丈夫生如轻尘栖弱草,白驹之过隙。人生但欢乐,富贵在何时!"(《南史·鱼弘传》)因此,他们更容易接受市井文化的影响,吴声西曲中那些表现男女之情的内容恰好迎合了统治者的趣味。上有所好,下必随焉,于是"递相放习,朝野纷纷"(《隋书·经籍志》),宫体诗创作形成风气。总之,"南朝皇族放荡的生活和冲破礼教追求感官刺激的心理,当是宫体诗产生的直接原因"②。

宫体诗人的创作心态也决定了他们的理论主张和审美趣味完全不同于传统的诗学观念。首先,是把审美与道德区别开来,大胆地把女性和艳情作为描写的对象,表现了一种清醒和自觉的审美追求,但却没有传统诗歌中的道德内涵或政治寓意。从理论上说,宫体诗的倡导者萧纲在他的《与湘东王书》、《答张缵谢示集书》等文中充分肯定了诗歌是"吟咏情性"和"寓目写

---

① 闻一多:《宫体诗的自赎》,《唐诗杂论》,中华书局,2009 年,第 10 页。
② 詹福瑞:《南朝诗歌思潮》,河北大学出版社,2005 年,第 167 页。

心"的产物,但他所说的"情"只是个体之情,与政教无关,所谓"情无所治,志无所求,不怀伤而忽恨,无惊猜而自愁。玩飞花之入户,看斜晖之度寮。虽复玉觞浮椀,赵瑟含娇,未足以祛斯耿耿,息此长谣"(《序愁赋》)。可见,这种情感具有明显的玩赏娱乐的性质。

其次,宫体诗在创作上特别重视日常生活中的感官体验。萧纲曾说:"若为诗,则多须见意,或古或今,或雅或俗,皆须寓目,详其去取。然后丽辞方吐,逸韵乃生。"(《劝医论》)这可能是受了佛经对欲色异相描写的影响,但是佛经的这种描写是为了破除人们对色欲的执著,通过以毒攻毒、以欲破欲的方式,使人大彻大悟。而宫体诗人在南朝奢靡之风的影响下,是不可能完全拒绝安逸享乐的世俗生活。由于宫体诗主要以描写女性和艳情为内容,所以这种描写反而更容易导致对生理快感和占有欲的表现,而精神上的体验则较为缺乏。

总之,宫体诗是一种富于创造性的诗歌,是继永明体之后文学观念的又一次新变,它的主题涵盖了贵族生活的方方面面,并不限于女性和艳情。当然,由于生活和思想的贫乏,诗人所追求的主要是细致入微的感官描写,以及声韵格律和隶事对偶等的进一步完善。

客观地说,在当时的社会风气下,宫体诗中所表现的两性心理基本上是正常的,除了玩赏男宠的《娈童诗》有性变态的倾向外,大都没有越过伦理道德的底线。所以萧纲在《答新渝侯和诗书》中把萧暎的那些欣赏和描绘女子体貌神情的宫体诗都看作是"性情卓绝,新致英奇"的作品。与以往描写女性的作品相比,宫体诗从异性的眼光去描绘女性之美,突出的是女性本身的性感特征,尽管这种描写只是一种感官上的愉悦,具有诱惑和暗示的意味,但也使女性的美显得更加立体和丰满。从宫体诗对后世的影响来看,初唐的宫廷诗坛仍然延续了南朝轻艳丽靡的风气,而且唐代许多诗人如李白、李商隐的诗也都有这类诗风的痕迹。如李白有一首《宫中行乐词》:"玉树春归日,金宫乐事多。后庭朝未入,轻辇夜相过。笑出花间语,娇来竹下歌。莫教明月去,留著醉嫦娥。"诗中所描写的内容和用语都明显受了陈后主《玉树后庭花》的影响。可见,宫体诗在内容和形式上为后人提供了比较成熟的创作经验,除了声韵格律、隶事对偶等方面的影响之外,还有三点值得注意:

一是在写景状物方面细致入微,富有情趣。宫体诗人的生活视野虽然不够开阔,缺乏深刻的思想内涵,"小智师心,转成纤仄"(纪昀语),但他们对审美对象的感受能力的确大大超越了前代。如萧纲的《赋得入阶雨》:"细雨阶前入,洒砌复沾帷。渍花枝觉重,湿鸟羽飞迟。倘令斜日照,并欲似游丝。"其中"渍花"两句,以有形的"渍花"和"湿鸟"来表现细雨的无形,与杜甫的"晓看红湿处,花重锦官城"等诗句可以相媲美。又如庾肩吾的《咏长信宫中草》:"委翠似知节,含芳如有情。全由履迹少,并欲上阶生。"诗人用拟人的手法写小草,同时又借物喻人,表现宫女的幽怨之情,非常耐人寻味。宫体诗在女性形象的描绘上对唐诗的影响更大,如"鲜红同映水,轻香共逐吹"(刘缓《看美人摘蔷薇》)、"春花竞玉颜"(庾肩吾《南苑看人还》)、"江花玉面两相似"(萧纲《采莲曲》)、"妖姬脸似花含露"(陈叔宝《玉树后庭花》)等,这些诗句都是以花喻人,虽然艳丽,亦不失清新,使人很容易联想到李白的"一枝红艳露凝香"(《清平调》)、王昌龄的"芙蓉向脸两边开"(《采莲曲》)以及崔护的"人面桃花相映红"(《游城南》)等名句。庾信晚期的诗歌虽然超出了宫体诗的范围,但他的许多描写技法,实际上仍有赖于他早期所擅长的感官摹拟。闻一多将宫体诗发展至中唐的过程视为宫体自赎的过程,"姑不论他对宫体诗的评价如何,其自赎过程的叙述,正显示了唐诗对宫体有价值内容的继承"[①]。

二是善于通过写景状物烘托人物的内心世界。宫体诗中有一类表现闺怨内容的作品,主人公往往是宫女或思妇。这类诗不是单纯的描摹女子的容貌体态,而是侧重表现主人公的孤寂、失意或悲怨等种种复杂细腻的情思。如萧纲的《秋闺夜思》:"非关长信别,讵是良人征?九重忽不见,万恨满心生。夕门掩鱼钥,宵床悲画屏。迴月临窗度,吟虫绕砌鸣。初霜陨细叶,秋风驱乱萤。故妆犹累日,新衣襞未成。欲知妾不寐,城外捣衣声。"其中"迴月临窗度"四句用传统的比兴手法来衬托主人公感情上的失意。又如何逊的《铜雀妓》:"秋风木叶落,萧瑟管弦清。望陵歌对酒,向帐舞空城。寂寂檐宇旷,飘飘帷幔轻。曲终相顾起,日暮松柏声。"以秋风叶落、日暮松声的冷落和望陵对酒、人去城空的苍茫,使人感受到无比的凄怆和悲凉。这类描写对后来的宫词影响很大,中唐时期兴起的以宫廷生活为描写对象的宫词之所以能够大放异彩,一个重要的原因是在内容和形式上借鉴了南朝的宫体诗[②]。此外,这类诗不但具有较强的抒情意味,其中有一些还深入到对普通人性的关注,如萧纲有一首名为《和人爱妾换马》的诗:"功名幸多种,何事苦生离?谁言似白玉,定是愧青骊。必取匣中钏,回作饰金羁。真成恨不已,愿得路旁儿。"据李尤《独异志》记载:"魏曹璋性倜傥,偶逢骏马,爱之,其主所惜也。璋曰:'予有美妾可换,惟君所选。'马主因指一妓,璋遂换之。"以人换马,显然是对人格的践踏,萧纲此诗便是对这种违反人性行为

① 傅刚:《魏晋南北朝诗歌史论》,吉林教育出版社,1995 年,第 403 页。
② 参见孟二冬:《论齐梁诗风在中唐时期的复兴》,《文学遗产》1995 年第 2 期。

的批评,同时也对造成离别的功名进行了否定。

三是在观照对象的方式上,宫体诗特别善于表现那些转瞬即逝的片刻和鲜活动态的景象,在诗人的凝神专注中获得一种瞬间的永恒,从而反映了现象世界的短暂、多变和虚幻的本质。田晓菲在《烽火与流星》一书中用了一个"念"字来概括宫体诗的这个特点:"这个'念',既意味着时间上转瞬即逝的片刻,也意味着在这转瞬即逝的片刻所生发的心念。每一首宫体诗都是'一念'。它们常常成功地表现处于一个鲜活的瞬间的物象。瞬间被文字留住,凝固而又流动,因为文字远比图画更具有生动的时间性,更具有活力和动感。"①如萧纲的诗中常表现变幻的光影、氤氲的香气等,"夕波照孤月,山枝敛夜烟"(《经琵琶峡》)、"去烛犹文水,馀香尚满舟"(《夜遣内人还后舟》)、"促阴横隐壁,长晖斜度窗"(《秋晚》),诗人着力表现的都是一种观照的瞬间。又如萧绎的《古意咏烛诗》:"花中烛,焰焰动帘风。不见来人影,回光持向空。"风吹帘动,烛火摇曳,持烛者以为有人进来,于是迅速转过身来,但是却寂无人影,烛光照亮了一片空虚,也使人意识到人生的虚幻。这也从一个侧面反映了佛教对宫体诗的影响。

此外,美国学者宇文所安在他的《微尘》一文中还以刘孝绰的《和咏歌人偏得日照》一诗为例,对宫体诗中所流露出的两种窥视癖作了区别:"一边是那种深入的、颇涉下流的偷看者,一边则是浮动的、只作短暂逗留的视线,游戏于感官的欲望,而不沉溺其中。"刘孝绰的原诗只有四句:

独明花里翠,偏光粉上津。屡将歌罢扇,回拂影中尘。

宇文所安并没有对宫体诗做简单地道德评判,因为这首诗里根本没有男女爱欲的表现,而是赞美了生命中的偶然。它所表现的艳情不过是对于事物富有声色之美的尽情投入,所以这种艳情是漂浮无根的,不过是幻象而已。②

由此看来,宫体诗人的这种观照方式也使他们能够超越生理感官的欲望,也体现了一种佛教的直觉思维方式,"佛教探讨人生和宇宙的真实本质,

---

① 田晓菲:《烽火与流星:萧梁王朝的文学与文化》,中华书局,2010年,第174页。另外,她在《剑桥中国文学史》上卷第三章的"宫体诗"部分中说:"一首典型的宫体诗是一个揭示和暴露的行为,因为诗人的凝视将藏在半明半暗中的事物带到我们眼前;同时,因为它集中于那些倏忽即逝的时刻,宫体诗完美地捕捉到了佛教所谓的现象世界的短暂、脆弱和最终的非现实性。"(孙康宜、宇文所安主编:《剑桥中国文学史》(上卷),三联书店,2013年,第300页)

② 宇文所安:《他山的石头记》,田晓菲译,江苏人民出版社,2003年,第297页。

追求人生的理想境界,最终是以体验式的直觉来实现的。"①谢灵运深受佛教的影响,在面对山水时曾有"研精静虑,贞观厥美"(《山居赋》)的体验。以萧纲为代表的宫体诗人大都笃信佛教,精通佛理,同样也以这种直觉观赏的态度描写对象,这就使他们能够以主客分离的方式和"无我"的心态,冷眼观照外物,从而细致入微地传达出对象内在的活跃的生命力,也使宫体诗具有了审美的意义。宗白华说:"静穆的观照和飞跃的生命构成艺术的两元。"②宫体诗的这种观照与描写方式尤其在女性的姿态形体上表现得最为充分,如"折花竞鲜彩,拭露染芳津"(王筠《五日望采拾》),"回身隐日扇,却步敛风裙"(萧子显《咏苑中游人》),"逐节工新舞,娇态似凌虚"(萧纲《咏舞诗》),"看妆畏水动,敛袖避风吹"(庾肩吾《咏美人看画》)等。可见,"宫体诗关注的是时间和空间上某个特定的点,因为它力求表现正在被观察中那一时刻的事物。这种诗歌也具有强烈的视觉性,此处'视觉性'指的不是图像或者意象,而是指看什么以及如何看的问题;这一诗歌的特征,是对物理世界的最微妙细节给予注意力高度集中的'观照'。"③

正因为如此,所以萧纲才会把那些描写"双鬟向光,风流已绝;九梁插花,步摇为古。高楼怀怨,结眉表色;长门下泣,破粉成痕"内容的诗称为"性情卓绝,新致英奇"(《答新渝侯和诗书》)。由于宫体诗大都是在社交娱乐活动中的往来唱和之作,宫体诗人也经常沉湎于这种歌舞声色的场景中,其内容自然避免不了流连光景的游戏成份,因而在对女性的描写上缺少像传统诗歌那样的道德内涵或政治寓意(如《离骚》以美人香草比喻贤人君子等),追求的只是语言、声韵等形式上的美感,这无疑是对传统诗学观念的一种挑战④。所以宫体诗一直受到后人猛烈的抨击:"其体以淫放为本,其词以轻险为宗"(《周书·王褒庾信传论》),"格以延陵之听,盖亦亡国之音乎"(《隋书·文学传序》)。唐代史官把南朝政治的失败归咎于文学,于是将宫体诗全盘否定,这显然是不可取的。宫体诗毕竟不是色情文学,即使在《玉树后庭花》这样的诗中也没有过于直露的描写,真正的宫体诗是把欲望隐藏在文字的背后,用精致的描写使之转化成为一种可供观照的艺术品,这也正是宫体诗独特的审美价值所在。

---

① 方立天:《中国佛教直觉思维的历史演变》,《哲学研究》2002 年第 1 期。
② 宗白华:《中国艺术意境之诞生》,《美学散步》,上海人民出版社,1981 年,第 76 页。
③ 孙康宜、宇文所安主编:《剑桥中国文学史》(上卷),三联书店,2013 年,第 300 页。
④ 参见吴伏生:《中国传统诗歌中的颓废现象——论萧纲的宫体诗》,《中国诗学》第七辑,人民文学出版社,2002 年,第 99—108 页。

第五章　模拟·言意·境界

——六朝诗学对诗歌艺术的探索

六朝诗学精神还体现在对诗歌艺术的探索上。本章主要涉及三个方面：一是拟古诗中的模拟与创新的关系，二是玄言诗中的言意问题，三是山水诗中审美境界的创造。模拟的目的不仅是为了学习和模仿，更主要的是追求形式和内容上的创新，而玄言诗对言意问题的重视则完全摆脱了形式的局限，使抒情与玄思并重，审美境界的创造则是在体制创新基础上的人格精神的升华。三者在诗歌艺术的探索上呈现出一种递进的关系。

第一节　拟古诗中的模拟与创新

一、模拟之风盛行的原因

明代胡应麟曾说："建安以还，人好拟古，自三百、十九、乐府、铙歌，靡不嗣述，几于汗牛充栋。"（《诗薮》外编卷一）六朝诗人模拟的对象首先是汉代的乐府诗和文人五言诗（如《古诗十九首》），以陆机的拟乐府诗和《拟古诗》十二首为代表；其次是那些自己所崇拜的对象或具有个人独特风格的作家作品，如谢灵运的《拟魏太子邺中集诗》八首、江淹的《杂体诗》三十首等。此外，齐梁以来还出现了许多模拟吴声西曲的艳情之作，由于统治者的倡导，这种风气在当时盛极一时。萧涤非指出："梁武以开国能文之主，雅好音乐，吟咏之士，云集殿庭，于是取前期民歌咀嚼之，消化之，或沿用旧曲以谱新词，或改旧曲而创新词，文人之作，遂盛极一时。"又说："至梁，一方因音乐力量，一方又因对民歌自身之爱好，模拟乃成为极普遍之现象。"[1]

六朝模拟之风的盛行首先反映了人们对文学才能的高度重视，是文学

---

① 萧涤非：《汉魏六朝乐朝文学史》，人民文学出版社，1984 年，第 243—244 页。

自觉的重要体现。中国文学的发展经历了先秦两汉以来长期的探索,至魏晋南北朝时期已经有了非常丰富的艺术积累,所以这种模拟是建立在对前人成功经验的学习和借鉴的基础之上。清人陈祚明说:"学者须先辨古人之体,一一参其性情声调,拟古成篇,亦自炼风格之一法也。"(《采菽堂古诗选》卷二十四)王瑶在《拟古与作伪》一文中亦云:"这本来是一种主要的学习属文的方法,正如我们现在的临帖学书一样"。①最典型的例子是江淹的《拟陶征君田居》一诗:"种苗在东皋,苗生满阡陌。虽有荷锄倦,浊酒聊自适。日暮巾柴车,路暗光已夕。归人望烟火,稚子候檐隙。问君亦何为,百年会有役。但愿桑麻成,蚕月得纺绩。素心正如此,开径望三益。"这首诗再现了陶渊明的田园生活和崇尚自然的志趣,因为拟得非常逼真,甚至被后人当作陶渊明的诗而收入陶集中。文人通过模拟还可以展示自身的才华,有挑战前贤的意味。所以当时对于模拟的风气多持肯定的态度,如陆机的《拟古诗》在当时评价很高,《文选》特列"杂拟"一体,收录了十二首,而江淹的《杂体诗》三十首则全部被《文选》收录。钟嵘在《诗品序》中则将谢灵运的《拟魏太子邺中集八首》和陆机的《拟古诗》与曹植、王粲、左思、鲍照等人的作品相提并论,称为"五言之警策","篇章之珠泽,文采之邓林"。

其次,这种模拟之风也反映了人们对抒情言志传统的重视。在南朝刘宋时期,出现了大量的拟古之作。有学者统计,这一时期现存的五百六十馀首诗中,标题上含有"代、拟、效、学"等字样,明确表明模仿前人作品的,约占总数的百分之二十②。但这种拟古并不是简单地复古,正如罗宗强所说:"拟古只是一种体裁的借用与模拟,而就其实质来说,乃是继承文学的抒情特质的发展脉络。自建安时期文学的抒情特质受到重视之后,中间曾因玄理化倾向的出现而未能继续发展,重新重视抒情特质,乃是对于玄理化的反拨。"③如代表了汉代文人五言诗最高成就的《古诗十九首》,因其"能言人同有之情",打动了无数的后人,所以拟作众多,成为一种风尚。除陆机之外,刘铄、谢惠连、鲍照、鲍令晖、沈约等人也都有相应的拟作。

就模拟的方式而言,六朝诗人的拟作有拟古和拟意之别。前者是全面的模拟,包括从内容到形式各个方面(如陆机的《拟古诗》);后者只是在某一方面如题材、主题、意象等进行模拟(如数量众多的文人拟乐府诗),还有一些拟作没有明确的模拟对象,只是在某些场景或句式上类似前人,所表达

①　王瑶:《中古文学史论》,北京大学出版社,1998 年,第 216 页。
②　谌东飙:《论刘宋诗坛的复古》,《求索》1992 年第 1 期。
③　罗宗强:《魏晋南北朝文学思想史》,中华书局,1996 年,第 200 页。

的情感也是个人的(如陶渊明的《拟古》九首、齐梁时期出现的大量以"古意"为题的诗作)。当然,具体到拟作本身,实际情况要复杂得多,多数拟作介于上述两者之间。六朝诗人对模拟的态度还有两个方面值得注意:

一是对前人学习和模仿的态度蕴涵着六朝兼容开放的诗学精神,是一种学习提高的途径,也是表现和检验自身才学的手段①。陆机在《文赋》中说:"余每观才士之所作,窃有以得其用心。夫其放言遣辞,良多变矣,妍蚩好恶,可得而言。每自属文,尤见其情。恒患意不称物,文不逮意。"又说:"练世情之常尤,识前修之所淑。虽浚发于巧心,或受蚩于拙目。"这是他对创作甘苦的体验与自白。由此看来,陆机创作拟古诗的目的正是为了揣摩前人为文之用心。江淹的拟诗有《杂体诗三十首》、《学魏文帝诗》、《郊阮公诗十五首》、《山中楚辞六首》等,占其现存诗歌的一半以上。他在《杂体诗三十首序》中说:

> 夫楚谣汉风,既非一骨;魏制晋造,固亦二体。譬犹蓝朱成彩,杂错之变无穷;宫角为音,靡曼之态不极。故蛾眉讵同貌,而俱动于魄;芳草宁共气,而皆悦于魂。不其然欤?至于世之诸贤,各滞所迷,莫不论甘而忌辛,好丹而非素,岂所谓通方广恕,好远兼爱者哉!……故玄黄经纬之辨,金碧浮沉之殊,仆以为亦各具美兼善而已。今作三十首诗,效其文体,虽不足品藻渊流,庶亦无乖商榷云尔。

江淹的《杂体诗》模拟了包括汉魏至晋宋以来各个时期重要的诗人共三十家。不仅模拟的对象众多,而且时间跨度很长,可以看作是对汉魏晋宋以来五言古诗发展的全面总结②。显然,江淹是以这种拟作的形式阐明了自己对前代作家不同风格流派的理解和推崇。与此同时,江淹批评世人"论甘而忌辛,好丹而非素"的狭隘观念,倡导"通方广恕,好远兼爱"的审美趣尚,具有一种兼容并包的广阔胸怀,这种态度与刘勰在《文心雕龙·知音》中提出的"无私于轻重,不偏于憎爱"的观点是一致的。此外,钟嵘在《诗品》中对许多重要的诗人往往采用追溯源流的批评方法,重视作家的创作成就及风格成因的探讨。如曹植"其源出于《国风》"、陆机"其源出于陈思"、谢灵运"其源出于陈思,杂有景阳之体"、江淹"诗体总杂,善于摹拟。筋力于王微,

---

① 参见于浴贤:《从拟古诗的繁荣看六朝诗学精神》,《东南学术》2007年第4期。
② 参见葛晓音:《江淹"杂拟诗"的辨体观念和诗史意义——兼论两晋南朝五言诗中的"拟古"和"古意"》,《晋阳学刊》2010年第4期。

成就于谢朓",等等。可见,模拟的风气对于作家个体的成长、艺术经验的积累具有重要的意义。

二是借拟古来咏怀,也就是依托古人来抒发个人的感慨,具有代言的性质。如谢灵运在《拟魏太子邺中集诗》八首总序中说:

> 建安末,余时在邺宫,朝游夕宴,究欢愉之极。天下良辰、美景、赏心、乐事,四者难并。今昆弟友朋二三诸彦,共尽之矣。古来此娱,书籍未见,何者?楚襄王时有宋玉、唐景;梁孝王时有邹、枚、严、马,游者美矣,而其主不文。汉武帝时徐、乐诸才,备应对之能,而雄猜多忌,岂获晤言之适?不诬方将,庶必贤于今日尔。岁月如流,零落将尽,撰文怀人,感往增怆。

这篇序文虽然是以魏太子曹丕的口吻写的,但最后的"岁月如流"几句实际上也代表了谢灵运本人拟作的动机。特别是文中对楚襄王、梁孝王以及汉武帝的批评亦有借古讽今的寓意。所以前人评论说:"序云:'其主不文。'又曰:'雄猜多忌。'使宋武帝、文帝见之,皆必切齿。盖'不文',明讥刘裕;'多忌',亦诛徐傅、谢檀者之所讳也。灵运坐诛,此序亦贾祸之一端也。"①另外,七首小序中也多寓有身世之感,如王粲"家本秦川,贵公子孙,遭乱流寓,自伤情多",应玚"汝颖之士,流离世故,颇有飘薄之叹",曹植则是"公子不及世事,但美邀游,然颇有忧生之嗟,"等等,这些内容大都与谢灵运本人的政治失意和忧愤不平的心境相契合。前人认为:"康乐隐情,尽在此诸序之中。"②这话是很有道理的。

二、模拟中的新变

拟作往往要受原作内容和形式上的限制,特别是那种追求与原作词句上一一对应的拟作更是如此,所以这类拟作难以体现作者自身的情感。陈祚明批评陆机的《拟古诗》"太平弱,无远情逸调可以振之"(《采菽堂古诗选》卷十)。清人潘德舆在《养一斋诗话》中则说江淹的《杂诗体》是"舍自己之性情,肖他人之笑貌,连篇累牍,夫何取哉"!但模拟并不是简单的模仿前人,很多拟作往往具有代言的性质,包含着拟作者自身的某种人生体验。即

---

① 黄节《谢康乐诗注》引方虚谷语,《黄节注汉魏六朝诗六种》,人民文学出版社,2008年,第682页。

② 黄节《谢康乐诗注》引吴伯其语,《黄节注汉魏六朝诗六种》,人民文学出版社,2008年,第685页。

使是最善于模拟的江淹,在《刘太尉伤乱》一诗中,也未能表现出刘琨决心恢复中原、百折不挠的顽强意志,与原作《重赠卢谌》一诗中凸显出来的刘琨形象颇有距离,而是透露出一种认命的无奈("功名惜未立,玄鬓已改素","时或苟有会,治乱惟冥数"),"江淹忘了自己在扮演刘琨,因而不自觉地表达出一己的感慨"①。

　　六朝诗人中,陆机是最擅长模拟的诗人之一,他的拟作包括乐府、古诗等各种题材和形式,在当时影响很大,但是后人却评价不高,如王夫之认为:"平原拟古,步趋如一。"②清人李重华也说,陆机拟作虽然"名重当时,余每病其呆板"(《贞一斋说诗》)。今人葛晓音认为:"这些诗作可能多少寄托着他在政治斗争中祸福难测的隐忧和出处行藏的矛盾,但因缺乏新鲜真切的感受,倒像是借前人的作品炫耀才藻,在前人现成的诗稿上再作涂泽,结果使诗里充斥的人生之叹、节物之感变成了陈词滥调。"③

　　不过,陆机的拟作也并非毫无可取之处,他的《拟古诗》十二首虽然意在追求与原诗之间的对应,甚至不惜亦步亦趋地追摹古人,但与原作相比,拟诗打破了原作"气象混沌,不可句摘"的整体美,力求妍练工巧,藻饰繁缛的特点非常明显,在风格上更加典雅华美,这正是陆机文才富赡的体现。像"零露弥天坠、惠叶凭林衰"、"照之有馀辉,揽之不盈手"一类诗句,不仅描写细致生动,而且情思婉转曲折,具有空灵之美。如果我们将其与原作相对照,可以发现,这几句很难说是在原诗的基础上"涂泽"而成的(如原诗中与"零露弥天坠,惠叶凭林衰"两句相对应的是"回风动地起,秋草萋以绿"),而是诗人的一种再创造。

　　所以模拟并不是单纯的逞才使气,而是为了提高创作水平,力求在前人的基础上踵事增华。事实上,陆机本人在《文赋》中既重视学习,也强调创新,"收百世之阙文,采千载之遗韵,谢朝华于已披,启夕秀于未振","虽杼轴于予怀,怵他人之我先。苟伤廉而愆义,亦虽爱而必捐"。显然,陆机很清楚真正的创作贵在新颖独创,所以反对因袭模拟。

　　与陆机的《拟古诗》相比,刘铄的《拟古诗》已不局限于词句上的踵事增华,如他的《拟〈行行重行行〉》:

　　　　眇眇陵长道,遥遥行远之。回车背京里,挥手从此辞。堂上流尘

---

①　程章灿:《三十个角色与一个演员——从〈杂体诗三十首〉看江淹的艺术"本色"》,《中山大学学报》2010 年第 1 期。

②　王夫之:《古诗评选》卷四,陆机《拟明月何皎皎》评语,河北大学出版社,2008 年,第 207 页。

③　葛晓音:《八代诗史》(修订本),中华书局,2007 年,第 93 页。

生,庭中绿草滋。寒螿翔水曲,秋兔依山基。芳年有华月,佳人无还期。日夕凉风起,对酒长相思。悲发江南调,忧委子衿诗。卧看明灯晦,坐见轻纨缁。泪容不可饰,幽镜难复治。愿垂薄暮景,照妾桑榆时。

这首诗并不追求与原诗的对应,但在关键处又能与原诗相合,其中的"寒螿翔水曲,秋兔依山基"两句与原诗中的"胡马依北风,越鸟巢南枝"异曲同工,皆取物犹恋旧之意。陆机在同题的拟作中也有"王鲔怀河岫,晨风郁北林"两句,与此意接近。但相比之下,原诗和刘铄的这两句意蕴更加深厚,吴淇在《六朝选诗定论》中说:"在原诗于'依北'之'马'上加一'代'字,'巢南'之'鸟'上加一'越'字,言其恋处乃生处也。于'依'、'巢'二字来得最有力,故能挑动下文'相去日以远'也。此诗于'翔水'之'螿'上加一'寒'字,'依山'之'兔'上加一'秋'字,言生处不可不恋,而又迫之以不得不恋之时也。于'翔'、'依'二字来得更有力,最能挑动下面'芳年有华月'也。若士衡止言'王鲔'云云,止得一意,故少减也。"①"日夕凉风起"以下几句以具体的景物衬托离别相思之情,"将一片幽思,写得黯黯惨惨"(同上),具有浓厚的抒情色彩。史载刘铄是宋文帝之子,"少好学,有文才,未弱冠,拟古三十馀首,时人以为亚迹陆机"(《南史》本传),他十五岁时为南豫州刺史,正值与北魏之间的连年战争,这对他拟作中所表现的征夫思妇的主题是有一定影响的,宋人严羽认为:"刘休玄《拟〈行行重行行〉》等篇,……仍是其自体耳。"(《沧浪诗话·诗评》)

当然,陆机、刘铄的拟诗所表达的情感仍然带有普遍性,并不完全是个人的感受,而陶渊明的拟诗则有所不同。他的《拟古》九首中虽然也有一些拟汉魏古诗的痕迹,如九首其一的开头两句"荣荣窗下兰,密密堂前柳"与《古诗十九首》中的"青青河畔草,郁郁园中柳"两句比较相似(都是以叠词开头,韵脚也相同),其五的"青松夹路生,白云宿檐端"则是化用了《古诗十九首》中的"白杨何萧萧,松柏夹广路"。此外,《杂诗》其七中的"家为逆旅舍,我如当去客"也与《古诗十九首》中的"人生天地间,忽如远行客"意思相近。但总的来看,所模拟的对象大都难以确指,这九首《拟古诗》实际上是借古诗的意象和情调来表现他自己在现实生活中的某种感触。如《荣荣窗下兰》:

　　荣荣窗下兰,密密堂前柳。初与君别时,不谓行当久。出门万里客,中道逢嘉友。未言心先醉,不在接杯酒。兰枯柳亦衰,遂令此言负。

---

① 吴淇:《六朝选诗定论》,汪俊、黄进德点校,广陵书社,2009年,第331页。

多谢诸少年,相知不忠厚。意气倾人命,离隔复何有。

这首诗并没有完全沿袭《古诗十九首》中离别相思的传统主题,而是设想在两人离别之后,有一方却违背了当初的誓言。诗人认为,真正意气相投的知己,是可以生死相许的,不会因为离别而改变,最后两句是这首诗的主旨所在。陶渊明的这九首《拟古》诗写于晋宋易代之际,他看到有很多人负心变节,所以期待一种真诚不变的情感。明人许学夷认为陶渊明与陆机的《拟古诗》名同而实异:"士衡拟古皆各有所拟;靖节拟古,何尝有所拟哉?"(《诗源辨体》)潘德舆在《养一斋诗话》中也说《文选》"杂拟"所录六十首,唯陶渊明一首"浑言拟古,故能自尽所怀"。

此外,鲍照对研习前人的作品也非常投入,有不少拟作,如《拟青青陵上柏》、《学刘公幹体》五首、《拟阮公夜中不能寐》、《学陶彭泽体》等,特别是他的乐府诗,在题目前大都冠以"拟"或"代"字(如《拟行路难》十八首等)。这些拟作已经成为他文学创作的一种形式,如他的《松柏篇》,据诗前小序可知,这是读前人作品(傅玄《龟鹤篇》)有感而拟,诗中充满了对生命终有竟日的感伤与无奈。至于他的《拟行路难》组诗,更是融入了他在门阀社会中怀才不遇、"才秀人微"的愤激之情。

模拟也包含了拟作者对前代作家独特的理解,如江淹的《杂体诗》三十首,由于每首诗只限于拟一位作家,这就要求他必须对每个作家的创作成就有比较准确的把握,所拟之作既能反映那个作家的身世和创作中最有代表性的内容,同时又能体现其最鲜明的风格特征①。而《左记室咏史》一诗则有所不同,该诗以左思《咏史》八首中的"济济京城内"一首为基础,并结合了其他几首诗的某些内容,"记录了左思由早期到晚年的心态变化,即由积极进取到感慨悲愤再到放达,情绪转换之意十分鲜明"②,这种拟作已经是一种再创造了(前人认为这首拟诗不像左思的风貌)。

模拟还是宫体诗人实现"新变"的手段,即通过对旧体的模拟和改造,来建立一种新的诗风。归青在《南朝宫体诗研究》一书中指出:"宫体诗中大约有一半数量的作品是采用乐府诗的体裁,这个现象本身就说明了乐府诗与宫体诗之间的关系。我们甚至可以这样说,宫体诗中的一部分是通过对乐府诗的模拟进入宫体的。"③但是,对于这些标榜"新变"的宫体诗人的作

---

① 参见曹道衡、沈玉成:《南北朝文学史》中关于《江淹的拟古诗》一节,人民文学出版社,1991年。

② 郭晨光:《江淹〈杂体诗三十首〉之杂拟手法探论》,《宁夏大学学报》2014年第3期。

③ 归青:《南朝宫体诗研究》,上海古籍出版社,2006年,第111页。

品,后人的评价是不高的。清人纪昀说:"齐梁间风气绮靡,转相神圣,文士所作,如出一手,故彦和以通变立论。然求新于俗尚之中,则小智师心,转成纤仄,明之竟陵、公安,是其明征。"①可见,所谓"新变",其含义是比较狭隘的。具体而言,主要是在模拟、改造乐府诗和永明体的基础上完成的。对于前者,宫体诗人只选取那些包含艳情因素的作品来模拟,但模拟的结果却是抛弃了汉乐府关注现实的诗歌精神;对于后者,他们主要在"争驰新巧"、"转拘声韵"两个方面发展和完善了永明体,使之进一步向近体诗发展②。

至于那些借"拟古"为名的咏怀之作(如庾信的《拟咏怀》),除了体制风格上与原作有某些接近之外,已经完全摆脱了模拟,成为个人的创作。庾信的《拟咏怀》之所以还标明是拟古人之作,恐怕是因为庾信本人留仕敌国的处境与阮籍身处乱朝的情形有些相似吧。

第二节　玄言诗中的言意问题

一、言意之辨与玄言诗的审美趣味

对言意问题的重视是随着魏晋玄学的兴起而产生的,陆机的《文赋》所探讨的就是如何解决创作中"意不称物,文不逮意"的问题。以王弼为代表的玄学家倡导"以无为本","崇本举末",在言意关系上主张"得意忘言",而言不尽意则是当时普遍的观点。言意问题不仅是玄学清谈的一个重要题目,而且还引出了关于虚实、隐秀、形神等一系列问题的探讨,成为当时文学理论的核心问题。所以汤用彤在《魏晋玄学与文学理论》一文中说:"自陆机之'课虚无以责有,叩寂寞以求音',至刘勰之'文外曲致'、'情在词外',此实为魏晋南北朝文学理论所讨论之核心问题也,而刘彦和《隐秀》为此问题作一总结。……总之,魏晋南北朝文学理论之重要问题实以'得意忘言'为基础。"③

言意之辨对文学创作最直接的影响就是玄言诗的出现。玄言诗以阐述玄理为宗旨,玄理的最高境界则是"道"。而"道"作为宇宙万物的本体,具有微妙难言的特点,但它又是无所不在的,是可以被体验和感悟的。老子虽然认为"道"不可言说(所谓"道可道非常道"),但同时又对"道"做了很多描述,如"道之为物,惟恍惟惚。惚兮恍兮,其中有象;恍兮惚兮,其中有物。

---

① 范文澜:《文心雕龙注》卷六《通变》注一引纪昀评语,人民文学出版社,1958年,第521页。

② 参见陈恩维:《论模拟与南朝宫体诗人的新变策略》,《学术探索》2009年第5期。

③ 汤用彤:《魏晋玄学论稿》,上海古籍出版社,2001年,第208—209页。

窈兮冥兮,其中有精;其精甚真,其中有信"(《老子》二十一章),"有物混成,
先天地生。寂兮寥兮,独立不改,周行而不殆,可以为天地母"(二十五章),
等等。老子还将"道"与现实中的事物或现象进行类比,如"反者道之动,弱
者道之用"(四十章),"上善若水。水善利万物而不争,处众人之所恶,故几
于道"(七十三章)。所以老子虽然淡化了"言"的作用,但却通过隐喻或意
象的方式,可以使人更好地尽"意"和得"道"。庄子对"道"的论述更是充分
发挥了这种意象化的特点,在《庄子·天道》中有"象罔"得道之说:"黄帝游乎
赤水之北,登乎昆仑之丘而南望,还归,遗其玄珠,使知索之而不得也。使喫诟
索之而不得也。乃使象罔,象罔得之。黄帝曰:异哉! 象罔乃可以得之乎?"在
庄子看来,"道"是不可能通过理智、感官和逻辑推理获得的,只能通过非有非
无、亦虚亦实的意象("象罔")获得。此外,"道"还有恬淡无味的特点,"道之
出口,淡乎其无味"(《老子》三十五章),"夫虚静恬淡寂漠无为者,天地之本,
而道德之至"(《庄子·天道》),所以玄言诗又具有一种简约、恬淡的风格。

因此,玄言诗虽然"理过其辞,淡乎寡味","平典似道德论"(钟嵘语),
但为了表达玄理的需要,还是需要借助一定的意象,只有这样才能使人对
"道"获得一种直觉感悟。所以玄言诗中也不乏一些清新雅致、耐人寻味的
作品。如孙绰的《秋日诗》:

> 萧瑟仲秋月,飂戾风云高。山居感时变,远客兴长谣。疏林积凉
> 风,虚岫结凝霄。湛露洒庭林,密叶辞荣条。抚菌悲先落,攀松羡后凋。
> 垂纶在林野,交情远市朝。淡然古怀心,濠上岂伊遥。

作者由秋日萧瑟之景而生时序变迁之感,由"抚菌"和"攀松"而生悲、羡之
情,从而引出了对逍遥自适的人生境界的向往。这首诗的旨趣虽然不离老
庄玄理,但文辞清丽,描写细致,不失为玄言诗中的佳作。

又如王羲之的《兰亭诗》:"三春启群品,寄畅在所因。仰望碧天际,俯
磐绿水滨。寥朗无厓观,寓目理自陈。大矣造化功,万殊莫不均。群籁虽参
差,适我无非新。"宗白华曾称赞这首诗"真能代表晋人这纯净的胸襟和深厚
的感觉所启示的宇宙观。'群籁虽参差,适我无非亲'两句尤能写出晋人以
新鲜活泼自由自在的心灵领悟这世界,使触着的一切呈露新的灵魂、新的生
命。于是'寓目理自陈',这理不是机械的陈腐的理,乃是活泼的宇宙生机中
所含至深的理"①。还有谢万的四言体《兰亭诗》("肆眺崇阿")则被王夫之

---

① 宗白华:《论〈世说新语〉和晋人的美》,《美学散步》,上海人民出版社,1981 年,第 217 页。

称为"不一语及情而高致自在",是"兰亭之首唱"①。

我们再以陶渊明的《饮酒》(之五)为例做进一步说明：

> 结庐在人境,而无车马喧。问君何能尔？心远地自偏。采菊东篱下,悠然见南山。山气日夕佳,飞鸟相与还。此中有真意,欲辨已忘言。

这首诗历来被视为陶渊明田园诗的代表作,但平心而论,它又是一首富有哲理意味的玄言诗。诗的开头四句表明诗人虽处人境,却有一种超越的精神境界,所以能做到"心远地自偏",这实际上表达了作者对隐逸的看法,即真正的隐逸并不执着外在的形迹,即使隐于朝市,内心也可以做到超然物外。其实这种看法不仅是作者自身的人生体验,同时也代表了郭象的观点。郭象是魏晋玄学的代表人物之一,他在《庄子·大宗师》注中说："所谓尘垢之外,非伏于山林也。"又说："圣人虽在庙堂之上,然其心无异于山林之中。"(《逍遥游》注)郭象的观点也是当时玄学名士的普遍看法,他们在仕隐出处的问题上强调内在超越,这就是东晋玄言诗人孙绰所说的"体玄识远者,出处同归"(《世说新语·文学》注引)。"采菊东篱下,悠然见南山"两句表现出人与自然的和谐之美,一个"见"字又引出"山气日夕佳,飞鸟相与还"的自然美景,使人感受到自然界的伟大、圆满和充实。显然,作为"采菊东篱下,悠然见南山"的诗人主体与"山气日夕佳,飞鸟相与还"的自然景物之间,存在着类似宗炳所说的"圣人含道应物"和"山水以形媚道"(《画山水序》)的对应关系,这其实也就是庄子所谓的"目击而道存"(《庄子·田子方》)。于是诗人从中获得了"真意",这个"真意"是什么？就是从眼前的景色中,领悟到归隐田园乃是本性使然,只有在这里才能找到自己真正的精神家园,这里就是他的人生归宿,如同日夕众鸟归林。这其中的乐趣尽在不言之中,正所谓"众鸟欣有托,吾亦爱吾庐"(《读山海经》其一)。元人刘履评陶渊明《读山海经》其一云："观其'众鸟有托','吾爱吾庐'等语,隐然有万物各得其所之妙,则其俯仰宇宙,而为乐可知矣。"(《选诗补注》卷五)但在一首诗里,要想把这些意思完全说清楚是很困难的,实际上也无需说出来,因为玄学强调"得意忘言",诗人所要表达的意思已经隐含在南山、归鸟的意象之中,故云"此中有真意,欲辨已忘言"。"言意之辨"本是魏晋玄学的一个重要命题,而"得意忘言"则是玄学中人的普遍看法。在这首诗里,陶渊明把人生体验(心远地自偏)、自然景色(南山飞鸟)以及玄学义理(得意忘言)

---

① 王夫之:《古诗评选》卷二,河北大学出版社,2008年,第111页。

融为一体,所以它具有玄言诗的意味。

可见,玄学在言意问题上虽然更重视"意",但对玄言诗来说,"言"和"象"的作用同样也是非常重要的,这与时人对清谈之中辞藻声韵之美的欣赏和"即色游玄"的思维方式有很大关系。如名士裴遐"以辩论为业,善叙名理,辞气清畅,泠然若琴瑟。闻其言者,知与不知,无不叹服"(《世说新语·文学》注引邓粲《晋纪》)。玄言诗以赠答的形式为主,多表现一种理想人格和精神境界之美,在语言上受人物品藻之风的影响,往往用自然物来形容人格之美,语言比较典雅凝练,"名理奇藻、即色游玄,构成了东晋诗人特殊的审美趣味"①。对言意问题的重视使诗歌具有了意在言外的韵味,形成了一种简约恬淡的风格。

二、从重意到重言的转变

言意之辨最早源于人物品鉴,同时也是魏晋玄学本末有无思想的体现。汤用彤认为:"圣人识鉴要在瞻外形而得其神理,视之而会于无形,听之而闻于无音,然后评量人物,百无一失,此自'存乎其人,不可力为';可以意会,不能言宣(此谓言不尽意)。故言意之辨盖起于识鉴。"②张少康进一步指出:"人的形貌可以用语言来具体描述,而神态风貌则难以言尽。所以言意之辨的兴起是由品评人物重神轻形而来的。"③

这种重神轻形的观念在言意问题上就体现为重意而轻言。从庄子到王弼,都指出了语言的有限性,言不能尽意,只有得意才能忘言。在言意之辨这个命题中,"意"是一个高度抽象的本体论意义上的概念,是对"道"的领悟和把握,"得意"的过程是一种神秘的精神体验,非寻常的"言"和"象"可以尽其意,最终的结果必然是对言象的超越,所以只有圣人的智慧才能做到。从这个意义上说,言意问题也是魏晋玄学本末有无思想的具体化。汤用彤说:"玄者玄远。宅心玄远,则重神理而遗形骸。神形分殊本玄学之立足点。学贵自然,行尚放达,一切学行,无不由此演出。……由重神之心,而持寄形之理,言意之辨,遂合于立身之道。"④玄言诗主要表现一种超越世俗的理想人格和精神境界,这就决定了玄言诗在言意问题上的基本态度,那就是以理遣情、得意忘言,因而在重视形象和情感的钟嵘看来,玄言诗必然是"理过其辞,淡乎寡味"的。

① 钱志熙:《魏晋诗歌艺术原论》(修订本),北京大学出版社,2005年,第285页。
② 汤用彤:《魏晋玄学论稿》,上海古籍出版社,2001年,第24页。
③ 张少康:《古典文艺美学论稿》,中国社会科学出版社,1988年,第51页。
④ 汤用彤:《魏晋玄学论稿》,上海古籍出版社,2001年,第35页。

　　得意忘言的思想方法是要人们重视结果而忽略过程和手段。但是,玄言诗人并非圣人,在现实生活中,如果没有具体的言和象作为媒介,他们也很难获得对"道"的体悟。《庄子·养生主》中记载了文惠君听了庖丁一番话后的感悟:"善哉! 吾闻庖丁之言,得养生焉。"可见,言是可以通于道的,其途径就在于悟。而悟的结果本身还是难以言说的,所以玄言诗所追求的实际是体悟玄理的过程而不是结果。正因为有了这个过程,使玄言诗实际上不可能完全排斥形象和情感的因素,只有在言与意、情与理的关系中,才能使人获得精神上的解脱和超越。如谢安《与王胡之诗》云:"醇醪淬虑,微言洗心。幽畅者谁? 在我赏音。"孙绰《兰亭诗》亦云:"携笔落云藻,微言剖纤毫。时珍岂不甘,忘味在闻韶。"都指出了"微言"可以洗心幽畅,剖析纤毫。此外,东晋的僧肇有"穷微言之美,极象外之谈"(《涅槃无名论》)的说法,慧皎在《高僧传·义解论》中也说:"是以圣人资灵妙以应物,体冥寂以通神,借微言以津道,托形象以传真。"①可见,至少从东晋开始,"微言"可以穷理悟道的观念已经很明确了。

　　魏晋清谈极其重视言辞之美,善于化名理为奇藻,这一点上文已经谈到。玄言诗受清谈风气的影响,自然也不例外。但是由于早期的清谈名士重意轻言,追求辞约旨远的风格②,致使清谈与文学分为两途,如《世说新语·文学》记载:

　　　　乐令善于清言,而不长于手笔。将让河南尹,请潘岳为表。潘云:"可作耳,要当得君意。"乐广为述己所以为让,标位二百许语,潘直取错综,便成名笔。时人咸云:"若乐不假潘之文,潘不取乐之旨,则无以成斯矣。"

乐广是当时的清谈领袖,却不擅长文学,这也导致东晋以前的清谈名士缺少创作的才能和实绩,故早期的玄言诗普遍缺乏文采。东晋以后则大为改观,文人名士在清谈雅集的同时,"以玄对山水"(孙绰语),通过自然景物来畅叙幽情,使玄言与山水相结合。刘勰《文心雕龙·时序》云:"简文勃兴,渊乎清峻,微言精理,函满玄席。淡思浓采,时洒文囿。"这里的"淡思浓采"正是玄言诗重文采的体现,所以东晋的玄言诗中不乏像孙绰的《秋日诗》、王羲

---

①　慧皎:《高僧传》卷八,中华书局,1992 年,第 343 页。
②　如《世说新语·文学》载:"客问乐令'旨不至'者,乐亦不复剖析文句,直以麈尾柄确几曰:'至不?'客曰:'至。'乐因又举麈尾曰:'若至者,那得去?'于是客乃悟服。乐辞约而旨达,皆此类。"

之的《兰亭诗》那样的佳作。

以上文提到的孙绰《秋日诗》为例。陈顺智认为,孙绰的这首诗"具备山水诗的秀丽和意境,但全诗的主旨在于'澹然古怀心,濠上岂伊遥'。面对如此良辰美景,所怀的却是'澹然'之心,所以诗中所描写的秋日风光只是诗人所立之象,目的在于阐发其清虚平淡的自然心态,通过立自然之象得高远之意,若'得意'则'象'可忘也。因此,这首诗不是山水诗,而是一首典型的玄言诗。"①

又如支遁的《咏怀诗》五首中,除了直言玄理外,又能借助山林美景表达超脱世俗的理想和色空观念,特别是第三首:

> 晞阳熙春圃,悠缅叹时往。感物思所托,萧条逸韵上。尚想天台峻,彷佛岩阶仰。泠风洒兰林,管濑奏清响。霄崖育灵蔼,神蔬含润长。丹沙映翠濑,芳芝曜五爽。苕苕重岫深,寥寥石室朗。中有寻化士,外身解世网。抱朴镇有心,挥玄拂无想。隗隗形崖颓,冏冏神宇敞。宛转元造化,缥瞥邻大象。愿投若人踪,高步振策杖。

将说理、咏怀与山水描写融为一体,可见支遁对至高无上的玄佛义理有一种深刻的审美体验。近人沈曾植说:"康乐总山水、庄老之大成,开其先支道林。"(《与金潜庐太守论诗书》)将支遁的玄言诗视为谢灵运山水诗之先导。可见,玄言诗的得失并不在于说理本身,而在于是否蕴含理趣。所谓"理趣",就是将"理"这一抽象概念感性化、趣味化。孟子曾说:"理义之悦我心,犹刍豢之悦我口。"(《孟子·告子上》)可见,理与美感是可以联系起来的。玄言诗人对理趣的感悟情有独钟,如"理感则一,冥然玄会"(庾友《兰亭诗》),"超兴非有本,理感兴自生"(慧远《庐山诸道人游石门诗》)。

此外,《世说新语·容止》记载:"庾太尉在武昌,秋夜气佳景清,使吏殷浩、王胡之之徒登南楼理咏。"可见,这种理感往往是在对自然美景的观赏中产生的,它是超越日常生活和感官欲望之上的精神追求。清人刘熙载说:"陶、谢用理语而各有胜境。钟嵘《诗品》称'孙绰、桓、庾诸公诗,皆平典似道德论',此由乏理趣耳,夫岂尚理之过哉!"(《艺概》卷二)这种理趣贵在自证,不重义解。好的玄言诗不是简单地铺陈玄理,而是在对宇宙自然的仰观俯察中得到人生感悟,故耐人寻味。用钱锺书的话说:"乃不泛说理,而关物态以明理;不空言道,而写器用之载道。拈形而下者,以明形而上;使寥廓无

---

① 陈顺智:《东晋玄言诗派研究》,武汉大学出版社,2003年,第35页。

象者,托物以起兴,恍惚无朕者,著述而如见。"①有理趣则自成胜境,虽平淡而有至味,这就是玄言诗的价值和魅力所在。

第三节 山水诗中审美境界的创造

一、人与自然关系的变化

山水审美意识的自觉和成熟,是魏晋以来审美文化活动中的一个突出表现,审美意识的自觉和境界的创造主要体现在山水诗中。宗白华说:"晋人向外发现了自然,向内发现了自己的深情。山水虚灵化了,也情致化了。"②其实,所谓发现自然,是与人的审美意识密切相关的,山水景物只有与人的心灵沟通,才能称得上发现。晋宋时期的画家宗炳好游山水,晚年感叹自己"老疾俱至,名山恐难遍睹,唯当澄怀观道,卧以游之",于是他便将"凡所游履,皆图之于室。谓人曰:'抚琴动操,欲令众山皆响。'"(《宋书·宗炳传》)他在《画山水序》中说,山水之美使他获得了一种"畅神"的感受。所谓"畅神",就是把山水看作是有机的生命体,人在面对大自然的时候,可以在精神上与对象进行交流,并获得超越和升华。他的"畅神"说已经具有了审美的意味。

又如萧统,"性爱山水,于玄圃穿筑,更立亭馆,与朝士名素者游其中,尝泛舟游后池,番禺侯轨盛称'此中宜奏女乐'。太子不答,咏左思《招隐诗》曰:'何必丝与竹,山水有清音。'侯惭而止"(《梁书·昭明太子传》)。可见,萧统和宗炳都把山水视为同音乐一样可以深入人心、寄托精神的载体。

"山水有清音"这一句颇耐人寻味,"清音"在这里代表了一种超越世俗、崇尚自然的审美理想,人们把这种理想寄托在山水之中,"使他们对大自然寄予无限的深情,并用一种艺术的眼光来看待人生"③。它超越了耳目感官的享受,心灵得到净化,精神获得提升。陶渊明有诗云:"山气日夕佳,飞鸟相与还"(《饮酒》其五),"众鸟欣有托,吾亦爱吾庐"(《读山海经》其一),我们从这些诗中得到了对人与大自然一体关系的深切体悟。元人刘履在评陶渊明《读山海经》一诗时曾说:"观其'众鸟有托'、'吾爱吾庐'等语,隐然有万物各得其所之妙,则其俯仰宇宙,而为乐可知矣。"(《选诗补注》卷五)

① 钱锺书:《谈艺录》补订本,中华书局,1984年,第227页。
② 宗白华:《论〈世说新语〉和晋人的美》,《美学散步》,上海人民出版社,1981年,第215页。
③ 林语堂:《中国人》,学林出版社,1994年,第240页。

　　可见,人对自然美的发现,首先要解决的就是人与自然的关系问题。玄学家把自然看作"道"的载体,所谓"山水以形媚道"(宗炳语)。而"道"是抽象的本体,玄言诗人在自然山水中仰观俯察,虽然有"畅神"的需要,但他们主要是钟情于自然所蕴之理,而不是大自然本身,这就决定了只有当自然山水作为一个整体才会受到关注。佛教则追求彼岸世界的真实,而把自然万物都看成是虚幻不实的,不值得过分关注。因此,在人与自然的关系上,无论是玄学还是佛教,都缺少一种自由平等的态度,人与自然之间还不能构成一种真正意义上的审美关系。只有当人把自然作为亲和的对象,如同知己一样,可以在情感上平等地交流沟通,"情往似赠,兴来如答"(《文心雕龙·物色》),"山水有灵,亦当惊知己于千古矣"(袁嵩《宜都山川记》),这样的自然山水才能使人获得情感上的共鸣,从而具有独立的审美价值和境界之美。刘勰在《文心雕龙·物色》中把自然景物与人的关系做了更加具体的描述:

　　　　春秋代序,阴阳惨舒,物色之动,心亦摇焉。盖阳气萌而玄驹步,阴律凝而丹鸟羞。微虫犹或入感,四时之动物深矣。若夫珪璋挺其惠心,英华秀其清气,物色相召,人获谁安? 是以献岁发春,悦豫之情畅;滔滔孟夏,郁陶之心凝;天高气清,阴沉之志远;霰雪无垠,矜肃之虑深。岁有其物,物有其容,情以物迁,辞以情发。一叶且或迎意,虫声有足引心。况清风与明月同夜,白日与春林共朝哉!

　　刘勰认为,自然景物与人的情感之间存在着一种对应关系,春天万物复苏,人的情感也易于萌动;夏天阳气浓烈,人的情感郁结在心里;秋天天高气清,人的情感变得阴沉深远;冬天万物萧条,人的情感变得庄重严肃。这种直观的对应是古老的天人感应观念的体现。但刘勰在这里所揭示的人与自然的关系没有传统的道德观念,而是把自然山水看成是与人一样有生命的事物,这是从人的心灵中呈现出来的自然美,它也是艺术境界的来源。所以宗白华说:"艺术家以心灵映射万象,代山川而立言,他所表现的是主观的生命情调与客观的自然景象交融互渗,成就一个鸢飞鱼跃,活泼玲珑,渊然而深的灵境。这灵境就是构成艺术之所以为艺术的意境。"①

　　由此可见,境界问题首先在于一个人的精神修养和思想觉悟,以及他对现实人生的态度。有博大的情怀和超脱的胸襟,才能充分感受到宇宙万物

---

①　宗白华:《美学散步》,上海人民出版社,1981 年,第 70 页。

的美好与真情,才能深刻领悟到人生的意义和价值。宗白华认为:"中国艺术意境的创成,既须得屈原的缠绵悱恻,又须得庄子的超旷空灵。缠绵悱恻,才能一往情深,深入万物的核心,所谓'得其环中'。超旷空灵,才能如镜中花,水中月,羚羊挂角,无迹可寻,所谓'超以象外'。"①中国诗歌所创造的艺术境界可以使读者获得一种类似宗教的精神体验,它"既使心灵和宇宙净化,又使心灵和宇宙深化,使人在超脱的胸襟里体味到宇宙的深境"②。正是由于这个原因,所以林语堂认为,中国人在诗歌里获得了一般民族在宗教里才能获得的灵感:"如果说宗教对人类心灵起着一种净化作用,使人对宇宙、对人生产生一种神秘感和美感,对自己的同类或其他生物表示体贴的怜悯,那么依著者之见,诗歌在中国已经代替了宗教的作用。宗教无非是一种灵感,一种活跃着的情绪。中国人在他们的宗教里没有发现这种灵感和活跃的情绪,那些宗教对他们来说只不过是黑暗的生活之上点缀着的漂亮补丁,是与疾病和死亡联系在一起的,但他们在诗歌中发现了这种灵感和活跃情绪。……应该把诗歌称作中国人的宗教。我几乎认为,假如没有诗歌——生活习惯的诗和可见于文字的诗——中国人就无法幸存至今。"③

　　对境界问题的关注首先源于郭象提出的有关"独化"、"自性"和"玄冥之境"的学说。郭象认为,最高的心灵境界乃是一种"玄冥之境",其特点是"玄同彼我"、"与物冥合",也就是"取消物我内外的区别和界限,取消主观同客观的界限,实现二者的合一"④。他在《庄子·大宗师》注中说:"夫理有至极,外内相冥,未有极游外之致而不冥于内者也,未有能冥于内而不游于外者也。故圣人常游外以宏内,无心以顺有。"而郭象所说的"独化"是指一种个体生命的存在方式,只要每个人"自足其性",就能实现生命存在的意义。所以境界问题本质上是一种心灵的体验。

　　其次,境界问题又深受佛教的影响。"境界"这个概念在佛教中是指人的意识和感受所及的领域。佛教中的瑜伽行派认为世界万物和一切人的认识皆虚幻不实,它们不过是"唯识"所变,因此有所谓"八识"说。其中事物能为人的感官所及者有六:即色、声、香、味、触、法,称为"六境",人能感受到这六种东西的是眼、耳、鼻、舌、身、意,称为"六根",以"六根"感受"六境",在意识领域内所发生的效果就是眼识、耳识、鼻识、舌识、身识、意识,称为"六识"。六境、六根、六识通称为"十八界",故又称"境"为"境界"。佛教强调"离

　　① 宗白华:《美学散步》,上海人民出版社,1981年,第77页。
　　② 宗白华:《美学散步》,上海人民出版社,1981年,第86页。
　　③ 林语堂:《中国人》,学林出版社,1994年,第240—241页。
　　④ 蒙培元:《心灵超越与境界》,人民出版社,1998年,第266页。

心则无六尘境界","若离心念,则无一切境界之相"(《大乘起信论》)。梁启超也指出:"境者,心造也。一切物境皆虚幻,惟心所造之境为真实。"①

佛教在东晋南朝时期有了很大的发展,东晋士人为了摆脱生死的困扰,纷纷信奉佛教,从中寻求解脱。佛教中的色空观念、净土信仰和"即色游玄"的思路无疑是一种精神安慰。孙绰在《游天台山赋》中把天台山的美景看成是自然运化的结果,通过对山水的游览观赏,可以使人"释域中之常恋,畅超然之高情"。在赋的最后,作者融合了佛道两家的思想,表达了对"玄冥之境"的体认:"悟遣有之不尽,觉涉无之有间。泯色空以合迹,忽即有而得玄。释二名之同出,消一无于三幡。恣语乐以终日,等寂寞于不言。浑万象以冥观,兀同体于自然。"孙绰在《太尉庾亮碑》中说庾亮"雅好所托,常在尘垢之外,虽柔心应世,蠖屈其迹,而方寸湛然,固以玄对山水"。而上面提到的这篇《游天台山赋》无疑是"以玄对山水"的最好证明,反映了作者对精神超越的追求。

可见,"以玄对山水"与郭象的"独化"、"玄冥之境"的学说在本质上是相同的,其最终的目的是为了"解决生命的存在和意义问题,也就是解决人的精神境界问题"②,从而创造一个超越于物质世界之上的精神家园,使人在较为纯粹的精神活动中获得自由的存在。

就山水诗而言,境界的创造与创作主体的审美感受密切相关,它包含着诗人独特的心灵体验。叶嘉莹认为:"所谓'境界',实在乃是专以感觉经验之特质为主的。换句话说,境界之产生全赖吾人感受之作用,境界之存在全在吾人感受之所及,因此外在世界在未经吾人感受之功能而予以再现时,并不得称之为'境界'。如外在之鸟鸣花放云行水流,当吾人感受未及之前,在物自身都并不可称为'境界',而唯有当吾人之耳目与之接触而有所感受之后才得以名之为'境界'。"③正因为如此,所以王国维说:"一切境界无不为诗人设。世无诗人,即无此种境界。"(《清真先生遗事》)当然,如果没有人对自然美的发现,作为艺术和审美的"境界"同样也无从产生,因为"境界"离不开体验的对象。只有在山水诗兴起之后,人与自然可以平等地交流沟通,在情感上产生共鸣,审美境界的创造才有可能成为诗人关注的问题。

总之,山水诗中审美境界的创造离不开人对自然美的发现,同时也需要有诗人独特的审美体验。谢灵运的山水诗虽然还未摆脱体玄悟道的内容,

---

① 梁启超:《饮冰室专集》卷二,《自由书·惟心》,中华书局影印本。
② 蒙培元:《心灵超越与境界》,人民出版社,1998年,第260页。
③ 叶嘉莹:《王国维及其文学批评》,河北教育出版社,1997年,第192页。

不能把情与景有机地融为一体，但是诗人却能以敏锐的感受和审美的眼光来观察和描写自然，"研精静虑，贞观厥美"（《山居赋》），"遗情舍尘物，贞观丘壑美"（《述祖德诗》），具有叔本华所说的"观审的卓越能力"[1]，这是诗人创造意境最重要的心理条件。如《登池上楼》中的"池塘生春草，园柳变鸣禽"两句所描写的虽然是寻常景物，却反映了诗人对大自然季节变换的细微体察，故耐人寻味。唐代诗人韦应物有"微雨夜来过，不知春草生"的诗句，与谢灵运的这两句有异曲同工之妙（初生的春草不易觉察，鸣禽叫声的变化也是如此）。其他如"林壑敛暝色，云霞收夕霏"、"白云抱幽石，绿筱媚清涟"、"泽兰渐被径，芙蓉始发池"等等，都化静为动，在细致入微的观察描写中使人感受到大自然的生机与活力，开拓出审美的新境界。所以王国维说："原夫文学之所以有意境者，以其能观也。"（《人间词乙稿序》）

二、审美理想的转变与艺术境界的追求

早期的山水诗还停留在"模山范水"的阶段，以追求形似为主，但其中也蕴含着诗人的审美体验。像谢灵运的诗往往以记游的方式来写景状物，不遗馀力地描绘山水的形貌声色之美，非常注重直观印象的表达，观察描写的范围和细致程度都是前所未有的，如"林壑敛暝色，云霞收夕霏"、"白云抱幽石，绿筱媚清涟"等。谢灵运还善于把大自然中本来不相类的事物和现象加以巧妙的组合，如"春晚绿野秀，岩高白云屯"两句，不仅在色彩上有"绿野"和"白云"的对比，而且前一句中的"春晚"和"野秀"相联，使得暮春原野的安详苍茫与充满生机的秀丽之美融为一体，给人带来丰富的美感享受。

当然，谢灵运的山水诗有时也缺少必要的选择和提炼，往往"寓目辄书"，"颇以繁芜为累"（钟嵘《诗品》），又常有玄言化的议论，存在着情景割裂的弊病，还不能构成完整的意境。山水诗发展到谢朓那里，这个问题才逐步得到解决。谢朓诗歌具有多样化的风格，他笔下的景物或清新明丽，或旷远苍茫，或细致入微，往往隐含着诗人的审美情趣和特殊心境。如果说谢灵运诗中的意象还较多客观的刻画，那么，"谢朓诗中的意象，则带着更多的心像的性质"[2]，在境界的开拓上已经接近唐人的诗风。

六朝诗歌自西晋开始，日趋典雅繁富，陆机的诗"才高词赡，举体华美"，被钟嵘称为"太康之英"（《诗品序》）。但是到了南朝以后，这种风气逐渐发生了变化，如颜延之的诗风与陆机最为接近，钟嵘在《诗品》中说其诗"源出

---

① 叔本华：《作为意志和表象的世界》，石冲白译，商务印书馆，2017 年，第 258 页。
② 罗宗强：《魏晋南北朝文学思想史》，中华书局，1996 年，第 224 页。

于陆机",但他的诗却不被时人看好。《南史·颜延之传》记载:"延之尝问鲍照己与灵运优劣,照曰:'谢五言如初发芙蓉,自然可爱。君诗若铺锦列绣,亦雕缋满眼。'"钟嵘在《诗品》中也有类似的记载,并说颜延之为此而"终身病之"。可见,南朝以来普遍崇尚清丽自然之美。宗白华认为,中国美学史上有两种不同的美感或美的理想,"魏晋六朝是一个转变的关键,划分了两个阶段。从这个时候起,中国人的美感走到了一个新的方面,表现出一种新的美的理想,那就是认为'初发芙蓉'比之于'错彩镂金'是一种更高的美的境界"①。谢朓曾说:"好诗圆美流转如弹丸"(《南史·王筠传》引),而要达到"圆美流转",艺术形式的完美就是不可缺少的因素。永明体的出现显示了中国诗歌由古体向近体过渡的趋势,近体诗不但讲究格律,而且在体制上趋于短小,以五言八句为主,各联与各句之间相对独立,形成一种跳跃式的连接。在语言风格上也走向平易,这就是沈约总结的"三易"说,即"易见事"、"易识字"、"易读诵"(《颜氏家训·文章》)。

诗歌体制的转变也使元嘉以来以汉赋的手法铺陈排比、刻意雕琢的谢灵运诗成为批评的对象。萧子显在《南齐书·文学传论》中总结"今之文章"有三体,认为出自谢灵运这一体是"启心闲绎,托辞华旷,虽有巧绮,终致迂回。宜登公宴,本非准的。而疏慢阐缓,膏肓之病;典正可采,酷不入情"。从"疏慢阐缓"、"酷不入情"等语中可以看出明显的批评之意。萧子显理想的诗歌标准是"委之天机,参之史传,应思悱来,勿先构聚;言尚易了,文憎过意;吐石含金,滋润婉切,杂以风谣,轻唇利吻,不雅不俗,独中胸怀",实际上就是追求一种清丽明快、委婉动人的风格。这种诗歌理想显然不是单纯的辞采、声律一类的形式问题所能解决的,而是涉及艺术构思与情感表达等更深层的问题。为了更好地实现这一主张,南朝诗人转而在境界上下功夫,注意情景交融、虚实迭用,力求以少总多,用精炼的语言表达丰富的内涵,从而使艺术境界得到提升。而谢朓的诗正是这种新诗风的代表。谢朓的诗避免了大谢繁芜冗长的弊病,注重表现山水的灵动之美,在描写上讲究"虚实迭用,以为章法"②,语言平易流畅,声韵和谐,描写细腻,又善于在日常生活中去发现自然之美,如《游东田》一诗:

戚戚苦无悰,携手共行乐。寻云陟累榭,随山望菌阁。远树暧仟

---

① 宗白华:《中国美学史中重要问题的初步探索》,《美学散步》,上海人民出版社,1981年,第35页。

② 王夫之:《古诗评选》卷三,谢朓《玉阶怨》评语,河北大学出版社,2008年,第136页。

仟,生烟纷漠漠。鱼戏新荷动,鸟散馀花落。不对芳春酒,还望青山郭。

这首诗描写的是春末夏初的郊游之乐,由远到近,依次写来。其中的"鱼戏新荷动,鸟散馀花落"两句,不但对仗工整,用词准确,而且在细致入微的描写中,使读者也感受到大自然无穷的清新、活力与生机:鱼戏的热闹与鸟散的空寂是自在自为的;新荷摇动显示初夏的来临,馀花凋落表明春天的逝去——季节的更替也是自来自去的,大自然的一切都是这样生机流转、瞬息万变的。王夫之《古诗评选》卷五云:"宣城于声情中外别有玄得,时醋畅出之,遂臻逸品。"①这首诗中蕴含的情思意趣大概就是王夫之所说的"别有玄得"吧。谢朓的诗不仅在写景上具有清丽秀逸的特点,而且在言情上多含蓄不露,婉曲深长,如《玉阶怨》:

　　　　夕殿下珠帘,流萤飞复息。长夜缝罗衣,思君此何极。

这首诗无一字言"怨",但细想之下,女子长夜独守的孤寂和无望的期盼又使人感到怨情无处不在,正如清人陈祚明所说:"长夜缝衣,初悲独守。归期未卜,来日方遥,道一夕之情,馀永久之感。"(《采菽堂古诗选》卷二十)正因为如此,所以谢朓的诗在当时就得到人们的欣赏,"刘孝绰当时既有重名,无所与让,唯服谢朓,常以谢诗置几案间,动静辄讽味"(《颜氏家训·文章》)。

　　除谢朓以外,从当时为人们所欣赏的诗句来看,也都具有平易自然而又令人回味无穷的特点,如"露湿寒塘草,月映清淮流"(何逊)、"夜雨滴空阶,晓灯暗离室"(何逊)、"亭皋木叶下,陇首秋云飞"(柳恽)、"芙蓉露下泣,杨柳月中疏"(萧悫)、"莺随入户树,花逐下山风"(阴铿)等。

　　总之,六朝诗歌,特别是南朝齐梁以来的山水诗,在经过诗人不懈的探索和实践之后,已经开始显示了这样一种倾向,那就是追求心与物、情与景的融合,改变了晋宋以前的古诗率性而出、直白言情的方式,为唐代诗歌意境的创造积累了宝贵的艺术经验。南朝以来诗歌艺术上的这种追求,我们从后人的评价中可以得到印证。如清人陈祚明在《采菽堂古诗选》中这样评价阴铿的诗:"阴子坚诗声调既亮,无齐梁晦涩之习,而琢句抽思,务极新隽。寻常景物,亦必摇曳出之。务使穷态极妍,不肯直率。此种情思,更能运以亮笔。一洗《玉台》之陋,顿开沈宋之风。"清代倡导诗歌神韵理论的王士禛在《带经堂诗话》卷三中说:

汾阳孔文谷云:"诗以达性,然须清远为尚。"薛西原论诗,独取谢康乐、王摩诘、孟浩然、韦应物,言:"'白云抱幽石,绿筱媚清涟',清也;'表灵物莫赏,蕴真谁为传',远也;'何必丝与竹,山水有清音','景昃鸣禽集,水木湛清华',清远兼之也。总其妙在神韵矣。""神韵"二字,予向论诗,首为学人拈出,不知先见于此。①

上文所引的诗句,正是六朝诗人(谢灵运、左思、谢混)的作品,如"白云抱幽石"两句,一个"抱"字,一个"媚"字,使无生命的事物具有了人的情态意趣,而又不失其清新自然,仿佛这整个世界都充满了蓬勃的生机,令人回味无穷。清人王夫之说:"'池塘生春草'、'胡蝶飞南园'、'明月照积雪',皆心中目中与相融浃,一出语时,即得珠圆玉润,要亦各视其所怀来而与景相迎者也。"(《姜斋诗话》卷二)王夫之在情景关系上,倡导即景会心的"现量"说,他在这里所举的例子仍是谢灵运、张协等人的作品(按:"胡蝶飞南园"一句出自张协的《杂诗》)。可见,从创作实践上看,六朝诗歌经过谢灵运、谢朓等人的努力,已经从单纯的"模山范水"开始走向情景交融的意境创造。

三、质实与空灵:六朝诗与唐诗的差异

总体上看,六朝诗歌在艺术水平上还处在一个比较质实的阶段,不仅在结构上保持句意的单一性和连贯性,而且还侧重对客观对象或事件场景的陈述和描写,这种风气从魏晋开始就已经形成,就像陆机在《文赋》中所说的:"虽离方而遁圆,期穷形而尽相。"直到南朝的刘宋时期依然盛行,"情必极貌以写物,辞必穷力而追新"(《文心雕龙·明诗》),追求的是外在形似,结果往往是有句无篇,而不善于创造浑融完整的意境,故云质实。因此,六朝时期文学的自觉主要还是表现在文学作为一种审美形式的自觉(如声律、对偶、用典等)。

到了唐代以后,文学的自觉更多地表现在理想境界的创造上,因而当诗歌发展到盛唐时,在题材、风格、趣味等方面呈现出丰富多彩的繁荣景象。盛唐诗歌不仅继承发展了六朝诗歌的艺术成就,而且重视"兴象"的创造,并强调要做到"神来、气来、情来"(殷璠《河岳英灵集序》)。殷璠在《河岳英灵集·集论》中还谈道:"璠今所集,颇异诸家:既闲新声,复晓古体;文质半取,风骚两挟;言气骨则建安为俦,论宫商则太康不逮。"殷璠的编选标准反映了当时普遍的审美趣味,表明唐诗在发展过程中已经逐步克服了齐梁诗风的

---

① 王士禛:《带经堂诗话》卷三,人民文学出版社,1963年,第73页。

消极影响,由单纯追求辞采、声律转向风骨、声律并重。

在署名为王昌龄的《诗格》中,唐人还首先提出了"意境"的概念,虽然与后来的意思相比还有所不同,但对"心"在意境构成中的作用却非常重视。日本僧人遍照金刚在《文镜秘府论》南卷"论文意"中曾引了他的一段话:"夫置意作诗,即须凝心,目击其物,便以心击之,深穿其境。如登高山绝顶,下临万象,如在掌中。以此见象,心中了见,当此即用。"显然,这里的"象"已经不是客观物象,而是意中之象了。刘禹锡在《董氏武陵集记》中又提出了"境生于象外"的命题,从理论上概括了"意境"的基本内涵:"诗者,其文章之蕴耶! 义得而言丧,故微而难能;境生于象外,故精而寡和。千里之缪,不容秋毫,非有的然之姿,可使户晓,必俟知者,然后鼓行于时。"就是说,意境具有空灵蕴藉、精深微妙的特点,它产生于意象而又超越意象,并非是那种一目了然的确定的艺术形象,只有通过深入细致的品味才能体会到它的意蕴。

意境理论的提出,标志着一个非常重要的转变,这就是唐代诗歌已经超越了六朝时期模山范水的形似阶段,有意识的追求艺术境界的表现,引导读者在具体的描写之外去想象另外一个更加广阔的艺术空间,并体会其中无穷的韵味。唐诗在写景状物的时候往往突破了时空的限制,不再满足于近似客观的描述,而是以感觉和意象为中心,心师造化(实际上这种写法从谢灵运就开始出现了)。宗白华指出,"网罗天地于门户,饮吸山川于胸怀","移远就近,由近知远",形成了中国人所特有的空间意识,他在《中国诗画中所表现的空间意识》一文中还列举了大量的诗句来说明这个问题①。清人王士禛也说:"世谓王右丞画雪中芭蕉,其诗亦然,如'九江枫树几回青,一片扬州五湖白',下连用兰陵镇、富春郭、石头城诸地名,皆寥远不相属。大抵古人诗画,只取兴会神到,若刻舟缘木求之,失其旨矣。"②

杜甫在诗歌创作上"颇学阴何苦用心"(《解闷》),这里以何逊和杜甫为例,来比较一下他们的诗在景物描写上的细微差别。何逊《入西塞示南府同僚》一诗中有两句:"薄云岩际出,初月波中上。"这两句后来被杜甫在《宿江边阁》一诗中化用为"薄云岩际宿,孤月浪中翻",虽然只是变了四个字,却把前人的现成诗句变成了自己真实的感受,使人更容易联想到杜甫当时寄宿在夔州西阁时孤独寂寞漂泊不定的身世处境。又如何逊的《赠诸游旧》一诗中的"岸花临水发,江燕绕樯飞"两句同样也被杜甫化用在其《发潭州》一

---

① 宗白华:《美学散步》,上海人民出版社,1981年,第104页。
② 王士禛:《带经堂诗话》卷三"仁兴类",人民文学出版社,1963年,第68页。

诗中:"岸花飞送客,樯燕语留人。"但杜甫的这两句却用拟人的手法,把景物
与人的心情融为一体,使人感到更加亲切动人。而在何逊原诗中,这两句虽
然描绘出一种生机盎然的景象,但诗人却置身于景物之外,与整首诗所表现
的低沉凄苦的情调并不和谐。

即使是描绘具体事物的色彩,唐诗和六朝诗也有空灵和质实之别。例
如谢灵运的"春晚绿野秀,岩高白云屯"(《入彭蠡湖口》)、"白云抱幽石,绿
筱媚清涟"(《过始宁墅》),谢朓的"塘边草杂红,树际花犹白"(《送江水曹
还远馆》)、"绿草蔓如丝,杂树红英发"(《王孙游》)等,二谢的诗虽然展示
了大自然的丰富多彩,但基本上还是一种以白描为主的陈述性语言。主观
印象的表达并没有脱离对事物和现象的描述,甚至近似于一种客观的呈现。

再看唐人的诗,如王维的"日落江湖白,潮来天地青"(《送邢桂州》)、
"雨中草色绿堪染,水上桃花红欲燃"(《辋川别业》),杜甫的"红入桃花嫩,
青归柳叶新"等,则赋予万物以动态的充满了生机的美,表现出大自然的造
化之功,给人以丰富的想象空间。不仅如此,我们从杜甫的"红入桃花嫩,青
归柳叶新"两句中还惊奇地发现了隐藏在这个大千世界背后的一种新秩序:
桃花因"红入"而"嫩",柳叶因"青归"而"新";草色因雨水滋润而青翠欲
滴,桃花因流水映衬而火红热烈。这秩序不是客观实有的,而是我们感觉和
想象的结果。"'红'本属于客观景物,诗人把它置第一字,就成了感觉、情
感里的'红'。它首先引起我的感觉情趣,由情感里的'红'再进一步见到实
在的桃花。经过这样从情感到实物,'红'就加重了,提高了。实化成虚,虚
实结合,情感和景物结合,就提高了艺术的境界"①。

王维的"日落江湖白"两句也是如此。诗人笔下那"日落"和"潮来"的
壮观景象,使人感觉到整个世界都为之变色,好像是一幅巨大的印象画,所
有的一切都被溶进了这水天一色之中。"'白'和'青'并不是落照和潮水的
固有色,但只有这两个字才能形容尽水天一色的苍茫意境和大潮排空的雄
浑气势给人留下的综合印象。中国早期山水画早已经注意到表现人对自然
的这种直觉感受。……人称王维'诗中有画',此等景语,确非精通画理者不
能道出。"②

又如杜甫有诗云:"青惜峰峦过,黄知橘柚来。"(《放船》)青色和黄色都
是诗人在江上行舟时所见到的岸上色彩,只是还未细辨峰峦轮廓,就已经从

---

① 宗白华:《中国美学史上重要问题的初步探索》,《美学散步》,上海人民出版社,1981年,第42页。

② 葛晓音:《汉唐文学的嬗变》,北京大学出版社,1990年,第294页。

眼前过去,紧接着一大片黄色迎面而来,因秋深而推知是橘柚熟了。"绿垂风折笋,红绽雨肥梅"(《陪郑广文游何将军山林十首》其五)两句也是如此:经过一夜风雨,风吹折了竹笋,使竹笋的绿色垂了下来;雨把梅花养肥了,所以红色的梅花就绽开了。杜甫在这里特别突出了人对颜色的感觉,所以用了一种倒装句式,其实这样写正符合主体对外物的认知心理。

由此可见,从质实到空灵,标志着六朝以来的诗歌在审美感受和境界构成上发生了转变。

首先,这种转变的根源并不在于辞采声律的表面层次,而在于审美感受的深层差异上,感受方式的差异决定了境界的有无和高下。叶嘉莹指出:"所谓'境界'实在乃是专以感觉经验之特质为主的。换句话说,境界之产生全赖吾人感受之作用,境界之存在全在吾人感受之所及,因此外在世界在未经过吾人感受之功能而予以再现时,并不得称之为'境界'。如外在之鸟鸣花放云行水流,当吾人感受所未及之前,在物自身都并不可称为'境界',而唯有当吾人之耳目与之接触而有所感受之后才得以名之为'境界'。"①王国维曾说:"一切境界无不为诗人设。世无诗人,即无此种境界。"(《清真先生遗事》)而境界的核心在于"感觉经验之特质",即它是一种独特的心灵体验。但仅仅指出这一点还不够,因为意象同样也具有这一特点。两者的区别在于,意象是"一种在瞬间呈现的理智与感情的复杂经验"②,它往往局限在孤立的、个别的事物上;而境界则具有一种形而上的哲理意味,它超越了具体的、有限的事物,使人引起了对整个宇宙人生的某种体验和感悟,正如朱光潜所说的:"诗的境界在刹那中见终古,在微尘中显大千,在有限中寓无限。"③叶朗也指出:"所谓意境,就是超越具体的有限的物象、事件、场景,进入无限的时间和空间,即所谓'胸罗宇宙,思接千古',从而对整个人生、历史、宇宙获得一种哲理性的感受和领悟。……康德曾经说过,有一种美的东西,人们接触到它的时候,往往感到一种惆怅。意境就是如此。"④

例如,王昌龄的"秦时明月汉时关"一句最耐人寻味,它使人置身于广阔的时空背景下,给人一种历史的悠远和深沉之感。林庚指出,这一句"是那样的坚定,那样的久远,一切在空间上、时间上都成为不可消失的印象。它给我们短暂的生命带来了永恒的对立的认识"⑤。"无边落木萧萧下,不尽

---

① 叶嘉莹:《王国维及其文学批评》,河北教育出版社,1997 年,第 192 页。
② 韦勒克、沃伦:《文学理论》,三联书店,1984 年,第 202 页。
③ 朱光潜:《诗论》,上海古籍出版社,2001 年,第 41 页。
④ 叶朗:《说意境》,《文艺研究》1998 年第 1 期。
⑤ 林庚:《唐诗综论·谈诗稿》,《林庚诗文集》第七卷,清华大学出版社,2006 年,第 246 页。

长江滚滚来"两句,也并非单纯的写景,而是揭示了个体生命的短暂和宇宙自然的永恒之间的矛盾。它表现了一种典型的悲剧意识,同时也暗示了摆脱困境的出路,即个体只有融入天道,才能得到超越,进而获得永恒的意义和价值。

钱起《省试湘灵鼓瑟》一诗中的"曲终人不见,江上数峰青"两句也是如此。这首诗描写湘水女神鼓瑟的音乐感染力。最后这两句描写曲终人散之后,画面上只有一川江水,几峰青山。这极其省净明丽的画面,给读者留下了思索回味的广阔空间,或许湘灵的哀怨之情已融入了绵绵不尽的流水,或许湘灵的倩影已化成了江上的数峰青山。在湘灵的乐声消失后,我们的心灵得到了新的寄托。正如朱光潜所说:

> "曲终人不见"所表现的是消逝,"江上数峰青"所表现的是永恒。可爱的乐声和奏乐者虽然消逝了,而青山却巍然如旧,永远可以让我们把心情寄托在它上面。人到底是怕凄凉的,要求伴侣的。曲终了,人去了,我们一霎时以前所游目骋怀的世界,猛然间好像从脚底塌去了。这是人生最难堪的一件事,但是一转眼间我们看到江上青峰,好像又找到另一个可亲的伴侣,另一个可托足的世界,而且它永远是在那里的。……不仅如此,人和曲果真消逝了么;这一曲缠绵悱恻的音乐没有惊动山灵? 它没有传出江上青峰的妩媚和严肃? 它没有深深地印在这妩媚和严肃里面? 反正青山和湘灵的瑟声已发生这么一回的因缘,青山永在,瑟声和鼓瑟的人也就永在了。①

由此看来,唐代诗人在他们的作品里所表现的不仅仅是对大自然的深情,而且还从中获得了对一种人生哲理的领悟(它无须直接说出),因而他们能够从大自然中"见出受到生气灌注的互相依存的关系"②,从而构成了康德所说的艺术作品的"灵魂"③,这灵魂正是一切艺术所追求的最高境界。

其次,在境界的构成上,正如前面所看到的,唐诗与六朝诗相比是有层次深浅之别的。宗白华指出:"艺术意境不是一个单层的平面的自然的再现,而是一个境界层次的创构。从直观感相的模写,活跃生命的传达,到最

---

① 《朱光潜全集》第八卷,安徽教育出版社,1993 年,第 395 页。
② 黑格尔:《美学》第一卷,朱光潜译,商务印书馆,1979 年,第 168 页。
③ 康德认为,所谓"灵魂",是指心灵中起灌注生气作用的那种原则。(《判断力批判》,第四十九节,蒋孔阳译。参见伍蠡甫主编:《西方文论选》上卷,上海译文出版社,1979 年,第563 页)

高灵境的启示,可以有三层次。"①如果说六朝诗歌在境界的构成上还基本处在第一层次,并孕育了向第二层次过渡的萌芽,那么,唐人的诗歌已经在第一层次的基础上,进入到第二和第三个层次,更强调"活跃生命的传达",进而使人获得一种"最高灵境的启示"。

我们仍以前面提到的"曲终人不见,江上数峰青"两句为例。林庚说:"山本来就在那里,本来也是青的。但似乎在曲声完了时,这山峰才宛然在目,让人觉得格外地那么青。这青不是多染几笔颜色所能有的。"从"曲终"到"数峰青"这种从听觉到视觉的飞跃正是由艺术带来的。"生活中的感觉是日常的、习惯性的,艺术则使人又恢复了新鲜的感受。而就艺术来说,它本来就是要唤起新鲜的感受。这种感受是生命的原始力量,而在日常生活中,它往往被习惯所淹没了。"因此,"这青的感受其实正是出现在曲终的刹那间,真要是馀音已不复在耳时,数峰也就不那么青了"②。

再次,这种境界在王国维看来,是诗人之境界,而不是常人之境界,"诗人之境界,惟诗人能感之而能写之。故读其诗者亦高举远慕,有遗世之意";"夫境界之呈于吾心而见于外物者,皆须臾之物。惟诗人能以此须臾之物,镌诸不朽之文字,使读者自得之。遂觉诗人之言,字字为我心中所欲言,而又非我之所能自言"(《人间词话》)。

因此,境界虽然是一种心灵体验,是为诗人而设,但诗人只有把它转化成可见可感的形式,才能使人获得美感,使作品具有永恒的艺术魅力。黑格尔指出:"艺术的任务首先就见于凭精微的敏感,从既特殊而又符合显现外貌的普遍规律的那种具体生动的现实世界里,窥探到它的实际存在中的一瞬间的变幻莫测的一些特色,并且很忠实地把这种最流转无常的东西凝定成为持久的东西。"③卡西尔在《人论》中也谈道,艺术在对具体感性的事物之把握中给予我们以秩序,帮我们洞见事物的形式,审美经验正是存在于这种对形式的动态方面的专注之中。"一个伟大的抒情诗人有力量使得我们最为朦胧的情感具有确定的形态,这之所以可能,仅仅是由于他的作品虽然是在处理一个表面上看来不合理性的无法表达的题材,但是却具有着条理分明的安排和清楚有力的表达。……每一件艺术作品都有一个直观的结构,而这就意味着一种理性的品格。"④

---

① 宗白华:《中国艺术意境之诞生》,《美学散步》,上海人民出版社,1981年,第74页。
② 参见林庚:《唐诗综论·唐诗远音》,《林庚诗文集》第七卷,清华大学出版社,2006年,第177—180页。
③ 黑格尔:《美学》第二卷,朱光潜译,商务印务馆,1979年,第370页。
④ 卡西尔:《人论》,甘阳译,上海译文出版社,2004年,第232页。

唐代诗人的贡献在于，他们不仅有丰富的心灵体验和审美情趣，而且还善于通过炼字琢句将其表现出来，使其成为可以被感知的意象。但是这种琢炼，已经不是像六朝人那样为了追求辞藻的绮丽，而是为了创造一种艺术境界，并体现着席勒在《审美教育书简》中所说的那种自由精神，这种自由精神体现在人对自然的创造性思考，并赋予它以形式的美感①。朱光潜在《诗论》一书中说："诗的境界是情趣与意象的融合。情趣是感受来的，起于自我的，可经历而不可描绘的；意象是观照得来的，起于外物的，有形象可描绘的。情趣是基层的生活经验，意象则起于对基层经验的反省。……二者之中不但有差异而且有天然难跨越的鸿沟。由主观的情趣如何能跳这鸿沟而达到客观的意象，是诗和其他艺术所必征服的困难。"②可见，情趣和意象的融合即境界的创造是多么不容易，这也正是唐诗能够超越六朝诗歌而达到艺术顶峰的原因。

总之，意境所具有的情景交融、虚实相生的特点以及其中所蕴含的人生体验、生命感悟等形而上的意味正是诗歌的神韵所在。唐诗（特别是山水诗）的独特贡献不仅在于继承和发展了六朝诗歌的艺术成就（如近体诗的确立与成熟、南北文风的融合等），而且也借鉴了书画艺术的表现技巧以及在处理虚实关系上的看法，在描写上达到了虚与实、繁与简、静与动、远与近等因素的有机结合，同时也更加自觉地以大自然的山水景物去表现主体的精神和情趣，从而超越了六朝诗歌模山范水的阶段。清人朱庭珍曾说，唐人作山水诗，是"以人之性情通山水之性情，以人之精神合山水之精神，并与天地之性情、精神相通相合矣"（《筱园诗话》卷一）。只有传达出山水的性情与精神，才能使诗人笔下的山水景物各具面貌，从而在诗歌中创造出一种亦虚亦实、既独特而又真实的艺术境界。唐人善于创造这样的意境氛围，"在这个氛围里，使一切色彩、构图、感情基调与感情节奏和谐地统一在一起，一切与这个氛围无关的景物与情思，都删汰舍弃，只留下最主要的传神部分。这其实就是诗歌意境的净化与提纯"③。

由于主体的创造意识更加自觉，因而唐诗在审美空间的开拓、意境的创造等方面都超越了前代，并具有了韵味无穷、历久弥新的生命力，这是后人推崇唐诗的主要原因。正如清人朱彝尊所说："唐诗色泽鲜妍，如旦晚脱笔砚者。"（《静志居诗话》）特别是盛唐诗歌，其开阔的胸襟、恢弘的气度和积

---

① 参见席勒：《审美教育书简》，冯至、范大灿译，北京大学出版社，1985 年，第131—132 页。
② 朱光潜：《诗论》，上海古籍出版社，2001 年，第53 页。
③ 罗宗强：《隋唐五代文学思想史》，中华书局，2003 年，第102 页。

极进取的精神,创造了被后人一再称道的"盛唐气象",这正是唐诗的魅力所在,也是形神之辨在唐代以后日益受到关注的重要原因。

四、追求心灵的宁静与自由

朱光潜在《中西诗在情趣上的比较》一文中曾把诗比作花,把哲学和宗教比作土壤。他认为:中国诗与西方诗相比,缺乏深层的彻悟,"在爱情中只能见到爱情,在自然中只能见到自然",不如西方诗深广,因为"它有较深广的哲学和宗教在培养它的根干"。至于中国诗,由于其"哲学思想的平易和宗教情操的淡薄",所以中国诗生在荒瘦的土壤中,虽然现出奇葩异彩,但是与西方诗相比,"终嫌美中有不足"①。

平心而论,我对于朱先生的这段话是有不同看法的。因为一个民族的历史从根本上说,离不开哲学或宗教信仰的引导,而中华民族作为一个有着悠久历史的古老民族,能够在人类文明的进程中得以长久地延续而从未中断,不可能没有自己的哲学或宗教,只是表现方式不同于西方罢了。中国人有属于自己的人生哲学,比如儒家文化强调个人对家庭和社会的责任感,这是实现人生价值的途径;道家强调个人与自然的和谐,天道与人事的统一。这就形成了中国文化特有的一种理性精神和悲剧意识,它主要产生于对人生有限性的追问,同时又努力通过对这种有限性的形而上超越得到精神上的解脱。曹操的《短歌行》开头以"对酒当歌,人生几何"引出了这种追问,最后却以"周公吐哺,天下归心"作结,把人生短暂的苦闷转化为渴求贤才、统一天下的愿望。又如王羲之在《兰亭集序》中有"向之所欣,俯仰之间,已为陈迹"和"修短随化,终期于尽"的感叹,但他并没有因此否定人生的意义,反而说:"一死生为虚诞,齐彭殇为妄作。后之视今,亦犹今之视昔。"正因为人生短暂,所以才更应该珍惜这有限的生命,使它变得更加丰富充实,更加美好难忘,而不是像庄子那样齐彭殇、齐物我、齐生死。毕竟人是"天地之心",如果没有了人,这个世界就失去了意义。正是在这种追问和反思的过程中,我们的人生获得了一种永恒的价值和意义,成为古人安身立命的哲学基础,这是包括儒道两家在内的中国传统文化的共同特征。"中国哲学正是这样在感性世界、日常生活和人际关系中去寻求道德的本体、理性的把握和精神的超越。体用不二、天人合一、情理交溶、主客同构,这就是中国的传统精神,它是所谓中国的智慧。"②

---

① 朱光潜:《中西诗在情趣上的比较》,《朱光潜全集》第三卷,安徽教育出版社,1987年,第78页。

② 李泽厚:《中国古代思想史论》,人民出版社,1985年,第311页。

可见,中国的传统哲学虽然思想平易,但并不浅薄,同样也有其深刻和超越的一面。中国人的宗教情操虽然淡薄,但在寄托精神、安顿心灵方面有其独特的方式,那就是把有限的个体生命升华到宇宙人生的高度,使之融入无限的天道自然中去,王维的"行到水穷处,坐看云起时"、钱起的"曲中人不见,江上数峰青"等诗句中所包含的意义都与此有关。正是通过对生命的体验和感悟,中国人获得了一种内在的超越,从而使人生境界得到提升。因为哲学和宗教所体现的无非就是对一种精神价值的体认,在中国古人看来,"精神"不仅是超验的本体,同时它也是一种元气,它流于天地之间,体现在宇宙万物之中。所以古人对于精神价值的看法,不同于西方哲学(以黑格尔为代表)那种唯理主义的立场,而是注重经验与超验的有机统一。也正因为中国古代社会缺乏像西方那样的宗教,所以文学艺术就在很大程度上代替了宗教的作用,特别是诗歌在古代中国人的日常生活中有着广泛的渗透和影响,这也使中国人的世俗生活有了某种终极关怀的意义。例如魏晋以来由清谈之风引发的玄言诗,它在艺术上虽然并不成功,但却反映了人们对理想人格、自然性情等精神问题的关注,是当时的玄学名士襟怀高远的表现。《世说新语·赏誉》记载:

> 许掾尝诣简文,尔夜风恬月朗,乃共作曲室中语。襟情之咏,偏是许之所长,辞寄清婉,有逾平日。简文虽契素,此遇尤相咨嗟,不觉造膝,共叉手语,达于将旦。

许询是东晋的玄学名士,与孙绰齐名,简文帝(司马昱)称赞他的五言诗"妙绝时人"(《世说新语·文学》)。他所擅长的"襟情之咏"当指可以抒发胸怀,使彼此都非常愉悦的清谈。刘惔曾说:"清风朗月,辄思玄度。"(《世说新语·言语》)刘孝标注引《晋中兴士人书》曰:"许询能清言,于时士人皆钦慕仰爱之。"可见,许询的清谈不但"辞寄清婉",而且具有一种引人入胜的魅力,并非完全出于功利的目的,其"高情远致"连孙绰也不得不"服膺"①。

在这种体道适性的精神活动中,他们获得了一种精神上的慰藉。在经历了长期的社会动荡之后,东晋士人终于安顿下来,可以从容地清谈吟咏、登山临水了。这种生活也影响到他们的人生理想、生活情趣和审美趣味的

---

① 据《世说新语·品藻》记载:"支道林问孙兴公:'君何如许掾?'孙曰:'高情远致,弟子早已服膺;一吟一咏,许将北面。'"又,《世说新语·品藻》第61条刘孝标注引宋明帝《文章志》曰:"绰博涉经史,与许询俱有负俗之谈。询卒不降志,而绰婴纶世务焉。"

形成，正如宗白华所说的，是一种"倾向简约玄澹，超然绝俗的哲学的美"，"是以老庄哲学的宇宙观为基础，富于简淡、玄远的意味"①。

不过在他们看来，与生活环境的安定相比，追求心灵的自由和宁静，才是更加重要的。东晋的高门士族虽然没有了穷达出处的困扰，但现实中人生苦短的感伤仍然是无法逃避的，即使是身为宰相风流倜傥的谢安也不例外。他在《与支遁书》中说："人生如寄耳，顷风流得意之事，殆为都尽。终日戚戚，触事惆怅。"这种感伤与西晋石崇所说的"感性命之不永，俱凋落之无期"（《金谷诗序》）没有什么两样。但是，在这一时期的诗文中我们却很少看到这方面的内容，大都是一派平和恬淡的景象，缺少建安和正始时期的那种慷慨之音。这其中的原因不能不归结到玄学和佛教的渗透。

我们知道，东晋士人往往玄佛兼修，玄学会通儒道，一方面肯定了人的自然性情和独立人格，另一方面又强调"圣人之情，应物而无累于物"（《三国志·钟会传》注引何劭《王弼传》），"不性其情，何能久行其正"（王弼《周易·乾卦注》）。所谓"性其情"，即要求情感符合本性，以情从理。这就使他们在重情的同时，又具有了一种超越性，把个体的情感上升到对生命意义的终极关怀。《世说新语·言语》记载：

> 桓公北征，经金城，见前为琅邪时种柳，皆已十围，慨然曰："木犹如此，人何以堪！"攀枝执条，泫然流泪。

从桓温为琅邪内史到他第三次北征途经金城，约有三十年时间。作为一代枭雄，他看到当年亲手栽种的柳树已长成十围，不由得感到岁月流逝之快和人生的短暂。但他的这种慨叹并不仅限于个人，而是指向整个人类，带有一种超越性的终极关怀。冯友兰在《论风流》一文中说："真正风流底人有深情。但因其亦有玄心，能超越自我，所以他虽有情而无我。所以其情都是对于宇宙人生底情感，不是为他自己叹老嗟卑。桓温说'木犹如此，人何以堪'，他是说'人何以堪'，不是说'我何以堪'，假使他说'木犹如此，我何以堪'，他的话的意义风味就大减，而他也就不够风流。……真正风流底人，有情而无我，他的情与万物的情有一种共鸣，他对于万物，都有一种深厚底同情。"②

① 宗白华：《论〈世说新语〉和晋人的美》，《美学散步》，上海人民出版社，1981年，第209、220页。

② 冯友兰：《论风流》，《三松堂学术文集》，北京大学出版社，1984年，第614—615页。

而王羲之在《兰亭集序》中面对着良辰美景也同样悲叹人生的短暂：

　　此地有崇山峻岭，茂林修竹，又有清流激湍，映带左右。引以为流
觞曲水，列坐其次，虽无丝竹管弦之盛，一觞一咏，亦足以畅叙幽情。是
日也，天朗气清，惠风和畅，仰观宇宙之大，俯察品类之盛，所以游目骋
怀，足以极视听之娱，信可乐也。

　　夫人之相与，俯仰一世，或取诸怀抱，晤言一室之内；或因寄所托，
放浪形骸之外。虽取舍万殊，静躁不同，当其欣于所遇，暂得于己，快然
自足，曾不知老之将至。及其所之既倦，情随事迁，感慨系之矣。向之
所欣，俯仰之间，以为陈迹，犹不能不以之兴怀。况修短随化，终期于
尽。古人云：“死生亦大矣。”岂不痛哉！每览昔人兴感之由，若合一契，
未尝不临文嗟悼，不能喻之于怀。固知一死生为虚诞，齐彭殇为妄作。
后之视今，亦由今之视昔。悲夫！故列叙时人，录其所述，虽世殊事异，
所以兴怀，其致一也。后之览者，亦将有感于斯文。

这种悲叹就是他所谓的“向之所欣，俯仰之间，已为陈迹”，以及“死生亦大
矣，岂不痛哉”之类。但是，他又能够从这种焦虑和痛苦中超脱出来，冷静地
认识到，人的一生虽然短暂，但还是要珍惜这短暂的人生，珍惜这瞬间的快
乐，而不赞成像庄子那样泯灭生命的意义，把生与死、寿与夭同等看待的观
点。故云：“一死生为虚诞，齐彭殇为妄作。后之视今，亦犹今之视昔。”这就
把个体的生命体验放在了一个古往今来人事变迁的大背景下，使之上升为
一种人类的集体意识。它超越了个体的情感，从而获得了一种永恒的意义。
这就体现了一种客观理性的态度，一种超越自我的精神。所以他希望通过
“兴怀”的方式与人类进行沟通，“虽世殊事异，所以兴怀，其致一也”，这就
在某种程度上将这种痛苦得以消释和淡化。这种超越自我的精神正是魏晋
风度的意义和价值所在。

　　除此以外，东晋南朝以来的佛教在形神问题的广泛讨论中，对形而上的
精神意蕴的弘扬也弥补了中国传统文化中过于世俗的一面，并达到了孔老
无法企极的高度①，这就使东晋士人在清谈雅集、山水游赏中获得了一种空
明澄澈的精神体验，坚定了虔心修道的信念，从而极大地提升了人的精神境
界。正是从这个时候起，中国诗歌才真正开始了对精神超越的探求。东晋
的玄言诗人努力追求一种自由无待、逍遥适意的最高境界，甚至不惜以理遣

───────────

①　参见袁济喜：《论六朝佛学对中国文论精神的升华》，《学术月刊》2006 年第 9 期。

情,因而常常遭到后人的批评,但他们对宇宙人生的深沉思索使诗歌的发展
呈现出向内探求的趋势,这对后世的影响是相当深远的。

　　南朝以后人们更加重视文学"吟咏情性"的本质,文学的发展日趋世俗
化,甚至出现了轻艳丽靡的宫体诗,《梁书·简文帝纪》说萧纲"雅好题诗,
其序云:'余七岁有诗癖,长而不倦。'然伤于轻艳,当时号曰'宫体'"。但即
使是萧纲本人也并没有把文学完全当作世俗享乐的工具,如他强调诗歌是
"寓目写心,因事而作"(《答张缵谢示集书》)的产物,因而重视比兴手法的
运用,反对把文学创作与学术文章混为一谈,认为那些"竞学浮疏,争为阐
缓"的文章"既殊比兴,正背风骚"(《与湘东王书》)。萧绎在《金楼子·立
言篇》中也把"流连哀思"、"情灵摇荡"看作是区分文与笔的主要依据,并提
出了文学创作中心与物"内外相感"的问题。他说:

　　　　捣衣清而彻,有悲人者。此是秋士悲于心,捣衣感于外,内外相感,
　　愁情结悲,然后哀怨生焉。苟无感,何嗟何怨也!

正因为主体心中先有所感,听到清澈的捣衣声,才会引发哀怨之情。这与刘
勰在《文心雕龙·物色》中提出的"写气图貌,既随物以宛转;属采附声,亦
与心而徘徊"的说法不是很相近吗! 此外,《梁书·昭明太子传》记载:

　　　　(萧统)性爱山水,于玄圃穿筑,更立亭馆,与朝士名素者游其中。
　　尝泛舟后池,番禺侯轨盛称"此中宜奏女乐"。太子不答,咏左思《招隐
　　诗》曰:"何必丝与竹,山水有清音。"侯惭而止。

萧统把山水视为同音乐一样可以深入人心、寄托精神的载体,这就意味着山
水已经不是客观的景物,而是主观情思的象征,因而左思的"非必丝与竹,山
水有清音"两句得到他的欣赏,其实也说明了这一点。这样说来,从"山水有
清音"到"江上数峰青",六朝人对山水审美的心灵体验与唐人相比,这中间
的距离已经不算太远了吧!

第六章 中国传统文化背景下的六朝诗学精神

"诗学"这个概念,在中国古代主要是关于诗歌创作实践方面的学问①,并不完全是理论问题,诗学理论主要存在于对创作的反思与批评当中。诗学精神也并非仅与诗学理论有关,而是牵涉到作家的人生体验、人格理想、审美情趣等问题,同时也与时代环境、思想文化等密切相关。

诗歌是中国传统文化的重要组成部分,林语堂在他的《中国人》一书中认为,中国诗歌对社会人生的渗透与影响较西方深刻得多,中国人在诗里获得了一般民族在宗教里才能获得的灵感,他甚至把诗歌称作中国人的宗教②。林语堂以文人的眼光,敏锐地感受到了中国诗歌中所蕴含的文化精神。

诗歌也是中国古代文学的主体,在传统的文艺理论中,有关诗歌的理论最丰富,也最精彩,而中国的诗学观念重在现实人生的体验和人格精神的培养,这与西方诗学追求形式之美,为艺术而艺术的倾向有所不同。

至于"精神"这个概念,在中国传统文化中带有一些原始思维的特点,"精"和"神"的含义都与"气"有关。如《管子·内业》云:"精也者,气之精者也。"《礼记·祭义》则说:"气也者,神之盛也。"《乐记》亦云:"气盛而化神。"这种观念一直被后人沿用,如王夫之认为:"盖气之未分而能变合者即神,自其合一不测而谓之神尔,非气外有神也。"③刘勰也说:"气衰者虑密以伤神。"(《文心雕龙·养气》)可见,"精"和"神"就是精气(或清气),实际上都是元气的一种表现形式,它可以存在于一切事物之中,成为原始宗教崇拜的神灵。而人的精神意识乃是这种清气的禀赋与转化,其含义是比较宽泛

---

① "诗学"一词最初见于晚唐郑谷的《中年》一诗:"衰迟自喜添诗学,更把前题改数联。"意思是说自己衰老迟暮,但诗艺却有所提高。又,北宋王珪《望都县太君倪氏墓志铭》云:"(李)煜器其少年有诗学,拜秘书郎。"可见,古人把"诗学"看成是创作实践方面的学问,与西方人的理解完全不同。

② 林语堂:《中国人》,学林出版社,1994年,第240页。

③ 王夫之:《张子正蒙注》卷二,《船山遗书》第十二册,中国书店,2016年,第43页。

的,包括人与自然在内,并不专指人的思维与意识①。

精神现象往往具有某种神秘莫测的性质,如"阴阳不测之谓神"(《周易·系辞上》),"不见其事而见其功,夫是之谓神"(《荀子·天论》)等,都说明了这一点,这也是一切原始民族早期所共有的观念。但是,就华夏民族而言,天地自然在古人的心目中并不只是神秘和敬畏的对象,也是一种亲和的对象。因为农耕文明的生产方式使古人对自然界有很强的依赖性,对风调雨顺的期盼,对安居乐业的向往,使先民对四时更替、季节变换格外敏感。在古人看来,寒来暑往,春种秋收,一年四季周而复始,宇宙万物在运动变化之中自身又始终保持着一种和谐有序的状态。这一点在《周易·系辞下》中有明显的反映:"日往则月来,月往则日来,日月相推而明生焉;寒往则暑来,暑往则寒来,寒暑相推而岁成焉。"这就在很大程度上淡化了中国人的宗教神灵观念,形成了一种"有情的宇宙观",它包含着宗教、审美和道德等诸多因素。对于这类问题人们无法靠理智和思辨来认识,只能通过体验和感悟来获得,在人伦日用中通过"下学而上达"来达到对现实的超越和精神意蕴的把握。正因为如此,包括文学和艺术在内的审美活动就成为精神体验的重要手段。

第一节　人　生　体　验

六朝诗学精神与那个时代人们的文学观念密切相关。汤用彤认为,六朝时期对于"文"有两种不同的观点:"一言'文以载道',一言文以寄兴,而此两种观点均认为'文'为生活所必需。前者为实用的,两汉多持此论,即曹丕《典论·论文》亦未脱离此种观点之影响,故他以文章为'经国之大业',而后韩愈更唱此论也。此种'文以载道'实以人与天地自然为对立,而外于天地自然,征服天地自然也。后者为美学的,此盖以'文'为感受生命和宇宙之价值,鉴赏和享受自然,……故文章当表现人与自然合为一体。《文赋》谓'诗缘情而绮靡',又谓'或托言于短韵,对穷迹而孤兴',故文章必须有深刻之感情。而'寄兴'本为喻情,故是情趣的,它是从文艺活动本身引出之自满自足,而非为达到某种目的之手段。"②汤用彤所说的这后一种观点,正是六朝诗学精神的来源。

---

① 参见袁济喜:《中国古代文论精神》,山西教育出版社,2005 年,第 11—13 页。
② 汤用彤:《魏晋玄学与文学理论》,见《魏晋玄学论稿》,上海古籍出版社,2001 年,第 206 页。

　　六朝是文学自觉的时代,随着文学地位的提高,文学创作在人们的精神生活中已经占有了非常重要的地位。人生体验与文学创作的有机结合成为那个时代文人的自觉行为,并逐渐摆脱了传统政教观念的束缚。所谓人生体验,就是对自然、社会和人生的一种深刻的认识与感受。比如古诗中常有伤春悲秋、悲欢离合的感慨,人生短暂、美景不再的感伤,仕途失意、怀才不遇的无奈,等等,这都不是一般的生活经历,而是一种深刻的人生体验。可见,体验不同于一般的生活经验,而是在生活经验中见出生命的意义、深刻的思想和动人的诗意,它包含着一种价值性的评判和领悟①。德国哲学家伽达默尔曾对“体验”一词做过这样的阐释:“如果某个东西不仅被经历过,而且它的经历存在还获得一种使自身具有继续存在意义的特征,那么这东西就属于体验。以这种方式成为体验的东西,在艺术表现里就完全获得了一种新的存在状态。”②体验不是一般的认识、感觉和印象,而是与艺术和审美密切相关的情感活动和生命感悟,这就意味着人生体验经过诗人的审美创造可以转化为一种诗学精神。

　　人生体验与诗学精神的关系首先表现在对个体情感的重视上。钟嵘在《诗品序》中曾列举了社会生活中种种悲剧性的人生遭遇(如楚臣去境、汉妾辞宫、骨横朔野、负戈外戍,等等),然后说道:“凡斯种种,感荡心灵,非陈诗何以展其义,非长歌何以骋其情? ……使穷贱易安,幽居靡闷,莫尚于诗矣。”汉魏以来的文学自觉,正是集中地体现在这一点上。如曹植在《赠徐幹》诗中说:“慷慨有悲心,兴文自成篇。”说明他对以诗抒情的自觉意识。刘勰在《文心雕龙·明诗》中说建安诗人“慷慨以任气,磊落以使才”,在《时序》篇中也说这一时代的文学风尚是“志深而笔长,故梗概而多气”。这种风气的形成与汉末以来“世积乱离,风衰俗怨”的社会现实是分不开的,因而,体现儒家忧时伤乱、渴望建功立业的进取精神就成为这一时期诗学精神的一个重要内容,后人常把“建安风骨”与“盛唐气象”相提并论,主要就是着眼于这一点。

　　对情感问题的重视也反映在这一时期关于圣人有情与无情的讨论上。据《三国志·魏书·钟会传》注引何劭《王弼传》云:“何晏以为圣人无喜怒哀乐,其论甚精,钟会等述之。弼与不同,以为圣人茂于人者神明也,同于人者五情也。神明茂故能体冲和以通无,五情同故不能无哀乐以应物,然则圣

---

① 参见童庆炳、程正民主编的《文艺心理学教程》,高等教育出版社,2001 年,第 75—76 页。

② 汉斯-格奥尔格·伽达默尔:《真理与方法》上卷,洪汉鼎译,上海译文出版社,2004 年,第 79 页。

人之情,应物而无累于物者也。今以其无累,便谓不复应物,失之多矣。"何劭《王弼传》又载王弼《答荀融书》云:"夫明足以寻极幽微,而不能去自然之性。颜子之量,孔父之所预在,然遇之不能无乐,丧之不能无哀。又常狭斯人,以为未能以情从理者也,而今乃知自然之不可革。"总的看来,王弼一方面肯定了人的各种现实情感的合理性,另一方面又指出圣人具有超越性的一面,能够做到"以情从理",而这一切都是出于自然的。也就是说,王弼既肯定了人的自然情感,又强调超越现实,体现了魏晋玄学本末体用的基本观念。王弼对自然情感的肯定,丰富了"自然"一词的含义,使人们对情感问题的认识更加深入,也为玄言诗的产生提供了理论基础。

从表面上看,玄言诗"莫不寄言上德,托意玄珠"(沈约《宋书·谢灵运传论》),背离了抒情言志的诗学传统,"诗骚之体尽矣"(《世说新语·文学》注引檀道鸾《续晋阳秋》)。玄言诗人似乎都是一些体道之士。但从现存的玄言诗来看,多数作品并非只是空谈玄理,而与现实人生毫无关系。如庾蕴《兰亭诗》云:"仰想虚舟说,俯叹世上宾。朝荣虽云乐,夕弊理自因。"虽然借用了《庄子·山木》中的典故,但作者却从中引发了朝荣夕弊、盛衰无常的感叹。

同样,王羲之在他的《兰亭诗》中也有类似的感慨:"合散固其常,修短定无始。造新不暂停,一往不再起。于今为神奇,信宿同尘滓。谁能无此慨? 散之在推理。言立同不朽,河清非所俟。"这使人联想到他在《兰亭集序》中所发出的"死生亦大矣,岂不痛哉"的感叹。可见,阐发玄理的目的还是为了消释生命的感伤和焦虑,在精神上获得一种解脱和提升。从这个意义上说,"古代诗歌言志抒情的传统到玄言诗人并没有中断,不同在于情志的内涵与表现,玄言诗人是从理念的层面而不是从形象的层面抒情言志,或者说他们所抒发的是理念化之情",由于"魏晋玄学整体上既重情,又要求超越形而下之情",所以"情的内涵已由实入虚,变为'高情'、'至情'"①。

其次,人生体验与诗学精神的关系也表现在对生命问题的思考上。中国传统文化非常重视人的生命体验,正因为人生有限,所以人们才渴望不朽,希望能够有所作为。但是在动荡黑暗的现实社会中,建功立业的理想常常难以如愿,特别是在"天下多故,名士少有全者"的魏晋易代之际,更是如此。理想与现实的矛盾促使人们不得不重新思考人生的意义,阮籍在他的《咏怀诗》中常常表现出对现实社会的批判和对传统人生价值观的否定,如"自然有成理,生死道无常"(其五十三)、"繁华有憔悴,堂上生荆杞"(其

---

① 钱钢:《东晋玄言诗审美三题》,《上海大学学报》1997 年第 1 期。

三)、"千秋万岁后,荣名安所知"(其十五)等。在阮籍看来,人生的一切似乎都失去了意义,也不值得留恋。当然,在《咏怀诗》中也有阮籍肯定的对象,主要是那些理想中的大人君子和抱朴守素的布衣之士,如"布衣可终身,宠禄岂足赖"(其六)、"招彼玄通士,去来归羡游"(其七十七)等。与建安文学相比,阮籍的诗从对外在功业的追求转向了对生命意义的理性思考,这也是《咏怀诗》的一个基本主题。

对生命意义和生死问题的思考在陶渊明的作品中体现得更加全面和充分,其中最有代表性的就是他的《形影神》组诗。在这组诗中,陶渊明通过形影神之间的对话,提出了三种不同的人生态度,在"神辨自然"的基础上,最后归结为一种委运任化的思想:"甚念伤吾生,正宜委运去。纵浪大化中,不喜亦不惧。应尽便须尽,无复独多虑。"这也就是陈寅恪概括的"惟求融合精神于运化之中,即与大自然融为一体"的"新自然说"①。不过,对于及时行乐和立善求名的态度,陶渊明也没有简单地加以否定,而是在肯定其合理性一面的同时,又指出其中的不足(前者过于消极,后者又很虚幻)。

陶渊明的思想上有很多矛盾,例如在生死问题上他也时常感到焦虑,他说:"从古皆有没,念之中心焦。"(《己酉岁九月九日》)在《自祭文》中又云:"人生实难,死如之何?"既然人生在世如此艰难,死后又不可知,为什么不能及时行乐呢? 所以他在《游斜川》一诗中说:"且极今朝乐,明日非所求。"在对待立善求名的问题上,陶渊明的态度也有些矛盾,他称赞颜回的人格精神,"朝与仁义生,夕死复何求"(《咏贫士》其四),但对颜回的清贫,又感到遗憾,"屡空不获年,长饥至于老。虽留身后名,一生亦枯槁"(《饮酒》其十一)。他有时感叹人生的虚幻,"人生似幻化,终当归空无"(《归园田居》其四),但并没有彻底否定人生,认为还是应该有所作为,至少要做到自食其力,"人生归有道,衣食固其端。孰是都不营,而以求自安"(《庚戌岁九月中于西田获早稻》)。总的说来,他对生命问题看得比较清醒透彻,既不完全否定,也不过分执着,让一切都顺应自然。这是他人生体验的觉悟和超越,也是六朝诗学精神成熟的标志。

此外,人生体验与诗学精神的关系还表现在对自然美的发现上。自然美是指大自然本身所呈现出来的形态和神韵之美,同时也包含着人的感受与评价。也就是说,自然美的发现,不仅与对象本身有关,而且也与主体自身的态度有关。黑格尔虽然轻视自然美,认为它远远低于艺术美,但他关于

---

① 陈寅恪:《陶渊明之思想与清谈之关系》,《金明馆丛稿初编》,上海古籍出版社,1980年,第205页。

自然美的论述仍然值得重视。他说："自然美只是为其它对象而美，这就是说，为我们，为审美的意识而美。"①一方面，自然界的万象纷呈本身"显出一种愉快的动人的外在和谐，引人入胜"；另一方面，"自然美还由于感发心情和契合心情而得到一种特性。例如寂静的月夜，平静的山谷，其中有小溪蜿蜒地流着，一望无边波涛汹涌的海洋的雄伟气象，以及星空的肃穆而庄严的气象就是属于这一类。这里的意蕴并不属于对象本身，而是在于所唤醒的心情"②。可见，山水景物只有与人的心灵产生沟通，才能称得上发现。所以清人叶燮说："凡物之美者，盈天地间皆是也，然必待人之神明才慧而见。"（《集唐诗序》）归根结底，自然美的发现，是与人的审美意识密切相关的，是由于魏晋以来人的精神得到了自由和解放，"这种精神上的真自由、真解放，才能把我们的胸襟像一朵花似地展开，接受宇宙和人生的全景，了解它的意义，体会它的深沉的境地"③。

　　自然美的发现也与魏晋玄学和佛教的影响有关。玄学和佛教都重视自然，如王弼认为："万物以自然为性。"④这里的"自然"就是"道"，是一个哲学概念。但"道"又是无所不在的，自然山水正是"道"的最好体现，人们可以从中体悟自然的真谛。不仅如此，山水也最适合人的自然本性，人的精神在那里能够获得充分的自由，所以宗炳在《画山水序》中提出"畅神"说，强调主体应以一种空明虚静的心态观照自然（"贤者澄怀味象"），以此来体悟佛理，并由此获得精神上的超越。在宗炳看来，山水不仅"质有而趣灵"，而且还能够"以形媚道"，实际上是把自然山水看成是有机的生命体（这里的"媚"字有"亲近"的意思）。与传统的物感说相比，"畅神"说突出了物我两忘、自由和谐的精神交流，这就使宗炳的"畅神"说更具有审美意义。于是，自然被人格化了，人与自然之间可以像知己一样在情感上进行交流沟通，正如刘勰所云："山沓水匝，树杂云合。目既往还，心亦吐纳。春日迟迟，秋风飒飒。情往似赠，兴来如答。"（《文心雕龙·物色》）

　　魏晋士人对自然的这种态度也体现在诗歌中，并成为六朝诗学精神的一个重要方面。如王羲之的《兰亭诗》："三春启群品，寄畅在所因。仰望碧天际，俯瞰绿水滨。寥朗无涯观，寓目理自陈。大矣造化功，万殊莫不均。群籁虽参差，适我无非新。"尽管诗中还有比较明显的体悟玄理的内容，不是真正意义上的山水诗，但它"真能代表晋人这纯净的胸襟和深厚的感觉所启

①　黑格尔：《美学》第一卷，朱光潜译，商务印书馆，1979 年，第 160 页。
②　黑格尔：《美学》第一卷，朱光潜译，商务印书馆，1979 年，第 170 页。
③　宗白华：《美学散步》，上海人民出版社，1981 年，第 216 页。
④　校宇烈校释：《王弼集校释》，中华书局，1980 年，第 76 页。

示的宇宙观。'群籁虽参差,适我无非新'两句尤能写出晋人以新鲜活泼自由自在的心灵领悟这世界,使触着的一切呈露新的灵魂、新的生命。于是'寓目理自陈',这理不是机械的陈腐的理,乃是活泼泼的宇宙生机中所含至深的理。"①而陶渊明的田园诗,诸如"平畴交远风,良苗亦怀新"(《癸卯岁始春怀古田舍》)、"众鸟欣有托,吾亦爱吾庐"(《读山海经》其一)、"采菊东篱下,悠然见南山"(《饮酒》其五),等等,不仅流露出对大自然的欣喜和向往,而且表现了他悠然自得的情趣和旷达超脱的胸襟。萧统在谈到其读陶渊明诗文的体会时说:"尝谓有能观渊明之文者,驰竞之情遣,鄙吝之意祛,贪夫可以廉,懦夫可以立。岂止仁义可蹈,抑乃爵禄可辞。不必傍游泰华,远求柱史。"(《陶渊明集序》)

到了晋宋之际,"庄老告退,而山水方滋"(《文心雕龙·明诗》)。从玄言诗到山水诗的转变,不仅使诗歌在"模山范水"方面达到了很高的成就,而且也使魏晋士人以体悟玄理为目的的山水品赏变成了真正意义上的情感交流。谢灵运在《游名山志》中把他对山水的热爱看作是"性分之所适",即本性使然,就如同衣食是"人生之所资"一样。这种爱好甚至超越了对名利的追求:"君子有爱物之情,有救物之能,横流之弊,非才不治。故时有屈己以济彼,岂以名利之场贤于清旷之域邪?"这就使他能够忘我地投入自然的怀抱,把新鲜活泼的心灵体验与生机勃勃的自然美景融为一体。因此,谢灵运笔下的景物往往是人格化的,如"白云抱幽石,绿筱媚清涟"(《过始宁墅》),"林壑敛冥色,云霞收夕霏"(《石壁精舍还湖中作》)"海鸥戏春岸,天鸡弄和风"(《于南山往北山经湖中瞻眺》),等等。所以徐复观说:"由魏晋所开辟的自然文学,乃是人的感情的对象化。于是,诗由'感'的艺术,而同时成为'见'的艺术。诗中感情向自然的深入,即是人生向自然的深入。由此而可以把抑郁在生命内部的感情,扩展向纯洁地自然中去。"②

第二节　人　格　理　想

从本质上说,诗学精神是与创作主体的人格理想、审美艺术的追求等因素密切相关的,而诗学精神的最高境界与艺术精神是相通的。徐复观认为:

---

① 宗白华:《美学散步》,上海人民出版社,1981 年,第 217 页。
② 徐复观:《中国画与诗的融合》,见《中国艺术精神》附录一,春风文艺出版社,1987 年,第418 页。

"艺术是人生重要修养手段之一,而艺术最高境界的达到,却又有待于人格自身的不断完成。"①显然,徐复观对艺术精神的理解是强调主体的人格修养。人格是一个价值范畴,它存在于生命体验的过程中,是一个人的精神素质的综合体现。而人格的形成又与人的现实处境以及他对这种处境的态度密切相关。俄罗斯学者别尔嘉耶夫认为:"个体人格自我实现的前提是抗拒:抗拒世界奴役的统治,抗拒人对世界奴役的驯服融合。……世界如此沉重,生命如此孱弱,人是很容易本能地趋乐避苦的。但是,攫取自由即或再度激活痛苦,赢得的自由却可以减少那种因失去自由所招致的更大痛苦。因此,毫不夸张地说,人世间的痛苦即个体人格的生成。"②我们读屈原的作品,特别是《离骚》和《九章》,感受最深刻的是他在作品中所体现出来的那种为坚持理想而上下求索、九死不悔的人格精神,这也是屈原诗学精神的集中体现。

两汉时期,儒学独尊,通经入仕是士人唯一的选择,利禄所在,趋之若鹜。"经明行修"的目的是为大一统政权服务,皇权的专制和大一统的思想极大地压抑了士人的个性,限制了他们才能的发挥。儒学独尊虽然对统一思想、稳定社会起过积极的作用,但在皇权的专制下,传统儒学中弘扬道义、杀身成仁的精神往往为现实所不容(东汉末年的"党锢之祸"就是一个典型的例子)。士人与帝王的关系正如东方朔所说:"尊之则为将,卑之则为虏;抗之则在青云之上,抑之则在深泉之下;用之则为虎,不用则为鼠。"(《答客难》)在这种情况下,士人难以保持自己独立的人格。

东汉以来,随着儒学的衰落和道家思想的兴起,士人的独立人格有了很大的发展,正如李泽厚所说:"正是对外在权威的怀疑和否定,才有内在人格的觉醒和追求。"③因为旧的规范和秩序已经崩溃,"于是要求彻底摆脱外在的标准、规范和束缚,以获取把握所谓真正的自我,便成了魏晋以来的一种自觉意识"④。所以宗白华说:"汉末魏晋六朝是中国政治上最混乱、社会上最苦痛的时代,然而却是精神史上极自由、极解放、最富于智慧、最浓于热情的一个时代。因此也就是最富有艺术精神的一个时代。"⑤

到了魏晋时期,出现了各种不同的人生观,主要有以阮籍为代表的逍遥论,以嵇康为代表的养生论,还有以《列子·杨朱》为代表的纵欲论等。在那

①　徐复观:《中国艺术精神》,春风文艺出版社,1987 年,第 25—26 页。
②　尼古拉·别尔嘉耶夫:《人的奴役与自由:人格主义哲学的体认》,徐黎明译,贵州人民出版社,1994 年,第 11—12 页。
③　李泽厚:《美的历程》,中国社会科学出版社,1989 年,第 85 页。
④　李泽厚:《中国古代思想史论》,人民出版社,1985 年,第 193 页。
⑤　宗白华:《美学散步》,上海人民出版社,1981 年,第 208 页。

个道德崩溃、风气颓靡的社会中,这些人生观虽然有反抗传统的一面,但却缺少救世精神,只能追求个体精神的满足和心灵的和谐,如嵇康的《养生论》强调"爱憎不栖于情,忧喜不留于意,泊然无感,体气和平"。庄子的思想虽然得到前所未有的重视,但绝对的超脱和逍遥是做不到的。比如西晋时期曾为《庄子》作注的郭象,"少有才理,好《老》《庄》,能清言"。早年不受州郡辟召,闲居在家,"以文论自娱"。后应召任司徒掾,迁黄门侍郎,又为东海王司马越所招揽,被任命为太傅主簿,深得赏识和重用,"任职当权,熏灼内外"(《晋书·郭象传》),郭象的转变因此遭到了一些名士的鄙视和非议。他后来为《庄子》作注,目的就是要将其思想加以改造,解决出世与入世的矛盾,以"明内圣外王之道"。

至于阮籍的逍遥论(如《大人先生传》、《达庄论》),主要还是庄子思想的发挥,是指一种精神上的超越,而在现实生活中是不自由的,所以它很难落实为一种现实的人生态度。而且旧的秩序虽然崩溃,但儒家传统的道德规范、行为准则不可能从人们的思想中彻底根除,如阮籍任性不羁,行为放诞,"礼法之士疾之若仇",可是"外坦荡而内淳至"(《晋书·阮籍传》)。他在《乐论》中曾说:"夫正乐者,所以屏淫声也,故乐废则淫声作。汉哀帝不好音,罢省乐府,而不知制正礼,乐法不修,淫声遂起。"可见,阮籍非常重视礼乐的教化作用,并没有从根本上反对礼教。从阮籍的出身来看,陈留阮氏为汉魏旧族,而汉魏旧族靠的是累世经学和累世公卿,儒学是他们的立身之本,门第与儒学传统有不解之缘。《世说新语·任诞》第十条注引《竹林七贤论》曰:"诸阮前世皆儒学。"所以近人黄节认为:"魏晋之交,老庄之学盛行,嗣宗亦著有达老通庄之论,然嗣宗实一纯粹之儒家也。内怀悲天悯人之心,而遭时不可为之世,于是乃混迹老庄,以玄虚恬淡,深自韬晦,盖所谓有托而逃焉者也,非嗣宗之初心也。"(转引自萧涤非《读诗三札记》)

又如嵇康,虽然公开"非汤武而薄周孔"(《与山巨源绝交书》),反对虚伪的名教,以至于后来被司马昭以不孝的罪名杀害(跟曹操杀孔融的罪名差不多),但实际上,嵇康是一个理想主义者,他在抨击衰世道德理想沦落时,常有"大道既隐"(《卜疑》)、"大道沉沦"(《太师箴》)的感叹,在《答二郭》一诗中亦云:"详观凌世务,屯险多忧虞。施报更相市,大道匿不舒。"可见,嵇康对儒学理想的追求是极为认真的,并非真正反对名教。所以鲁迅认为:"表面上毁坏礼教者,实则倒是承认礼教,太相信礼教。……因为他们生于乱世,不得已,才有这样的行为,并非他们的本态。"①

---

① 鲁迅:《魏晋风度及文章与药及酒之关系》,《鲁迅全集》第三卷,人民文学出版社,2005年,第535页。

　　这种思想上的矛盾和人格上的分裂在当时是普遍存在的。如"质性自然"的陶渊明,虽然在经过仕与隐的反复后终于归隐田园,但仍然无法从根本上彻底化解仕隐出处的矛盾。他在诗中曾说:"人生归有道,衣食固其端。孰是都不营,而以求自安!"(《庚戌岁九月中于西田获早稻》)看起来,陶渊明归隐田园的目的似乎就是为了营谋衣食以求自安,通过躬耕的劳动生活来肯定生命的意义。但是孔子却明确地反对他的弟子樊迟学稼学圃,他说:"上好礼,则民莫敢不敬;上好义,则民莫敢不服;上好信,则民莫敢不用情。夫如是,则四方之民襁负其子而至矣,焉用稼?"(《论语·子路》)孔子是有远大志向的人,他认为君子应该"谋道不谋食"、"忧道不忧贫"(《论语·卫灵公》)。陶渊明对此是很清楚的,他在诗中说:"先师有遗训,忧道不忧贫。瞻望邈难逮,转欲志长勤。"(《癸卯岁始春怀古田舍》其二)但是因为孔子的境界太高,"忧道不忧贫"的遗训无法实现,不得已才转而务农。可见,他对自己的这种定位感到有些无奈,所以在诗的最后说道:"长吟掩柴门,聊为陇亩民。"

　　魏晋士人的这种思想矛盾是汉末以来名教危机的重要体现,也是魏晋玄学得以形成的主要原因。从现实的角度来说,玄学的产生是为人格的重塑与统一探求理论上的依据,从而形成了一种新的人生观念和人格理想。汤用彤指出:"魏晋人生观之新型,其期望在超世之理想,其向往为精神之境界,其追求者为玄远之绝对,而遗资生之相对。从哲理上说,所在意欲探求玄远之世界脱离尘世之苦海,探得生存之奥秘。"[1]所以李泽厚把构建理想的人格本体看作是魏晋玄学的中心问题,他说:"人的自觉成为魏晋思想的独特精神,而对人格作本体建构,正是魏晋玄学的主要成就。"[2]张海明也指出:"玄学产生的过程,正是人格问题的讨论由显而微、由具体而抽象的过程。事实上,人格问题的讨论不仅直接导向了魏晋玄学,而且还孕育了魏晋玄学的现实主题,诸如理想的圣人人格为何、名教与自然的关系等,都和人格问题的讨论有着直接的渊源。"[3]

　　总之,玄学确立了一种重神贵无、崇尚自然的观念,并通过士人的人格精神影响到六朝的文学和艺术,从而形成了一种新的审美理想,"这就是将美从狭隘的道德境界上升到宇宙本体上,注重表现和描绘精神之美,在山水赏会中澄怀观道,静以求之。在各类艺术中追求超越形相的无限之美,本体

①　汤用彤:《魏晋玄学论稿》,上海古籍出版社,2001 年,第 196 页。
②　李泽厚:《中国古代思想史论》,人民出版社,1985 年,第 193 页。
③　张海明:《玄妙之境》,东北师范大学出版社,1997 年,第 21 页。

之美"①。玄学与艺术通过理想人格这个中介使两者得到沟通,前者是哲学的诗化,后者是诗化的哲学。玄言诗在艺术上虽然并不成功,在晋宋之际为山水诗所取代,但它所张扬的那种超越世俗的、审美化的人格理想和精神境界对山水诗的影响是非常深远的。"从晋宋到唐代,典型的山水诗都能显示出诗人超脱、从容、宁静、闲雅的风度。这种品味高雅的士大夫气,便是中国山水诗的神韵所在"。②这就形成了一种被苏轼称为"寄至味于淡泊"、"似淡而实美"的风格(类似于中国画中的南宗画派)。从玄言诗到山水诗,标志着六朝诗人的审美活动和艺术实践在这种新的审美理想的影响下不断得到提升,成为诗学精神的重要体现。

第三节　审　美　情　趣

六朝是个重情的时代,个体性的情感得到了前所未有的高扬,情感问题成为文学创作的根本问题。刘勰在谈到情采问题时指出:"情者文之经,辞者理之纬;经正而后纬成,理定而后辞畅。此立文之本源也。"(《文心雕龙·情采》)就诗歌而言,陆机在《文赋》中提出了"诗缘情而绮靡"的主张,钟嵘在《诗品序》中也强调社会生活中的各种悲剧性的人生遭遇只有通过诗歌才能得到宣泄,"非陈诗何以展其义,非长歌何以骋其情?"这些说法与传统的"诗言志"的观念是有很大区别的,因为它不再强调"发乎情,止乎礼义"(《毛诗序》),而是更重视情感的真实性和自然性。真实性是源于魏晋以来社会生活的剧变,自然性则源于这一时期玄学的影响。

汉魏六朝又是中国历史上最为黑暗动荡的年代,由于战争、瘟疫和政变所造成的天灾人祸,不仅给人类的生存环境带来了空前的破坏,而且使人们的精神和心灵遭受了严重的创伤。反映在文学创作中,就形成了以悲为美的观念。一个最突出的现象就是对挽歌的爱好,《世说新语·任诞》中就记载了袁山松、张湛嗜好挽歌的逸事,在陆机、陶渊明的诗中也有许多《挽歌辞》一类的作品。而像《古诗十九首》这类表现离别相思、人生无常的作品所表达的情感带有普遍性和典型意义,引发了后世读者的广泛共鸣,清人陈祚明在《采菽堂古诗选》中说:"《十九首》所以为千古之至文者,以能言人同有之情也。"《古诗十九首》一直被后人反复吟咏和模拟,并非偶然。从汉魏

---

① 袁济喜:《六朝美学》,北京大学出版社,1999 年,第 20 页。
② 葛晓音:《东晋玄学自然观向山水审美观的转化》,《中国社会科学》1992 年第 1 期。

古诗到齐梁宫体,虽然表现情感的方式和态度有了很大的变化,但以悲为美的观念却是一贯的。如王微在《与从弟僧绰书》中说:"文词不怨思抑扬,则流淡无味。"萧绎在《金楼子·立言篇》中则把"吟咏风谣,流连哀思"作为"文"的特点。宫体诗中有一类表现闺怨内容的作品,主人公往往是宫女或思妇,这类诗不是单纯的描摹女子的容貌体态,而是侧重表现主人公的孤寂、失意或悲怨等种种复杂细腻的情思。这类宫体诗对唐代的宫词影响很大。

如果说汉魏时代的审美风尚以悲凉慷慨为主,那么东晋南朝以来,随着南北对峙和偏安局面的确立,再加上佛教的兴盛和江南的美景,士人心态和审美趣味都发生了很大的变化,趋向于宁静优雅的人生理想,追求超然玄远的精神境界(这一点在《兰亭诗》中得到集中的体现)。显然,东晋的高门士族是这种审美趣味的主体。然而,从东晋末年开始,随着寒门武人的崛起,门阀士族的政治地位日趋衰落,南朝历代的开国君主大都出身低微,这些人因其自身素质低下,趣味不高,从而影响到六朝诗学精神走向全面世俗化。而皇权政治下士族阶层的无能与软弱,也使他们逐渐失去了远大的政治理想和积极进取的精神,诗歌的题材往往局限在日常生活中的琐细内容,虽然不乏敏锐细腻的感受和婉转动人的情思,但终究不能与汉魏风骨相提并论。

六朝诗歌所表现的情感还具有意象化和形式化的特点。所谓意象化,是就情感的表现方式而言的。汉魏古诗往往直抒胸臆,慷慨悲歌,但在意象的创造上还显得比较粗略,正如刘勰所说的:"造怀指事,不求纤密之巧,驱辞逐貌,唯取昭晰之能。"(《文心雕龙·明诗》)晋宋以来,随着山水诗的兴起,六朝诗歌在情景关系的处理上与汉魏古诗相比,有了很大的不同,表现在诗歌的功能由重缘情向重体物转变。刘勰在《文心雕龙·物色》中说:"自近代以来,文贵形似。窥情风景之上,钻貌草木之中。吟咏所发,志惟深远,体物为妙,功在密附。"朱光潜在《诗论》中则把这种变化称为"由情趣富于意象的《国风》转到六朝人意象富于情趣的艳丽之作"。他说:"中国古诗大半是情趣富于意象。……如果从情趣与意象的配合看,中国古诗的演进可以分为三个步骤:首先是情趣逐渐征服意象,中间是征服的完成,后来意象蔚起,几成一种独立自足的境界,自引起一种情趣。……这种演进阶段自然也不可概以时代分,就大略说,汉魏以前是第一步,在自然界所取之意象仅如人物故事画以山水为背景,只是一种陪衬;汉魏时代是第二步,《古诗十九首》,苏李赠答及曹氏父子兄弟的作品中意象与情趣常达到混化无迹之妙,到陶渊明手里,情景的吻合可算是登峰造极;六朝是第三步,从大小谢滋情山水起,自然景物的描绘从陪衬地位抬到主要地位,如山水画在图画中自成一大宗派一样,后来便渐趋于艳丽一途了。"①可以说,六朝诗歌的意象化是中国诗歌发展的一大转折点。

诗歌语言的意象化使六朝文学理论中关于言意问题的探讨有了进一步的发展,这就是刘勰在《文心雕龙》中提出的"隐秀"这一概念。从言意关系上看,"隐"强调含蓄蕴藉,意在言外;"秀"强调以少总多,情貌无遗。隐和秀又构成了一个有机的整体,张戒在《岁寒堂诗话》中引刘勰之语说:"情在词外曰隐,状溢目前曰秀。"只有当描写达到如"状溢目前"的时候,才有可能调动读者的情感与想象,进而实现"情在词外"的审美效果。"隐秀"的提出使人们对语言的表现功能有了进一步的认识。此外,钟嵘在《诗品序》中认为,五言诗"指事造形,穷情写物,最为详切",所以"居文词之要,是众作之有滋味者也",为此他提倡写诗应该做到形象鲜明,无需刻意雕琢,寻章摘句,"至乎吟咏情性,亦何贵于用事?‘思君如流水',既是即目;‘高台多悲风',亦唯所见;‘清晨登陇首',羌无故实;‘明月照积雪',讵出经史? 观古今胜语,多非补假,皆由直寻"。

"隐秀"的提出,突破了中国古代诗歌风雅比兴的传统,使诗歌所反映的内容和情感更加丰富多样,不再以表达某种社会情感或道德意识为主,而是侧重于个人日常生活中的审美感受。有的时候,这种感受只是一种心灵的触发,与特定的情境密切相关,往往曲折微妙,难以用寻常的语言表达。而意象化的手法却能达到出人意料的效果,如前人评谢灵运《登池上楼》中的"池塘生春草,园柳变鸣禽"两句时说:"世多不解此语为工,盖欲以奇求之耳。此语之工,正在无所用意,猝然与景相遇,借以成章,不假绳削,故非常情所能到。"(叶梦得《石林诗话》)池塘、春草、园柳、鸣禽,这类景物在常人看来再寻常不过,但对于久病初愈的诗人来说,却是一种惊喜。所以前人评论说:"盖是病起,忽然见此可喜,而能道之,所以为贵。"(王若虚《滹南诗话》引田承君语)美国学者孙康宜认为,谢灵运诗里所描写的景物不是简单的罗列,而是通过平列比较的方式将山水风光的视觉印象平衡化(如"林壑敛暝色,云霞收夕霏。芰荷迭映蔚,蒲稗相因依","初篁苞绿箨,新蒲含紫茸。海鸥戏春岸,天鸡弄和风"等),这些平行并列的景物不仅反映了宇宙万物中存在着的对应关系,而且还展示了其中所蕴含的生机与和谐之美,从而将一种哲学态度转变为审美经验。因此,谢灵运笔下的景物描写具有某种对于自然之瞬间"感觉"的强调②。实际上,在谢灵运之后的南朝

① 朱光潜:《诗论》,上海古籍出版社,2001 年,第 61 页。

② 参见孙康宜:《抒情与描写——六朝诗歌概论》,上海三联书店,2006 年,第 69—79 页。

诗人中（如谢朓、萧纲等），我们都可以发现诗人非常注意发现和描写那种转瞬即逝的美。可见，意象化不是单纯的写景，而是"化景物为情思"，使情感的表达更加丰富含蓄，也就是说，"诗无论变得多么具有描写性，也永远不会脱离它初始的抒情功能"①。清人王夫之在评谢朓的"天际识归舟，云中辨江树"两句时指出："语有全不及情而情自无限者，心目为政，不恃外物故也……隐然一含情凝眺之人，呼之欲出。从此写景，乃为活景。"（《古诗评选》卷五）②

　　总之，六朝诗歌，特别是南朝齐梁以来的诗歌在经过诗人不懈的探索和实践之后，改变了汉魏古诗率性而出、直白言情的方式，从重性情抒发转向重声色描绘，特别是山水诗中，叙述和议论的内容明显减少了，转向纯粹的写景③，而一切与诗意无关的东西（如诗人自己在诗中的活动和感受）逐渐隐去，以避免诗人对诗歌空间的过度占有。这就使情思意趣趋于简单集中，感受更加细致入微，以情感脉络构成的结构方式灵活多样，从而给读者留下更大的审美想象空间，构成了一种纯净明朗而又内蕴丰厚的诗境，这就为后人创造浑融完整的诗歌意境开辟了新的途径④。所以清人沈德潜说："诗至于宋，性情渐隐，声色大开，诗运一转关也。"（《说诗晬语》卷上）

　　所谓形式化，就是重视辞采、声律、体制等形式技巧的运用，使情感本身具有一种独立自足的美感。辞采之美主要体现在它可以生动、逼真地描摹事物的形态与声色，具有一种造型赋色的功能（也就是上文所说的"意象化"）。陆机在《文赋》中提出"诗缘情而绮靡"的说法，就是把诗歌的情感特征与文辞之美结合起来。从诗歌体制上看，以永明体为代表的新体诗在体制上趋于短小（以五言八句为主），工整的对偶句大量出现，又注意散偶相间，在结构和语言上具有灵活多样、平易自然的特点。此外，受乐府民歌的影响，七言诗在梁代也发展起来，与五言诗相比，七言诗更加通俗流畅，节奏也更为舒展，这种体制上的变化正是为了适应情感表达的需要。由此看来，南朝诗人已经意识到诗歌所表达的情感不同于日常生活的普通情感，它必须有完美的形式与之相适应，才能具有更高的审美性和艺术性。

　　当然，南朝诗歌也有趋于浅薄庸俗和琐屑纤细的倾向（如宫体诗），但这

---

① 孙康宜：《抒情与描写——六朝诗歌概论》，上海三联书店，2006年，第79页。

② 王夫之：《古诗评选》卷五，河北大学出版社，2008年，第275页。

③ 叶维廉在《中国古典诗中山水美感意识的演变》一文中借助网佑次《中国中世纪文学研究》一书中对南朝山水诗中描写与陈述句的比例所作的统计，得出的结论是山水诗总体上趋向纯粹的写景。（参见叶维廉：《中国诗学》，人民文学出版社，2007年，第92页）

④ 参见骆玉明：《壅塞的清除——南朝至唐代诗歌艺术的发展一题》，《复旦学报》2003年第3期。

与创作主体的审美趣味有关,而非形式化本身的问题。刘勰虽然极力反对南朝以来这种浮靡的文风,但也同样重视形式美的创造。他在《文心雕龙》中专设《情采》、《声律》、《丽辞》、《夸饰》等篇,一方面强调"述志为本"(《情采》),认为"音律所始,本于人声者也"(《声律》),"若气无奇类,文乏异采,碌碌丽辞,则昏睡耳目"(《丽辞》),反对"为文造情"、"繁采寡情"(《情采》);另一方面也指出:"言语者,文章关键,神明枢机"(《声律》),"丽句与深采并流,偶意共逸韵俱发"(《丽辞》),"辞入炜烨,春藻不能程其艳;言在萎绝,寒谷未足成其凋。谈欢则字与笑并,论戚则声共泣偕"(《夸饰》),等等,充分认识到辞采、声律、对偶与情感的密切关系。

声律的自觉是情感形式化的另一个重要体现。沈约在《宋书·谢灵运传论》中说:"先士茂制,讽高历赏,子建函京之作,仲宣灞上之篇,子荆零雨之章,正长朔风之句,并直举胸情,非傍诗史,正以音律调韵,取高前式。"在沈约看来,曹植等人这些"直举胸情"的优秀作品是与他们在声律上的自觉追求分不开的。慧皎《高僧传》记载:"始有魏陈思王曹植,深爱声律,属意经音,既通般遮之瑞响,又感鱼山之神制。于是删治《瑞应本起》以为学者之宗,传声则三千有馀,在契则四十有二。"①陈寅恪认为这是后人依托之传说,并非事实②,但这至少说明曹植对声律是特别重视的,所以才会有这种传说。范文澜也认为:"子建集中如《赠白马王彪》云:'孤魂翔故域,灵柩寄京师'、《情诗》'游鱼潜绿水,翔鸟薄天飞。始出严霜结,今来白露晞'皆音节和谐,岂尽出暗合哉。"③此外,西晋时期的陆机在《文赋》中还以色彩为喻,指出诗文用字应注意使不同的声音和谐相配,犹如五彩的锦绣悦人耳目("暨音声之迭代,若五色之相宣")。永明体的出现正是诗歌创作自觉追求声律的一个重要标志,范文澜对声律说的贡献给予了充分的肯定,他说:"四声之分,既已大明,用以调声,自必有术。八病苛细固不可尽拘,而齐梁以后,虽在中才,凡有制作,大率声律协和,文音清婉,辞气流靡,罕有挂碍,不可谓非推明四声之功。"④

齐梁以来,随着佛经转读之风的盛行,人们对诵读中的声韵之美有了更加充分的感受。"若乃凝寒靖夜,朗月长宵,独处闲房,吟讽经典。音吐遒亮,文字分明。足使幽灵忻踊,精神畅悦。所谓歌咏诵法言,以此为音

---

① 慧皎:《高僧传》卷十三,中华书局,1992年,第507页。
② 参见陈寅恪:《四声三问》,《金明馆丛稿初编》,上海古籍出版社,1980年版,第338—340页。
③ 范文澜:《文心雕龙注》卷七,人民文学出版社,1958年版,第555页。
④ 范文澜:《文心雕龙注》卷七,人民文学出版社,1958年版,第556页。

乐者也。"①声律的分辨也日趋精密，并逐渐形成了一种规范，正如沈约在《宋书·谢灵运传论》中所说的："夫五色相宜，八音协畅，由乎玄黄律吕，各适物宜。欲使宫羽相变，低昂舛节，若前有浮声，则后须切响。一简之内，音韵尽殊；两句之中，轻重悉异。妙达此旨，始可言文。"到了梁代，随着宫体诗的兴起，这种风气更盛，"转拘声韵，弥尚丽靡，复逾于往时"（《梁书·庾肩吾传》）。

声律的运用首先强化了诗歌语言的情思意蕴，使之变得更加耐人寻味。正如韦勒克和沃伦所说："每一件文学作品首先是一个声音的系列，从这个声音的系列再生出意义。……声音的层面引起了人们的注意，构成了作品审美效果不可分割的一个部分。""格律的重要性就在于使文字具有实际存在的意义：指出它们的所在，并使人立即注意到它们的声音。"②其次，就声律本身而言，如果运用得当，可以获得一种和谐婉转的审美效果，"声转于吻，玲玲如振玉；辞靡于耳，累累如贯珠"（《文心雕龙·声律》）。谢朓所谓的"好诗圆美流转如弹丸"，其中就包含了对声律之美的肯定。

事实上，声律并不仅仅是一个形式问题，从本质上说，抑扬顿挫的音韵之美也是人的内在情感的自然流露。萧绎在《金楼子·立言》中曾说："至如文者，惟须绮縠纷披，宫徵靡曼，唇吻遒会，情灵摇荡。"实际上就是把诗歌的艺术形式，特别是"宫徵靡曼，唇吻遒会"的声律美作为"情灵摇荡"的前提。朱光潜也强调："事理可以专从文字的意义上领会，情趣必从文字的声音上体验。"③中国早期的诗歌是与音乐、舞蹈联系在一起的，诗歌的抒情性主要是通过音乐来体现的。汉魏以来，随着文人诗的兴起，诗乐逐步分离，诗歌的音乐性就只有通过文字本身的声音才能得到体现。沈约在《答甄公论》中说："作五言诗者，善用四声，则讽咏而流靡；能达八体，则陆离而华洁。"就是说，诗人如果善于运用四声，注意避免八种病犯，那么诗歌在诵读时就能朗朗上口，在表达上就能焕发光彩。当然，由于沈约的"四声八病"说规定得过于繁复琐细，也造成了"文多拘忌，伤其真美"（钟嵘《诗品序》）的弊病。但沈约本人并没有否定性情的重要性，他说："天机启则律吕自调，六情滞则音律顿舛。"（《答陆厥书》）因此，声律的自觉和规范化是六朝诗歌发展的必然趋势，对唐代以后诗歌的发展影响深远。

---

① 慧皎：《高僧传·诵经论》卷十二，中华书局，1992年，第475页。
② 韦勒克、沃伦：《文学理论》，三联书店，1984年，第166、188页。
③ 朱光潜：《诗论》，上海古籍出版社，2001年，第90页。

第四节　士族文化

　　士族阶层起源于两汉时期那些以经学传世的仕宦之家，"累世经学与累世公卿，便造成士族传袭的势力，积久遂成门第。"①汉代的读书人通经入仕，使个体的士人从无根的游士发展成为有深厚的社会基础和良好家学门风的世家大族，所以士族就是士人与宗族相结合的产物。但是，东汉时期的士族虽然拥有很大的势力，但在政治上是得不到保障的，如果家族中没有人在朝廷做到高官，那么家族的声望和地位就会受到很大影响。到了魏晋时期，随着九品中正制的确立，这些经学世家在政治上获得了世袭的特权，其政治地位得到进一步的巩固，发展成为后来的门阀士族。所以士族又称世族，即世家大族。

　　但是，士族门第的确立并不仅仅靠政治势力，良好的家学门风才是士族最主要的特征。陈寅恪指出："所谓士族者，其初并不专用其先代之高官厚禄为其唯一之表征，而实以家学及礼法等标异于其它诸姓。……夫士族之特点既在其门风之优美，不同于凡庶，而优美之门风，实基于学业之因袭，故士族家世相传之学业乃与当时之政治社会有极重要之影响。"②正因为如此，当时的高门大族都极为重视家学门风和子弟培养，特别是在仕宦沉浮不定、家族升降频繁的动荡时期，家族中是否有杰出人才，往往成为一个家族兴衰成败的关键因素。

　　东晋南朝是门阀士族的时代，尽管士族在南朝以后地位日渐衰落，但是魏晋以来的"九品中正制"一直是朝廷选官的主要途径，士族垄断仕途的格局并没有改变，清显之职依然被高门士族把持，只是他们已不掌握实际的权力，而是由寒人执掌机要。齐武帝曾说："学士辈不堪经国，唯大读书耳。经国，一刘系宗足矣。沈约、王融数百人，于事何用。"（《南史·恩幸列传》）可见，南朝士族在政治上虽然无所作为，但文化上的优势依然还在，而帝王的好尚仍然以士族的风气为归依。这就意味着整个六朝文化都具有明显的士族色彩，而士族在政治和军事上的影响力越来越小（吴兴沈氏从武力强宗到文化士族的转变是一个典型的例子）。就文学而言，六朝时期有影响的作家大都出身于士族（如陆机、谢灵运等）。所以刘师培总结说："自江左以来，

---

① 钱穆：《国史大纲》，商务印书馆，1994 年，第 184 页。
② 陈寅恪：《唐代政治史述论稿》，上海古籍出版社，1997 年，第 69—71 页。

其文学之士,大抵出于世族,而世族之中,父子兄弟各以能文擅名。"①他们往往具有多方面的艺术才能,是六朝文化的创造者,也形成了对文学创作的垄断。

士族文化的特点体现在长于抽象思辨,追求精神的自由和超越,同时又不放弃现实利益和物质享受。如谢安早年寓居会稽,与友人渔弋山水,言咏属文,无处世意。"尝往临安山中,坐石室,临浚谷,悠然叹曰:'此去伯夷何远!'"但他"虽放情丘壑,然每游赏,必以妓女从"(《晋书·谢安传》)。当时谢家有他的兄弟(如谢尚、谢奕、谢万等)在外做官,可以代表他们这一家族的利益,所以谢安可以无视朝廷的征召。但随着谢尚、谢奕先后去世,谢万北伐失败,被废为"庶人",谢氏家族中的仕宦者或亡或败,谢家面临"门户中衰"的危险。在这种情况下,谢安"始有仕进志"。

作为谢氏家族的核心人物,谢安同时还是清谈论辩的高手,《世说新语·文学》记载,他曾与支遁、许询等人一起讨论《庄子·渔父》,谢安最后"自叙其意,作万馀语,才峰秀逸","四座莫不厌心",支遁称赞他是"一往奔诣,故复自佳耳"。但是,谢安的名士风度不只是体现在这些表面文章上,在《世说新语·雅量》中,还记载了这样一件事:

> 桓公以伏甲设馔,广延朝士,因此欲诛谢安、王坦之。王甚遽,问谢曰:"当作何计?"谢神意不变,谓文度曰:"晋祚存亡,在此一行。"相与俱前。王之恐状,转见于色。谢之宽容,愈表于貌。望阶趋席,方作洛生咏,讽"浩浩洪流"。桓惮其旷远,乃趣解兵。王、谢旧齐名,于此始判优劣。

桓温为清除异己,专擅朝政,准备除掉谢安、王坦之。在关系到国家存亡的关键时刻,谢安不顾个人的安危,挺身而出。他的宽容豁达和从容不迫,使桓温消除了猜忌之心,从而化解了一场危机。而谢安的所作所为(包括隐居和出仕),都是由士族的社会地位和现实心态决定的。因为在东晋门阀政治的背景下,"一个人的政治威望完全是以门第、名誉为基础,建立威望不仅凭着实际政治活动中显现出来的才能,更凭着自然风雅的行为"②。

士族文化有其值得肯定的地方,如超然物外,崇尚自然,追求精神的自

---

① 刘师培:《中国中古文学史讲义》,上海古籍出版社,2006年,第83页。
② 钱志熙:《魏晋诗歌艺术原论》(修订本),北京大学出版社,2005年,第328页。

由和超越,在创作和鉴赏文学作品时倡导一种自由的审美心态①,但也有不足之处。首先,过于重视门第之别,有浓厚的等级观念。如陈郡谢氏虽为高门士族,但在东晋初年,其名未盛,直到谢万的时候仍被称为"新出门户"②。谢裒曾替自己的儿子谢石向诸葛恢的女儿求婚,尽管谢裒此时已经做到吏部尚书,但谢家的影响在当时还不能与诸葛氏相比,所以遭到拒绝。直到诸葛恢死后,才得以成婚(事见《世说新语·方正》)。因为诸葛氏为汉魏旧姓,东晋时期家族仍盛,所以没把谢氏家族放在眼里。这样的例子还有很多,如王坦之为大将军桓温的长史,"桓为儿求王女",王坦之答应向他的父亲王述咨询,结果遭到了王述的拒绝,并说:"兵,那可嫁女与之。"(《世说新语·方正》)王坦之出身于太原王氏,属于高门士族,而桓温"虽为桓荣之后,桓彝之子,而彝之先世名位不昌,不在名门贵族之列。故温虽位极人臣,而当时士大夫犹鄙其地寒,不以士流处之。于此可见门户之严"③。

其次,士族阶层中历来有鄙视庶务的风气。如《梁书·何敬容传》记载,何敬容为相时,"勤于簿领,诘朝理事,日旰不休。自晋宋以来,宰相皆文义自逸,敬容独勤庶务,为世所嗤鄙"。鄙视庶务的作风致使高门士族中像王导、谢安那样在政治上有所作为的人才越来越少,特别是士族中人大都鄙薄武事,缺乏领兵作战的能力。《世说新语·简傲》记载:"谢万北征,常以啸咏自高,未尝抚慰众士。谢公甚器爱万,而审其必败,乃俱行,从容谓万曰:'汝为元帅,宜数唤诸将宴会,以说众心。'万从之。因召集诸将,都无所说,直以如意指四坐云:'诸君皆是劲卒。'诸将甚愤恨之。"谢万这种傲慢的态度最终导致了北伐的失败,被废为庶人。又如刘牢之为北府兵名将,及王恭为北府兵长官,"虽杖牢之为爪牙,但以行阵武将相遇,礼之甚薄。牢之负其才能,深怀耻恨"(《晋书·刘牢之传》)。结果,由谢氏家族创建起来的北府兵军权最终落到刘牢之和刘裕之手,军权的旁落为寒门武人以军功起家创造了条件,这也是导致士族阶层衰落的重要原因。所以颜之推批评这些士族是"品藻古今,若指诸掌,及有试用,多无所堪","迂诞浮华,不涉世务"(《颜氏家训·涉务》)。这种风气也使他们的诗文作品多局限于狭小的个人感受,缺少社会责任感和关注现实的热情,这与建安文学感时伤乱、慷慨激昂的人文情怀和进取精神是无法相比的。

---

① 如谢灵运的山水诗中常有"赏心"之叹,萧绎则有"情灵摇荡"之说(《金楼子·立言》)。

② 《世说新语·简傲》记载:"谢万在兄前,欲起索便器;于时阮思旷在坐,曰:'新出门户,笃而无礼。'"

③ 余嘉锡:《世说新语笺疏》,上海古籍出版社,1993年,第333页。

　　当然，由于士族阶层往往受到良好的家学门风的影响，在经历了西晋末年的永嘉之乱后，东晋士族曾有过深刻地反思，所以在门阀政治最鼎盛的东晋时期尚能有所作为，陶侃就称赞庾亮"非唯风流，兼有治实"（《世说新语·俭啬》）的作风。至于像王导、谢安这样的中兴名臣更是"兼将相于中外，系存亡于社稷"（《晋书·谢安传》），成为东晋士族的代表。

　　但是到了南朝以后，随着士族阶层政治地位的丧失，国家和民族的意识更加淡漠，他们对君位的变易、朝代的更替并不在意。清人赵翼说："所谓高门大族者，不过雍容令仆，裙屐相高，求如王导、谢安，柱石国家者，不一二数也。次则如王弘、王昙首、褚渊、王俭等，与时推迁，为兴朝佐命，以自保其家世，虽市朝革易，而我之门第如故。"[①]于是纵情享乐就成为高门士族在政治失意后主要的生活内容。谢灵运早年颇有政治抱负，曾在《述祖德诗》中称颂祖父谢玄在淝水之战中击败强敌，保全了东晋半壁江山的辉煌业绩，对祖父"勋参微管"的伟大业绩充满了强烈的自豪感。在《撰征赋序》中还对东晋王朝偏安江左、遭受外族的侵凌表达了深深的忧虑。但是由于他后来在仕途上很不得意，"自谓才能宜参权要"，却被朝廷"唯以文义处之，不以应实相许"，于是当他被外放为永嘉太守时，就"肆意遨游，遍历诸县，动逾旬朔，民间听讼，不复关怀"（《宋书·谢灵运传》）。谢灵运的山水诗具有明显的体玄悟道的倾向，目的正是为了化解因仕途失意而带来的不平，这与士族文化的影响有很大关系。

　　士族文化是以家族为本位，以传统儒学为核心，又受到玄学和佛教的影响。士族文人往往礼玄双修、儒道兼综，具有多方面的艺术才能。东朝南朝又是各种思想文化交流融合的时代，士族文人思想上受到的束缚比较少，优裕的生活和从容的心态使士族的审美情趣具有多元化的特点。南朝诗歌从山水诗到咏物诗，再到追求艳情声色描写的宫体诗，反映了士族阶层审美情趣的变化。尽管宫体诗明显受到市井文化的影响，不少作品庸俗浅薄，格调低下，但却少有像民歌那样大胆直露的表白，而以细腻的描写为主，风格含蓄委婉，实际上仍然是士族阶层审美情趣的体现。

　　士族的审美情趣也体现在对形式美的追求上。如六朝骈文特别讲究辞藻华美、对偶工整、用典精巧、声韵和谐，能够充分显示一个人的才情与智慧，正是对形式美的追求使骈文成为当时应用最广泛的文体。在诗歌创作上，南朝以来更是"俪采百字之偶，争价一句之奇，情必极貌以写物，辞必穷

---

　　①　赵翼著，王树民校证：《廿二史札记校证》"江左世族无功臣"条，中华书局，1984年，第254页。

力而追新"(刘勰《文心雕龙·明诗》),这就形成了追求新变的风气,正如萧子显在《南齐书·文学传论》中所说的:"在乎文章,弥患凡旧,若无新变,不能代雄。"所谓"新变",主要是从辞采、声律、对偶等形式技巧方面来说的。齐梁以后的诗歌改变了汉魏古诗率性而出,直白言情的方式,从重性情抒发转向重声色描绘。对形式美的追求不仅使文学的表现方式更加成熟和完善,而且也标志着审美意识真正的自觉和独立。

第七章　六朝诗学精神的确立与发展

六朝诗学精神是在特定的历史背景下逐步确立的,它经历了一个长期的发展过程,尤其是处在汉末魏晋这个社会动荡、政治黑暗的时期,人们渴望通过文学艺术的创造去寻求慰藉,获得一种精神自由。正如宗白华在《论〈世说新语〉和晋人的美》一文中所说的:"汉末魏晋六朝是中国政治上最混乱、社会上最苦痛的时代,然而却是精神史上极自由、极解放、最富于智慧、最浓于热情的一个时代。因此也就是最富有艺术精神的一个时代。"[①]六朝诗学精神形成的受到多种因素的影响,主要体现在时代环境、人格理想和创作态度三个方面。

第一节　时代环境的影响

一、理想与现实的矛盾

六朝诗人在人格理想上受时代环境的影响,在不同时期表现出不同的特点,既有积极进取、建功立业的一面,也有纵情任性、通脱自然的一面。汉末建安时期,曹操推行"唯才是举"的政策,使得文人的功名意识和进取精神空前高涨,表现在创作上就形成了一种"梗概多气"的精神风貌,所以后人把这一时期的文学称为"建安风骨"。到了魏晋时期,时局黑暗动荡,政权更替频繁,士人往往无从把握自己的命运,更谈不上建功立业的进取精神,只能佯狂避世,以求自保,于是后者在士人的心目中就逐渐取代了前者,并具有了安身立命的终极意义。如阮籍本有济世志,但身处乱世,"天下多故,名士少有全者,籍由是不与世事,遂酣饮为常"(《晋书·阮籍传》)。他的《咏怀诗》中弥漫着一种忧虑、感伤和悲观的感情色彩,传统的价值观念、理想信仰

---

① 宗白华:《美学散步》,上海人民出版社,1981年,第208页。

似乎都变得毫无意义而不值得留恋。在《古诗十九首》和建安诗歌中曾经被作为美好事物歌颂的如功业、友情等都失去了光彩，因为相对于人的生命主体来说，这些东西都是外在的，瞬间即逝的，当然也就没有意义。

六朝又是一个门阀士族的时代，寒门庶族中人即使才华出众，要想在仕途上有所作为，也难以如愿。不仅东晋时期如此，即使是在刘宋政权建立之后，这种门阀政治的格局依然没有多大改变。如鲍照虽然凭借自身的才学得到临川王刘义庆的赏识，但由于出身寒微，只能沉沦下僚。他在《瓜步山楬文》中曾有"才之多少，不如势之多少远矣"的感叹，所以钟嵘说他"才秀人微，故取湮当代"（《诗品》）。鲍照的《拟行路难》组诗表达了不能建功立业、有所作为的愤激之情，如"对案不能食，拔剑击柱长叹息。丈夫生世会几时，安能蹀躞垂羽翼"；同时又流露出及时行乐、委运任化的思想，如"对酒叙长篇，穷途运命委皇天，但愿樽中九酝满，莫惜床头百个钱。直须优游卒一岁，何劳辛苦事百年"，颇有陶渊明的风度（鲍照有《学陶彭泽体》一诗，是最早模拟陶渊明的诗人，从中可以看出他们在思想境界上有相近之处）。

南朝以来，随着皇权政治的确立，门阀士族逐渐丧失了原有的势力，不得不向那些向来为他们所轻视的寒门武人俯首称臣。尽管昔日的门阀士族在政治上已经没有什么大的作为，可是在内心深处仍有一种忧愤孤傲的不平之气。如谢灵运自视甚高，但"朝廷唯以文义处之，不以应实相许。自谓才能宜参权要，既不见知，常怀愤惋"（《南史·谢灵运传》）。又如王僧达，"自负才地，谓当时莫及。上初践阼，即居端右，一二年间，便望宰相"（《宋书·王僧达传》）。但两人仕途都不顺利，又非常狂傲清高，终于招来杀身之祸。在皇权政治的压力之下，昔日的高门士族经历了一个从反抗、不满到逐渐接受现实的过程。高门士族要保证自己既能身处高位，又能安然无恙，就必须采取明哲保身的处世态度。如谢灵运族弟谢弘微，"性严正，举止必循礼度"，谢混的《诫族子诗》对"灵运等并有诫厉之言，唯弘微独尽褒美"（《宋书·谢弘微传》）。谢弘微虽然受宋文帝倚重，但却淡泊名利，谨慎处世，从不参与权力之争，也决不言人短长。而皇权"优借士族"的制度，更使得世家大族可以安享富贵尊荣。"虽朝市革易，而我之门第如故"，只要家族利益不受损害，其他的事情可以一概不顾。

总的说来，南朝的士族，越到后来，对国事越淡漠，对政治越疏远。在他们看来，改朝换代只不过是将"一家物与一家物"而已。从人格上看，他们不但没有建安文人的那种意气风发的进取精神，也失去了两晋文人洒脱逍遥的韵致，甚至连刘宋文人的那一点孤傲不平之气也见不到了。《南齐书·褚渊王俭传论》有一段精辟的概括："自是世禄之盛，习为旧准，羽仪所隆，人怀羡慕,君臣之节,徒致虚名。贵仕素资,皆由门庆,平流进取,坐致公卿,则知殉国之感无因,保家之念宜切。市朝亟革,宠贵方来,陵阙虽殊,顾眄如一。"

　　理想与现实的矛盾又与生命主题联系在一起。东汉以来,频繁的战乱和动荡的时局使文学作品中关于生命问题的思考大量出现,在《古诗十九首》中感叹人生短暂、生命无常的诗句俯拾即是,如"人生天地间,忽如远行客"、"人生寄一世,奄忽若飙尘"、"生年不满百,常怀千岁忧"、"所遇无故物,焉得不速老",等等。建安时期,文人渴望建功立业,有所作为,曹操怀有统一天下的远大抱负,却有感于时光易逝,贤才难得,所以他在《短歌行》一开头便有"对酒当歌,人生几何"的慨叹。西晋时期的刘琨在《重赠卢谌》一诗中亦云:"功业未及建,夕阳忽西流。时哉不我与,去乎若云浮。"这种强烈的"忧生之嗟"成为一种普遍的社会思潮,使整个魏晋时期的诗歌充满了浓重的感伤情绪。人们一方面对死亡感到忧惧,另一方面又渴望长生,幻想摆脱现实的羁绊,获得精神上的自由,而这两方面内容在挽歌和游仙诗中表现得最为集中。

　　挽歌本是送葬时所唱的歌,用来表达生者对死者的怀念哀悼之情。据东汉时期应劭的《风俗通义》记载:"灵帝时,京师殡婚嘉会,皆作傀儡,酒酣之后,续以挽歌。"①这里的"傀儡"是丧家之乐,挽歌是送葬之歌。又据《后汉书·周举传》记载,大将军梁商在大会宾客之后,让人唱起了《薤露》之歌,"座中闻者,皆为掩涕"。周举听说后,认为这很不吉祥,是"哀乐失时,非其所也。殃将及乎"。但这种奇特的风俗在汉魏六朝时期却成了一种审美风尚,王褒《洞箫赋》云:"故知音者悲而乐之,不知音者怪而伟之。故闻其悲声则莫不怆然累欷,撆涕抆泪。"钱锺书在《管锥编》中指出:"奏乐以生悲为善音,听乐以能悲为知音,汉魏六朝,风尚如斯,观王赋此数语可见也。"②这种以悲为美的风尚使挽歌受到青睐,《世说新语·任诞》中就记载了袁山松和张湛嗜好挽歌的逸事。魏晋以来的很多诗人都有这类作品,如傅玄、陆机、陶渊明、颜延之、鲍照等。这些挽歌已经超越了对某一特定死者的哀挽,而是反映了对整个人生与命运的叹息,交织着一种无可奈何的感伤与旷达超脱的复杂心理。

　　文人的挽歌中以陆机和陶渊明的作品最有代表性。陆机出身于江东名门,祖父陆逊是吴国丞相,其父陆抗为大司马。陆机后来到了洛阳,自负才望,一直希望有所作为,"但恨功名薄,竹帛无所宣"(《长歌行》),为此他不

---

① 应劭:《风俗通义校注》,王利器校注,中华书局,1981 年,第 568 页。
② 钱锺书:《管锥编》第三册,中华书局,1979 年,第 946 页。

得不依附权贵，又不断地改换门庭。陆机一生先后效力的高官有杨骏、愍怀太子、吴王、赵王和成都王，这使他身不由己地陷入政治斗争的漩涡，其中太傅杨骏和赵王司马伦之死几乎给他带来灭顶之灾。虽然一时得以幸免，但最终还是死于小人之手。陆机的悲剧决定了在那个动荡混乱的时局中，他实际上根本无法实现建功立业的理想，他的诗歌中常常流露出一种孤独和挫败之感。陆机的一生先后经历了西晋灭吴和八王之乱，他亲眼看到身边的亲朋好友不断地离去，"余年方四十，而懿亲戚属，亡多存寡；昵交密友，亦不半在。或所曾共游一途，同宴一室，十年之内，索然已尽"（《叹逝赋序》）。所有这一切，使他的挽歌往往表现出对死亡的恐惧：

> 重阜何崔嵬，玄庐窜其间。磅礴立四极，穹隆放苍天。侧听阴沟涌，卧观天井悬。广宵何寥廓，大暮安可晨。人往有返岁，我行无归年。昔居四民宅，今托万鬼邻。昔为七尺躯，今成灰与尘。金玉素所佩，鸿毛今不振。丰肌飨蝼蚁，妍姿永夷泯。寿堂延魑魅，虚无自相宾。蝼蚁尔何怨，魑魅我何亲。㧖心痛荼毒，永叹莫为陈。（《挽歌诗》其三）

陆机在诗中反复铺陈渲染生死悬隔，人的死亡意味着生前美好的一切都归于虚无，只能与鬼魂、蝼蚁相伴，令人心痛无比，将死亡之悲表现到了极致。陆机的这类挽歌"不是对于某一特定死者的哀挽，而是对于整个人生与命运的叹息"①。从文体的角度看，陆机的挽歌"多为死者自叹之言"（《颜氏家训·文章》），开了文人自挽的先例。

陶渊明早年虽有"大济苍生"的愿望，但由于官场黑暗，又遭逢世乱，无法实现自己的理想，再加上他又有"质性自然"的一面，能够做到"不慕荣利"、"忘怀得失"，终于促使他归隐田园。在《形影神》组诗中，诗人通过形影神之间的对话，提出了三种不同的人生态度（及时行乐、立善求名、委运任化），在第三首《神释》中，诗人最终否定了及时行乐和立善求名的意义（前者过于消极，后者又很虚幻），认为还是应该委运任化，顺应自然："甚念伤吾生，正宜委运去。纵浪大化中，不喜亦不惧。应尽便须尽，无复独多虑。"所以他的挽歌显得较为旷达：

> 荒草何茫茫，白杨亦萧萧。严霜九月中，送我出远郊。四面无人居，高坟正嶕峣。马为仰天鸣，风为自萧条。幽室一已闭，千年不复朝。

---

① 吴承学：《汉魏六朝挽歌考论》，《文学评论》2002 年第 3 期。

千年不复朝,贤达无奈何。向来相送人,各自还其家。亲戚或馀悲,他人亦已歌。死去何所道,托体同山阿。(《拟挽歌辞》其三)

这首诗设想自己死后,亲友为我送殡下葬的过程。在陶渊明看来,人的生死不过是一种自然之理,只要委运任化,顺应自然,就不必过分忧虑。"亲戚或馀悲"两句实际上是反用《论语·述而》中的话:"子于是日哭,则不歌。"意思是说孔子如果在这一天参加了葬礼,为悼念死者而哭泣过,那么他这一天就不再唱歌。这是一个有教养的人诉诸理性的表现,如果是一般人,为人送葬不过是礼节性的应酬,从感情上讲,他本无悲伤,葬礼一毕,自然又可以唱歌了。陶渊明对人情世故看得很透彻,所以才会这么说。当然,这种对生死的达观态度应该是受了庄子的影响:"古之真人,不知说生,不知恶死。""夫大块载我以形,劳我以生,佚我以老,息我以死。故善吾生者,乃所以善吾死也。"(《庄子·大宗师》)

至于游仙诗,其基本内容是表现对长生的渴望,如汉乐府中的《王子乔》、《陇西行》、《长歌行》("仙人骑白鹿")等。但后人一般并不相信真有神仙长生之术,如《古诗十九首》中就有"仙人王子乔,难可与等期"的句子。曹操虽然写过《气出倡》、《精列》、《秋胡行》一类追求长生的游仙诗,但他主要还是有感于"造化之陶物,莫不有终期",才会"思想昆仑居"、"志意在蓬莱"(《精列》),所以在幻想之后仍归于理性。曹植对神仙方术同样也持否定态度,所谓"虚无求列仙,松子久吾欺。变故在斯须,百年谁能持"(《赠白马王彪》)。但由于他后期严酷的现实处境使他建功立业的理想无法实现,于是游仙诗就成为他渴望精神自由的寄托,如"九州不足步,愿得凌云翔。逍遥八荒外,游目历遐荒"(《五游咏》)、"四海一何局,九州安所如。韩终与王乔,要我于天衢。万里不足步,轻举凌太虚"(《仙人篇》)等,这就将游仙境界与他的现实处境形成强烈的对比,与《楚辞·远游》中的"悲时俗之迫厄兮,愿轻举而远游"的意思颇为相近。所以后来出现的游仙诗,主要是借助神仙的形象来表现一种超脱尘俗、逍遥独立的人格。如郭璞的游仙诗,"乃是坎壈咏怀,非列仙之趣也"(钟嵘《诗品》)。清人朱乾亦云:"游仙诸诗,嫌九州之局促,思假道于天衢,大抵骚人才士不得志于时,藉此以写胸中之牢落,故君子有取焉。"(《乐府正义》卷十二)

但是,挽歌和游仙诗这两类作品到了齐梁时期却趋于消歇,齐梁文士很少再有像魏晋士人那样对人生苦短的感伤,偶尔的感伤也只是局限于个人的现实处境。原因在于,这一时期社会比较安定,士族已经没有了仕隐出处的困扰,可以"平流进取,坐致公卿",安享富贵尊荣,颜之推说他们是"居承平之世,不知有丧乱之祸;处庙堂之下,不知有战阵之急;保俸禄之资,不知有耕稼之苦;肆吏民之上,不知有劳役之勤,故难可以应世经务也"(《颜氏家训·涉务》)。于是他们也就失去了建功立业的远大理想和政治抱负,正如江淹在《自序传》中所说:"人生当适性为乐,安能精意苦力,求身后之名哉!"

南朝以来的士族从家族利益出发,在政治上与皇权的关系由开始的对抗转向合作,如沈约虽身居高位,但"用事十余年,未尝有所荐达,政之得失,唯唯而已"(《梁书·沈约传》)。再加上南朝以来的社会风气和审美趣味越来越世俗化,吴声西曲广泛流行,这对文人创作的影响很大。相对而言,他们对于生死问题的探求自然就不那么迫切(这其中当然还有佛教的影响,参见后文)。

总之,理想与现实的矛盾构成了六朝诗学精神中人生体验的基本内容,这种矛盾引发了文人学士对天道自然、生命意义等形而上问题的深入思考,使魏晋以来的诗歌具有了更多的理性色彩,同时也注重个体情感的表现。但是随着门阀政治的形成和士族地位的确立,再加上玄学和佛教的影响,名教与自然、理想与现实的矛盾基本上得到解决,连生死这样的问题也不再像从前那样引起普遍的感伤和焦虑,士人的心态因此变得日趋世俗与平和了。而这些高门士族又构成了六朝文学的主体,他们具有很高的艺术修养,在江南的山水田园中清谈吟咏、陶冶性情,又善于从日常生活中发现哲理和诗意,以委婉细腻的笔触写景状物,使六朝诗歌在追求新变的同时,失去了关注社会现实的热情,形成了一种内敛的创作倾向,对于齐梁以来的绮靡文风起了推波助澜的作用。

二、仕隐出处的矛盾

六朝时期,由于社会长期分裂,战乱频繁,生灵涂炭,政治黑暗,面对这样一种严酷的现实,人生无常的观念和感时伤乱的情绪成为汉魏以来文学的主旋律。人们渴望获得一种精神上的解脱,汉魏以来隐逸之风盛行与此有很大的关系。

希企隐逸的风气是儒道文化互补的产物。道家崇尚自然,对人类文明的异化现象有深刻的认识和反省,因而对社会现实采取批判和否定的态度,这是隐逸思想产生的基础。儒家虽然主张积极用世,但是也并不排斥隐逸,而且孔子在《论语》中还对伯夷、叔齐那样的隐士给予了高度赞扬[①]。《史

[①] 孔子在《论语·述而》中说:"伯夷、叔齐何人也? 古之贤人也。"在《微子》中又说:"不降其志,不辱其身,伯夷、叔齐与?"在《季氏》中又说:"伯夷、叔齐饿死于首阳之下,民到于今称之。"

记》列传中的第一篇就是《伯夷列传》，司马迁在叙述伯夷的事迹之前，首先引孔子对伯夷的赞语①，这就暗示了伯夷的地位是由孔子确立的。在《伯夷列传》的最后，司马迁更是直接阐述了其中的关系："伯夷、叔齐虽贤，得夫子名而益彰。"

可见，隐逸现象与儒家文化同样也有非常密切的关系。儒家在强调积极入世的同时，又在混乱无道的社会环境中为士人保留了一条全生退隐之路。孔子主张"天下有道则现，无道则隐"（《论语·泰伯》），所以他对蘧伯玉的行为非常推崇："君子哉蘧伯玉！邦有道则仕，邦无道则卷而怀之。"（《论语·卫灵公》）孔子曾说："隐居以求其志，行义以达其道"（《论语·季氏》），"道不行，乘桴浮于海"（《论语·公冶长》）。在孔子看来，隐是对仕的一个必要的补充，孟子则进一步将它发展成为"达则兼善天下"与"穷则独善其身"（《孟子·尽心上》）相结合的人生哲学。

然而，儒家思想积极用世的本质决定了孔子所说的隐居是有条件的、暂时的，是在时局混乱、政治险恶的社会环境中士人无法实现自己的政治理想的情况下所做出的不得已的选择。即使是隐居，也不是消极的等待，而是要不断地充实丰富自己，"隐居以求其志"是为了有朝一日"行义以达其道"（《论语·季氏》）。东晋袁宏在《三国名臣颂》中亦云："夫时方颠沛，则显不如隐；万物思治，则默不如语。"但问题是，如果归隐者生不逢时，社会无道的状况长久地持续下去，士人也许一辈子都要在等待中度过。张衡在《归田赋》中就曾感叹自己虽有济世的愿望，却没有机会施展抱负（"徒临川以羡鱼，俟河清乎未期"），于是随着隐逸而来的便是与日俱增的焦虑和苦闷。更何况隐逸本身也并非象一般人所想象的那样悠闲自在，除了内心的焦虑和苦闷之外，可能还有贫贱的折磨、富贵的诱惑等现实的困扰。陶渊明在归隐之后只能依靠耕作来解决衣食问题，艰苦的劳动也只能让他维持温饱，如果赶上天灾人祸，还会遭受饥寒之苦。他在《怨诗楚调示庞主簿邓治中》一诗叙述了自己晚年饥寒交迫的生活困境，这使他对天道鬼神产生强烈的怀疑：

> 天道幽且远，鬼神茫昧然。结发念善事，僶俛六九年。弱冠逢世阻，始室丧其偏。炎火屡焚如，螟蜮恣中田。风雨纵横至，收敛不盈廛。夏日抱长饥，寒夜无被眠。造夕思鸡鸣，及晨愿乌迁。在己何怨天，离忧凄目前。吁嗟身后名，于我若浮烟。慷慨独悲歌，钟期信为贤。

---

① 司马迁在《史记·伯夷列传》中引孔子语曰："伯夷、叔齐，不念旧恶，怨是用希。""求仁得仁，又何怨乎？"

诗人回顾自己过去的经历,说他从刚刚成人时起,就一心做善事,而且努力不懈,可是现在却遭受如此境遇,可见所谓天道鬼神都是不存在的。陶渊明是一个不慕荣利,忘怀得失的人,"不戚戚于贫贱,不汲汲于富贵"(《五柳先生传》),所以他不会因为现在的贫困而后悔当初辞官归隐的选择,但是内心的不平和怨愤还是有的。他在诗中说:"少年罕人事,游好在六经。行行向不惑,淹留遂无成。竟抱固穷节,饥寒饱所更。"(《饮酒》其十六)

退一步说,即使没有生活上的问题,儒家的隐居以待时的设想往往也是很不现实的。陶渊明在《癸卯岁始春怀古田舍》一诗中描述了耕耘的欣喜:"平畴交远风,良苗亦怀新。"初春的田野欣欣向荣,天地间充盈着活泼清新的气息,宛如他那理想中的桃花源,然而还是不由得发出了"耕种有时息,行者无问津"的喟叹,陶渊明自比长沮、桀溺,却在心底里期待着"问津"者的足音。所以在他归隐多年之后,仍然发出了"日月掷人去,有志不获骋。念此怀悲凄,终晓不能静"(《杂诗》其二)的感叹。由此看来,做一个真正的隐士是很难的。毕竟士人以读书做官为正途,"士之仕也,犹农夫之耕也"(《孟子·滕文公下》)。反之,不能做官就如同失业,"士之失位也,犹诸侯之失国家也"(同上)。因此,只要现实社会还有一线希望,一般的士人是不会象陶渊明那样甘心做一个隐士的。张衡在《归田赋》中虽有归隐的想法("超埃尘以暇逝,与世事乎长辞","苟纵心于物外,安知荣辱之所如"),但他实际上从未真正付诸行动,原因正在这里。

当然,对于士人来说,做官从政只是一种手段,最终目的还是为了济世行道。因为士人不仅具有官员的属性,而且还有重视修身的传统。孟子在强调出仕的同时,也强调士人应该坚守道义,做到"穷不失义,达不离道"(《孟子·尽心上》),"古之人未尝不欲仕也,又恶不由其道。不由其道而往者,与钻穴隙之类也"(《孟子·滕文公下》)。传统儒家(特别是孟子)强调士人独立自尊的人格,"得志,与民由之;不得志,独行其道"(《孟子·滕文公下》)。陶渊明深受儒家思想的影响,所以他的归隐,不仅仅是因为他有"质性自然"的一面,更主要的原因还是为了在乱世中坚守道义,维护士人的这种独立人格。

这样一来,仕与隐的矛盾就成为魏晋士人无法回避的问题。如何解决仕隐出处的矛盾?这个问题首先是由郭象从理论上做了回答。郭象善于调和儒道,用儒家思想对道家进行了改造,他说:

> 夫神人即今所谓圣人也。夫圣人虽在庙堂之上,然其心无异于山林之中,世岂识之哉!(《庄子·逍遥游》注)

在郭象看来,庄子笔下的"神人"与世俗化的"圣人"是一致的,因为"圣人常游外以弘内,无心以顺有。故虽终日挥形,而神气无变。俯仰万机,而淡然自若"(《庄子·大宗师》注),这也就是他所说的"内圣外王之道"(《庄子序》)。郭象对于道家的"无为"也有自己的看法,他说:"若谓拱默乎山林之中,而得称无为者,此庄老之谈所以见弃于当涂。"(《庄子·逍遥游》注)这就意味着世俗之人也可以做到既宅心玄远,又不必轻忽人事,"居庙堂之上,其心无异于山林之中"。郭象的观点极大地满足了士族阶层的现实需求,为仕隐出处矛盾的解决提供了理论依据。

但是在魏晋那个政局动荡、杀戮频繁的时期,士人实际上很难做到独善其身,许多人为求自保,不得不投靠或依附当权者。《世说新语·言语》记载:"嵇中散既被诛,向子期举郡计入洛,文王引进,问曰:'闻君有箕山之志,何以在此?'对曰:'巢、许狷介之士,不足多慕。'王大咨嗟。"郭象虽然是个哲学天才,能够从理论上解决仕隐出处的矛盾,但当他被东海王司马越引为太傅主簿后,"甚见亲委,遂任职当权,熏灼内外,由是素论去之"(《晋书·郭象传》)。这种巨大的转变使庾敳这样有气节的名士也不由得感叹,说自己不如郭象的追求,"卿(指郭象)自是当世大才,我畴昔之意都已尽矣"(《晋书·庾敳传》)。可见,仕与隐的矛盾在西晋时期仍然是一个难以调和的大问题。

到了东晋时期,仕隐出处的矛盾才从实践上得到解决。东晋士族中许多人都曾有过隐居的经历,即使做官,也不以庶务为念。他们既可以居高官、享厚禄,又可以纵情山水,不务世事(这就是所谓的"朝隐")。所以在仕隐出处的问题上,孙绰不同意谢万提出的"处者为优,出者为劣"的观点,主张"体玄识远者,出处同归"(《世说新语·文学》注引),这一观点在当时颇有影响。东晋是隐逸之风盛行的时期,谢安早年隐居东山,"与王羲之及高阳许询、桑门支遁游处,出则渔弋山水,入则言咏属文,无处世意"(《晋书·谢安传》),出仕后却遭人讥讽,说他的出处好比药草的根与叶,虽为一物而有二称,"处则为远志,出则为小草",谢安对此亦"甚有愧色"(《世说新语·排调》)。但是谢安出仕后,并没有改变当初的志向,特别是在会稽王司马道子专权后,更是有意避之,"安虽受朝寄,然东山之志始末不渝,每形于言色。及镇新城,尽室而行,造泛海之装,欲须经略粗定,自江道还东"(《晋书·谢安传》),这无疑是对朝隐的实践。

由于隐逸方式的变化,人们对隐逸的态度也发生改变。汉代的淮南小山在《招隐士》中把隐居之地描写得十分荒凉可怕,最后以"山中兮不可以久留"来劝隐士出山。但是自西晋以来出现的招隐诗则改变了原诗的主旨,如左思的《招隐诗》:"岩穴无结构,丘中有鸣琴。白雪停阴岗,丹葩耀阳林。石泉漱琼瑶,纤鳞或浮沉。非必丝与竹,山水有清音。何事待啸歌,灌木自悲吟。"在左思的笔下,隐居的环境充满了生机与活力。此外,郭璞的一些游仙诗、王羲之等人的兰亭诗以及陶渊明的田园诗等也都与隐逸的风气有关。当然,除了陶渊明以外,对于一般的士人来说,如果没有门阀政治和庄园经济作为基础,实际上很难在精神上实现真正的超脱,做到出处同归。

南朝以来,随着皇权政治的确立,门阀士族逐渐丧失了原有的政治地位,出处同归的思想失去了现实基础,这使他们不得不重新面对仕与隐的矛盾。谢灵运在《登池上楼》一诗中说:"潜虬媚幽姿,飞鸿响远音。薄霄愧云浮,栖川怍渊沉。进德智所拙,退耕力不任。"对于诗人来说,无论是像"潜虬"一样深隐不出,还是像"飞鸿"一样奋进高飞,两者他都无法做到,这就反映了他外放永嘉之后内心的失意和矛盾。仕途既不得意,于是纵情山水,以此作为精神上的寄托。谢灵运在永嘉太守任上,曾"肆意游遨,遍历诸县,动逾旬朔,民间听讼,不复关怀。所至辄为诗咏,以致其意焉"(《宋书·谢灵运传》),他的山水诗大都是仕途失意的产物。谢灵运虽然有过几次隐居的生活,但他毕竟不是一个甘于寂寞的人,纵情山水只能带来一时的解脱,却无法从根本上解决仕隐出处的矛盾,正如他在诗中所说的:

> 昔余游京华,未尝废丘壑。矧乃归山川,心迹双寂寞。虚馆绝诤讼,空庭来鸟雀。卧疾丰暇豫,翰墨时间作。怀抱观古今,寝食展戏谑。既笑沮溺苦,又哂子云阁。执戟亦以疲,耕稼岂云乐。万事难并欢,达生幸可托。(《斋中读书》)

虽然谢灵运自称是"心迹双寂寞",但这种"卧疾丰暇豫"的读书生活并不能使他的内心得到平静,而且也没有从书中找到知音。在他看来,长沮、桀溺和扬雄都不值得效仿,因为躬耕田园太苦,做官又太累,所以不由得感叹"万事难并欢",最终只好以庄子的"达生"思想来安慰自己。这与陶渊明在《读山海经》(其一)中所描写的读书生活的感受无疑有很大的差别①。谢灵运高门士族的身份决定了他不是一个甘于寂寞的人,否则,就不会有这么多思想上的矛盾了。总之,谢灵运在精神上始终没有归属感,所以也不可能像陶

---

① 陶渊明《读山海经》(其一)原诗如下:"孟夏草木长,绕屋树扶疏。众鸟欣有托,吾亦爱吾庐。既耕亦已种,时还读我书。穷巷隔深辙,颇回故人车。欢然酌春酒,摘我园中蔬。微雨从东来,好风与之俱。泛览周王传,流观山海图。俯仰终宇宙,不乐复何如?"

渊明那样彻底归隐田园。

在隐逸的态度和方式上，谢灵运也不同以往。《宋书》本传记载，他第一次归隐始宁时，"与隐士王弘之、孔淳之等纵放为娱"，"每有一诗至都邑，贵贱莫不竞写。宿昔之间，士庶皆遍，远近钦慕，名动京师"，名义上是在隐居，可事实上他从来就没有在社会上销声匿迹过。等到他从京城东归故里，再次隐居时，更是无所顾忌，"凿山浚湖，功役无已"，"常自始宁南山伐木开径，直至临海，从者数百人，临海太守王琇惊骇，谓为山贼。徐知是灵运，乃安"。显然，谢灵运的这种"隐逸"与东晋士人追求逍遥自得的作风有很大不同，而是带有一种反抗皇权压制的孤傲之气。

当然，像谢灵运这样的隐居方式在他之后很少再有人去实践，更多的是代之以一种巧妙的、不与朝廷公开对立的方式。如颜延之早年性情耿介，"好酒疏诞，不能斟酌当世。……辞甚激扬，每犯权要"（《宋书·颜延之传》），屡遭排挤。甚至因作《五君咏》而触犯权贵，"屏居里巷，不豫人间者七载"。但颜延之不像谢灵运那样热衷政治，虽身在官场，却佯狂疏世，到了晚年，官越做越大，却淡泊名利，"在任纵容，无所举奏"，"居身清约，不营财利，布衣蔬食，独酌郊野"（同上）。颜延之也有归隐的愿望，他在诗中说："万古陈往还，百代劳起伏。存没竟何人？炯介在明淑。请从上世人，归来艺桑竹。"（《始安郡还都与张湘州登巴陵城楼作》）他与陶渊明亦有交往，据《宋书·隐逸传》记载："颜延之为刘柳后军功曹，在寻阳，与潜情款。后为始安郡，经过，日日造潜，每往必酣饮致醉。"颜延之在《陶征士诔》中也提到他们之间的交往，并对其人品颇为敬重仰慕。但颜延之又不像陶渊明那样彻底远离官场，而是采取了一种折衷的态度。明代张溥认为颜延之"玩世如阮籍"（《颜光禄集题辞》），这话是有一定道理的。颜延之的这种隐逸也就是时人所谓的"大隐"或"朝隐"①，这种隐逸方式也得到了很多人的认同。如沈约在《宋书·隐逸传论》中说：

> 夫独往之人，皆禀偏介之性，不能摧志屈道，借誉期通。若使值见信之主，逢时来之运，岂其放情江海，取逸丘樊，盖不得已而然故也。且

---

① 　王康琚《反招隐诗》云："小隐隐陵薮，大隐隐朝市。伯夷窜首阳，老聃伏柱史。昔在太平时，亦有巢居子。今虽盛明世，能无中林士。放神青云外，绝迹穷山里。鹍鸡先晨鸣，哀风迎夜起。凝霜凋朱颜，寒泉伤玉趾。周才信众人，偏智任诸己。推分得天和，矫性失至理。归来安所期，与物齐终始。"《南齐书·王秀之传》记载："瓒之（王秀之子）为历官至五兵尚书，未尝诣一朝贵。江湛谓何偃曰：'王瓒之今便是朝隐。'及柳元景、颜师伯令仆贵要，瓒之竟不候之。至秀之为尚书，又不与令王俭款接。三世不事权贵，时人称之。"

岩壑闲远，水石清华，虽复崇门八袭，高城万雉，莫不蓄壤开泉，仿佛林泽。故知松山桂渚，非止素玩，碧涧清潭，翻成丽瞩。挂冠东都，夫何难之有哉！

沈约认为，隐士不必"放情江海"，置身于世外，"东都"也可以成为有志之士的"挂冠"隐居之地。而那些"独往之人"，不善于变通，不关心时局的变化，这种"偏介之性"是不可取的。在皇权政治下，士族阶层虽然还身居高位，但是已经无所作为。这种亦官亦隐的生活，无疑就是他们最好的出路，就像谢朓所说的，"既欢怀禄情，复协沧州趣"（《之宣城郡出新林浦向板桥》），实际上也是不得已而为之。沈约早年与萧衍曾是竟陵旧友，深得其信任。萧衍做了皇帝后，沈约自以为功高望重，希望能得到更高的职位，史书上说他"久在端揆，有志台司"，但却未能如愿，因而变得消极怨望，于是作《郊居赋》以宣泄牢骚。所谓"台司"即三公，属人臣中的最高荣誉，向来只能由侨姓士族来担任，沈约出身于南方士族，在政治上很难与侨姓士族相比；再加上南朝以来，寒人开始兴起，并执掌机要，而士族的地位日渐衰落。在这样的背景下，沈约的愿望自然难以实现。《梁书·沈约传》又说他"自负高才，昧于荣利，乘时藉势，颇累清谈。及居端揆，稍弘止足。每进一官，辄殷勤请退，而终不能去，论者方之山涛。用事十馀年，未尝有所荐达，政之得失，唯唯而已"。沈约虽然身居高位，但他并不满足于这种亦官亦隐的生活，其内心深处始终怀着对功名权势的渴求和期盼，其为人哪里有一点超脱的精神呢？

　　由此看来，以儒家思想为代表的中国传统文化不仅重视人与社会的和谐相处，而且主张积极进取，建功立业，并以此作为安身立命之本。但是对于现实人生以外的虚无缥缈的彼岸世界并不在意，具有不可克服的世俗性。在仕隐出处的问题上，把隐看作是对仕的补充，只有在仕途受阻的情况下（特别是在黑暗动荡的年代）才选择归隐。东晋南朝的文学中多有颂美隐逸生活的作品，但实际上真正能做到的人很少，孔稚珪的《北山移文》就以变节入仕的假隐士周子为对象，嘲讽了当时普遍存在的身处林下、心慕朝市的虚伪之风，这也反映了南朝士人人生态度上的矛盾。可见，隐逸无法解决人生的归宿问题，因而在精神解脱方面有时显得无能为力。而佛教在这方面恰好可以弥补传统文化的不足，它通过对现世的否定，引导人们追求一种更高的精神境界，给人们提供了精神解脱的根本方法，从而在很大程度上消除了对死亡的恐惧。与此同时，佛教中所蕴含的深邃的哲理和抽象的思辨对于追求精神享受的名士来说，也具有很强的吸引力。

三、佛教的超脱与世俗化

东晋南朝时期,佛教有了很大的发展,不但在宗教形式上脱离了道教,而且在理论深度上也超越了玄学。东晋的高僧慧远倡导净土信仰和三世果报之说,竺道生又提出"一阐提"人皆得成佛,倡导众生平等的观念,这些学说在社会上产生了很大的影响,也吸引了很多文人学士,钻研佛学成为一种风气,人们针对佛教的基本义理如涅槃佛性、生死轮回和形神之辨等问题展开广泛讨论(如谢灵运《辨宗论》、颜延之《释何衡阳〈达性论〉》、宗炳《明佛论》等)。此外,僧肇运用大乘佛学中"非有非无"的中观思想批判了玄学和"六家七宗"的学说,进一步从理论上超越了本末、有无、是非、生灭的偏执。

佛教通过对这些问题的讨论,解决了人生归宿的问题,从而在很大程度上消除了人们对死亡的恐惧,体现了宗教对生命意义的终极关怀。美国人类学家基辛认为:"宗教强化了人类应付人生问题的能力,这些问题即死亡、疾病、饥荒、洪水、失败,等等。在遭遇悲剧、焦虑和危机之时,宗教可以抚慰人类的心理,给予安全感和生命意义。"①

从现实的功用来看,佛教也有"济俗"的一面,可以有助于教化。孙绰曾作《喻道论》,其主旨在于调和儒释思想,认为"周孔即佛,佛即周孔,盖外内名之耳","周孔救极弊,佛教明其本耳"。宋文帝也说:"若使率土之滨,皆纯此化,则吾坐致太平,夫复何事?"(何尚之《答宋文帝赞扬佛教事》引,《弘明集》卷十一)但佛教的作用并不仅限于此。实际上,文人钻研佛学的根本原因仍在于解决生死问题。在这个问题上,佛教不像儒家那样采取存而勿论的态度,或者通过弘道济世、建功立业来追求个体生命的价值,也不像道教那样以追求享乐和长生为目的,而是肯定了人生无常、生死幻灭的客观性,"一切行无常,一切法无我,涅槃寂灭"(《杂阿含经》卷十)。只有断除烦恼,超越生死,才能进入美好的涅槃境界。所以佛教特别强调精神存在的独立性和本体意义,它可以超越形体和生死得到永恒长存。东晋的高僧慧远指出:

> 夫神者何也?精极而为灵者也。……神也者,圆应无主,妙尽无名,感物而动,假数而行。感物而非物,故物化而不变;假数而非数,故数尽而不穷。……论者不寻无方生死之说,而惑聚散于一化,不思神道有妙物之灵,而谓精粗同尽,不亦悲乎?(《沙门不敬王者论·形尽神不

① 〔美〕基辛:《当代文化人类学概要》,北晨编译,浙江人民出版社,1986年,第215页。

灭》,《弘明集》卷五)

"无方生死"的意思是说,神无方无主,故神无生死(这里的"无方"代指
"神")。慧远认为,神是独立的非物质的实体,与形气根本不同,当然也就
无所谓生死。人们不明白神和形的这种区别,把两者都归结为气的聚散,这
是很可悲的。宗炳进一步发挥慧远神妙形粗的观点,指出神不是由形所生,
而是与形暂时相合,它既不随着形的产生而产生,也不随着形的灭亡而灭
亡,所谓"神非形作,合而不灭"(《明佛论》)。神与形的来源不同,它们成为
一体,只是因缘和合。他在《明佛论》中说:"神也者,妙万物而为言矣。若
资形以造,随形以灭,则以形为本,何妙以言乎? 夫精神四达,并流无极,上
际于天,下盘于地,圣之穷机,贤之研微。"

　　总之,佛教对形而上的精神意蕴的弘扬弥补了中国传统文化中过于世
俗的一面,从而达到了孔老无法企及的高度①。佛典中常用"朝露"、"浮云"
来比喻人生的短暂与无常,告诫人们不要贪恋世间的荣华富贵、功名利禄,
同时又把生命的短暂、人生的无常与断除烦恼结合起来,指出了一条通向超
越时空、超越生死的道路,这就是"涅槃",从而为人类在生死问题上构筑起
了一线美好的希望,在一定程度上消解了人类对死亡的恐惧②。前面提到
的关于涅槃佛性、生死轮回和形神之辨的讨论都反映了人们对精神超越的
追求。

　　佛教提出的轮回报应之说,就是用形神分离的观点来解释人的生死问
题,认为死是对生的解脱,精神不但可以超越形体肉身得到永恒长存,而且
还可以在不断的修炼中获得更高的信仰和境界,从而使人在精神上有所寄
托。刘勰在《灭惑论》一文中曾对佛法与道教做过比较,他说:"夫佛法练
神,道教练形。形器必终,碍于一垣之理;神识无穷,再抚六合之外。"所以谢
灵运感叹说:"六经典文,本在济俗为治耳,必求性灵真奥,岂得不以佛经为
指南?"(何尚之《答宋文帝赞扬佛教事》引)

　　南朝以来,随着佛教的盛行,汉魏时期对生命问题的焦虑和感伤在南朝
诗文中得到很大程度的缓解。例如谢灵运早年的拟乐府诗多表现传统的生

---

① 参见袁济喜《论六朝佛学对中国文论精神的升华》一文(《学术月刊》2006 年第 9 期)。作
　者指出:"佛教中人一直认为孔老作为世俗之教,对于世界的未来与业缘问题存而勿论,根
　本无法深入到人的精神世界的灵奥,佛教则以关照人的精神世界为宗旨,是真正的形而上
　之关怀。佛教虽不言具体的功用,但是惟其超越具体,故能飞升无限,达到孔老无法企极
　的高度。"
② 参见普慧:《佛教对中古文人思想观念的影响》,《文学遗产》2005 年第 5 期。

命主题(如《长歌行》《折杨柳行》等),可是在他归隐始宁后,开始虔心修佛,在石壁建招提精舍,与高僧往来,析论佛理。随着研究的深入,他对佛教有了更加深刻的体悟,在观照山水时心境也趋于空明宁静,"研精静虑,贞观厥美"(《山居赋》),从自然山水中体悟佛理,并以此来化解思想上的种种矛盾,如"虑澹物自轻,意惬理无违"(《石壁精舍还湖中作》),"观此遗物虑,一悟得所遣"(《从斤竹涧越岭溪行》)等。他的《临终诗》则完全用佛教的来生之说抚慰自己,表达了对超越生死之痛的渴望:"恨我君子志,不得岩上泯。送心正觉前,斯痛久已忍。唯愿乘来生,怨亲同心朕。"(《广弘明集》卷三十)

此外,江淹在中年以后"深信天竺缘果之文"(《自序传》),认为佛教"广树慈悲,破生死之樊笼,登涅槃之彼岸,阐三乘以诱物,去一相以归真"(《无为论》),这与他早年作品中(如《恨赋》、《悼室人诗》、《杂体诗》三十首中的有关作品等)关于生死问题的感伤有很大的不同。

佛教之所以在南朝以后得到广泛接受,也与其世俗化的一面有关。从本质上说,佛教是一种出世的哲学,否定现世的一切,认为人生是虚幻的,万物都是因缘和合而成,没有独立的实体(佛教的基本教义中有"三法印"的说法,即诸行无常、诸法无我、涅槃寂静)。但是如果一味地强调这一点,只讲"真谛",不讲"俗谛",就会陷入对虚幻、空无的执着,这与中国传统文化的世俗性是对立的,其结果会使佛教失去存在的社会基础。为了吸引更多的信徒,佛教必须解决好世间与出世间的问题。大乘佛学中的涅槃学说否定了小乘佛教悲观厌世的思想,不鼓吹净土和天堂,不宣扬虚幻的彼岸世界,甚至也不讲轮回果报。而是认为众生皆有佛性,可以顿悟成佛,不必苦修禁欲,只要没有偏执,不存是非,就可以入"不二法门"①。

《维摩诘经》中维摩诘的形象就集中体现了"不二法门"的思想。维摩诘是古印度毗舍离地方的一个富翁,他有妻子儿女,同时又有很高的佛学修养,既是居士,又是菩萨。但与其他菩萨不同的是,他"虽处居家,不著三界;示有妻子,常修梵行;现有眷属,常乐远离;虽服宝饰,而以相好严身;虽复饮食,而以禅悦为味;若至博弈戏处,辄以度人;受诸异道,不毁正信;虽明世典,常乐佛法"(《维摩诘经·方便品》)。维摩诘身在世俗生活中还能保持佛法正道的形象,这对那些既不愿放弃世俗享乐而又追求精妙的佛法义理、

---

① 所谓"不二法门",指超越一切矛盾,如生与灭、自我与他人、本质与现象、世间与出世间的至高无上的修道方法,如"世间出世间为二,世间性空,即是出世间,于其中不入不出,不溢不散,是为入不二法门"。也指不靠言语传授,只靠内心思考求得彻悟的修道方法,"于一切法无言无说,无示无识,离诸问答,是为入不二法门"。(见《维摩诘经·不二法门品》)

渴望出世解脱的士族文人有很大的吸引力,正所谓"世间性空,即是出世间"
(《维摩诘经·不二法门品》)。

在当时非常流行的《大般涅槃经》主张"一切众生皆有佛性",甚至"一
阐提亦有佛性"。《大般涅槃经》还宣称,佛陀为了化度众生,便故意做出同
凡人一样的事情,哪怕奸淫、偷盗、吃喝嫖赌,也无妨佛法"常住"。由于这种
学说为现世的享乐放纵提供了理论依据,更加符合上层贵族的需要,所以到
了齐梁时期得到普遍的接受,从而也在客观上助长了齐梁艳情诗风的泛滥。
梁武帝萧衍表面上崇信佛教,但在《净业赋》中还是用了大量篇幅描写歌舞
声色,只是到了赋的结尾,才表明"如是六尘,同障善道",决心"外清眼境,
内净心尘"。这只是表明他的思想动机是纯洁的,并不妨碍他对歌舞声色的
迷恋。①

这种对待佛教的实用态度在南朝士族阶层中非常普遍,也使他们对佛
教精神缺乏一种真正的觉悟。比如谢灵运精通佛学,他在《与诸道人辨宗
论》中发挥了竺道生的"顿悟成佛"之说,这在当时还存在很大争议的背景
下是很难得的。但在顿悟和渐悟的关系上,谢灵运与道生的观点却有所不
同。谢灵运认为:"阶级教愚之谈,一悟得意之论。"(《与诸道人辨宗论·答
僧维问》)意思是说,按阶梯循序渐进的所谓渐悟不过是用来教化愚昧者的
学说,只有顿悟才能得到真谛。由此他进一步认为,学习、渐修都是假知,而
顿悟才是真知:

> 假知者累伏,故理暂为用,用暂在理,不恒其知。真知者照寂,故理
> 常为用;用常在理,故永为真知。(《与诸道人辨宗论·答慧骃问》)②

竺道生在《答王卫军》中针对谢灵运这一说法提出异议:

> 以为苟若不知,焉能有信? 然则由教而信,非不知也。但资彼之
> 知,理在我表。资彼可以至我,庸得无功于日进? 未是我知,可由有分
> 于入照? 岂不以见理于外,非复全昧。知不自中,未为能照耶?(《广弘
> 明集》卷十八)

竺道生认为,通过渐修可以使人获得对佛教的信仰,这种信仰也是一种智

---

① 参见杜晓勤:《齐梁诗歌向盛唐诗歌的嬗变》,北京大学出版社,2009 年,第 124—129 页。
② 以上见石峻等编:《中国佛教思想资料选编》(第一卷),中华书局,1981 年,第 220—222 页。

慧,学得越多,信仰就越坚定,可以有功于日进,并非全然无用。只是由这种智慧所得之理还在本性之外,不是由"我"而来的。而"知若自中",就能豁然贯通,洞照本性,达到顿悟的境界了。可见,道生虽然倡导顿悟说,但并没有彻底否定渐悟的作用,认为渐悟是达到顿悟的必要途径①。而谢灵运在发挥道生顿悟说的同时,却把这个途径否定了。在他看来,单纯的信仰与真正的顿悟完全是两回事,从他对会稽太守孟顗的嘲讽中就证明了这一点②。换句话说,他只关注最高境界的"理",而对于如何达到这个终极境界的过程却不以为意,只讨论顿悟的可能性(所谓"得道应须慧业"),而不考虑至悟得道的方法,恰如不登山而去想象山顶的美景,只注重结果,不考虑过程,这就决定了谢灵运诗中所悟之理只能是一种脱离现实的空想。这种理只有在他沉浸于对山水的独赏中才能暂时得到,一旦回到人世间,在无情的现实面前往往就显得不堪一击。在汤用彤看来,谢灵运"于佛法之光大固有力也。惟康乐究乏刚健之人格,于名利富贵不能脱然无虑,故虽身在山林,心向魏阙,心怀晋朝,而身仕宋帝。其于佛教亦只得其皮毛,以之为谈名理之资料,虽言得道应须慧业,而未能有深厚之修养,其结果身败而学未成。中国文人之积习,可引为鉴戒者也"③。

由此看来,南朝佛学发展到后来时期,也变得日益世俗化了。所以汤用彤在评价梁代佛教时指出:"当时风俗柔靡浮虚,不求实际。不但三玄复盛,佛子亦乏刚健朴质之精神。国势外象安定,内实微弱,梁武帝因此而亡国杀身。"④

第二节 人格理想的建构

一、东晋士族的地位与门风

纵情任性、通脱自然的人格理想作为道家思想的体现,自东汉以来日渐

---

① 竺道生关于顿悟说的文章已佚,慧达《肇论疏》曾述其大意:"见解名悟,闻解名信。信解非真,悟发信谢。理数自然,如果熟自零。悟不自生,必借信渐。用信伏惑,悟以断结。"道生把人们对佛教的信仰分为两种:通过神秘的直观而获得深刻见解的叫做"悟";通过学习和听闻而获得的知识即闻解叫做"信"。仅凭闻解是不能真正领悟佛理的,但"悟"的产生也需要有"信"作为准备。一旦达到顿悟,信解就不起作用了,就像果子成熟后会从树上落下来一样。(参见方立天《魏晋南北朝佛教论丛》,中华书局,1982年,第181页)

② 据《南史·谢灵运传》记载:"太守孟顗事佛精恳,而为灵运所轻,尝谓顗曰:'得道应须慧业,丈人生天当在灵运前,成佛必在灵运后。'顗深恨此言。"

③ 汤用彤:《汉魏两晋南北朝佛教史》,北京大学出版社,2011年,第245页。

④ 汤用彤:《汉魏两晋南北朝佛教史》,北京大学出版社,2011年,第266页。

兴起,但是到了魏晋时期,却出现了以《列子·杨朱》篇为代表的纵欲论,宣扬人生如梦,及时行乐,传统的价值观念被彻底抛弃,以追求个人享乐为目的,这显然已无任何精神价值可言。西晋末年的永嘉之变使中原士族经历了国破家亡的惨痛,偏安江左的东晋君臣对此有很深感慨,元帝司马睿曾对江东名士顾荣说:"寄人国土,心常怀惭。"(《世说新语·言语》)至于其他士人也有类似的感慨。《世说新语·言语》记载:

> 卫洗马初欲渡江,形神惨悴,语左右云:"见此茫茫,不觉百端交集。苟未免有情,亦复谁能遣此!"
>
> 过江诸人,每至美日,辄相邀新亭,藉卉饮宴。周侯中座而叹曰:"风景不殊,正自有山河之异!"皆相视流泪。
>
> 温峤初为刘琨使,来过江,于时江左营建始尔,纲纪未举。温新至,深有诸虑。既诣王丞相,陈主上幽越,社稷焚灭,山陵夷毁之酷,有黍离之痛。温忠慨深烈,言与泗俱,丞相亦与之对泣。

而丞相王导不仅和众人一样"有黍离之痛",而且还有"勠力王室,克复神州"的强烈愿望。尽管这种愿望在当时无法实现,但王导的贡献还是值得肯定的。陈寅恪认为:"王导之笼络江东士族,统一内部,结合南人北人两种实力,以抵抗外侮,民族因得以独立,文化因得以延续,不谓民族之功臣,似非平情之论也。"①正因为如此,所以他被温峤称为"江左管夷吾"。以王导、谢安为代表的门阀士族能够把家族利益与国家民族的存亡紧密相联,使东晋王朝得以偏安江左达百年之久。可见,东晋士族的地位和名望的确立,不仅仅来自祖上显赫的门第,也取决于他们对国家民族的贡献,这与南朝士族只以家族利益为重,在政治上无所作为,与世浮沉的处世态度是不同的。

众所周知,东晋政权是靠着世家大族的支持建立起来的,君权的衰落与士族势力的膨胀,就形成了门阀政治。士族的社会地位已经相当稳定了,但是在士族内部仍然有高低升降的变化,这主要视当时的官爵而定。所以,高门士族若想长期保持其优越的地位,还需要进一步依靠政治上的成功和杰出人才的出现。也就是说,"计门资"还要同"论势位"相联系②。这就不难理解为什么谢安早年高卧东山二十余年,朝廷"累辟不就",却在他四十岁以

---

① 陈寅恪:《述东晋王导之功业》,《金明馆丛稿初编》,上海古籍出版社,1980年。
② 参见唐长孺:《士族的形成与升降》,《魏晋南北朝史论拾遗》,中华书局,1983年,第53—63页。

后接受了桓温的邀请,出来做官。因为这个时候谢氏家族中的仕宦者或亡或败,谢家面临着"门户中衰"的危险。为了保持家族显赫的地位,谢安必须要担负起应尽的责任和使命。而谢安本人也是有远大理想和抱负的。据《世说新语·排调》记载:"初,谢安在东山居布衣时,兄弟已有富贵者,翕集家门,倾动人物。刘夫人戏谓安曰:'大丈夫不当如此乎?'谢乃捉鼻曰:'但恐不免耳!'"此外,谢安对《诗经》中的"吁谟定命,远猷辰告"两句最为欣赏,谓此"偏有雅人深致"(《世说新语·文学》)。这两句诗是说有远见卓识的政治家制定了远大的战略规划,并昭告天下,赞美了政治家的气魄。王夫之在《姜斋诗话》中亦云:"谢太傅于《毛诗》取'吁谟定命,远猷辰告',以此八句如一串珠,将大臣经营国事之心曲,写出次第。"

当然,任何一个家族都不可能在政治上长期显赫,其间总有盛衰起伏,所以士族门第的延续除了政治地位的保障之外,良好的家学门风也是一个重要因素。特别是在士族的社会地位形成后,文化就成为士族门第的主要标志。这样,即使家族在政治上遭遇挫折,但只要有良好的家学门风,子弟中代有才人,就可以使家族得以中兴。所以士族家庭都重视对子弟的教育,以培养其德行和才干。《世说新语·言语》中曾记载了谢安与子弟的一段谈话:

> 谢太傅问诸子侄:"子弟亦何预人事,而正欲使其佳?"诸人莫有言者,车骑答曰:"譬如芝兰玉树,欲使其生于阶庭耳。"

阶庭长满芝兰玉树,既可自傲,亦可傲人。车骑(谢玄)的回答正反映了士族阶层对子弟成长的期望。谢氏家族在东晋南朝时期能够长盛不衰,成为百年望族,原因正在于此。相反,有些权势之家尽管专横一时,但文化基础不深厚,一旦在政治上失势,则门第衰落。如谯国桓氏,与王、谢一样曾为东晋的权势家族,政治上显赫一时,但桓氏家族缺乏文化底蕴,随着政治上的失势,其家族的社会地位便大为衰落,及至南朝,桓氏便湮没无闻了。所以钱穆在《略论魏晋南北朝学术文化与当时门第之关系》一文中说:"今人论此一时代之门第,大都只看在其政治上之特种优势,与经济上之特种凭藉,而未能注意及于当时门第中人之生活实况,及其内心想像。因此所见浅薄,无以抉发此一时代之共同精神所在。今所谓门第中人者,……为此门第之所赖以维系而久在者,则必在上有贤父兄,在下有贤子弟。若此二者俱无,政治上之权势,经济上之丰盈,岂可支持此门第几百年而不弊不败?"①

---

① 钱穆:《中国学术思想史论丛》卷三,安徽教育出版社,2004年,第144页。

二、魏晋风度的确立与影响

东晋南朝的诗人大都出身士族,士族阶层的一个重要标志就是具有良好的家学传统、文化素养和多方面的艺术才能,在文化上始终占有绝对的优势。作为社会精英的士族阶层,又受到时代风气的影响,形成了一种特有的精神面貌和生活方式,这就是魏晋风度。

魏晋风度是一种艺术化的人生,是名士自然率真的人格理想和精神风貌的体现,也是在乱世的环境中对儒家传统的伦理道德的怀疑和否定,带有一种叛逆的精神。如嵇康在《与山巨源绝交书》中说自己"直性狭中,多所不堪","有必不堪者七,甚不可者二",所以无法做到像山涛那样左右逢源,宽容大度("足下傍通,多可而少怪")。又说自己在读了老庄之后,"重增其放,故使荣进之心日颓,任实之情转笃"。而嵇康的人生理想就是"游山泽,观鱼鸟,心甚乐之","但愿守陋巷,教养子孙,时与亲旧叙离阔,陈说平生,浊酒一杯,弹琴一曲,志愿毕矣"。显然,嵇康拒绝出仕的原因是官场违背了他的自然本性,所以他强调君子应该"循性而动,各附所安"。这与后来郭象在《庄子注》中提出的"适性逍遥"的观点不谋而合[1]。

从表面上看,魏晋风度往往具有戏剧化和表演性的特点,如通过服药、饮酒来麻醉自我,追求精神上的解脱,或者以放浪形骸的怪诞之举显示特立独行。但这种表演有的时候并不能真正反映一个人的内心世界。像阮籍表面上纵酒狂放,任性不羁,"礼法之士疾之若仇"(《晋书·阮籍传》),但他又处处小心谨慎,喜怒不形于色,"钟会数以时事问之,欲因其可否而致之罪,皆以酣醉获免","虽不拘礼教,然发言玄远,口不臧否人物"(同上)。为了拒绝司马氏的联姻,阮籍甚至大醉六十馀日,使对方"不得言而止"。可他最终还是拒绝不了为司马昭篡位而作的劝进文,尽管是违心的,但也难免为后人诟病。余嘉锡说:"嗣宗阳狂玩世,志求苟免,知括囊之无咎,故纵酒以自全。然不免草劝进之文词,为马昭之狎客,智虽足多,行固无取。宜其慕浮诞者,奉为宗主;而重名教者,谓之罪人矣。"[2]其实,阮籍和嵇康一样,痛恨虚伪的名教。虽有济世之志,但在现实中找不到出路。史书上说他"时率意独驾,不由径路,车迹所穷,辄恸哭而反",可见其内心是很痛苦的。李泽厚认为,以阮籍为代表的魏晋名士"外表尽管装饰得如何轻视世事,洒脱不凡,

---

[1] 郭象在《庄子·齐物论注》中说:"若乃物畅其性,各安其所安,无远迩幽深,任之自若,皆得其极,则彼无不当而我无不怡也。"

[2] 余嘉锡:《世说新语笺疏》,上海古籍出版社,1993 年,第 537 页。

内心却更强烈地执着人生,非常痛苦,这构成了魏晋风度内在的深刻的一面。……也只有从这一角度去了解,才能更多地发现魏晋风度的积极意义和美学力量之所在"①。

如果从魏晋风度的深刻性和积极意义上来说,阮籍的种种怪诞之举是可以理解的,但他以佯狂任诞作为对抗名教的武器,这其实也是对人的自然本性的一种扭曲。当然,阮籍虽然"不拘礼教",但他的种种行为并不违背礼教的精神,佯狂任诞的目的主要还是为了避祸全身,除此以外,也别无选择(甚至连退隐的自由也没有),所以他的内心是非常矛盾的。阮籍之子阮浑想步其后尘,阮籍却表示反对。同样,嵇康公开反对名教,却在他的诫子书里教导儿子要小心谨慎。可见,阮籍和嵇康与他们所处的环境之间始终保持着一种紧张的状态,所以都不可能像陶渊明那样获得真正的超脱。若从审美的角度来说,还算不上是魏晋风度的典型代表②。

到了东晋时期,士族阶层凭藉门第,享有政治和经济上的特权,可以"平流进取,坐致公卿"(《南齐书·褚渊王俭传论》)。所以高门士族大都崇尚玄虚,鄙视庶务,"居官无官官之事,处事无事事之心"(《晋书·刘惔传》),比较容易做到出处同归,名教与自然合一。只有在这个时候,魏晋风度才真正具有了审美的意味,进而影响到整个社会的价值取向。

因此,六朝诗学精神主要体现的是东晋以来士族阶层的人格理想和精神风貌。例如他们常常通过对山水的玩赏,来表达丰富而深刻地情感体验,在精神上实现人与自然的和谐,这是他们实现自由超脱的人格理想的重要体现。《世说新语·言语》记载:

> 简文入华林园,顾谓左右曰:"会心处不必在远,翳然林水,便自有濠、濮间想也,不觉鸟兽禽鱼自来亲人。"
> 荀中郎在京口登北固望海云:"虽未睹三山,便自使人有凌云意。若秦、汉之君,必当褰裳濡足。"

山水可以使人远离尘世、回归自然,在精神上得到升华("濠濮间想也"、"凌云意")。不仅如此,山水又好像音乐那样深入人心,"非必丝与竹,山水有

---

① 李泽厚:《美的历程》,中国社会科学出版社,1989 年,第 97—98 页。
② 李泽厚在《美的历程》中说:"陶潜和阮籍在魏晋时代分别创造了两种迥然不同的艺术境界,一超然事外,平淡冲和;一忧愤无端,慷慨任气。它们以深刻的形态表现了魏晋风度。应该说,……是他们两个人,才真正是魏晋风度的最高最优秀代表。"(中国社会科学出版社,1989 年,第 101 页)

清音"（左思），还可以净化人的心灵，使人留连忘返，"遗情舍尘物，贞观丘壑美"（谢灵运）。可见，六朝士人面对山水时确实有很深刻的情感体验。此外，他们还把对山水的品赏与文学才能联系起来，如《世说新语·赏誉》记载："孙兴公为庾公参军，共游白石山，卫君长在坐。孙曰：'此子神情都不关山水，而能作文！'"对山水的审美体验在他们的作品中也得到体现，在《世说新语·文学》中提到："郭景纯诗云：'林无静树，川无停流。'阮孚云：'泓峥萧瑟，实不可言。每读此文，辄觉神超形越。'"又如谢安的《与王胡之诗》云："朝乐朗日，啸歌丘林。夕玩望舒，入室鸣琴。五弦清激，南风披襟。醇醪淬虑，微言洗心。幽畅者谁，在我赏音。"展现了一个率真自然、高雅脱俗的名士形象。

这种人格理想在陶渊明身上体现得更加充分。陶渊明虽然不属于士族，但毕竟也是出身名门。其曾祖陶侃是东晋的功臣，被封为长沙郡公，祖父和父亲也曾做过太守，母亲为东晋名士孟嘉之女，所以这个家族在东晋也曾显赫一时，至少属于地方豪族一类（颜延之《陶征士诔》中亦称陶渊明是"韬此洪族"）。只是到了陶渊明这一代，因其家庭不是嫡传而衰败了。在门阀士族的时代，许多人都非常重视自己的门第，陶渊明也不例外。沈约在《宋书·隐逸传》中说他"自以曾祖晋世宰辅，耻复屈身后代"，他本人在《命子诗》中也曾炫耀过自己祖先的辉煌。当然，他也深受魏晋玄学的影响，具有"质性自然"、"不慕荣利"的高尚品格和名士风度。陶渊明早年虽有"大济苍生"的愿望，但在门阀士族的时代，只能充任江州祭酒、彭泽令一类的小官，而官场的黑暗污浊使他"不能为五斗米折腰向乡里小人"，于是辞官归隐。沈约在《宋书·隐逸传》中说他"少有高趣，尝著《五柳先生传》以自况。……其自序如此，时人谓之实录"。陶渊明又好饮酒，"贵贱造之者，有酒辄设。潜若先醉，便语客：'我醉欲眠，卿可去。'其真率如此。郡将候潜，值其酒熟，取头上葛巾漉酒，毕，还复著之。"这种"真率"的品格正是名士风度的体现。

此外，陶渊明笔下的青松、秋菊、孤云、归鸟、南山等自然景物也成为他人格精神的象征，如"青松在东园，众草没其姿。凝霜殄异类，卓然见高枝"（《饮酒》其八），"采菊东篱下，悠然见南山。山气日夕佳，飞鸟相与还"（《饮酒》其五），"孟夏草木长，绕屋树扶疏。众鸟欣有托，吾亦爱吾庐"（《读山海经》其一）等，这些诗句都给人以超然玄远的遐想。所以朱光潜说："中国诗人歌咏自然的风气由陶、谢开始，后来王、孟、储、韦诸家加以发挥光大，遂至几无诗不状物写景。但是写来写去，自然诗终让渊明独步。许多自然诗人的毛病在只知雕绘声色，装点的作用多，表现的作用少，原因在缺乏物我的混化与情趣的流注。自然景物在渊明的诗中向来不是一种点缀或陪衬,而是在情趣的戏剧中扮演极生动的角色,稍露面目,便见出作者的整个的人格。这分别的原因也在渊明有较深厚的人格的涵养,较丰富的精神生活。"①陶渊明的这种人格也正是后世诗人难以企及的,使他成为"古今隐逸诗人之宗"(钟嵘语)。苏轼曾以"高风绝尘"来加以概括:"至于诗亦然。苏、李之天成,曹、刘之自得,陶、谢之超然,盖亦至矣。而李太白、杜子美以英玮绝世之姿,陵跨百代,古今诗人尽废,然魏晋以来高风绝尘,亦少衰矣。"(《书黄子思诗集后》)

这种人格理想表现在士族个人的品行修养上,就使他们在重情的同时,又具有了一种理性思辨的色彩,一种超越自我的精神,把个体的情感上升到对生命意义的终极关怀。如桓温北征,见到从前种的柳树"皆已十围",不禁发出了"木犹如此,人何以堪"的慨叹(《世说新语·言语》)。冯友兰在《论风流》一文中对此评论到:"真正风流底人有深情。但因其亦有玄心,能超越自我,所以他虽有情而无我。所以其情都是对于宇宙人生底情感,不是为他自己叹老嗟卑。桓温说'木犹如此,人何以堪',他是说'人何以堪',不是说'我何以堪',假使他说'木犹如此,我何以堪',他的话的意义风味就大减,而他也就不够风流。……真正风流底人,有情而无我,他的情与万物的情有一种共鸣,他对于万物,都有一种深厚底同情。"②可见,桓温的慨叹中所包含的正是这样一种超越自我的终极关怀。

三、支遁的逍遥新义及其他

支遁是东晋著名的僧人,同时又具有名士的风度,喜游山水,好鹤养马,酷爱庄学。他反对当时流行的以适性为逍遥的观点,认为"夫桀跖以残害为性,若适性为得者,彼亦逍遥矣",于是"退而注《逍遥》篇"(《高僧传》卷四)。《世说新语·文学》第三十二条注引支遁《逍遥论》云:

> 夫逍遥者,明至人之心也。庄生建言大道,而寄指鹏鷃,鹏以营生之路旷,故失适于体外;鷃以在近而笑远,有矜伐于心内。至人乘天正而高兴,游无穷于放浪,物物而不物于物,则遥然不我得,玄感不为,不疾而速,则逍然靡不适。此所以为逍遥也。若夫有欲当其所足,足于所足,快然有似天真,犹饥者一饱,渴者一盈,岂忘烝尝于糗粮,绝觞爵于醪醴哉? 苟非至足,岂所以逍遥乎?

① 朱光潜:《诗论》,上海古籍出版社,2001年,第207—208页。
② 冯友兰:《论风流》,《三松堂学术文集》,北京大学出版社,1984年,第614—615页。

在支遁看来,逍遥体现的是精神上达到"至足"时的状态,既无炫耀自得之意,也不会为外物所役使。"鹏以营生之路旷,故失适于体外",大鹏要借助风力才能高飞远行,固然算不上逍遥;而"鷃以在近而笑远,有矜伐于内",更是与逍遥无缘。因此,真正的逍遥是一种精神上的自由,而非物欲的满足和感官的快适,只有那些顺应大道、心灵无所不适的"至人"才能达到。支遁把流行的观点赋予了形而上的精神意蕴,超出了向秀和郭象所阐发的义理,"皆是诸名贤寻味之所不得"(《世说新语·文学》),"群儒旧学莫不叹服"(《高僧传》卷四),实际上也更接近庄子的本意。因而这一观点在当时产生了很大的影响,"后遂用支理"(《世说新语·文学》)。支遁的逍遥新义从理论上纠正了西晋以来的放达任诞之风,这对于理想人格和精神境界的提升无疑具有重要的意义。

东晋以来,士族中人虽然时有放诞之举,但总的来看都不越礼法,因为礼法毕竟是一个人立身行事的准则,正如《礼记·曲记》所云:"夫礼者,所以定亲疏,决嫌疑,别同异,明是非也。"情与礼虽有冲突的一面,但礼法的破坏也会影响到社会的稳定。所以早在魏晋时期,曹羲和蒋济就提出了"缘情制礼"的主张,既承认个体情感的价值,又重视礼法的作用,这就为门阀制度的延续提供了理论依据。如谢安"处家常以仪范训子弟"(《晋书·谢安传》),琅琊王氏作为汉魏旧族的代表,数代"无亏文雅之风"(《南史·王弘传》)。颜之推在《颜氏家训·勉学》中说:"士大夫子弟,数岁已上,莫不被教,多者或至《礼》《传》,少者不失《诗》《论》。"他之所以推崇江南"士大夫风操",也是由于各家门风虽有不同,但都不出"圣人之教"(《颜氏家训·风操》)。

可见,重视礼法和儒学是一个家族保持声誉、增强凝聚力的重要手段。特别是到了东晋以后,"名教与自然的关系已有较一致的结论,所以在学术上的表现便是礼玄双修,而这也正是以门阀为基础的士大夫利用礼制以巩固家族为基础的政治组织,以玄学证明其所享受的特权出于自然。当时著名玄学家往往深通礼制,礼学专家也往往兼注三玄"①。余英时也指出:"魏晋南北朝之士大夫尤多儒道兼综者,则其人大抵为遵群体之纲纪而无妨于自我之逍遥,或重个体之自由而不危及人伦之秩序者也。……而魏晋南北朝则尤为以家族为本位之儒学之光大时代,盖应门第社会之实际需要而然耳!"②魏晋名士的这种逍遥自得而又不越礼法的精神在东晋士族身上体现

---

① 唐长孺:《魏晋南北朝史论丛》,三联书店,1955 年,第 338 页。
② 余英时:《士与中国文化》,上海人民出版社,2003 年,第 340—341 页。

得最为充分。如戴逵善鼓琴,工书画,多才多艺,常以琴书自娱,但他不愿为王门伶人,终身隐居不仕,"常以礼度自处,深以放达为非道"(《晋书·戴逵传》)。他在《放达为非道论》中批评西晋元康时期那些放达之士是"好寻迹而不求其本,故有捐本徇末之弊,舍实逐声之行",主张融合儒道,追求一种自然本真的逍遥与放达。他在《闲游赞》中有一段话或许最能体现这种精神境界:"然如山林之客,非徒逃人患,避争门,谅所以翼顺资和,涤除机心,容养淳淑,而自适者尔。况物莫不以适为得,以足为至,彼闲游者,奚往而不适,奚待而不足? 故荫映岩流之际,偃息琴书之侧,寄心松竹,取乐鱼鸟,则澹泊之愿,于是毕矣。"

不仅如此,隐逸之士的逍遥自得还有助于社会风气的转化。东晋学者葛洪在《抱朴子外篇·逸民》中说:"纷扰日久,求竞成俗,或推货贿以龙跃,或阶党援以凤起,风成化习,大道渐芜,后生昧然,儒训遂埋。将为立身,非财莫可。苟有卓然不群之士,不出户庭,潜志味道,诚宜优访,以兴谦退也。"在同书的《嘉遁》篇中又说隐士"虽无立朝之勋,即戎之劳,然切磋后生,弘道养正,殊涂一致,非损化之民也。劣者全其一介,可及于许由,圣世恕而容之,同旷于有唐,不亦可乎?"①在葛洪看来,隐逸之士可以"弘道养正","以兴谦退",与在朝者"殊涂一致",对统治者同样都是有好处的,所以即使在政治清明的时代也有存在的必要。

此外,近人刘师培则从学风的角度对这一时期士人的逍遥自得之风给予了很高的评价,他在《论古今学风变迁与政俗之关系》一文中说:

> 两晋六朝之学,不滞于拘墟,宅心高远,崇尚自然,独标远致,学贵自得。……故一时学士大夫,其自视既高,超然有出尘之想,不为浮荣所束,不为尘网所撄,由放旷而为高尚,由厌世而为乐天。朝士既倡其风,民间浸成俗尚,虽曰无益于治国,然学风之善犹有数端。何则? 以高隐为贵,则躁进之风衰,以相忘为高,则猜忌之心泯,以清言相尚,则尘俗之念不生,以游览歌咏相矜,则贪残之风自革。故托身虽鄙,立志则高。被以一言,则魏晋六朝之学,不域于卑近者也,魏晋六朝之臣,不染于污时者也。(《左盦外集》卷九)

刘师培肯定了士人"宅心高远,崇尚自然"的人生态度,至于家国倾覆的责任,应由政治家负主要责任。这与历史上范宁等人把王弼、何晏视为桀纣,

---

① 　葛洪著,杨明照校笺:《抱朴子外篇校笺》,中华书局,1991 年,第 82 页、61 页。

顾炎武以他们为罪人的批评态度迥然不同。①

第三节　创作态度的自觉与艺术经验的积累

一、创作态度的自觉

在创作态度上,汉末魏晋以来,随着主体意识的觉醒,文学创作出现了繁荣的景象,特别是诗歌,在建安时期出现了"五言腾踊"的局面②。其原因在于:首先,建安诗人都经历了空前的社会动乱,对社会人生有着深沉的思索与感慨,他们自觉地继承和发扬了汉魏古诗的传统,通过诗歌创作来反映现实、批判社会,把文学创作与自身的生命体验结合起来,形成了重审美感兴和以悲为美的观念。钟嵘在《诗品序》中列举了社会生活中种种悲剧性的事件(如楚臣去境、汉妾辞宫、骨横朔野、负戈外戍等),然后说道:"凡斯种种,感荡心灵,非陈诗何以展其义? 非长歌何以骋其请? 故曰:诗可以群,可以怨。使穷贱易安,幽居靡闷,莫尚于诗矣。故词人作者,罔不爱好。"可见,诗歌在现实生活中具有非常重要的作用。

其次,东晋南朝是一个门阀士族的时代,士族阶层不仅在政治上享有特权,而且在文化上也居于统治地位,实际上构成了对文学创作的垄断。刘师培指出:"自江左以来,其文学之士,大抵出于世族,而世族之中,父子兄弟各以能文擅名。"③士族家庭内部和士族之间还常常通过集会的方式进行交流和切磋,《宋书·谢弘微传》中就有"乌衣之游"的记载:"混风格高峻,少所交纳,唯与族子灵运、瞻、曜、弘微并以文义赏会。尝共宴处,居在乌衣巷,故谓之乌衣之游。混五言诗所云'昔为乌衣游,戚戚皆亲侄'者也。其外虽复高流时誉,莫敢造门。"这是一个以谢混为中心的,包括谢灵运、谢弘微等人在内的家庭文学集会。此外,谢灵运还曾"与族弟惠连、东海何长瑜、颍川荀雍、泰山羊璿之,以文章赏会,共为山泽之游,时人谓之四友"(《宋书·谢灵运传》)。

---

① 范宁是东晋学者,推崇儒学,反对何晏、王弼的玄学。他说:"时以浮虚相扇,儒雅日替。宁以为其源始于王弼、何晏。二人之罪,深于桀纣。"(《晋书·范宁传》)顾炎武《日知录》"正始"条也指出:"讲明六经,郑玄、王肃为集汉之终;演说老庄,王弼、何晏为开晋之始。以至国亡于上,教沦于下,羌戎互僭,君臣屡易,非林下诸贤之咎而谁哉?"

② 刘勰《文心雕龙·明诗》:"暨建安之初,五言腾踊。文帝陈思,纵辔以骋节;王徐应刘,望路而争驱。"

③ 刘师培:《中国中古文学史讲义》,上海古籍出版社,2006 年,第 83 页。

南朝时期，士族在政治上日趋衰落，文学才能对他们来说就显得更加重要。《陈书·后主本纪》云："自魏正始、晋中朝以来，贵臣虽有识治者，皆以文学相处，罕关庶务，朝章大典，方参议焉。文案薄领，咸委小吏，浸以成俗，迄至于陈。"《梁书·王承传》亦云："膏腴贵游，咸以文学相尚。"钟嵘在《诗品序》中还具体描绘了这种重文的风气："今之士俗，斯风炽矣。才能胜衣，甫就小学，必甘心而驰骛焉。于是庸音杂体，人各为容。至使膏腴子弟，耻文不逮，终朝点缀，分夜呻吟。"

在这种风气的影响下，萧纲在《答张缵谢示集书》中还对文学的价值做了充分的肯定，并对扬雄、曹植鄙薄文学的言论给予了严厉的批评。他说："火龙黼黻，尚且著于玄象，章乎人事，而况文辞可止，咏歌可辍乎？不为壮夫，扬雄实小言破道；非谓君子，曹植亦小辩破言。论之科刑，罪在不赦。"士族阶层对文学的重视也造就了一批文学世家，其中最有名的如琅琊王氏、陈郡谢氏，以及兰陵萧氏、吴兴沈氏、彭城刘氏等。《梁书·刘孝绰传》称"孝绰兄弟及群从诸子侄，当时有七十人，并能属文，近古未之有也"。又《梁书·王筠传》记载王筠与诸儿书论家世文集云："史传称安平崔氏及汝南应氏，并累世有文才，所以范蔚宗云崔氏'世擅雕龙'。然不过父子两三世耳；非有七叶之中，名德重光，爵位相继，人人有集，如吾门世者也。"

文学才能不仅成为门第的标志，而且也是仕途的资本。姚察在《梁书·江淹任昉传论》中说："观夫二汉求贤，率先经术；近世取人，多由文史。"不仅士族阶层重视文学才能的培养，南朝历代统治者也都非常重视文艺，李延寿在《南史·文学传序》中说："自中原沸腾，五马南渡，缀文之士，无乏于时。降及梁朝，其流弥盛。盖由时主儒雅，笃好文章，故才秀之士，焕乎俱集。于时武帝每所临幸，辄命群臣赋诗，其文之善者赐以金帛。是以缙绅之士，咸知自励。"

这种风气进一步推动了文学创作的繁荣，并形成了众多的文学集团，如梁武帝本人就曾经是"竟陵八友"之一，以萧统、萧纲为代表先后形成了两个著名的东宫文士集团，还有以任昉为核心的"龙门之游"或"兰台聚"①，等等。

此外，沈约和任昉作为当时的文坛领袖也奖掖和推荐过许多文士。如沈约就非常推崇王筠，曾对梁武帝说："晚来名家，唯见王筠独步。"（《梁

---

① 《南史·陆倕传》记载："及昉为中丞，簪裾辐凑，预其燕者，殷芸、到溉、刘苞、刘孺、刘显、刘孝绰及倕而已，号曰龙门之游。虽贵公子孙不得预也。"《南史·到溉传》记载："梁天监初，昉出守义兴，要溉、洽之郡，为山泽之游。昉还为御史中丞，后进皆宗之。时有彭城刘孝绰、刘苞、刘孺，吴郡陆倕、张率，陈郡殷芸，沛国刘显及溉、洽，车轨日至，号曰兰台聚。"

书·王筠传》)他还当面向任昉称赞张率、陆倕是"后进才秀"(《梁书·张率传》),把他们推荐给任昉作朋友。任昉也是如此,据《梁书·任昉传》记载:"昉好交结,奖进士友,得其延誉者率多升擢,故衣冠贵游莫不争与交好,坐上宾客恒有数十。"一些出身门第不高的士人也凭借自身的才学受到重用,成为他们进身仕途的阶梯(如鲍照、吴均、刘勰等)。

二、艺术经验的积累

文学集团的出现推动了唱和宴游之风的盛行,特别是在文人生活比较安定的齐梁时期,文人诗题中的"奉和"、"应令"、"赋得"等,数量之多,也足以说明这种风气之盛。这就使诗歌的玩赏娱乐的功能得到发展,萧统在《文选序》中曾把文学作品比作"譬陶匏异器,并为入耳之娱;黼黻不同,俱为悦耳之玩",而徐陵在《玉台新咏序》中则把"撰录艳歌"以供那些"高楼红粉"在"新妆已竟"之时涵咏玩味、消遣时光作为编选的目的。以这种态度从事诗歌创作,也使咏物诗和艳情诗在齐梁以后迅速发展。

南朝诗人在模拟前人的同时,也努力追求"新变",使诗歌在形式和内容上呈现出一种全新的面貌,在当时影响很大,这也是宫体诗得以盛行的一个原因。如徐陵"其文颇变旧体,缉裁巧密,多有新意。每一文出,好事者已传写成诵"(《南史·徐陵传》)。萧纲所谓的"立身先须谨重,文章且须放荡"(《诫当阳公大心书》)的说法就是在这种背景下产生的,在《与湘东王书》、《答张缵谢示集书》、《答新渝侯和诗书》等文中他明确反对那种质直懦钝、浮疏阐缓的"京师文体",而倡导寓目写心、性情卓绝的"新致英奇"之作,这与"放荡"一词的原意(行为举止不拘小节)颇为相近。这种提法把"立身"与"作文"对立起来,虽然背离了传统的诗学观念,但它重视诗歌自身"吟咏情性"的特点,更接近于一种非功利的"纯文学"的观念,这就使作家的艺术精神得到更加充分地展示。所以近代王国维曾说:"文学者,游戏的事业也。……唯精神上之势力独优,而又不必以生事为急者,然后终身得保其游戏之性质。"(《文学小言》)而士族阶层无疑最有条件成为这种文学风尚的主体。

也正因为如此,到了南朝齐梁时期,人们才有可能更加重视诗歌本身的审美价值,进一步对诗歌的体制进行有益的尝试和探索,在学习前人的基础上不断创新,使诗歌这种艺术形式变得更加精致圆润。谢朓曾说:"好诗圆美流转如弹丸。"(《南史·王筠传》引)而要达到"圆美流转",辞采、声律、对偶等艺术形式的完美就是不可缺少的因素。特别是随着新体诗的兴起,诗歌体制趋于短小,句式上骈散相间,结构流畅自然,语言平易浅俗。在题材内容上以描写日常生活为主,如咏物、离别、闺情等,虽然没有多少深意,但往往构思精巧含蓄,感受细致入微,耐人寻味。这种追求新变的风气形成了一种不同以往的全新的诗歌体制。朱光潜在《诗论》一书中指出:"中国诗的转变只有两个大关键。第一个是乐府五言的兴盛。……第二个转变的大关键就是律诗的兴起,从谢灵运和永明诗人起,一直到明清止,词曲只是律诗的馀波。它的最大特征是丢开汉魏诗的浑厚古拙而趋向精妍新巧。这种精妍新巧在两方面见出:一是字句间意义的排偶;一是字句间声音的对仗。……这两个大转变之中,尤以律诗的兴起为最重要;它是由'自然艺术'转变到'人为艺术',由不假雕琢到有意刻划。如果《国风》是民歌的鼎盛期,汉魏是古风的鼎盛期,或者说,民歌的模仿期;晋宋齐梁时代就可以说是'文人诗'正式成立期。由'自然艺术'到'人为艺术',由民间诗到文人诗,由浑厚纯朴至精妍新巧,都是进化的自然趋势,不易以人力促进,也不易以人力阻止。"①

　　六朝诗歌的艺术经验不仅体现在形式的创新上,而且还体现在诗学观念的变革上。我们知道,传统的诗学观念历来是强调"诗言志"的。春秋时期,人们往往借助诗来表达自己的意见或态度,很少顾及诗的原意,这就是所谓的"赋诗言志"。诗是抒情言志的工具,"志"与"情"的含义虽然相近,但毕竟还要受到限制,也就是《毛诗序》所说的"发乎情,止乎礼义"。情志的内涵在六朝以前又与政教密切相关,所以汉代郑玄就把作为表现手法的赋比兴与政教善恶、美刺讽喻联系起来:"赋之言铺,直铺陈今之政教善恶得失;比,见今之失,不敢斥言,取比类以言之;兴,见今之美,嫌于媚谀,取善事以喻劝之。"(《周礼·春官·大师》注)由于赋具有"直言其事"的特点,在那些把诗作为言志工具的人们看来,赋的作用显得更加重要,既使用比兴,也以明白易晓为主。偶然有些深曲之处,便须由赋诗人加以说明,否则就达不到目的②。汉代文人的四言诗深受《诗经》的影响,讽谏之意较为明显,刘勰《文心雕龙·明诗》云:"汉初四言,韦孟首唱,匡谏之意,继轨周人。"五言诗则多用叙述性的语言,以赋的手法为主,较少文采,钟嵘在《诗品》中评班固的《咏史》诗为"质木无文"。相比之下,《古诗十九首》的成就最高,刘勰评论说:"观其结体散文,直而不野,婉转附物,怊怅切情,实五言之冠冕也。"(《文心雕龙·明诗》)《古诗十九首》在描写上达到了"婉转附物"的程度,这无疑是一个很大的进步,但若与南朝诗歌相比,在语言上还显得较为质

---

① 朱光潜:《诗论》,上海古籍出版社,2001年,第171页。
② 参见朱自清:《诗言志辨》,广西师范大学出版社,2004年,第15页。

朴,缺少文采,所以刘勰说"直而不野"。

　　总之,传统的诗学观念重视的是诗歌的现实内容和社会价值,以讽谏教化为目的,这就决定了先秦两汉以来的诗歌语言以朴素直白的陈述为主,精致细腻的描写并不多见。

　　到了晋宋之际,随着山水诗的兴起,诗歌语言的表现功能得到极大地强化,诗人有意追求一种类似图画的视觉效果。刘勰在《文心雕龙》的《明诗》和《物色》两篇中对此曾有精辟的概括:"宋初文咏,体有因革,庄老告退,而山水方滋;俪采百字之偶,争价一句之奇,情必极貌以写物,辞必穷力而追新,此近世之所竞也"(《明诗》),"自近代以来,文贵形似,窥情风景之上,钻貌草木之中。吟咏所发,志惟深远;体物为妙,功在密附。故巧言切状,如印之印泥,不加雕削,而曲写毫芥"(《物色》)。这种追求形似的风气进一步推动了咏物诗的发展,并使之在描摹对象的细致入微方面达到了很高的水平。据《梁书·王筠传》记载:"(沈)约于郊居宅造阁斋,筠为草木十咏,书之于壁,皆直写文词,不加篇题。约谓人云:'此诗指物呈形,无假题署。'"王筠的"草木十咏"是题在斋壁上的十首咏物诗,虽然每首没有题目,但沈约一看就知道每首诗所咏的对象。可见,其体物之妙达到了刘勰所说的"瞻言而见貌"的艺术效果。

　　山水诗和咏物诗的出现,意味着六朝诗歌开始突破了语言文字的局限,诗人通过对事物形貌的描绘,最大限度地发挥诗歌语言的表现力,力求达到以少总多、情貌无遗的审美效果,这就在很大程度上改变了六朝以前诗歌中直白言情的方式,使情感的抒发变得更加曲折含蓄。六朝诗歌中这种琢炼字句的风气早在魏晋时期就已经出现了,像曹植、陆机的诗已经不同于汉诗的浑厚古朴,具有明显的文人化的倾向,朱光潜在《诗论》中称其是"新时代的预兆"。他说:"区区一字往往可以见出时代的精神,例如陆机的'凉风绕曲房'的'绕'字,张协的'凝霜竦高木'的'竦'字,谢灵运的'白云抱幽石,绿筱媚清涟'的'抱'字和'媚'字,鲍照的'木落江渡寒,雁还风送秋'的'渡'字和'送'字之类,都有意力求尖新,在汉诗中决找不出。"①

　　钟嵘在《诗品》中评价张协、谢灵运、颜延之、鲍照、何逊时,也特别重视语言表达上"巧似"或"形似"的特点,如评张协云:"文体华净,少病累,又巧构形似之言。"又称谢灵运、颜延之、鲍照的诗为"善制形状写物之词","尚巧似"等。此外,颜之推说"何逊诗实为清巧,多形似之言"(《颜氏家训·文章》),这种评价正反映出六朝诗人对于诗歌语言表现力的追求和突破。

---

　　① 朱光潜:《诗论》,上海古籍出版社,2001年,第181页。

钱锺书在《中国诗与中国画》一文中对这种现象曾有论述,他说:"画的媒介材料是颜色和线条,可以表示具体的迹象;大画家偏不刻划迹象而用画来'写意',诗的媒介材料是文字,可以抒情达意;大诗人偏不专事'言志',而要诗兼图画的作用,给读者以色相。诗跟画各有跳出本位的企图。"①朱光潜也认为:"艺术受媒介的限制,固无可讳言。但是艺术最大的成功往往在征服媒介的困难。画家用形色而能产生语言声音的效果,诗人用语言声音而能产生形色的效果,都是常有的事。"②

可见,诗与画都是最能体现主体性的艺术,特别是诗的主体性更强。因为诗歌以语言为媒介,而语言是一种观念性的符号,不像颜色在绘画里作为一种感性事物发生作用。在黑格尔看来,诗作为语言艺术的这种特点就使它成为一种"普遍的艺术",可以通用于一切艺术形式(或者说一切艺术里都有诗):一方面它可以像音乐那样,表现主体的内心生活;另一方面又可以从内心的观照和情感领域伸展到一种客观世界,具有雕刻和绘画的明确性。由于诗综合了绘画和音乐两个极端,所以它成为艺术发展的最高阶段。③

总之,尽管六朝诗歌受绘画的影响,客观上造成了"诗言志"传统的衰微;但是由于南朝以来山水诗、咏物诗乃至宫体诗的出现使诗歌表现的题材和内容得到拓展,情志的内涵也变得丰富起来。齐梁诗人在仕途上一般不求进取,而以风流闲雅相尚,追求吏隐合一的生活方式,这使他们善于从日常生活中发现诗意,使诗歌成为展示人的生命体验和诗性智慧的最方便的艺术形式。

---

① 引文见于《开明书店二十周年纪念文集》所收初版(开明书店1947年版),后来钱锺书对《中国诗与中国画》一文进行过大幅度修改,此段文字不见其《旧文四篇》和《七缀集》中所收该文。

② 朱光潜:《诗论》,上海古籍出版社,2001年,第128页。

③ 参见黑格尔:《美学》第3卷下册,朱光潜译,商务印书馆,1981年,第4—16页。

结语　从形神之辨到六朝诗学精神

如果我们把六朝诗学与唐代诗学作一个大致比较的话,那么就可以看到,六朝时期在诗歌创作上主要还是以追求辞采、声律、对偶、用典等为主。虽然也提出了"诗缘情"和"以悲为美"的说法,但总体而言,对前者的重视程度超过了后者。刘勰已经看到了这一点,他说:"后之作者,采滥忽真,远弃风雅,近师辞赋,体情之制日疏,逐文之篇愈盛。"(《文心雕龙·情采》)因此,他特别强调要"为情而造文",反对"为文而造情",因为"情者文之经,辞者理之纬;经正而后纬成,理定而后辞畅。此立文之本源也"(同上)。钟嵘在《诗品序》中也强调诗歌"吟咏情性"的本质,所谓"嘉会寄诗以亲,离群托诗以怨。……凡斯种种,感荡心灵,非陈诗何以展其义? 非长歌何以骋其情? 故曰:诗可以群,可以怨。使穷贱易安,幽居靡闷,莫尚于诗矣"。正是由于强调"吟咏情性",所以,钟嵘提倡"即目所见","自然英旨",不主张"用事",更反对为了"竞须新事"而使"文章殆同书抄",并以嘲讽的口吻批评了那种"词既失高,则宜加事义。虽谢天才,且表学问"(《诗品序》)的做法。

但刘勰、钟嵘毕竟人微言轻,改变不了当时浮华的文风。在这样一种背景下,"文贵形似"作为一种创作风尚,虽然在极貌写物、模山范水方面达到了很高的成就,但是在其发展过程中也不可避免地成为时人炫耀辞藻、穷力追新的手段。尽管刘勰所提倡的"形似"本身包含着传神的因素,但毕竟还没有达到自觉的程度,与后人所说的"神似"还有一段距离。尤其是在当时的风气之下,也不可能引起世人的重视。这也是后人批评六朝文学的一个原因。

不过,任何事情的产生都不是偶然的,"文贵形似"的提法是随着山水诗的兴起而出现的,山水诗与山水画在发展的初期都存在着一种写实的倾向,即以再现大自然的美为目的,这就是宗炳所说的"以形写形,以色貌色"。罗宗强先生指出:"这一点是很重要的,它正是从'以玄对山水'到以审美对山水的必然产物,正是从玄言诗到山水诗在艺术手段上的必然转变。"[①]但这

---

①　罗宗强:《魏晋南北朝文学思想史》,中华书局,1996年,第199页。

种写实的倾向也妨碍了艺术境界的充分展现。与后世相比,山水诗中的写景与抒情还未能达到有机的融合,往往有佳句而无佳篇,当然也就不可能创造出浑融完整的意境。但既然有佳句,说明六朝人已经开始朝着这个方向努力了,只是还未达到自觉的程度罢了。而形似的观念又是建立在魏晋以来的玄学和佛教思想的基础之上的,追求形似的目的是为了感物兴情,畅神达意,使"山林皋壤"成为"文思之奥府",这就使形似走向神似不仅是可能的,而且是必然的。

到了唐代,随着诗歌艺术的日趋成熟,人们对诗歌的审美观念也发生了变化,由重辞采、声律转向重风骨、兴象,强调"神来,气来,情来"(殷璠《河岳英灵集序》),不仅继承了自《诗经》以来风雅比兴的优良传统,而且在审美境界的创造上开始走向自觉。但唐代诗人并没有完全否定六朝诗歌在辞采、声律等艺术形式创造上的功绩,而是吸收了其合理的一面,使近体诗在唐初得以定型。更重要的是,唐人已经超越了六朝时期单纯追求辞采声律和模山范水的阶段,追求兴象风神和意境圆融,追求浑然无迹的神化境界,"但见性情,不睹文字","天真挺拔之句,与造化争衡,可以意冥,难以言状"(皎然《诗式》),在皎然看来,诗歌之美是在言词之外的。刘禹锡在《董氏武陵集记》中又提出了"境生于象外"的命题:"诗者,其文章之蕴耶!义得而言丧,故微而难能;境生于象外,故精而寡和。"第一次从理论上比较完整地阐发了意境的理论。到了晚唐,司空图提出"象外之象、景外之景",并强调"辨于味而后可以言诗"(《与李生论诗书》),都是这一理论的发展和延续。这说明随着意境理论的提出,唐代诗学已经超越了外在的形似,而走向了追求传神的阶段。从此以后,形神之辨日益受到关注,成为诗学中的一个重要问题。

对形神之辨的关注程度是与人们的文学观念密切相关的。六朝文学的自觉首先是从文学的语言、声律等形式的自觉开始的,"文笔之辨"的主要依据就在于有韵与否。此外,文采也是区别文学与非文学的重要标志。在这种文学观念下,形神问题是不可能引起太多关注的,因为它指向的不是作品本身,而是作品之外的形而上的精神意蕴,但在这一点上,人们还没有真正的觉悟到。因而人们更推崇陆机、沈约这样的作家,而陶渊明则受到冷落。这与后人的评价恰好相反,如倡导永明体的沈约,在当时的文坛,除谢朓之外,号称"独步"(钟嵘语),但其诗歌却被后人讥为"有声无韵,有色无华"(陆时雍《诗镜总论》),"休文诸作,材力有馀,风神全乏"(胡应麟《诗薮》)。清人李重华也说:"沈隐侯最讲声病,昭明选录至多。余意沈诗生气索然,并不逮何、范二家。"(《贞一斋诗说》)

当然,也有像曹植、谢朓、庾信等人,无论是在当时还是后世,都得到了很高的评价。如曹植,钟嵘称其是"骨气奇高,辞采华茂"(《诗品》),在"骨气"和"辞采"两个方面都达到了极高的成就。谢朓、庾信大致也是如此,所以能在当时和后世都得到好评。尽管六朝人仍比较看重其辞采、声律的一面,但其作品中所表现出来的骨气和情韵也得到时人的赞赏。

此外,萧统还第一次对陶渊明做了比较中肯的评价,不仅称赞其"词采精拔",而且肯定其"不以躬耕为耻,不以无才为病"的怀抱和气节,并指出其作品是"语时事则指而可想,论怀抱则旷而且真"(《陶渊明集序》)。这说明,人们的文学观念开始由关注构成作品的辞采、声律等外在的具体的形式转向神气韵味等更加内在的形而上的因素。萧子显在《南齐书·文学传论》中则说的更加明确:"文章者,盖性情之风标,神明之律吕也。蕴思含毫,游心内运,放言落纸,气韵天成。莫不禀以生灵,迁乎爱嗜。"因此,我们可以这样说,形神之辨虽然还没有充分地自觉,但至少已经开始引起一些文论家的重视,并在《文心雕龙》和《诗品》等诗文理论中有了萌芽,其中所体现出来的人文追求和价值取向,我们不妨称之为"六朝诗学精神"。

可见,对形神问题的探讨不能仅仅局限于概念范畴本身,特别是与"形"相对的"神"因其含义有很大的不确定性,再加上与"神"密切相关的概念范畴如"感兴"、"风骨"、"滋味"、"气韵"等在这个问题中又是无法回避的,而这些概念在六朝诗学和书画理论中已经开始引起广泛的重视,并对后世产生了深远的影响。因此,从重形到重神的转变意味着一种新的诗学精神的建构,而六朝诗学精神则是在形神之辨的基础上进一步从思想文化、创作实践等方面对这一问题的拓展和延伸。

魏晋以来,随着自我意识的觉醒,主体精神的张扬,理想人格的追求以及自然美的发现,再加上玄学和佛教的影响,六朝诗学呈现出了前所未有的新气象。特别是玄学的思想方法及其所确立的人格理想使六朝诗歌具有比较明显的体玄悟道的倾向、逍遥自适的追求以及向往自然的情趣。这些特点首先出现在正始时期以嵇康、阮籍为代表的诗歌中,他们把庄子的人生理想和境界带到文学中来。嵇康和阮籍都是当时的玄学名士,魏晋名士的种种精神风貌如蔑视礼法、追求自然、玄心洞见、妙赏深情等也都表现在他们的作品中。不仅如此,这种精神风貌在郭璞的游仙诗、东晋的玄言诗以及后来的山水诗中也得到了继承和发扬。而当时的学者如王弼、郭象等人对玄学中的名教与自然、本末有无、言意之辨的探讨,特别是郭象对庄子哲学的改造也直接影响了兰亭诗人乃至陶渊明的诗歌,所谓"大矣造化工,万殊莫不均。群籁虽参差,适我无非新"(王羲之《兰亭诗》),这种万物平等的观念正是郭象学说形象化的诠释。山水审美意识由此得到确立和发展,成为东晋士人精神生活的重要内容。

可见,六朝诗学精神的出现之所以成为可能,归根结底乃是人的自我意识和主体精神得到了比较充分的发展,而清谈吟咏、山水游赏以及佛教的渗透使人们超越了世俗的成见和低级的欲望,把精神上的满足作为生活的第一需要,因而具有了更高的审美眼光和审美理想。据《晋书·王羲之传》记载:"(羲之)性爱鹅,会稽有孤居姥养一鹅,善鸣。求市未得,遂携亲友命驾就观。姥闻羲之将至,烹以待之,羲之叹惜弥日。"羲之爱鹅,纯粹是一种审美的需要,所以老妇杀鹅以示欢迎的举动只能使他大为扫兴。又如王子猷雪夜访戴,造门而不入,是因为他"本乘兴而行,兴尽而返"(《世说新语·任诞》),并不在意最终的结果。宗白华评论说:"这截然地寄兴趣于生活过程的本身价值而不拘泥于目的,显示了晋人唯美生活的典型。"所以他认为,汉末魏晋六朝"是最富有艺术精神的一个时代"①,这是六朝时期在艺术上能够取得巨大成就的原因。在这样的背景下,六朝诗学精神也就随之产生和发展起来。

诗学精神是相对于诗学的具体内容而言的。六朝诗学的具体内容,包括诗学观念、体制、题材、范畴等方面,都与内在的诗学精神相联系,所以诗学精神是诗学发展的内在动力和思想基础。而玄学和佛教对精神超越的追求也是六朝诗学精神的一个重要来源,形神之辨的提出与此密切相关。本书对六朝诗学问题的研究,主要是着眼于影响六朝诗学精神形成和发展的文化背景、人生体验、人格理想等方面,表现在以下几个方面:

首先,魏晋以来多元化的思想文化背景决定了六朝诗学观念具有不同于传统诗学的一面。汉代的诗学观念以《毛诗序》为代表,强调音乐诗歌与时代政治的密切关系,它可以"经夫妇,成孝敬,厚人伦,美教化,移风俗",诗歌成为政治教化的工具。六朝诗学则不仅淡化了政教的功能,更重视现实生活中的人生体验和主观感受,而且还进一步扩大了审美对象,使山水、田园、宫廷、行旅、宴集、歌舞乃至日常器物等都成为诗歌创作的题材。诗人在描写的同时也不仅仅局限于单纯的欣赏与满足,其中还积淀着主体日益丰富深刻的心灵体验。如萧绎在《金楼子·立言篇》中提出了文学创作中心与物"内外相感"的问题:"捣衣清而彻,有悲人者。此是秋士悲于心,捣衣感于外,内外相感,愁情结悲,然后哀怨生焉。苟无感,何嗟何怨也!"所谓"内

————————

① 宗白华:《论〈世说新语〉和晋人的美》,《美学散步》,上海人民出版社,1981年版,第221、208页。

外相感"，就是说主体心中先有所感，听到清澈的捣衣声，才会引发哀怨之情。这与刘勰提出的"写气图貌，既随物以宛转；属采附声，亦与心而徘徊"（《文心雕龙·物色》）的说法有异曲同工之妙。又《梁书·昭明太子传》记载："（萧统）性爱山水，于玄圃穿筑，更立亭馆，与朝士名素者游其中。尝泛舟后池，番禺侯轨盛称'此中宜奏女乐'。太子不答，咏左思《招隐诗》曰：'何必丝与竹，山水有清音。'侯惭而止。"萧统"性爱山水"，把它视为同音乐一样可以深入人心、寄托精神的载体，因而左思的"非必丝与竹，山水有清音"两句得到他的欣赏。

创作主体精神体验的丰富和深化也拓展了诗歌艺术的表现手法，如陶渊明突破玄言诗风的束缚，重新发扬诗歌的抒情传统，"在他的诗歌中创造了一种自传体的模式，使他本人成为其诗歌的重要主题"[1]。而谢灵运则把观赏山水中所获得的种种转瞬即逝的视觉经验和印象同时呈现在诗中，创造了一种新的描写模式，使人与自然的关系得到更加充分的展示。谢朓的山水诗，又逐渐超越了"模山范水"的阶段，表达了更加丰富的审美感受，具有一种境界之美，已经接近唐人的诗风。

其次，六朝诗学精神也体现在创作主体的人格理想和审美追求上，这与魏晋玄学所确立的重神贵无的人格理想密切相关，如嵇康诗中所说的"俯仰自得，游心太玄"、"长寄灵岳，怡志养神"、"操缦清商，游心大象"（《兄秀才公穆入军赠诗》）等，这种描写生动地再现了庄子的人生境界。由于玄学在士族阶层中有广泛的影响，所以它也是士族的审美理想和精神风貌的体现，具有旷达超脱、玄远清雅的特点，这在玄言诗和山水诗里反映得比较充分。但这种精神风貌到了南朝以后，由于士族阶层纵欲享乐的风气和吴声西曲的影响，在描写技巧上日益精致和细腻，"俪采百字之偶，争价一句之奇，情必极貌以写物，辞必穷力而追新"（《文心雕龙·明诗》）就成为一种普遍的创作风尚，也形成了所谓"雅咏温恭，必欠伸鱼睨；奇辞切至，则拊髀雀跃"（《文心雕龙·乐府》）的接受心态。一味地追新逐异的结果，就导致了风格的趋同化，反而失去了个性，变得世俗与平庸。清人纪昀曾说："齐梁间风气绮靡，转相神圣，文士所作，如出一手。"[2]叶燮亦云："齐梁骈丽之习，人人自矜其长，然以数人之作，相混一处，不复辨其为谁，千首一律，不知长在何处。"（《原诗》外篇下）这种现象在宫体诗中表现得比较明显。旷达超脱和平庸世俗这两种不同的价值取向对后世的影响也是完全不同的，后人对六

---

① 参见孙康宜：《抒情与描写：六朝诗歌概论》，上海三联书店，2006年，第15页。
② 《文心雕龙·通变》篇评语，转引自范文澜《文心雕龙注》卷六，人民文学出版社，第521页。

朝诗歌的评价往往褒贬不一,原因正在于此。

　　再次,六朝诗学精神在理论上的表现就是形成了一系列的概念范畴,如感兴、风骨、滋味、性灵、神思、言意、隐秀等,在创作上普遍崇尚以悲为美和清丽自然的风格。这些概念、命题虽然含义各有不同,但大都侧重于创作主体的精神体验和内心感悟,重视创作过程中的艺术构思和想象活动,像谢灵运的山水诗往往寓目辄书,意象繁密,又大量运用对偶句式,以赋法入诗,远近高低,上下左右,反复描摹,给人以目不暇接之感,在意象的经营、语言的雕琢等方面都达到了前所未有的高度,钟嵘在《诗品》中甚至觉得他有"颇以繁芜为累"的倾向。但谢诗中这些繁富的描写是建立在诗人对山水景物深刻的感受和体验的基础之上的,而非单纯地堆砌辞藻,而且在繁富的同时还能时时出以清新明朗的佳句,使人耳目一新。所以钟嵘又说:"嵘谓若人兴多才高,寓目辄书,内无乏思,外无遗物,其繁富宜哉!"(《诗品》)由于谢灵运在六朝诗歌史上具有承前启后的作用,这就使审美意象的创造和构成情景交融的艺术境界成为诗歌创作的核心,从而确立了中国诗学的民族传统,对后世的意境理论产生了深远的影响。

　　总体而言,六朝诗学精神以人生体验和人格理想为核心。前者是源于汉末魏晋以来儒学的衰落和时局的动荡,由此引起了人的精神面貌和思想观念的深刻转变,从而使人们体验了更加丰富多彩的社会人生,进而刺激了诗歌创作的繁荣,出现了挽歌、游仙、玄言、山水、咏物以及宫体等各种新的诗歌类型。而后者则受到儒释道等多种思想文化的影响,在不同时期呈现出不同的风貌,既有积极进取、建功立业的传统思想,也有逍遥放达、纵情任性的时代风尚。但无论是哪一种,都以追求个体存在的意义和价值为前提。

　　此外,六朝诗学也带有明显的士族文化色彩,虽然南朝以后的士族在政治上逐渐丧失了地位,缺少社会责任感和关注现实的热情,纵情享乐的风气盛行,但士族阶层的文化优势还在,他们往往具有多方面的艺术才能,思想上儒道兼综,又受到玄学和佛教的影响,这就使六朝诗歌得以广泛吸收融合各门艺术的长处,在诗歌体制和内容方面较前代有了很大的发展,形成了追求新变和崇尚唯美的风气,从而为唐诗的繁荣做了充分地准备。

　　就创作实践而言,随着南朝以来文学观念的转变,人们不仅强调文学语言和艺术形式的美感,在辞采、声律、对偶等方面达到了很高的成就,而且也重视审美感兴,重视创作过程中的艺术构思和想象活动,刘勰在《文心雕龙·神思》篇中提出:"思理为妙,神与物游。"并强调:"陶钧文思,贵在虚静。"在《物色》篇中又说:"写气图貌,既随物以宛转;属采附声,亦与心而徘徊。"这就确立了心物关系在诗歌创作中的核心地位,为审美意象的创造和构成情景交融的艺术境界做了充分的准备。在诗歌创作和鉴赏等方面逐渐形成了"感兴"、"风骨"、"滋味"等一系列重要的美学范畴,其意义已经超越了诗歌领域,对后世产生了深远的影响。朱光潜对六朝诗歌给予了很高的评价,他说:"六朝是中国自然诗发轫的时期,也是中国诗脱离音乐而在文字本身求音乐的时期。从六朝起,中国诗才有音律的专门研究,才创新形式,才寻新情趣,才有较精妍的意象,才吸哲理来扩大诗的内容。就这几层说,六朝可以说是中国诗的浪漫时期,它对于中国诗的重要亦正不让于浪漫运动之于西方诗。"①由此可见,审美情趣和艺术形式的多元化也是六朝诗学精神的重要体现。

　　总之,六朝诗学精神最核心的一点就是追求精神上的超越,也是魏晋以来追求通达与超脱的人格精神的体现。形神之辨则是这种人格精神在理论上的一种反映,形神之辨在日常生活、创作实践方面还有更多的表现,诗学精神就是哲学领域中的形神之辨在诗歌创作和诗学观念方面的一种体现。

---

① 朱光潜:《中西诗在情趣上的比较》,《朱光潜全集》第三卷,安徽教育出版社,1987 年,第 76 页。

主要参考文献

一、古代文献：

逯钦立辑校：《先秦汉魏晋南北朝诗》，中华书局，1983 年

严可均辑：《全上古三代秦汉三国六朝文》，中华书局，1958 年

［南朝梁］萧统编：《文选》，［唐］李善注，中华书局 1979 年影印本

［魏］王弼著：《王弼集校释》，楼宇烈校释，中华书局，1980 年

［晋］郭象注，［唐］成玄英疏：《庄子注疏》，中华书局，2011 年

［东晋］葛洪著：《抱朴子外篇校笺》，杨明照校笺，中华书局，1991 年

［北齐］颜之推撰：《颜氏家训集解》，王利器集解，中华书局，1993 年

［南朝宋］刘义庆撰：《世说新语笺疏》，余嘉锡笺，上海古籍出版社，1993 年

［梁］慧皎撰：《高僧传》，汤用彤校注，中华书局，1992 年

石峻等编：《中国佛教思想资料选编》，中华书局，1981 年

［南朝梁］刘勰著：《文心雕龙注》，范文澜注，人民文学出版社，1958 年

［南朝梁］钟嵘著：《诗品注》，陈延杰注，人民文学出版社，1961 年

［明］胡应麟著：《诗薮》，上海古籍出版社，1979 年

［明］许学夷著：《诗源辨体》，人民文学出版社，1987 年

［清］方东树著：《昭昧詹言》，人民文学出版社，1961 年

［清］王夫之著：《古诗评选》，张国星点校，河北大学出版社，2008 年

［清］吴淇著：《六朝选诗定论》，汪俊、黄进德点校，广陵书社，2009 年

［清］陈祚明编选：《采菽堂古诗选》，李金松点校，上海古籍出版社，2008 年

［清］沈德潜编选：《古诗源》，中华书局，1963 年

［清］何文焕辑：《历代诗话》，中华书局，1981 年

丁福保辑：《历代诗话续编》，中华书局，1983 年

丁福保辑：《清诗话》，上海古籍出版社，1978 年

郭绍虞编选：《清诗话续编》，富寿荪校点，上海古籍出版社，1983 年

俞剑华编著:《中国画论类编》,人民美术出版社,1986年

二、西学著述:

[德]黑格尔著:《美学》,朱光潜译,商务印务馆,1979年第2版
[德]康德著:《判断力批判》,邓晓芒译,人民出版社,2002年版
[德]席勒著:《审美教育书简》,冯至、范大灿译,北京大学出版社,1985年
[英]鲍山葵著:《美学三讲》,周煦良译,人民文学出版社,1965年
[美]韦勒克、沃伦著:《文学理论》,三联书店,1984年
[美]刘若愚著:《中国文学理论》,杜国清译,江苏教育出版社,2006年
[美]叶维廉著:《中国诗学》(增订版),人民文学出版社,2006年
[德]卡西尔著:《人论》,甘阳译,上海译文出版社,2004年

三、今人论著:

陈寅恪著:《金明馆丛稿初编》,上海古籍出版社,1980年
徐复观著:《两汉思想史》第二卷,华东师范大学出版社,2001年
唐长孺著:《魏晋南北朝史论丛》,三联书店,1955年
唐长孺著:《魏晋南北朝史论拾遗》,中华书局,1983年
汤用彤著:《汉魏两晋南北朝佛教史》,北京大学出版社,2011年
余英时著:《士与中国文化》,上海人民出版社,2003年
钱穆著:《国史大纲》,商务印书馆,1994年
李泽厚著:《中国古代思想史论》,人民出版社,1986年
朱自清著:《诗言志辨》,广西师范大学出版社,2004年
朱光潜著:《诗论》,上海古籍出版社,2001年
钱锺书著:《管锥编》,中华书局,1979年
张岱年著:《中国古典哲学概念范畴要论》,中国社会科学出版社,1987年
成复旺主编:《中国美学范畴辞典》,中国人民大学出版社,1995年
宗白华著:《美学散步》,上海人民出版社,1981年
叶朗著:《中国美学史大纲》,上海人民出版社,1985年
李泽厚、刘纲纪著:《中国美学史》(魏晋南北朝编),安徽文艺出版社,
1999年
徐复观著:《中国艺术精神》,春风文艺出版社,1987年
李泽厚著:《美的历程》,中国社会科学出版社,1989年
袁济喜著:《六朝美学》,北京大学出版社,1999年第2版
盛源、袁济喜著:《六朝清音》,河南人民出版社,2000年

张克锋著:《魏晋南北朝文学与书画的会通》,中国社会科学出版社,2010 年

张海明著:《玄妙之境》,东北师范大学出版社,1997 年

汤用彤著:《魏晋玄学论稿》,上海古籍出版社,2001 年

汤一介著:《郭象与魏晋玄学》,北京大学出版社,2000 年

罗宗强著:《玄学与魏晋士人心态》,天津教育出版社,2005 年

黄侃著:《文心雕龙札记》,上海古籍出版社,2002 年

刘永济著:《文心雕龙校释》,中华书局,1962 年

王元化著:《文心雕龙讲疏》,上海古籍出版社,1992 年

袁济喜著:《古代文论的人文追寻》,中华书局,2002 年

袁济喜著:《中国古代文论精神》,山西教育出版社,2005 年

叶嘉莹著:《迦陵论诗丛稿》,河北教育出版社,1997 年

刘师培著:《中国中古文学史讲义》,上海古籍出版社,2006 年

王瑶著:《中古文学史论》,北京大学出版社,1998 年

刘永济著:《十四朝文学要略》,黑龙江人民出版社,1984 年

罗宗强著:《魏晋南北朝文学思想史》,中华书局,1996 年

王钟陵著:《中国中古诗歌史》,人民出版社,2005 年

葛晓音著:《八代诗史》(修订本),中华书局,2007 年

孙康宜著:《抒情与描写——六朝诗歌概论》,上海三联书店,2006 年

钱志熙著:《魏晋诗歌艺术原论》(修订本),北京大学出版社,2005 年第 2 版

傅刚著:《魏晋南北朝诗歌史论》,吉林教育出版社,1995 年

陈顺智著:《魏晋南北朝诗学》,湖南人民出版社,2000 年

刘艳芬著:《佛教与六朝诗学》,中国社会科学出版社,2009 年

詹福瑞著:《南朝诗歌思潮》,河北大学出版社,2005 年

葛晓音著:《汉唐文学的嬗变》,北京大学出版社,1990 年

黄节著:《黄节注汉魏六朝诗六种》,人民文学出版社,2008 年

叶嘉莹著:《汉魏六朝诗讲录》,河北教育出版社,1997 年

徐公持著:《魏晋文学史》,人民文学出版社,1999 年

曹道衡、沈玉成著:《南北朝文学史》,人民文学出版社,1991 年

詹福瑞著:《中古文学理论范畴》,河北大学出版社,1997 年

陈顺智著:《东晋玄言诗派研究》,武汉大学出版社,2003 年

张廷银著:《魏晋玄言诗研究》,商务印书馆,2008 年

归青著:《南朝宫体诗研究》,上海古籍出版社,2006 年

田晓菲著:《烽火与流星:萧梁王朝的文学与文化》,中华书局,2010 年

后　记

本书是在博士论文的基础上写成的,最初的目的只是为了澄清一个小问题,即从形神之辨入手,探讨六朝诗学对形神问题的看法。一般认为,六朝时期在诗学理论和创作上还普遍存在着"文贵形似"的倾向(刘勰在《文心雕龙·物色》中已经讲得很清楚),还没有形成重神的观念,与书画艺术在评价标准上存在着明显的差异。这种观点不能说没有道理,但毕竟过于简单化,特别是对"形似"的认识不够深入,因而不能更好地揭示六朝诗学的意义和价值。于是本书在形神之辨的基础上,最后引入有关六朝诗学精神问题的讨论,就是希望本书的内容不局限于概念范畴的辨析,而是能够与现实生活联系起来,因为诗学精神的核心就是人生体验与人格理想。

需要说明的是,在原来博士论文的题目中,形神问题是被限定在六朝诗学这个背景之下的,不利于这一问题的充分展开。因为在文中有很多地方不得不提到后人的论述,这显然与题目是有矛盾的,当年在论文答辩时就有老师提出这一点。在结束语中,又提到了"六朝诗学精神"这一说法,所以我最后将本书标题定为"形神之辨与六朝诗学精神的建构",既能包含博士论文的主要内容,又能扩展论文的容量,进一步从文化和文学的视角深入探究六朝诗学精神的问题。也希望在物欲横流的今天,我们能够对精神问题有足够的重视。

本书从写作到定稿,经历了一个漫长的过程。从2006年开始构思,起初只是为了完成博士论文的写作。2008年到了黑龙江大学后,大部分时间忙于教学和各种杂务,无暇顾及论文的事情。直到2015年12月,我以"形神之辨与六朝诗学精神的建构"为题,获得了国家社科基金后期资助项目,才又促使我继续对原来的博士论文进行修改完善,又将博士后出站报告的内容也补充到里面,最后才逐渐形成了现在所看到的样子。

论文的写作,是对一个人的知识储备、思辨能力以及问题意识等方面的综合检验,特别是敏锐的见识和深刻的洞察力,是评价其学术水平高低的重要标志。如果按照这个标准来衡量,我的学术水平显然还是远远不够的。

虽然也发表过几篇与此相关的论文，但总体上看，基本观点和主要材料都是前人说过的，自己并没有多少创新，这也是这本书迟迟不能定稿的原因。日本学者清水凯夫说过："学术研究，哪怕是小问题也要有新发现才可望发展，相同的结论无论重复研究多少遍，也不能指望学术有进展。"论文写作不是简单的材料堆积，它需要有一个长期的酝酿思考的过程。王学典在《治学的功力与见识》一文中也说："历史学家好比是蚕，蚕吃了桑叶，吐出了蚕丝，然后用丝来编织出锦绣文章，而不是把桑叶大量堆积在文章当中。这才是最高境界的文章。……丝来自桑叶，但绝对不等于桑叶，就像美酒酿自五谷，但绝对不等于五谷一样，问题的关键在于需要用你的见解来支撑一篇文章，只有这样的文章读后才能给人以启发和教益，才能一扫桑叶的凌乱和五谷的驳杂，才能在二者的基础上变换出丝缎的光泽与美酒的醇香来，怡人心目，润人肺脾，让人回味悠久，让人印象深刻。"（《文史知识》2007 年第 6 期）

由此看来，治学是一项漫长而艰苦的工作，往往在短时间内难以见出成效，既要有执着的信念，又要耐得住寂寞，借用王国维的话说："古今之成大事业、大学问者，必经过三种之境界：'昨夜西风凋碧树，独上高楼，望尽天涯路'，此第一境也。'衣带渐宽终不悔，为伊消得人憔悴'，此第二境也。'众里寻他千百度，蓦然回首，那人却在，灯火阑珊处'，此第三境也。"（《人间词话》）一个人既要能够忍受"独上高楼，望尽天涯路"的寂寞，又要有"衣带渐宽终不悔"的信念，以及"众里寻他千百度"的执着，最终才能有"蓦然回首"的发现与惊喜。这当然不是一朝一夕的事情，尤其是在当今这个浮躁的风气之下，为了追求"科研成果"，完成量化考核，还有多少人能平心静气，心无旁骛地读书思考，研究学问呢？而本书所涉及的中国古代文论研究，不同于传统的文史综合的研究方法，它需要更加开阔的视野，全面打通文史哲。不仅要有史识诗心，更要具备对古代文论概念和范畴的辨析能力。当年我在中国人民大学做论文的时候，面对纷繁复杂的概念、范畴时，常有力不从心之感，导师袁济喜先生提出要"回到元典"，先打好基础，点滴积累，不要急于求成，这使我深受启发。虽然本人学问浅薄，但还是愿努力前行，把近年来在教学科研工作中积累的点滴材料和想法，陆续地充实到本书之中，即使是"庸音足曲"（陆机语），也希望能够对学术研究尽一点微薄的贡献。

在本书的写作过程中，先后得到了项目评审专家和上海古籍出版社查明昊编辑的鼓励和支持，他们也对本书提出了许多宝贵的意见和建议，使我有机会得到进一步修改和完善，在此一并致谢！

2020 年 2 月 12 日于哈尔滨

图书在版编目(CIP)数据

形神之辨与六朝诗学精神的建构/陈建农著. --上
海:上海古籍出版社,2020.5
ISBN 978-7-5325-9615-7

Ⅰ.①形… Ⅱ.①陈… Ⅲ.①诗学-研究-中国-六
朝时代 Ⅳ.①I207.2

中国版本图书馆 CIP 数据核字(2020)第 069078 号

形神之辨与六朝诗学精神的建构

陈建农 著

上海古籍出版社出版、发行

(上海瑞金二路 272 号 邮政编码:200020)

(1)网址:www.guji.com.cn

(2)E-mail:guji1@guji.com.cn

(3)易文网网址:www.ewen.co

上海商务联西印刷有限公司印刷

开本 700×1000 1/16 印张 16 插页 2 字数 279,000

2020 年 5 月第 1 版 2020 年 5 月第 1 次印刷

印数:1—1,300

ISBN 978-7-5325-9615-7

Ⅰ·3487 定价:66.00 元

如有质量问题,请与承印公司联系